LUCÍA DE VICENTE BARRIOS nació y vive en Madrid. Tras haber dirigido la agencia de prensa Orvi Reportajes, el suplemento *V.S.* del periódico *La Razón* y ejercido como colaboradora de la revista *¡Hola!*, inició una nueva andadura, esta vez en el ámbito editorial. Actualmente compagina su trabajo como correctora literaria con la escritura, además de impartir cursos de comunicación escrita y técnicas narrativas para prestigiosas empresas e instituciones españolas, y realizar colaboraciones en prensa y radio. Ha publicado las novelas *Cuando pase la tormenta* y *Lazo eterno*, en Selecta, y varios de sus relatos han sido incluidos en las antologías *Ese amor que nos lleva*, *Epidermis* y *La mujer suave*, de Ediciones Rubeo.

Papel certificado por el Forest Stewardship Council

Primera edición en B de Bolsillo: enero de 2019
Primera reimpresión: febrero de 2019

© 2018, Lucía de Vicente
© 2018, 2019, Penguin Random House Grupo Editorial, S. A. U.
Travessera de Gràcia, 47-49. 08021 Barcelona

Penguin Random House Grupo Editorial apoya la protección del *copyright*.
El *copyright* estimula la creatividad, defiende la diversidad en el ámbito de las ideas
y el conocimiento, promueve la libre expresión y favorece una cultura viva.
Gracias por comprar una edición autorizada de este libro y por respetar las leyes del *copyright*
al no reproducir, escanear ni distribuir ninguna parte de esta obra por ningún medio sin permiso.
Al hacerlo está respaldando a los autores y permitiendo que PRHGE continúe publicando libros
para todos los lectores. Diríjase a CEDRO (Centro Español de Derechos Reprográficos,
http://www.cedro.org) si necesita fotocopiar o escanear algún fragmento de esta obra.

Printed in Spain – Impreso en España

ISBN: 978-84-9070-724-1
Depósito legal: B-25.854-2018

Impreso en Novoprint
Sant Andreu de la Barca (Barcelona)

BB 0 7 2 4 1

Penguin
Random House
Grupo Editorial

Tras la estela de un sueño
___

**LUCÍA DE VICENTE**

*Mamá, no hay día que no te necesite y te eche de menos. Mi único consuelo es saber que ya no te duele nada.
¡Te quiero!*

A menudo encontramos nuestro destino
en los caminos que tomamos para evitarlo.

JEAN DE LA FONTAINE

# Prólogo

*Diez meses atrás*

Rafael Monclús se quedó mirando con perplejidad hacia el hombre que entraba en esos momentos en la cafetería en la que él estaba tomando un café con su compañero de trabajo.

No debería haberse extrañado tanto, y menos si tenía en cuenta dónde estaba situado aquel local; allí era habitual encontrarse tanto con posibles delincuentes como con defensores de la ley. Sin embargo, él hubiera esperado algo más elegante y exclusivo para aquel tipo. Por su aspecto no parecía ser de los que se juntaban con la «chusma».

Pero su sorpresa llegó a límites insospechados cuando vio avanzar hacia la salida a una mujer. Ella ya debía de estar en la barra antes de que él entrara, pero no reparó en su presencia hasta ese momento.

Sin duda la casualidad era una dama caprichosa. ¿Qué hacían ellos tres juntos en tan pocos metros cuadrados, cuando no deberían coincidir en un mismo espacio ni por asomo?

La mujer reconoció al recién llegado, que estaba pidiendo un café al camarero y se acercó a su costado con una sinuosidad ladina. Tras depositar su bolso sobre el mostrador, apoyó un codo en el mismo y llamó su atención. El hombre se la quedó mirando con cara de asombro y se giró hacia ella.

Él aguzó el oído, intentando escuchar la conversación, pero fue inútil. El bar estaba demasiado lleno y el ruido impedía captar una sola frase coherente, aun a pesar de encontrarse sentado a una mesa muy próxima a ellos. Además, la charla entre la pareja fue breve, muy breve. Incluso podría asegurar que tensa, a juzgar por el lenguaje gestual de ambos.

El tipo sonrió con cinismo y ella se apartó irritada, recogió su bolso y se alejó a toda velocidad. Aquel individuo no parecía nada afectado por las malas pulgas de la atractiva joven, ya que enseguida se giró de nuevo hacia su café y empezó a removerlo con gesto cansino.

Pero cuando iba a dar el primer sorbo, de pronto reparó en un sobre que la chica, en su prisa por abandonar el local, parecía haber dejado olvidado sobre la barra. Lo recogió y salió corriendo tras ella, llamándola por su apellido.

Aquella tarde llovía a mares en Madrid, por lo que, a través del escaparate, pudo ver cómo el rescatador salvaguardaba las pertenencias de la joven en el interior de su abrigo a fin de protegerlas del agua, que caía impenitente, al tiempo que hacía señales con la mano al taxi al que ella acababa de subirse, para que se detuviera.

No lo consiguió. El conductor no lo vio, o sencillamente lo ignoró y se incorporó al tráfico. El hombre se paró junto al encintado durante unos segundos, empapándose, para observar cómo ella se alejaba. Luego levantó los hombros, indiferente, y corrió a ponerse a resguardo.

Entró de nuevo en el bar y llamó al camarero, con el que mantuvo un rápido intercambio de impresiones y, acto seguido, sacó del bolsillo interior de su abrigo el sobre que la mujer acababa de abandonar y se lo entregó. Al momento dejó dos euros sobre el mostrador, se bebió de un trago el café ya frío, se ajustó las solapas y el cuello y se encaminó hacia la salida para enfrentarse de nuevo al gélido chaparrón.

Él parpadeó asombrado y sacudió la cabeza con incredulidad. Todo ocurrió demasiado rápido y, en un instante, desaparecieron de su vista sin percatarse siquiera de su presencia.

—¿Tú has visto eso, Santos? —preguntó a su acompañante.
—¿El qué?

# 1

Rafael Monclús colgó con delicadeza el teléfono tras dar unas escuetas y concisas instrucciones a su secretaria.

Respiró hondo y, tras colocarse su acostumbrada máscara de indiferencia, esperó a que se abriera la puerta del despacho para dejar entrar a Cristina Losada, la informática encargada de hacer la nueva página web de la fundación en la que trabajaba desde hacía doce años.

Él era el representante legal y asesor jurídico de Ángeles Olvidados, una entidad colaboradora del Servicio Regional de Bienestar Social de la Comunidad de Madrid que se encargaba de la acogida y adopción de niños abandonados, por lo que la creación de aquel espacio virtual iba a facilitarle mucho el trabajo. Pero las maratonianas reuniones que la responsable del diseño le obligaba a mantener sacaban lo peor de él, le ponían en tensión.

Empezaba a estar harto de aquel juego de tira y afloja, de aparentar lo que no era en beneficio de su salud mental, de machacar su autoestima para preservar su orgullo... En días como aquel, en los que la cruda realidad le hacía plantearse si merecía la pena tanto esfuerzo y le tentaba a dejarse seducir por lo placentero que podría ser rendirse a los instintos, se preguntaba si no sería más fácil tirar la toalla, quitarse la armadura y dejar al descubierto todos sus puntos débiles.

Pero sabía que eso no era una buena idea, al final él sería el único perjudicado. Sonrió para sus adentros. Algún día dejaría de ser un jodido cínico, pero no sería ese. Ese tenía un problema mucho más urgente e importante que solventar, por lo que la batalla de esa jornada iba a terminar muy rápido.

El sonido de dos golpes con los nudillos en la puerta, seguido del susurro de los goznes al abrirse, le arrancó de sus cavilaciones.

—Buenos días, señor Monclús.

Con aquel seco saludo, la joven entró en el despacho al ritmo de sus interminables tacones de aguja, marcando una cadencia marcial que repiqueteó sobre el parquet.

«¡Como siempre!», se dijo a sí mismo.

Y también como siempre, él respondió con educación pero no se molestó en levantarse de la silla para darle la bienvenida. No recordaba cuándo fue la primera vez que actuó de aquella forma tan irreverente, que rozaba incluso la grosería, pero estaba claro que ya era un hábito asumido y admitido por ambas partes.

Sin levantar apenas la cabeza de los papeles que tenía encima de la mesa, observó con el rabillo del ojo el aspecto de la mujer que acababa de invadir su espacio. Una vez más era impecable; una ejecutiva agresiva muy segura de sí misma. No podía poner pega alguna a su atuendo, pero era justo eso lo que le ponía de tan malhumor.

Hubiera preferido que, al igual que algunas de las chicas que trabajaban en la Fundación, vistiera escuetas faldas e interminables escotes que dejaran entrever el valle entre sus pechos, al menos así podría recrear la mirada sin poner la imaginación en funcionamiento. Pero no, su falda, aunque estrecha y ajustada, tenía el largo correcto, justo por debajo de la rodilla, y apenas llevaba desabrochados un par de botones de la recatada camisa azul claro que asomaba bajo el favorecedor traje sastre en tono hueso elegido esa mañana. En pocas palabras, la perfecta imagen de la seriedad y la profesionalidad.

Se demoró leyendo una carta que, después de un rato, firmó con lentitud. No se trataba de algo urgente que tuviera que dejar resuelto de inmediato, pero era una técnica para tranquilizar su espíritu. Acababa de estampar su rúbrica sin enterarse de nada de lo leído, pero ya volvería a hacerlo cuando estuviera solo.

Cristina Losada miró con desaprobación al abogado con los ojos entornados e hizo caso omiso de la descortesía con que él la trataba. Ya estaba acostumbrada a que la ignorara y no esperaba ninguna amabilidad por su parte. Se limitó a acercarse en silencio a la mesa de reuniones para sentarse su lugar habitual.

—¿Ha tenido oportunidad de repasar las modificaciones que hice ayer en la página? Le envié un correo electrónico informándole —preguntó, demostrándole que le daba igual su actitud prepotente, al tiempo que se giraba apenas en la silla para mirarle.

Él se guardó el bolígrafo en el bolsillo interior de la americana y se levantó despacio de la silla. Se movía con una tranquilidad sinuosa, como si poner en marcha aquella corpulenta osamenta de casi metro noventa de altura fuera lo más sencillo del mundo.

Cuando Monclús hacía eso, ella se sentía intimidada.

Nerviosa, cruzó las piernas y balanceó el pie izquierdo al ritmo de sus pisadas. Le vio seguir su vaivén con un descarado repaso visual y sintió su mirada como si fuera algo tangible que le quemara la piel cuando la dejó resbalar a lo largo de las pantorrillas, desde las rodillas hasta los tobillos.

—Sí, pero dejaremos esos cambios para otro momento. Me ha surgido un imprevisto y tengo que irme. Hable con mi secretaria para concertar el día y la hora de nuestra próxima reunión —replicó él con una frialdad absoluta.

La voz de Monclús, profunda y modulada, sentó cátedra con la misma tranquilidad con la que se movía. Y sin esperar a que ella respondiera, pasó por su lado sin pararse siquiera a darle una excusa más explícita.

Ella se quedó paralizada y con una respuesta envenenada en los labios. No daba crédito. Salió de su asombro cuando oyó el clic de la cerradura de la puerta. Era posible que para aquel abogaducho maleducado dejar una entrevista colgada en el último segundo fuera lo más habitual del mundo, pero ella no era capaz de consentir aquel insulto.

Monclús acababa de agotar su paciencia. Pero ¿quién se creía que era?

No soportaba a los tipos prepotentes, por muy atractivos y guaperas que fuesen. Y ese en concreto, con aquella carita de niño malcriado, siempre con prisas y de perpetuo malhumor, le resultaba tan agradable como una china en el zapato.

Su padre podría ponerse como un energúmeno, pero si quería que Aplicaciones Informáticas Losada diseñara la página web de Ángeles Olvidados, ya podía empezar a hacerla él mismo. No aguantaba más, su tiempo y su orgullo tenían un límite. No tenía intención de permitirse el lujo de desperdiciar ni un minuto más con ese proyecto; aquello agotaba su paciencia.

Después de dos meses trabajando en él, estaba casi como al principio y la ansiedad estaba a punto de pasarle factura. Cada avance venía acompañado de un retroceso importante y aquel leguleyo mal encarado y grosero, empeñado en supervisar y controlar cada paso, era el único culpable. Si no ponía coto de inmediato a aquella situación acabaría convirtiéndose en una prematura usuaria de tintes capilares.

Poseída por una furia que no sabía cómo manejar, se puso en pie con agilidad para decirle cuatro verdades a la cara antes de que abandonara la oficina. Estaba tan cegada por la ira que salió corriendo tras él y lo adelantó por un lado para interponerse en su camino. Lo consiguió justo cuando llegaba al rellano de la escalera.

Él, que al parecer iba bastante despistado, no tuvo tiempo de frenar su avance y estuvo a punto de arrollarla.

—¿Se puede saber qué pretende, señorita Losada? —dijo, sujetándola por los hombros para impedir que se cayera—. ¿Qué quiere?

—A usted —explotó, colocando las manos sobre su pecho para estabilizarse—. Vamos, su atención —aclaró, para no dar pie a una de sus habituales pullas.

—¡Pues casi me toma entero! —repuso, ignorando la explicación y soltándola.

Él dio un paso hacia atrás y la miró de arriba abajo, demorándose durante unos segundos demasiados largos en los tacones de sus zapatos. Suponía que intentaba incomodarla, pero se mostró firme, cruzándose de brazos sin abandonar su posición y apoyándose contra las puertas metálicas del ascensor.

—Bien —aceptó él al cabo de un rato—. Usted dirá... Pero sea breve, por favor, tengo mucha prisa.

—¿Se puede saber cuál es ese motivo tan urgente por el que abandona una reunión sin molestarse siquiera en pedir disculpas por el tiempo que hace perder a los demás? El resto del mundo también tiene cosas que hacer, ¿sabe? Podría haber llamado por teléfono para anular la cita...

Él detuvo su acalorada retahíla levantando una mano.

—Relájese y controle sus malas pulgas. No ha sido mi intención hacerle perder el tiempo, pero ha surgido un imprevisto...

—Ya. Usted y sus «imprevistos» —enfatizó—. Ya sé que la página web le importa un comino, pero estoy harta de que nunca tenga tiempo...

—Mire —volvió a cortarla—, no tengo por qué darle explicaciones, pero puesto que el hecho de que usted diseñe esta página se debe a que su padre es uno de nuestros patronos, se las daré.

—Soy toda oídos...

Ya le diría más tarde qué pensaba de él. Quizá Monclús estuviera convencido de que, como aquel trabajo no implicaba un intercambio económico ni estaba sujeto a un contrato de servicios, tenía derecho a hacer lo que le diera la gana, pero nada más lejos de la realidad. Y no por el hecho de que aquel trabajo fuera una donación, sino porque era una cuestión de educación. Para nada se trataba de ganar o a perder dinero.

—Lo que me ocupa —continuó Monclús, ajeno a sus reflexiones— no puede dejarse para más tarde. Acabo de recibir una llamada del hospital del Niño Jesús; uno de los menores que tenemos en acogida en el centro residencial, que padece leucemia linfocítica aguda, ha sufrido una recaída.

El tono de su voz la sorprendió, denotaba una preocupación

y tristeza que juraría no haber escuchado nunca antes en el abogado y tampoco creía que se adaptara a su forma de ser. En cualquier caso, y por el motivo que fuera, lo que acaba de decirle la hizo sentir egoísta.

—Lo siento... —se disculpó sin saber muy bien de qué.

Él la ignoró y siguió hablando.

—Su madre no quiere saber nada de él y está bajo guarda y custodia de la Comunidad de Madrid. Han estado sometiendo al crío a tratamientos de quimio y radioterapia, pero en la última revisión han encontrado algo que no cuadra, por lo que los médicos han decidido practicarle una punción lumbar de urgencia para determinar los daños. Y puesto que yo soy el representante legal de la Fundación que tiene su tutela, tengo que ir, ya, a firmar el consentimiento. Si me permite...

Él dio por terminada la conversación con aquella frase e hizo ademán de apartarla, empujándola con suavidad por el hombro a fin de que dejara libre la puerta sobre la que se apoyaba. Sin embargo, ella, en su terquedad, en vez de franquearle el paso siguió interesándose por el asunto.

—¡Pobre pequeño! ¿Está grave? ¿No pueden hacer nada por él?

Él le sostuvo la mirada durante un par de segundos y exhaló un sonoro suspiro de derrota con el que, al parecer y para variar, decidía responder a todas las preguntas en lugar de entrar en su habitual guerra dialéctica.

—Aún no se sabe nada. Los médicos están haciendo todo lo que está en sus manos.

—Pero...

—Pero lo cierto es que no tenemos muchas esperanzas. —Detuvo su retahíla, dejándose llevar por la tristeza ante tan desalentadora realidad.

—Quizá tarde algún tiempo en surtir efecto el tratamiento —repuso ella, en voz baja y consoladora, como si decirlo bajito hiciera que los deseos se materializasen.

—No, este apenas si es un paliativo a su patología; todo el calvario que soporta no supone ninguna solución definitiva —masculló consternado—. Por desgracia, a Niki le detectaron la enfermedad hace ya más de dos años y los médicos han intentado casi todo.

—¿Qué edad tiene ahora el niño?

—Cumplió cuatro en febrero.

—¡Por Dios, qué horror! Tan pequeño y la vida que le ha tocado... ¡No es justo! No lo merece.

—Ningún niño merece esa vida, pero es cierto que la de Niki es penosa. Lleva la mitad de ella metido en un hospital.

—¿Su madre lo abandonó con menos de dos años?

—No, estaba a punto de cumplir tres cuando lo hizo. Cuando le diagnosticaron la leucemia no lo abandonó, aunque entonces ya se adivinaban sus intenciones, hasta el punto de que la trabajadora social se puso en contacto con las autoridades.

—¿Y el Estado no tomó cartas en el asunto para evitar que la situación llegara más lejos?

—Claro que no. No se puede quitar la patria potestad a una madre por ser fría y distante... Esta se limitaba a dejar solo al crío con cualquier excusa, no acudía a casi ninguna entrevista con los médicos y no estaba demasiado pendiente de las transfusiones, pero nada de eso está contemplado por la ley como un delito. Y puesto que el niño estaba ingresado en un hospital, debidamente atendido por los médicos, su dejadez no se considera desamparo. Las autoridades no pueden obligar a una madre a querer a sus hijos.

—Sin embargo, al final terminó en un centro de acogida, ¿no?

—Por desgracia —masculló Monclús—. Después de aquel primer ingreso hospitalario, que duró tres meses, el niño respondió al tratamiento durante algo más de un año y la mujer llevó a Niki a todas las sesiones de recordatorio de la quimio y a las revisiones periódicas. Parecía comportarse con normalidad, pero cuando al cabo de ese tiempo los médicos observaron que los valores estaban alterados y determinaron un nuevo ingreso, la madre se negó en redondo, alegando que ella no tenía tiempo para estar metida en un hospital con el niño... y se lo llevó.

—Supongo que entonces la denunciarían...

—Pues la verdad es que casi no dio tiempo ni a iniciar el protocolo para estos casos porque, solo dos noches después, la policía lo llevaba a urgencias. Al parecer, la madre, agobiada, se quitó del medio y lo dejó a cargo de una cuidadora que, superada por la enfermedad del crío, se marchó de la casa y lo abandonó. Por suerte, ante el desgarrador e ininterrumpido llanto del pequeño durante más de veinticuatro horas, los vecinos alertaron a las autoridades. Los agentes lo encontraron solo, sucio, deshidratado, atado a la cuna y lleno de moretones.

—¿Lo maltrataba? —gritó ella, interrumpiéndole.

—Si se refiere a que si lo golpeaba, creemos que no, al menos no en aquella ocasión. La enfermedad provoca grandes hematomas al más mínimo roce y, cuanto peores son los niveles de sangre, más trastornos hematológicos. ¿Entiende?

Ella confirmó con la cabeza. No sabía qué decir, pero no fue consciente de que tenía la boca abierta por la impresión hasta que Monclús se la cerró apretándole la barbilla con un dedo. Él esbozó una sonrisa sincera; su primer gesto de empatía en todo aquel tiempo.

—A raíz de aquello —continuó él hablando, recuperando la seriedad de inmediato—, la Administración lo asignó a nuestro centro residencial.

—¡Cielo Santo!

—Desde ese día nos hemos hecho cargo de Niki en la Fundación en régimen de acogida y hemos conseguido que el juez nos otorgue la guarda y custodia.

—Bueno, lo importante es que Niki se mejore. Está en buenas manos pero, puesto que no responde al tratamiento de quimioterapia, ¿no pueden hacerle un trasplante de médula, o algo por el estilo?

—Sí, pero tiene un grupo de antígenos leucocitarios un poco especial y todavía no han encontrado un donante. Esperemos que aparezca alguno antes de que sea demasiado tarde.

—Pobrecito... Me gustaría conocerle... ¿Puedo acompañarle al hospital?

El abogado se tensó como si ella le hubiera escupido el peor de los insultos.

—¡Por supuesto que no! ¿Para qué? ¿Acaso cree que unas migajas de su lástima podrían hacerle algún bien?

¡Ya estaba de regreso el ogro! Porque hasta ese momento, aunque de manera un poco cortante, estaba contestando a todas sus preguntas, e incluso añadía un montón de detalles; algo bastante inusual en él, que se caracterizaba por su parquedad. Sin embargo, de pronto, su tono volvía a ser tan prepotente que sintió su respuesta como una patada en el estómago.

—Solo quería hacer un rato de compañía al pequeño —replicó, sintiéndose agredida—. No se trata de lástima. Ningún niño merece estar solo en esas circunstancias y él no tiene una madre en la que depositar sus miedos... Las enfermeras no pueden dedicar demasiado tiempo a los pacientes por mucho que quieran, son tantos...

—¡Escuche! —Monclús elevó la voz sin motivo—. Niki no necesita sus mimos y mucho menos su compasión. No tiene ninguna necesidad de que vuelvan a abandonarlo cuando se aburran de él.

Y dicho aquello, sin esperar a que ella explicara sus razones, la apartó de su camino cuando las puertas del ascensor se abrieron, dejándola sola en mitad del rellano.

Rafa soltó un bufido y apretó el botón que lo llevaría hasta el garaje con más fuerza de la necesaria.

—Pero ¿qué se ha pensado la Pitagorina pelirroja? —masculló en voz alta, aunque estaba solo—. Por ahí sí que no paso. ¡Ni sueñes que voy a ceder en ese aspecto, guapa! —exclamó como si ella pudiera escucharlo.

Cristina Losada era como un grano en el culo. Tenía la sensación de que su único objetivo era complicarle la vida. Y aun así, a pesar de haberla dejado callada con la vieja estratagema de cerrarle las puertas a escasos centímetros de la cara, en esta ocasión no sentía ninguna satisfacción ni sensación de triunfo; muy al contrario, tenía un regusto amargo en la boca.

Él prefería apartar a las personas que quería lejos de su vida con educación, sin caer en la grosería, esgrimiendo una fría mirada y un distante discurso jurídico que pusiera en su lugar a las sabiondas como ella. De hecho así fue como se ganó la reputación de «cabrón inaccesible» en el mundillo profesional en el que se movía, pero con Cristina Losada esa fórmula no funcionaba demasiado bien.

La informática tenía arrestos y se revolvía como un gato panza arriba. Era terca hasta la saciedad cuando se trataba de hacer valer sus ideas, sin dejarse impresionar por sus estratagemas. Y tenía que reconocer que eso le gustaba, porque aunque disfrutaba imponiendo su marca personal, disfrutaba mucho más cuando alguien no se acobardaba ante ello.

Y hasta ese momento, como un juego entre ellos, estaba bien y era divertido; ganar era una cuestión de supervivencia. Pero si el bienestar de uno de sus chicos entraba en la liza, el tema tomaba un cariz muy diferente; la victoria era asunto de vida o muerte. Así pues, la impoluta y eficiente señorita Losada acababa de buscarse un mal oponente.

Si pensaba que porque tuviera una deslumbrante sonrisa y unos espectaculares ojos grises podía jugar con su voluntad, estaba muy equivocada. No estaba dispuesto a ser el juguete de ninguna ejecutiva agresiva; ese camino ya lo tenía trillado. Tampoco le afectaba que fuera atractiva ni que tuviera tanta personalidad y una inteligencia muy por encima de la media.

Esas eran cualidades que buscaba en las mujeres con las que deseaba mantener otro tipo de relación, pero nunca en las que formaban parte de su vida laboral, fuera cual fuera el estatus y la situación que hubiera hecho que sus caminos se cruzaran.

En ese aspecto tenía las ideas muy claras; jamás mezclaba placer y trabajo. Era una triste gracia que la nueva ejecutiva del siglo XXI hubiera confundido los términos y las ocasiones. ¡Así le iba al género masculino!

Menos mal que él no tenía ningún problema para manejarse con los cuándos y los cómos.

# 2

Rafa se puso la americana mientras esperaba a que se cerraran todos los programas que tenía abiertos en el ordenador. El último en desaparecer fue el explorador de Internet. La pantalla se llenó con las novedades de la página web de la Fundación, que ya estaba casi terminada tras cuatro largos meses de sufrimiento. Como máximo en un par de semanas estaría subida a la Red y, por fin, podría deshacerse de la insufrible diseñadora de la misma.

Esperaba que el mantenimiento lo llevara cualquier otra persona de la empresa.

Su relación con Cristina Losada nunca fue lo que se podría catalogar de «buena», pero después de mantener aquella conversación sobre Niki se convirtió casi en insoportable, y de eso hacía más de ocho semanas. Desde aquel día no volvieron a hablar del tema, pero la tensión entre ellos era palpable. Las indirectas y ataques que se lanzaban eran como cuchillos con licencia de vuelo.

Y él, que jamás desdeñaba una buena trifulca, empezaba a aburrirse de aquella situación. Esa «informaticucha» de medio pelo lo sacaba de sus casillas.

Quizá por eso cada día se arrepentía menos de haber sido tan grosero el día que ella le pidió que la dejara acompañarle a ver a Niki, por mucho que su estilo no fuera ofender. El hecho de que ni siquiera hubiera vuelto a preguntarle por la salud del niño le demostraba que hizo bien dándole un corte a tiempo. Quedaba claro que su interés solo encerraba curiosidad.

Niki no necesitaba visitas plañideras que se lamentaran por él. Necesitaba cariño, amor, constancia... Sobre todo constancia. Algo que una persona tan ocupada como ella jamás podría dedicarle.

Pulsó el interruptor del monitor y recogió el maletín antes de abandonar el despacho. Aún tenía trabajo pendiente, pero lo haría después de cenar. No podía continuar llegando a casa cuando su hija ya estaba dormida y saliendo antes de que se levantara. Llevaba así toda la semana y echaba mucho de menos a Paula.

Además, también quería pasarse por la clínica para ver a Niki.

Rafa apenas llevaba recorridos unos metros cuando, nada más traspasar las puertas del hospital, oyó la melosa voz de la atractiva trabajadora social, que le llamaba desde el otro extremo del vestíbulo.

—Hola, Tess.

Acortó la distancia que les separaba para acompañar la bienvenida con un beso en la mejilla que se alejaba bastante del cortés saludo de unos simples conocidos.

—Me dijo mi compañera que el otro día preguntaste por mí. ¿Querías algo?

—No. Solo vine a visitar a Niki y, como tenía cinco minutos, decidí ver si estabas libre para invitarte a un café.

—¡Qué pena, era mi día libre! Pero si me esperas un rato, tal vez podamos tomarlo ahora...

—No, hoy tengo prisa, solo dispongo de media hora para estar con Niki. Pero, si puedes arreglarlo, podríamos cenar el viernes... —Ella dejó que una amplia sonrisa le iluminara la cara con un sí explícito en los ojos.

—Niki está un poquito mejor, parece que las visitas de la voluntaria de la Fundación le vienen muy bien. Le hace reír. Ya sabes que la risa, a veces, da mejores resultados que la medicina.

—¿Voluntaria? No tenía ni idea de que hubieran enviado a alguien desde la Fundación...

—Pues lleva viniendo a diario desde hace un par de meses. Un cielo de chica, por cierto. Los niños de la planta la adoran y los médicos... ni te cuento; es muy atractiva. Si te das prisa seguro que la encuentras arriba todavía. Suele quedarse a dar la cena a Niki y espera hasta que termina de pasar su medicación.

—Bien, entonces subo ya, a ver si conozco a ese nuevo ángel de la guarda. El jueves te llamo, ten el móvil a mano.

—No me despegaré de él ni para ir al baño —sonrió con picardía.

Él entró en el ascensor que llegaba en esos momentos y guiñó un ojo a la mujer antes de que se cerraran las puertas. Aquella pequeña rubia, de ojos color chocolate y curvas dignas de un rally era un pecado mortal. Le gustaban las mujeres menudas y bien proporcionadas.

Eran amantes desde hacía más de un año y la suya era la relación perfecta. Nada de compromisos ni sórdidas vidas paralelas, solo sexo salvaje y buena conversación.

Tess estaba casada y se declaraba muy enamorada de su marido. Para ella su acuerdo no era una infidelidad conyugal, ya que alegaba que el sexo no tenía nada que ver con el amor y ella necesitaba variedad en la cama. Por supuesto, aquella peculiar concepción del matrimonio no suponía ningún problema para él, las convicciones no tenían cabida en su vida desde hacía mucho tiempo y en su caso también estaba muy claro lo que buscaba en esos encuentros esporádicos y explosivos.

El amor, desde luego, no formaba parte de aquel intercambio. Ninguno de los dos se lo juraba al otro y tampoco se ocultaban que no eran los únicos que disfrutaban de los favores del contrario. Quizá por eso aquella relación se alargaba más de lo que ambos hubieran apostado en un principio.

Él, a sus treinta y cinco años, gozaba de un cuerpo sano y una mente saludable, así que le encantaba el sexo. Sin embargo, era un convencido detractor de las relaciones estables.

Rafa escuchó las risas de Niki desde el pasillo; música celestial para sus oídos.

Se asomó a la habitación, con una alegre sonrisa en los labios, y se quedó observando la escena desde el umbral.

—¡Qué telas más maravillosas!

No podía ver a la propietaria de aquella voz impostada que imitaba el ronco tono del emperador del cuento de Andersen. Estaba sentada en la silla que ocultaba la cama elevada, sobre la que Niki se apoyaba contra un montón de almohadas sujetándose la barriguita con la pequeña mano de la que partía una vía que llegaba hasta la bolsa de sangre, que oscilaba en la percha al ritmo de su risa.

Al momento, la voz cambió a la de un frío y distante narrador que parecía sacado de un laboratorio radiofónico.

«Aquel tono...»

Pero no tuvo tiempo de analizarlo, porque enseguida adoptó la cadencia chillona y nasal que correspondería a la de un auténtico inútil. No pudo evitar una risita que hizo coro con la de Niki.

El relato continuó durante un rato, manteniéndole tan encandilado como al crío. Unas manos femeninas de cuidadas uñas con manicura francesa aparecían de vez en cuando sobre la cabeza del niño, escenificando el cuento al tiempo que lo acompañaba con un interminable registro de voces. Tan pronto eran agudas como graves, melódicas, gangosas... Aquella mujer podría conseguir un Oscar como actriz si se empeñara, pero se alegraba de que, en cambio, dedicara su tiempo a la Fundación y a Niki.

Y el niño estaba tan embelesado... Parecía haber resurgido durante un rato de sus cenizas, a pesar del cerúleo color de su piel y el imponente despliegue de botellas y bolsas que colgaban bocaabajo sobre su cabeza para que el líquido se introdujera en las venas.

—¡Qué bien le sienta! ¡Es un traje precioso! Y el emperador salió y desfiló por las calles del pueblo sin llevar ningún ropaje...

En ese momento la propietaria de aquella infinita gama de

tonalidades vocales se levantó y entró en su ángulo de visión, pavoneándose como un auténtico emperador en un desfile institucional ante su pueblo.

Un jarro de agua fría no le hubiera dejado tan helado. Todo su cuerpo se tensó.

—¡Pero si no lleva ropa! ¡Si está desnudo! —imitó ella el grito de un niño.

Al llegar junto a la taquilla, dio media vuelta para hacer su paseo a la inversa y, en ese preciso instante, ella lo descubrió.

Cris se quedó paralizada en mitad de un movimiento. Aquella mirada de hielo que se asomaba en el vano de la puerta era tan fría y punzante como las dagas asesinas que, estaba segura, a su propietario le gustaría clavarle si pudiera. Sin duda tenían el mismo efecto. No podría moverse aunque quisiera y las palabras se atoraron en su garganta, impidiéndole respirar con normalidad.

La risa de Niki seguía sonando a lo lejos como un eco sordo que no lograba traspasar el zumbido de sus oídos. Poco a poco recuperó la movilidad y se obligó a relajar los músculos y borrar la absurda sonrisa congelada en su rostro.

El niño siguió la dirección de su mirada y descubrió al objeto de su desazón.

—¡Rafa! Ven a conocer a Cris. Ella es la mejor contando cuentos. Siéntate aquí conmigo para escuchar, ya verás qué divertido.

—Hola, cariño —dijo él, quitándole por fin la vista de encima y dirigiéndose al pequeño para darle un beso en la frente—. ¿Cómo está hoy mi campeón?

—Mucho mejor. Pero calla, que quiero que Cris termine el cuento.

—Otro día, cielo —respondió ella, cogiendo el bolso que colgaba del armazón de la cama. Luego se agachó hacia el niño para besarle en el mismo lugar sobre el que Monclús acababa de poner sus labios—. Se ha hecho muy tarde. No me he dado cuenta de la hora. Además, acaba de llegar una visita importante.

—Jooo. No te vayas todavía...

—Tengo que irme, Niki. Continuaremos en otro momento.

El niño no respondió y abrió la manita con la que sujetaba la falda de su vestido, resignado. Ella aprovechó su silencio para salir de la habitación a toda velocidad, huyendo sin volver la vista atrás, mientras el corazón le palpitaba como si hubiera corrido los cien metros lisos.

Rafa tardó unos segundos en reaccionar. Cuando lo hizo ya no quedaba ni rastro de la informática y el niño sonreía mirando hacia la puerta.

—¡Es guay! —exclamó—. La que mejor cuenta los cuentos de todo el hospital.

—Sí, cariño. Pero perdona un momento, vuelvo enseguida, que se me ha olvidado decirle algo.

Y sin esperar a que Niki respondiera, salió en su busca.

Al llegar a la zona de ascensores ella no se encontraba entre la gente que esperaba la llegada del elevador, por lo que se asomó a las escaleras. La vio bajar a toda prisa.

Empezó a descender los peldaños de tres en tres para alcanzarla.

Al parecer ella oyó el estrépito de sus pisadas porque, haciendo gala de ese arrojo con el que siempre afrontaba sus encontronazos laborales, se paró y esperó a que él llegara a su altura. Sin embargo, antes de tener la oportunidad de decirle nada, ella le abordó con la misma sutileza que una estampida de reses bravas. Ni siquiera le permitió hacer la pregunta obvia.

—Vengo porque quiero y me da la gana, usted no puede impedírmelo. Esto es un hospital público y yo estoy en mi perfecto derecho de hacer toda la labor social que me parezca bien. Los médicos y las enfermeras están de acuerdo con lo que hago.

—¿Cómo lo ha encontrado? —preguntó en voz baja y tono nada beligerante. Ella pareció quedarse desubicada, como si esperase cualquier pregunta menos aquella.

—¿Qué?

—Que cómo ha encontrado a Niki. —Repitió, tranquilo.

—Preguntando. Usted me dijo en qué hospital estaba. El resto ha sido muy fácil.

—¿Por qué hace esto?

—Porque sí —respondió agresiva, aunque la intención de él no era atacarla—. Niki necesita a alguien que le haga reír. Su vida es muy triste.

La miró con la misma extrañeza que si hubiera descubierto un libro que afirmara que la Tierra era cuadrada. Incluso juraría que con la misma cara de incredulidad.

—Espero, Losada, que sepa lo que está haciendo. Jugar con los sentimientos de un niño es muy cruel.

—¡Oiga, que yo no estoy jugando con nada! Además, usted no puede impedírmelo.

—Se repite. Y claro que puedo impedírselo; Niki está bajo la guarda y custodia de la Fundación y yo soy su representante legal. Sin embargo, no voy a hacerlo.

No sabía en qué momento la sujetó por el brazo y empezó a zarandearla con suavidad, apretando los dedos por encima del codo y convirtiendo el amarre en una presa de la que era imposible desasirse. Debía de estar haciéndole daño.

La soltó.

—Pero le advierto —continuó— que si le causa el más mínimo trastorno, ya sea moral o físico, no tendrá lugar donde esconderse. Caeré sobre usted con todo el peso de la ley y también con todas las armas que pueda utilizar, incluso aunque estas estén fuera de la ley.

Dicho aquello, dio media vuelta para subir las escaleras con paso tranquilo y cadencioso.

Cristina se quedó paralizada en el rellano. Se frotó el brazo para hacer que la sangre volviera a circular por la zona con normalidad y soltó el aire que retenía en los pulmones.

Se esperaba algo peor...

Cuando lo vio allí parado, apoyado contra el quicio de la puerta, le hubiera encantado que la tierra se abriera bajo sus pies y la engullera, pero sabía que aquello no iba a ocurrir y que, por el contrario, tendría que enfrentarse a su furia.

En aquellos dos meses hizo todo lo posible para no coincidir con él. Fue fácil enterarse de que, aunque él acudía al hospital casi a diario, siempre aprovechaba la hora de la comida, por lo que ella eligió el final de la tarde para estar un rato con Niki; jamás tendrían por qué haberse encontrado.

La suerte estuvo de su parte durante un tiempo, pero no contó con que Murphy se empeñaba en hacerle la existencia cada vez más complicada.

# 3

Rafa miró la pantalla del móvil, que con insistencia machacona zumbaba contra el tablero de la mesa de su despacho. Nunca ponía el sonido mientras estaba en horario laboral, pero tampoco lo apagaba, se limitaba a dejarlo en vibración. A menudo, como en aquella ocasión, recibía llamadas de trabajo en su número particular.

Aquella en concreto estaba a caballo entre ambas situaciones. Por un lado se trataba de un tema que tenía que ver con uno de los niños de la Fundación, pero también era un amigo quien la emitía.

«Alex Martín», rezaba la pantalla. Y Alex era, con diferencia, el mejor de todos sus amigos. Aquel con el que mantenía una relación casi fraternal desde que ambos iniciaron el primer curso de Derecho en la Universidad de Barcelona. Juntos compartieron aulas, piso y novias antes de que cada cual tomara su camino; él como abogado especializado en derecho de familia y gestión de fundaciones y Alex en el mundo de la criminología, en el que casi desde el primer momento empezó a crecer a nivel profesional.

Tanto, que en esos momentos era uno de los inspectores jefes estrella de la Comisaría General de Investigación Criminal de los Mossos d'Esquadra. Y por eso, dados su cargo y antigua amistad, no dudó a la hora de pedirle ayuda, aun a sabiendas de que su amigo no tenía permitido dar información privilegiada y se jugaba el puesto si le pillaban haciéndolo.

No era que Alex fuera un poli corrupto o se saltara las normas a su antojo, más bien todo lo contrario. Hacía gala de una férrea disciplina, pero también sabía que por tratarse de aligerar los trámites de adopción de un menor no se negaría. Al menos le daría toda la información que pudiera, y, conociéndolo, sería mucha. Ser un niño abandonado sin la suerte suficiente como para encontrar unos padres que lo acogieran en su familia y contar con la triste experiencia de haber vivido hasta su mayoría de edad en un centro residencial inclinaba la balanza de manera vertiginosa.

—Hola, Alex. Dame un minuto... —saludó alegre al aceptar la llamada, antes de dirigirse a su secretaria, a la que en esos momentos estaba dictándole una carta, para pedirle que le dejara solo unos instantes. Confiaba en ella, pero su lealtad le impedía correr el más mínimo riesgo. Una vez que la joven abandonó la habitación, él volvió a colocarse el auricular en la oreja—. Ya estoy solo —aclaró—. ¿Has podido ver eso que te envié ayer por correo electrónico?

—Si te soy sincero, apenas si lo he mirado por encima, no he tenido tiempo. Pero lo poco que he visto me ha dejado anonadado... ¿Por qué quieres que investigue a un juez? ¿Qué te ha hecho?

—A mí nada, pero parece haberla tomado con uno de mis chicos...

—¿Uno de los niños de acogida de Ángeles Olvidados?

—Exacto. Un pequeño que padece leucemia y que fue abandonado por su madre cuando la enfermedad se recrudeció.

—Bueno, por desgracia eso ocurre más a menudo de lo que mucha gente cree, pero ¿qué tiene que ver el juez en todo eso?

—Verás, es todo muy raro... Que una madre abandone a un hijo es, como bien dices, el pan nuestro de cada día, pero que se vaya de rositas como se ha marchado esta es, cuando menos, extraño.

—¡No seas incauto, Rafa! Casi todas quedan impunes después de semejante atrocidad y, además, tan felices tras deshacerse del «problemita» que les preocupa. ¿Por qué este caso te parece tan raro?

—Porque no es que la madre haya salido de esto sin mácula, es que encima parece que incluso ha sido recompensada. No sé qué motivo ha llevado a este juez a dictar una sentencia tan absurda que, incluso después de que la mujer abandonara a su hijo en manos de una incompetente reconocida por todo el vecindario, y aun siendo la dueña de un club de alterne de muy dudosa legalidad, todavía le permiten que pueda reclamar la custodia durante cinco años.

—Bueno, hombre, no seas tan severo... Siempre es mejor dejar esa puerta abierta. Algunas madres, al darse cuenta de lo que han perdido, deciden cambiar de vida y tienen todo el derecho de recuperar a su pequeño...

—Este no es el caso, créeme. En esta ocasión para lo único que sirve es para impedir que unos padres generosos puedan adoptar legalmente al crío.

—No puedes estar seguro, Rafa. En ocasiones, las circunstancias de la vida... No puedes medir a todo el mundo por tu propio rasero.

Él resopló contra el auricular y el aire desplazado retumbó contra los oídos de ambos. Sabía de qué le acusaba Alex, pero en aquella ocasión no estaba exagerando la nota.

Desde el primer momento, incluso desde el mismo día de la vista, tuvo esa extraña sensación que le ponía sobre aviso y le erizaba los pelos de la nuca; ese sexto sentido al que procuraba hacer caso siempre, porque nunca lo defraudaba y, a menudo, era lo que daba con el quid de la cuestión en sus casos más complicados. Fue algo que percibió en el lenguaje postural de la madre, o tal vez en el del juez, o quizá en ambos... El caso era que estaba convencido de que todo aquel circo tenía gato encerrado.

Pero, tras recibir la respuesta al recurso de apelación de revisión de sentencia que hacía unos meses la Fundación presentó de cara a la agilización del proceso de adopción del pequeño, cada vez estaba más convencido de que el juez Morales guardaba algún cadáver en su nevera.

Porque, como bien decía su amigo, no era que ese tipo de sentencias conservadoras fueran del todo excepcionales, a menudo los jueces se cubrían la espalda con cláusulas de ese tipo, pero sí que se mantuvieran después de demostrar que a la madre biológica le importaba un pito el menor.

—Escucha, Alex, esa tipa lleva casi dos años sin preocuparse por el pequeño. No ha llamado ni una sola vez al centro para preguntar cómo evolucionaba la enfermedad de su hijo —refunfuñó—. No me irás a decir que así es como se comporta una madre normal, ¿verdad?

—Bueno —reconoció su amigo—, muy normal no es. Pero, cuéntame, ¿por qué crees que el juez tiene algo que ver en esa actitud?

—No, no es la actitud de ella la que me sorprende, por dolorosa que sea es la habitual en estos casos, sino el proceder de él. Verás —alegó, dispuesto a aclarar sus sospechas—, en un principio nos tocó otro juzgado, pero de pronto nos cambiaron de sala y de juez y fuimos a caer en manos de un magistrado demasiado «condescendiente».

—Condescendiente ¿en qué sentido?

—Meses antes de que la enfermedad del niño se recrudeciera, los vecinos llamaron hasta en dos ocasiones al ciento doce para denunciar que la cuidadora gritaba a todas horas al pequeño, haciéndole llorar, y que en cuanto la madre salía por la puerta, la casa se llenaba de amigotes de la muchacha y el ruido era insoportable. La madre fue apercibida por las autoridades bajo amenaza de multa; sin embargo, no hizo ningún caso ni cambió de niñera. Esgrimía que los llantos del niño se debían a su enfermedad y que hablaría con la empleada.

—Pero no hizo nada —le interrumpió Alex, imaginándose el resto de la historia.

—En efecto, nada de nada. Sin embargo, cuando en el juicio se planteó el abandono del menor y la situación continuada de desamparo, aportándose testimonios de los vecinos que pondrían los pelos de punta a cualquiera, el juez no culpó a la madre, a todas luces conocedora de la situación, y se limitó a dejar toda la responsabilidad sobre los hombros de la niñera, que fue quien pagó el pato.

—¿Ni una multa económica? —preguntó Alex, sorprendido por el giro de los acontecimientos.

—¡Ni un euro! Y encima le deja la posibilidad de recuperar la custodia durante cinco años, pero no estipula ninguna condición para ello.

—¡Joder, qué maravilla de sentencia! —ironizó el policía—. ¿Y por qué no apelasteis?

—Pues, por desgracia, el niño atravesaba entonces una crisis tan grave en su enfermedad que ninguno pensamos que pudiera superarla, así que no merecía la pena. Pero Niki es fuerte y tiene unas ganas de vivir que asombran. Por eso, hace unos meses, desde la Fundación presentamos una apelación al juez para que revisara la sentencia, apoyándonos en que la madre no hacía nada por cambiar su forma de vida, puesto que continúa regentando y trabajando en su club nocturno de estriptis, y que en todo el tiempo transcurrido no ha llamado ni una sola vez para saber si su hijo vive o ha muerto.

—¿Y qué ha dicho su señoría?

—¡Que nos olvidemos! Y esgrime unos argumentos tan absurdos que dan hasta risa. Voy a mandarte la resolución por correo electrónico, para que alucines... Yo creo que este tío conoce de algo a la mujer, fíjate lo que te digo. Es rarísimo que nos cambiaran de juzgado en el último momento y me dio mala espina ver cómo se miraban ambos durante la vista...

—¿Y cómo se miraban?

—No sé decirte... Ella hacía gala de esa tranquilidad que solo te da la seguridad absoluta de que no va a ocurrirte nada malo... Él le sonrió un par de veces como infundiéndole sosiego. Y, ya sé que vas a decirme que esas no son pruebas concluyentes, pero es un pálpito. ¡Lo mismo es un cliente agradecido! —conjeturó, riendo, después de pensar durante unos segundos, ante el mutismo de su amigo.

—Vale, mándame todo lo que tengas —aceptó el inspector al cabo de un instante, en el que pareció estar evaluando todos los pros y los contras de su implicación, silencio que él respetó—. Investigaré un poco, a ver si en sus antecedentes encuentro algo, pero no te hagas ilusiones, no va a ser fácil, los jueces saben cómo no dejar rastro en sus expedientes.

—¡Gracias, Alex! ¡Sabía que podía contar contigo!

—¿Cómo dices que se llama el juez?

—Melchor Morales. Es catalán.

—Me suena ese nombre, pero no puedo recordar de qué. Ya te diré algo, ¿vale?

—Vale.

—¡Y no te acostumbres a hacerme este tipo de encarguitos! Conste que lo hago por el niño...

—Ya, ya. —Sonrió al escuchar el chasquido que indicaba que la conexión estaba interrumpida.

# 4

Aquella gélida noche de finales de noviembre el inminente invierno golpeaba con fuerza, pero nada parecido al frío que Rafa sintió en su corazón cuando volvió a mirar por el ventanuco y una sensación de aprehensión se instaló en su pecho.

Apenas una hora antes recibió una llamada del hospital para informarle de que trasladaban a Niki a la unidad de cuidados intensivos; sufría una hemorragia y sus constantes vitales estaban bajo mínimos. No tardó ni veinte minutos en personarse allí, pero solo le dejaron verle un instante. El crío ni siquiera abrió los ojos.

Aquello no lo pillaba de sorpresa, pero desde luego no esperaba que el desenlace fuera tan rápido. Niki no disfrutaba de una calidad de vida aceptable y era muy posible que, «cuando todo pasara», la pobre criatura por fin descansara; sin embargo. saberlo no le reportaba ningún consuelo. Por mucho que llevara más de dos años sirviendo de conejillo de Indias a los médicos y su cuerpo pareciera más un acerico tumefacto que la carne prieta y vital que correspondería a un niño de cuatro años, no era justo que todo se acabara tan pronto.

La psicóloga de la Fundación, una mujer un tanto extraña que hacía gala de mezclar sus conocimientos de psicología tradicional con reminiscencias de culturas y religiones orientales, aderezadas con prácticas paranormales, le decía que era mejor «dejarle marchar»; que solo el egoísmo terrenal y el miedo a perder a los seres que queremos los retienen aquí, sufriendo, después de que Dios los haya reclamado para alguna tarea más elevada en el «Otro Lado»...

Pero él no creía en nada de eso. Todo aquello eran engañifas para incautos que de nada servían a agnósticos declarados.

No solía involucrarse tanto en las vidas de los niños que acogían en la Fundación, no podía hacerlo o acabaría cazando moscas, pero con Niki no pudo evitarlo. El niño era tan pequeño y sufría tanto...

Primero fue el abandono de su madre. Luego todas aquellas horas de juzgados, registros y papeleos para conseguir la guarda y custodia para Ángeles Olvidados. Y después, un montón de idas y venidas al hospital, como representante legal del pequeño, para autorizar cada una de las pruebas y experimentos que hacían en su cuerpo. Al final, el cerco se fue estrechando y terminó manteniendo con él algo más que una simple relación de acogimiento, nada que ver con la que tenía con los otros niños de la Fundación, cuyas estancias allí solían ser bastante efímeras.

Y eso que hacía ya muchos años que decidió obligarse a guardar las distancias. Al fin y al cabo, la esperanza de esas criaturas pasaba por ser adoptados cuanto antes por una familia que de verdad se ocupara de ellos, así que prefería no encariñarse en exceso. Su labor era muy influyente a la hora de asignar a esos niños a sus futuros padres adoptivos y no era nada inteligente dejar que el corazón dictara ciertas pautas.

Por otro lado, tenía su tasa de paternidad cubierta. Paula llenaba por sí sola cualquier carencia que pudiera tener en ese sentido... e incluso algunas más. De hecho, le faltaba tiempo que poder dedicarle.

Pero con Niki no sirvieron ninguno de los argumentos que se repetía cada mañana. Con Niki... Niki fue especial desde el principio. ¡Y todavía la chalada de su compañera pretendía que se refugiara en cuentos para ingenuos!

¿Dónde estaba ese Dios bondadoso del que le hablaba? ¿Cómo consentía «su» Todopoderoso que una criatura tan pequeña apagara sus días por falta de intervención? ¿Tanto le costaba a Él poner a un alma solidaria en su camino?

¿No estaba España a la cabeza de donaciones de órganos del mundo? Pues para una vez que el país estaba en el primer lugar de algo bueno, ya era mala suerte que no hubieran encontrado a tiempo a un donante de una médula que fuera compatible con la de Niki.

Incluso él mismo se sometió a las pruebas de compatibilidad en su día. No era capaz de dejarle morir sin hacer nada, pero por desgracia los resultados fueron negativos. El pequeño tenía un grupo de antígenos leucocitarios humanos con demasiadas exigencias; un determinante que, si le tocaba la desgracia de necesitar un trasplante, complicaba todavía más el proceso.

Y luego le preguntaban por qué era tan incrédulo...

En realidad no lo era; sin embargo, tampoco era uno de esos cínicos que pululan por el mundo despotricando contra las alturas pero recurriendo a las prebendas divinas al más mínimo contratiempo. Él sí creía. Creía en la bondad de las personas, aunque en la actualidad, al igual que ocurría con las acciones de la bolsa, no era un valor al alza.

Volvió a levantarse del duro sillón de plástico azul, en el que no hacía ni cinco minutos que estaba sentado, y reinició el lento recorrido por el pasillo por enésima vez. Al llegar a la puerta de la sala donde se encontraba Niki, miró por el ventanuco. Todo estaba igual que la última vez y el aparato que medía las pulsaciones de su maltrecho corazón seguía reflejando picos idénticos con una pauta insufrible.

No sabía si Niki se enteró de su presencia cuando entró a verle. Suponía que morir era una tarea solitaria, pero de alguna manera esperaba que el niño supiera que estaba allí, vigilando su marcha, y que no se sintiera solo en los minutos previos a iniciar tan duro viaje. Aunque imaginaba que estaría muy ocupado preparando «su equipaje». ¿Cuánto «equipaje» podía tener una criatura de cuatro años que apenas sabía lo que era vivir fuera de un hospital? Ni siquiera tenía mucha gente de la que poder despedirse...

Bueno, estaba ella, Cristina Losada. ¿La habrían avisado también de la crítica situación de Niki? ¿Y por qué no estaba allí de ser así?

Hacía dos meses que la página de la Fundación estaba ya en

la Red, funcionando con toda normalidad y, tal como esperaba, el mantenimiento de la misma lo llevaba otro departamento de Aplicaciones Informáticas Losada. Resultaba una bendición no haber vuelto a cruzarse desde entonces.

Sin embargo, pensaba en ella en muchas ocasiones. Era irremediable, ya que cada tarde Niki solía contarle algo que el día anterior hizo o dijo su adorada Cristina. Al parecer, después del tiempo transcurrido seguía yendo a visitarle con puntualidad británica y solo faltaba a su cita si tenía que salir de viaje.

Jamás hubiera esperado algo así de ella.

Lo cierto era que, después de aquel encontronazo en el hospital, no volvieron a tocar el asunto. Siguieron trabajando juntos un par de semanas más, pero ambos se comportaron como si aquello nunca hubiera ocurrido. Era como si hubieran adoptado un acuerdo tácito de silencio. Sus únicas conversaciones se centraron en temas laborales y, cuando estos desaparecieron, su contacto también se apagó de la misma forma que si hubieran pulsado un interruptor. Curioso...

Algo le decía que ella no estaba al corriente de lo que le ocurría a Niki y, si el niño recuperaba la consciencia, le gustaría tenerla cerca. Además, él necesitaba a alguien con quien compartir esas horas de incertidumbre o se volvería loco.

Levantó la manga del jersey de lana azul marino que se puso de forma precipitada cuando, todavía en el primer sueño, recibió aquella llamada que le espabiló por completo, y fijó la vista en las manecillas de su reloj de pulsera; las cuatro de la madrugada. Una hora un poco intempestiva, pero supuso que, si estuviera en el lugar de ella, preferiría enterarse a tiempo.

Sacó el móvil del bolsillo trasero del vaquero y buscó en la guía el nombre de la informática. No sabía por qué lo tenía todavía guardado en la memoria, pero el caso era que aún estaba allí... Pulsó sobre la tecla que ponía en marcha la llamada.

Una voz somnolienta respondió al cuarto timbrazo.

—Dígame...

—¿Cristina? Soy Rafael Monclús. Perdone que la llame a estas horas...

—¡Niki! ¿Está bien? —le interrumpió, despierta por completo.
—Sí, sí. —Un silencio sepulcral se apoderó de la línea durante unos instantes. No quería engañarla—. Bueno, no.
—¿Qué ha ocurrido?
—No se alarme. Ha tenido una hemorragia y lo han trasladado a la unidad de cuidados intensivos. Solo llamaba para...
—Estoy ahí en cinco minutos —volvió a interrumpir su diatriba un segundo antes de cortar la comunicación, sin despedirse siquiera.


Pasaron algo más de cinco minutos, veinticinco para ser exactos. Cristina abrió una puerta y entró en el pasillo vacío, ocupado solo por Monclús, que se puso en pie tan pronto oyó el ruido y salió a su encuentro.
—Lo siento, no he podido venir antes. El taxi ha tardado una eternidad en aparecer. ¿Qué ha pasado? —se disculpó.
Él miró el reloj.
—En realidad ha sido mucho más rápida de lo que esperaba. Lamento el susto. A estas horas...
—Le agradezco que me haya llamado. ¿Niki...?
—Está bien. Bueno, está mal —se rectificó a sí mismo—, pero está atendido por los médicos.
—¿Se recuperará?
—No lo sé. Sigue inconsciente. No me dejan estar con él, solo he podido verle durante cinco minutos, pero de eso hace ya más de una hora.
—¿Qué ha ocurrido?
—No me han dicho mucho, solo que ha tenido una hemorragia y los parámetros se le han descompensado.
—¿Podrán estabilizarlo? —La agonía y el miedo hacían que su voz sonara apagada y distante.
—No lo saben todavía. Están haciéndole una transfusión e intentando mantener sus constantes.
Ella no quería seguir hablando sobre el tema. Lo que quería era ver al niño.

—¿Me dejarán verlo?

—Lo dudo. Yo lo he intentado y me han echado con cajas destempladas. Casi mejor les dejamos trabajar, ¿no le parece? Usted y yo podemos hacer bien poco ahí dentro, salvo estorbar.

Ella lo miró de la misma manera que si hubiera encontrado un insecto en la sopa y anduvo hacia la puerta, obligándole a apartarse de su camino. Pero cuando llegó ante ella, no llamó. Estaba cerrada y se limitó a asomarse por el ventanuco.

Verle allí, tan pequeño e indefenso, hizo que se le doblaran las rodillas y que unas lágrimas calientes empezaran a resbalarle por las mejillas, arrasando cualquier tipo de contención. En esos momentos le importaba muy poco lo que Rafael Monclús pudiera pensar de ella ni que considerara que no tenía ningún derecho sobre el pequeño o que era una blandengue sentimental.

Cuando escuchó su voz a través del teléfono aguantó el tipo, pero al ver al niño allí tendido, más pálido que las propias sábanas y conectado a un montón de cables y tubos, perdió los nervios.

No supo cuánto tiempo estuvo mirando hacia el interior de la sala ni en qué momento empezó a llorar de aquella manera que hacía que todos sus músculos convulsionaran. Al principio fue un llanto callado que dejó escapar sin reparos, necesitaba desahogarse, pero cuando sintió las fuertes manos de Monclús sobre los hombros, se dio cuenta de que estaba dando un espectáculo. Ella, que jamás perdía los papeles y que ya no recordaba cuándo fue la última vez que lloró en público...

Él la separó con cuidado de la puerta y la giró contra su pecho, cobijándola con fuerza entre los brazos. Sintió la fuerte musculatura de sus pectorales y el roce de la suave lana del jersey contra la mejilla. Sabía que debía apartarse, pero no tenía fuerzas ni ganas de hacerlo.

—Tranquila. Niki es un niño muy fuerte, quizá lo supere.

No contestó. No quería pensar lo suficiente como para tener que dar una respuesta y prefería dejarse llevar por las emociones por una vez en su vida. Sin saber qué hacer, se aferró a la cintura de él y lloró. Lloró durante tanto tiempo que llegó a pensar que se caería del esfuerzo y el cansancio, aunque estaba segura de que Monclús no lo consentiría. La apretaba con fuerza al tiempo que le masajeaba con delicadeza los músculos de la espalda, haciendo que el calor de sus manos y la fricción arrancaran un poco del hielo alojado en su corazón.

Eran tantas tardes viendo padecer a Niki... Haciéndole reír, a pesar de que cada día era más duro, esperando que apareciera el donante que necesitaban... Esa noche ya no le quedaban fuerzas para más.

Por fin las lágrimas parecieron agotarse y aspiró profundo antes de apartarse un poco. Perder aquel calor provocó que un escalofrío le recorriera la espalda como un chorro de agua helada.

—¿Mejor? —preguntó Rafa, sin soltarla del todo. Ella solo levantó los hombros en muda respuesta, al tiempo que sacaba un pañuelo de papel del bolso y se limpiaba la cara.

—Lo siento, he perdido los nervios.

—No pasa nada.

—Es que... No puede ser tan difícil encontrar un donante, ¿verdad?

—Parece ser que sí.

—A mí los médicos no me dicen nada. Por lo visto no me pueden poner al corriente de la evolución de la enfermedad porque, al ser Niki un menor y yo no pertenecer a su familia ni estar autorizada... La poca información que tengo es la que escucho a las enfermeras mientras hablan entre ellas, pero sé que un trasplante sería la solución.

Él la apartó por completo y la ayudó a sentarse en una silla.

—Espere aquí un momento. Vuelvo enseguida y le explico todo lo que quiera saber sobre la enfermedad de Niki.

A los pocos minutos le sintió acuclillarse frente a ella mientras colocaba un vaso de leche con cacao caliente entre sus dedos helados.

—Tómeselo, lo vendrá bien. ¿Se siente mejor?

—De verdad, lamento el espectáculo —se disculpó, retirándose el clínex de los ojos—. Supongo que usted no necesita que nadie se derrumbe a su lado en estos momentos, pero no he podido controlarme. Le he empapado el jersey —dijo estirándose la manga del suyo para sujetarla con los dedos e intentar secar con ella la húmeda mancha que oscurecía su pectoral derecho.

Le vio sonreír.

—No se preocupe, ya se secará solo. ¿Qué quiere saber sobre la enfermedad de Niki? —replicó, poniéndose en pie para sentarse en la silla de al lado.

Y, por primera vez en los seis meses que hacía que le conocía, él respondió a todas las preguntas con gentileza, sin cuestionar ni uno solo de sus comentarios y sin que ello les llevara a alguna absurda discusión.

De pronto, la puerta de la UCI se abrió y salió el médico con una sonrisa en los labios. Ellos se pusieron en pie al unísono y se acercaron al doctor.

Sintió el brazo de Monclús en la espalda y una mano cálida que le aferró el hombro para aproximarla hacia él, prestándole un apoyo mudo que agradeció con una sonrisa.

—Ha vuelto en sí hace veinte minutos y está estabilizado —les explicó el médico, con una nota de alegría en la voz—. De momento está fuera de peligro, pero lo mantendremos en observación durante unas horas más. Deberían irse a casa a descansar. Si ocurriera cualquier contratiempo, nos pondríamos en contacto con ustedes. Si, como esperamos, continúa con su mejoría, mañana a las doce recibirán un parte médico del facultativo responsable de la unidad. Hasta entonces no queden en hacer nada aquí.

Ella sintió contra su costado que Monclús soltaba el aire que retenía en los pulmones mientras el intensivista de guardia les explicaba todo aquello con una sonrisa en los labios. Cerró los ojos y, por fin, también se permitió el lujo de volver a respirar.

—¿Podemos verlo? —preguntó ella, al ver que el abogado no decía nada. Por primera vez en su vida parecía haberse quedado sin palabras.

—Cinco minutos. Vengan, les facilitaré ropa adecuada.

# 5

Cristina reprimió un escalofrío de temor a pesar de que estaba decidida a dar ese paso. Por mucho que llevara noventa días, con todas sus noches, sabiendo que aquello era lo correcto, y aunque los médicos le aseguraron que la intervención no revestía peligro alguno, no podía evitar la angustia que la embargaba.

Se sentía sola. Nadie sabía lo que iba a hacer esa mañana, ni siquiera sus padres, pero tenía sus motivos para actuar en silencio, a pesar de que sabía que ellos nunca se hubieran opuesto. Sin embargo, de lo que sí se arrepentía era de no habérselo contado a Monclús aquella terrible madrugada de tres meses atrás, cuando la llamó para compartir con ella la noticia de que Niki se encontraba en estado crítico.

Debería haberse sincerado cuando él le explicó los problemas que tenían para localizar a un donante. Esa noche tendría que haberle confesado que solo dos días antes se había sometido a las pruebas de compatibilidad y que, en caso de que estas arrojaran resultados positivos, cedería su médula y células madre a Niki.

Ocultárselo fue una reacción absurda y egoísta. Podía seguir engañándose y convenciéndose de que hubiera sido muy cruel crearle falsas expectativas, pero lo cierto era que no se lo dijo porque verbalizarlo implicaba ciertos riesgos que no estaba dispuesta a correr. Soñar en secreto con convertirse en la salvadora del pequeño era admisible, pero si al final el niño no superaba aquella crisis, ya tendría suficiente trabajo luchando contra su conciencia para que, además, Monclús la hiciera sentir culpable por no haber tomado la decisión antes, cuando aún estaba a tiempo.

Sin embargo, lo que apenas se atrevió a soñar, ocurrió. Y a pesar de que Niki tenía unos antígenos leucocitarios del tipo HLA-B —los más complicados de compatibilizar debido a la cantidad de combinaciones de que disponen, según le explicó el médico—, al día siguiente de aquella terrible noche frente a la puerta de la UVI, recibió una llamada telefónica para informarle de que la suerte estaba de su lado y sus valores coincidían con los del niño.

A partir de ese instante todo fue tan rápido que no tuvo tiempo ni de pensar en ello.

Debía personarse cuanto antes en el hospital para proceder a la extracción de células madre de su cuerpo, que sustituirían las del interior del hueso de Niki, destruidas por la quimioterapia y motivo principal que provocaba aquellas devastadoras hemorragias. Luego, si todo funcionaba bien y el paciente no presentaba rechazo, era posible que se plantearan hacer un trasplante de médula ósea.

Solo cinco días más tarde, tras inyectarle un montón de medicamentos que le hicieron sentirse extraña y agotada, se sometió a la aféresis. La conectaron a una máquina que le extraía sangre de un brazo para volver a introducírsela por el otro poco después, después de que esta pasara por una máquina que se quedaba con aquello que Niki necesitaba para su recuperación.

La sesión duró algo más de tres horas. No le dolió, pero se mareó un poco, lo que superó dedicándose a pensar en lo que estaba haciendo. Se sentía muy orgullosa de sí misma.

Desconocía por qué motivo tampoco se atrevió entonces a compartir con Monclús las buenas noticias y, en cambio, pidió al doctor Castro, jefe de oncología infantil de la planta, que ocultara la identidad de la donante a la Fundación. Quizá porque esperaba que la experiencia compartida en el hospital hubiera limado las asperezas entre ellos y, en cambio, en las dos ocasiones que lo vio después, su comportamiento fue tan distante como antes, lo que la molestó sobremanera.

Tanto que, a pesar de estar deseando contarle el éxito de sus intenciones y tranquilizarlo con que la situación de Niki estaba en vías de recuperación, al final se calló. ¿Y si, dado su empeño por apartarla del niño, intentaba impedírselo?

Suponía que daría igual, los médicos no iban a hacerle ningún caso y, por supuesto, ella tampoco, pero prefería no jugar esa mano por mucho que tuviera un as en la manga. Además, después de descubrir que podía mostrar un poco de humanidad, no quería reencontrarse con el dragón que tan bien conocía.

Asumía que él hubiera vuelto a su habitual frialdad y hoscos modales, pero no quería olvidar que también poseía una faceta amable; lo demostraba la calidez con que la consoló frente a la puerta de la UVI, el calor que emanaba de su cuerpo firme, la fuerza y musculatura de sus pectorales contra su mejilla y la delicadeza con que la trató.

Aquel día fue otra persona, parecía que le hubieran quitado de encima una mochila de veinte kilos. Incluso su aspecto era diferente, con aquellos vaqueros desgastados que se ajustaban a sus caderas y el jersey de lana ciñéndole el cuerpo. Daba la impresión de que los serios trajes y las alegres corbatas que acostumbraba a vestir eran la coraza con la que se protegía y, a la vez, le alejaran de cualquier vestigio de sensibilidad. Incluso se le veía más joven; menos duro, más accesible.

Pero no sabía por qué estaba recordando todo aquello en esos momentos. Lo más posible fuera que se debiera a los nervios; en unos minutos entraría en el quirófano para donar la médula ósea e iban a someterla a una anestesia completa. Tenía miedo. ¿Y si algo fallaba? Nadie sabía dónde estaba...

Lo único que le impedía salir corriendo de allí era haber visto los resultados obtenidos después de que Niki recibiera sus células madre. La mejoría fue espectacular... Esperaba que el paso que estaba a punto de dar fuera el definitivo.

En ese momento el camillero entró y, tras pedirle que estampara la rúbrica en el documento de consentimiento, la obligó a tumbarse en la cama y empezó a empujarla por gélidos pasillos que le helaron la sangre.

¿Podrían intervenirla si al pincharla descubrían que sus venas sufrían un atasco de cubitos de hielo?

Rafa se paró en seco. ¿Cuántas veces llevaba haciendo aquel mismo recorrido? Parecía un león enjaulado. Lo que más le fastidiaba era que fuera Cristina la que estuviera dispuesta a todo con tal de salvar la vida al niño mientras él se quedaba de brazos cruzados frente a la puerta del quirófano. Si daba una vuelta más terminaría por desgastar las losetas del pasillo. No veía el momento de que, por fin, saliera el médico y le contara los resultados de todo el proceso. Apenas se reconocía a sí mismo.

Pese a lo que le dictaba su temperamento, hizo caso a Santiago Castro y calló sobre lo que este le contó algunos meses atrás. No solo mantuvo la boca cerrada, sino que además procuró por todos los medios mantenerse alejado del hospital a las horas que sabía que Cristina iba por allí. Tenía que reconocer que la evitaba.

Pocos días después de que Niki sufriera aquella devastadora crisis, el jefe de oncología infantil lo citó en su despacho para informarle de que por fin tenían un donante apto para el niño y hacerle firmar las autorizaciones pertinentes. Y cuando le preguntó de quién se trataba —aunque lo cierto era que le daba igual la identidad de este y el médico tampoco tenía ninguna obligación de facilitársela—, Castro no dudó en ponerle al corriente del jugoso cotilleo, rogándole que le guardara el secreto, ya que la donante quería mantener el anonimato.

Pero Santiago, llevado por la amistad que se estableció entre ellos a lo largo de todos aquellos años —convirtiéndoles en compañeros de aventuras y cómplices de diversas escapadas nocturnas—, no tardó nada en contarle que la atractiva colaboradora de la Fundación que venía a acompañar al crío cada tarde era el generoso y auténtico ángel de la guarda de Niki.

Aquella información le cayó como un jarro de agua fría. ¿Por qué no le puso ella misma al corriente de las novedades? Se sintió ninguneado. Creía que después del mal rato que compartieron, ambos enterrarían el hacha de guerra y a partir de entonces mantendrían un trato cordial. Sin embargo, estaba claro que para ella aquel interludio no significó nada.

Y le sentó fatal, para qué engañarse.

Durante unos días estuvo convencido de que aquella aciaga noche supondría un paso importante para ambos. Un paso que, al mismo tiempo, significaba un respiro para su desconfianza y recalcitrante cinismo, puesto que incluso estaba dispuesto a admitir que, a pesar de todo, aún quedaban mujeres capaces de anteponer el bienestar de una criatura indefensa al personal. Aun así, en vista del secretismo que ella guardó después con respecto a sus intenciones, se replanteó muy en serio si aquel no sería un juicio demasiado precipitado.

¿Acaso un acto solidario como aquel debía esconderse como si fuera algo vergonzoso? Mentiría si no reconociera que en todos esos días llegó a pensar, más de mil veces, que lo más probable fuera que ella tuviera alguna intención oculta en ello. Pero tampoco era tan idiota, ¿qué podía ganar Cristina sometiéndose a una donación para un niño sin recursos? Estaba claro que nada. No obstante, no podía dejar de dar vueltas al tema; algo no cuadraba.

Hubiera sido tan fácil como descolgar el teléfono y preguntarle, o mejor, hacerlo cara a cara y evaluar su respuesta en las dos ocasiones que se encontraron en el hospital, pero cada vez que se vio tentado a ello el argumento que esgrimía para mantener la intriga era que tenía que salvaguardar la confianza de su amigo.

Sin embargo, sabía que la realidad no era otra que, si como suponía ella se negaba a responder a sus preguntas, se iba a cabrear. Mucho. En vista de lo cual prefirió mantener su acostumbrada y distante actitud, no fuera a ser que en la refriega ella acabara tan vapuleada que decidiera cambiar de opinión.

Su pragmatismo era lo suficientemente agudo como para saber que, por encima de su ego dañado, estaba el bienestar de Niki. No cometería ninguna tontería que impulsara a Cristina a retirarse de la donación. Si lo hacía —y ella estaba en su derecho a negarse incluso en el último instante—, no podría obligarla a que cambiara de opinión ni siquiera por medios legales. Su paciencia era legendaria, podía esperar a enterarse de sus motivos, pero cuando todo hubiera acabado...

Y ese momento estaba a punto de llegar. En cuanto Santiago Castro le informara del éxito de la operación y dispusiera de la médula que, esperaba, salvaría la vida de Niki, iba a preguntarle todas las dudas que le corroían desde hacía semanas.

«¡Ja! ¿A quién quería engañar?»

No era por eso por lo que estaba allí esa mañana, paseando desde hacía casi tres horas como un padre primerizo ante la puerta del paritorio y mirando el reloj cada cinco minutos con la sensación de que el tiempo no corría con la suficiente rapidez. Era lo bastante sincero consigo mismo como para reconocer que el deseo de verla salir del quirófano no obedecía a su necesidad de satisfacer su curiosidad, ni tampoco porque temiera por la salud de Niki —que estaba feliz en su cama, puesto que no recibiría el trasplante hasta unos días después—, sino a que le preocupaba la salud de Cristina.

*A priori* la intervención no implicaba demasiados riesgos, excepto los que se derivaban de cualquier anestesia general, pero la conversación mantenida con Castro unos días antes le dejó muy intranquilo. Al parecer el proceso no era difícil ni complicado, aunque siempre conllevaba fuertes alteraciones en el organismo del donante, pero en esa ocasión, dada la gravedad y la urgencia del receptor, tuvieron que acelerar la pauta de las fases del trasplante e iba a resultar bastante agresivo para Cristina.

En solo un par de meses la muchacha se vio sometida a la aféresis, que la dejó magullada como si hubiera bailado *El Bimbó* con un elefante; después a la autodonación de sangre para la intervención que se estaba llevando a cabo en esos momentos y, desde hacía un buen rato, a la extracción de médula ósea... Cuando todo acabara iba a necesitar unas buenas vacaciones para recuperarse.

Unas vacaciones que, según averiguó casi de rebote, siempre

fruto de la innata indiscreción de su amigo Castro, el mismo oncólogo estaba dispuesto a proporcionarle en cuanto ella dispusiera de la suficiente energía como para mantenerse en pie... y un poquito más. Sus intenciones eran invitarla a pasar un fin de semana de relax en un *spa* de la costa... «para vigilarla de cerca mientras repone fuerzas».

¡Y un cuerno! Como si él se chupara el dedo y no supiera de sobra lo tarambana que era el médico.

«¿Es que Castro no tiene el suficiente sentido común como para apartar las manos de la donante de uno de sus pacientes...?»

No tenía ni idea de por qué aquello le molestaba tanto, pero el caso era que, después de enterarse, vio amanecer desde la ventana de su cuarto sin haber podido conciliar ni una hora de sueño. No hubo forma de que su mente dejara de repetirle, una y otra vez, las entusiastas palabras de su amigo, teñidas de taimadas intenciones.

Y por si eso fuera poco, en los escasos momentos en que estas dejaban de repiquetear en su cerebro como un disco rayado, sus recuerdos se llenaban de imágenes de él mismo acariciando un cuerpo joven bajo un jersey de cuello vuelto de suave cachemira beige, y volvía a notar la presión de unas caderas enfundadas en unos vaqueros de talle bajo que resaltaban cada una de las curvas que aquella mujer poseía, y en las que nunca reparó hasta entonces.

Bueno, vale, sí que reparó antes en sus curvas, pero a él los trajes de ejecutiva agresiva ya no le ponían ni un poquito; le hacían tener muy presentes las cualidades del tipo de mujeres que los usaban. Cualidades que, por cierto, al depravado de su amigo Santiago no arredraban en absoluto.

Mentiría si no reconociera que le impactó descubrirla fuera de su «uniforme» de trabajo, aunque no fue eso lo que le impulsó a abrazarla... En esos momentos lo hubiera hecho incluso si vistiera su omnipresente atuendo de comehombres, porque su intención era aplacar la pena y frustración que sabía que sentía.

Entonces, ¿por qué no pudo quitarse esa escena de la cabeza en toda la noche? ¿Por qué lo primero que hizo esa mañana, antes de subir a la planta donde en esos momentos esperaba a que terminaran de intervenirla, fue pasar por la floristería y encargar un enorme ramo de rosas?

Enviar un centro de flores con una tarjeta de agradecimiento por su acto no casaba con los deseos de poner tierra de por medio de las semanas previas, sino más bien con una bienvenida a su regreso del quirófano. Y, desde luego, tampoco tenía nada que ver con que tuviera mala conciencia por haberle supuesto intenciones veladas en aquel generoso acto, seguía pensando que algo no encajaba...

Lo que ocurría era que estaba harto de quedar como un huraño maleducado y que el médico, sin embargo, se erigiera como el más galante caballero andante del universo. ¡Pues no! En realidad él era un hombre detallista y agradecido.

Por ese motivo firmó la tarjeta como «Rafael Monclús» en lugar de hacerlo como «Fundación Ángeles Olvidados».

Cristina despertó como si le hubiera pasado un tráiler por encima. Le dolía todo el cuerpo y sentía un horrible malestar general, pero al menos en esa ocasión tenía la sensación de ser ella misma y haberse deshecho casi por completo de la nebulosa que embotó su cerebro durante toda la noche.

Recordaba de forma vaga haber vuelto en sí varias veces. La primera vez zarandeada por las manos del médico; un poco después fueron las amables palabras de una enfermera las que la sacaron de su sopor; luego creía haber oído que alguien le hablaba mientras la trasladaban desde la sala del despertar a la habitación, lo más seguro que el camillero, que incluso tuvo que ayudarla cuando vomitó. Sin embargo, no era capaz de acordarse de qué le dijeron ninguno de ellos y ni siquiera podría asegurar si se trataba de algo que hubiera vivido o era un simple sueño. Solo sabía a ciencia cierta que estaba muy enfadada porque le hablaban, mientras que ella lo único que quería hacer era seguir durmiendo.

Se giró despacio con la intención de pulsar el timbre de la

mesilla a fin de que algún sanitario le llevara la cuña, pero un calambre en la espalda la obligó a parar el movimiento, arrancándole un gemido. Cerró los ojos con fuerza para esperar a que se le pasara el dolor, pero necesitaba utilizar el cuarto de baño con urgencia. Aunque no podía ni moverse, le habría encantado levantarse para satisfacer sus necesidades más primarias, pero eso estaba fuera de toda posibilidad, y menos sola.

Una vez más lamentó no haber avisado a su familia para que la acompañaran, le resultaba de lo más bochornoso tener que pedir ayuda a un extraño para que la asistiera en actos tan íntimos como vomitar o hacer pis. Y llevaba toda la noche haciéndolo.

Unas manos fuertes la sujetaron por los hombros para que no se moviera y la taparon con las mantas. Lo agradeció, tenía frío. No tanto como la primera vez que despertó, pero estaba segura de que no se pondría a sudar en mucho tiempo.

—Gracias —murmuró, aún sin abrir los ojos.

—De nada. No debería de haber intentado girarse, y menos de forma tan brusca. ¿Se encuentra mejor?

Y como si los párpados obedecieran a un resorte oculto, los elevó de golpe a velocidad supersónica. La imagen que su cerebro registró unas milésimas de segundo después no fue ninguna sorpresa, sabía lo que iba a encontrarse. Hubiera reconocido esa voz grave y profunda entre un millar.

—Raf... ¡Monclús! ¿Qué... qué hace usted aquí? —«Oh, no, por Dios... ¿Es que este hombre no puede dejarme en paz?» No tenía ni idea de cómo podía haberse enterado de aquello... Desde luego, no por ella.

—Esperando a que despierte. Quería asegurarme de que estaba bien y darle las gracias por lo que ha hecho.

—No era necesario...

—¿El qué? ¿Darle las gracias o asegurarme de que está bien?

Suspiró. Lo último que necesitaba era entrar en una batalla dialéctica con el abogado. ¿Qué le hicieron en ese quirófano, que no le apetecía enfrentarse a su némesis?

—Ni lo uno ni lo otro —respondió por fin—, pero le agradezco el detalle. Estoy perfecta.

—Sin duda. No hay más que ver el atractivo color verde de su cara...

—Bueno, no hace ni veinticuatro horas que he salido del quirófano, ¿cómo quiere que esté? Me duele todo el cuerpo, tengo la cabeza como un tambor y necesito que una auxiliar me ayude a ir al servicio. ¿Sería tan amable de avisar a una?

—Claro —replicó él, apretando el botón que ella no fue capaz de pulsar, aun teniéndolo a escasos centímetros, tras lo que explicó lo que quería a la persona que respondió a la llamada—. ¿Necesita algo más?

—Sí, una garrafa de agua de cinco litros, pero supongo que todavía no me dejan beber. Tengo la boca como si hubiera atravesado el Sáhara.

—No me importaría traérsela, se lo merece; ha hecho una gesta mucho más importante que darse una vuelta por el desierto; sin embargo, tendremos que esperar a que los médicos me autoricen.

—Me muero de sed —se quejó con un tono mucho más desvalido del que le hubiera gustado mostrar.

Él se aproximó con una gasa húmeda y se la pasó por los labios al tiempo que le retiraba un pegajoso mechón de pelo del rostro.

—Ya lo supongo, pero no piense en agua o será peor. Aún tiene el gotero del suero puesto, lo que significa que, en realidad, no tiene necesidad de líquido, solo tiene sensación de ello y usted lo sabe tan bien como yo.

—Por favor... —musitó.

—Casi merece la pena verla pasar este trago con tal de escucharle pedir algo por favor. Pensé que esa palabra no estaba en su vocabulario.

Dos auxiliares entraron en ese momento, salvándola de tener que responder y él salió de inmediato, dejándolas solas. ¡Menos mal que no tuvo que pedírselo!

Pero sabía que volvería, el abrigo y el maletín estaban sobre el sillón de enfrente.

# 6

Rafa se apoyó contra la pared del pasillo mientras esperaba a que las auxiliares la asistieran y asearan. Le impresionaba verla tan vulnerable. Nunca hubiera supuesto que ella, fuerte y decidida, pudiera mostrarse tan hecha polvo. Estaba pálida, demacrada y el cansancio se reflejaba en su rostro. Pensó en lo que acababa de hacer. Aunque se trataba de un acto de generosidad humana, lo cierto era que no tenía ninguna obligación de someterse a ello.

Pero algo seguía sin encajar en todo aquel asunto. ¿Por qué nadie de su familia la esperaba a la salida del quirófano? ¿Por qué seguía sola esa mañana? Ninguno de ellos estaba allí ni se quedó con ella por la noche después de una intervención con anestesia total... Nada de eso era normal.

Sabía a ciencia cierta que, en el peor de los casos, tenía padre y un hermano. Eran, a su vez, el presidente y el director de la empresa familiar. Y las relaciones entre ellos, si trabajaban juntos, debían de ser como mínimo aceptables. ¿Cómo no estaban a su lado en aquello?

Ninguna amiga. Ni siquiera su novio.

Bueno, a lo mejor no tenía novio, aunque ese aspecto tampoco le extrañaba demasiado, con el carácter que gastaba dudaba que hubiera muchos hombres dispuestos a aguantarla. Se alegraba por el género masculino.

Sonrió, aunque no tenía muy claro por qué lo hacía.

Recordó que el día anterior, cuando caminaba junto a su cama mientras la llevaban a la habitación desde la sala del despertar, farfullaba como si estuviera hablando con su madre. Apenas se le entendía lo que decía, pero creyó haber escuchado que le decía algo como que no se enfadara por no haberla avisado. ¿Por qué no lo hizo? ¿También ocultaba a la gente de su entorno que era la donante de médula de un niño enfermo?

No creía que eso fuera algo que una persona tuviera necesidad de esconder. Él, en su lugar, estaría feliz de poder hacer algo semejante. Y mucho.

En esos momentos salieron las auxiliares y dejaron la puerta de la habitación abierta para que entrara.

—¿Sigue aquí? —dijo ella desde el sillón en el que estaba sentada, después de haber sido lavada y de que le retiraran el suero de la cánula, que todavía sobresalía entre el vendaje de su mano.

Llevaba puesto un horrible pijama de hospital de dos piezas, desteñido por mil lavaduras, que le quedaba como un saco. En la mano tenía un vaso de agua al que miraba con adoración, relamiéndose.

—¿No piensa marcharse? —lo apremió después de apurar el contenido de un solo trago.

—Sí, pero todavía no.

—¿Me trae otro? —pidió, tendiéndole el recipiente vacío.

—Creo que no es buena idea. Estoy seguro de que le han dicho que beba despacio y a pequeños sorbos, ¿a que sí?

—Por favor... —repitió sin negar sus palabras.

—De verdad que me gustaría complacerla —respondió recogiéndolo y colocándolo sobre la mesilla—, pero no me apetece volver a verla vomitar, y lo hará si sigue bebiendo con esa ansia.

—¿Volver...? ¿Estaba usted ayer aquí, cuando salí del quirófano y eché mi primera papilla?

—Sí. Vine a ver cómo salía todo.

Su cara se iluminó con un avergonzado rubor que, por fin,

puso una nota de color bajo sus apagados ojos grises, devolviéndole parte de esa vida que parecía haber abandonado sobre la camilla del quirófano.

—No se preocupe, mujer —la consoló—. Es lo normal. De alguna manera hay que hacer frente a los efectos secundarios de la anestesia, por desagradable que sea. —Ella fue a decir algo pero él no la dejó—. Lo sé por experiencia. Me operaron de apendicitis cuando tenía dieciocho años y lo recuerdo como si fuera una pesadilla padecida ayer mismo.

—Es bochornoso... —se quejó con voz angustiada.

—No hay bochorno en la enfermedad —denegó él—. Además, lo de usted ni siquiera es eso. Usted estaba bien y se ha prestado a ponerse mal para salvar la vida de Niki.

La observó pensar con los párpados entornados durante unos instantes; casi podía ver girar los engranajes en su cabeza. Sabía, sin lugar a dudas, lo que iba a preguntarle a continuación. Como era de rigor, no se equivocó.

—¿Cómo se ha enterado de esto?

Pero por mucho que llevara horas pensando la respuesta, no era capaz de encontrar una que no faltara a la verdad y al mismo tiempo satisficiera su curiosidad.

—¿Me lo contó Niki? —preguntó con retintín, convencido de que ella jamás habría hablado sobre el tema con el niño, pero insinuando que no iba a responderle por mucho que se empeñara.

—Lo dudo. Niki no sabe nada de esto. ¿Cree que me he vuelto loca? ¿Cómo voy a decírselo, si no estamos seguros de los resultados? Sería crearle unas expectativas que...

—Ya.

—¿Entonces?

—¿De verdad tiene importancia cómo me he enterado? Lo único importante es que no fue usted quien me lo dijo y me hubiera gustado que lo hiciera. ¿No cree que merecía saber que Niki contaba con una posibilidad de seguir viviendo? Yo no soy un niño, soy un hombre adulto capaz de encajar el fracaso. Sin embargo, me llevo fatal con el engaño.

—¡Oiga, que yo no le he engañado! No tengo por qué explicar a nadie lo que voy a hacer... Además, usted sí sabía que existía un donante, y, por tanto, una esperanza de vida para Niki, ya que ha tenido que firmar la autorización... ¡Qué más le daba su identidad! Con que lo supieran los médicos era suficiente.

De pronto la respuesta a su anterior pregunta se instaló en su cerebro. Él lo supo porque sus ojos se abrieron y destellaron con el conocimiento.

—¡Castro! —exclamó.

Él, en cambio, no movió ni un músculo. Ni confirmó ni desmintió, era absurdo. Sin embargo, puso a prueba la teoría de que la mejor defensa era un ataque y el momento que tanto esperaba acababa de ofrecérsele en bandeja.

—Ya. Y salvaguardar su identidad era tan importante que ni siquiera sus allegados tienen conocimiento de lo que ha hecho, ¿verdad?

—No sé de dónde saca esas conclusiones...

—Muy fácil —contestó, interrumpiéndola—. Ni ayer ni hoy he visto por aquí a su pareja ni a nadie de su familia...

—No. No saben que me he sometido a esta intervención... —aceptó al cabo de un rato.

—¿Por qué, Cristina? ¿Por qué no les ha dicho nada? ¿Ni siquiera su pareja merece saber lo que está haciendo?

—No tengo pareja estable. Si la tuviera estaría aquí, jamás le ocultaría algo así.

Él suspiró al escuchar aquello.

—Me alegra saberlo —contestó, pero lo cierto era que no sabía qué era lo que le alegraba saber.

—A mis padres no he querido decírselo porque... Bueno, no tienen ninguna necesidad de pasar por esto. No quiero que se enteren de lo de Niki hasta que el niño esté fuera de peligro.

Aquello fue un golpe bajo y la sonrisa que no sabía que esbozaba se le borró del rostro. ¿Qué tenía de malo Niki? ¿Por qué no quería contar a sus padres la existencia del niño? ¿Era tan vergonzoso ayudar a un ser indefenso? Jamás hubiera imaginado que ella pudiera ser tan mezquina. Entonces, ¿qué pretendía yendo todos los días a visitarlo? ¿Qué pensaba ganar con ello?

No fue consciente de que aquellas preguntas, llenas de rabia, abandonaban sus labios en lugar de quedarse en lo más profundo de su mente.

—No me juzgue, Monclús. ¿Cómo puede pensar que soy tan mala persona como para pretender ganar algo con todo esto? No se le ocurra insinuar que no soy generosa...

—Es que no es normal que oculte lo que está haciendo a los suyos. ¿Se avergüenza? Si mi hija hiciera algún día algo así, yo me sentiría orgulloso de haberla educado de esa manera.

—Y mis padres también lo estarán, no me cabe ninguna duda. Pero prefiero darles los hechos consumados.

—¿Por qué?

El silencio se alargó durante unos minutos y tomó cuerpo hasta rebotar en las pálidas paredes de la habitación.

Cristina no quería hacer partícipe a ese hombre de su intimidad, pero debía de estar muy cansada cuando estaba dispuesta a explicarle sus motivos.

O quizá fuera que no pensaba consentir que ese pedazo de carne con ojos creyera que su familia no estaría de acuerdo con lo que acababa de hacer. Si existía alguien sobre la faz de la Tierra que estuviera dispuesto a hacer lo que fuera por salvar a un niño enfermo, esos eran sin duda sus padres. Pero no quería preocuparles antes de tiempo.

—Mis padres perdieron a su hijo menor cuando tenía cinco años —explicó por fin. Él abrió la boca sorprendido—. Nació con una cardiopatía congénita y durante toda su vida estuvo más tiempo ingresado en el hospital que fuera de él. Lo pasaron muy mal, no necesitan vivir nada semejante ni ver a más niños morir. Dios no quiera que usted tenga que padecer algún día lo que ellos sufrieron.

—Lo siento —dijo abochornado Monclús al cabo de unos segundos—. Pero Dios no tiene nada que ver con eso. Si fuera así, no dejaría morir a un ser que no ha hecho nada malo en esta vida —continuó con rencor.

Sabía que el abogado no podía con las injusticias a la infancia. Apretó los ojos con fuerza. Intentó cerrar la puerta a los recuerdos y procuró no derrumbarse ante ellos. Quizá, después de aquello, él entendiera el porqué de su reacción frente a la puerta de la UCI. Porque sí, quería al chaval, pero tampoco era muy normal abandonarse a un llanto tan desgarrador por el mero hecho de ver al niño en aquellas condiciones... Sin duda fue una reacción demasiado desproporcionada, por mucho que entre el niño y ella se hubiera entablado una profunda relación en los últimos meses. Y más viniendo de ella; una mujer experta en ocultar a todo el mundo sus sentimientos y capaz de llevar a cabo un excelente trabajo en ese aspecto.

Monclús parecía avergonzado. Se alegraba. Era un hombre insufrible que tenía la maldita costumbre de catalogar a la gente sin tener datos para hacerlo. Y eso que la noche del hospital, no sabía si a causa de su propia vulnerabilidad o por verla a ella tan derrotada, reaccionó como un hombre cabal y se dejó de idioteces y antiguas rencillas para comportarse como un ser humano.

—Siento haberla juzgado mal. No imaginé que hubiera pasado por un episodio tan penoso... ¿Por eso se ha volcado de esta manera con Niki?

—No lo sé —respondió al cabo de un rato encogiéndose de hombros—. Solo sé que cuando usted me contó lo que pasaba con el niño, me acordé de mi hermano y sentí que tenía que hacer algo. Adrián no estuvo solo ni un instante mientras permaneció en el hospital y no podía concebir que Niki lo estuviera. Mi madre lo abandonó todo, incluso su propia carrera, para estar con él. Los demás nos turnábamos para hacerles compañía a los dos.

—Pero usted tampoco tenía necesidad de recordar aquella época. Debió de pasarlo muy mal. ¿Era muy joven entonces?

—Tenía dieciséis años cuando Adrián se fue. Y sí, lo pasé muy mal. Estuve en tratamiento psicológico durante bastante tiempo y, a pesar de todo, no sé si lo he superado todavía. Por eso me volqué con Niki, tenía la sensación de que era una manera de pagar mis culpas.

—¿Pagar sus culpas?

—Yo fui, en parte, la culpable de la neumonía que provocó su última recaída.

«Por Dios, ¿por qué estoy contando todo esto a este hombre, con la inquina que nos profesamos?» Hacía años que no hablaba sobre ese tema con nadie y hasta ese momento jamás se le ocurrió hacerlo ante un desconocido. Si ni siquiera tenían la suficiente confianza como para tutearse... La operación debía de haberla afectado más de lo que suponía, ya que tenía la necesidad de soltar todo aquel lastre y quería explicárselo, además, a él.

—Adrián atravesaba una de sus buenas épocas. Llevaba dos meses fuera del hospital cuando falleció la hermana de mi padre, que vivía en Salamanca. Yo les dije que podían ir tranquilos, que yo me quedaba cuidando al niño.

—Una neumonía no es algo sobre lo que nadie influya —intentó consolarla.

—Por regla general, no. Sin embargo, en este caso tuve mucho que ver. Era invierno y, después de limpiar la habitación de mi hermano, abrí la ventana para ventilarla. Lo hacíamos todos los días para evitar que pudiera contaminarse con nada. El caso fue que, en esos momentos, vino el chico con el que estaba saliendo desde hacía unas semanas y... Ya sabe, me emocioné y me olvidé de todo.

—Y no se acordó de cerrar la ventana —confirmó Rafa.

—No. Nos pusimos a hablar y a jugar con Adrián y no volví a recordar lo que estaba haciendo antes de que mi novio llegara. Cuando por la noche acosté al niño en su cama, la calefacción estaba todavía encendida, así que tampoco me di cuenta del descuido. Aquel día yo no era la encargada de contar el cuento a mi hermano, lo hizo Carol, mi hermana pequeña, así que cuando nos fuimos a la cama apagué la caldera y... Bueno, el frío de la noche hizo lo demás. A la mañana siguiente Adrián tenía fiebre y un constipado impresionante.

Monclús no parecía saber qué decirle, así que le apretó la mano que tenía crispada sobre el brazo del sillón. Ella no se quejó y dejó que lo hiciera, aceptando el apoyo.

—El médico nos dijo que el frío no era el culpable —continuó—. Que los constipados se contraen a causa de un virus y que lo más seguro era que el niño ya lo estuviera incubando antes, pero yo sé que, aunque esa fuera la causa principal, el enfriamiento no le hizo ningún bien. Si no se le hubiera complicado con la neumonía, quizá lo hubiera superado, como tantas otras veces.

—Cristina, si no hubiera sido un constipado hubiera sido cualquier otra causa. Su hermano no tenía unas grandes expectativas de vida...

—Ya. Lo sé, pero quizá de esa otra «causa» no sería yo la culpable.

—Pero bueno... ¿Es que acaso no lo ha superado todavía?

—No creo que lo haga nunca.

—¿La culpa su familia de ello?

—¡No! Ni mis padres ni mis hermanos me han culpado jamás de nada.

—Entonces, ¿por qué lo hace usted? ¿Nunca se le ha ocurrido pensar que aquello fue un descanso para su hermano? Quizá Dios se lo llevó para que dejara de sufrir...

Rafa se sintió ridículo hablándole de Dios de la misma manera que la psicóloga de la Fundación le hablaba a él con respecto a Niki, pero no se le ocurría ninguna otra forma de confortarla.

—Sí, lo he pensado muchas veces, pero no me consuela demasiado. Sin embargo, sí lo hace estar junto a Niki y alegrarle la vida todo lo que pueda. Tengo la sensación de que allá donde esté Adrián, ha puesto a Niki en mi camino para que haga todo lo que nunca pude hacer por él.

—Pues no lo dude ni un minuto, acaba de hacerlo. No sé si es consciente de que lo ha salvado. Estoy seguro que aceptará el trasplante y en pocas semanas lo tendremos correteando como un niño sano.

—Bueno, en el mejor de los casos habrá que esperar algo más de tiempo. Pero confío en que, al menos, esto sea suficiente —replicó, esbozando una triste sonrisa.

—Yo no lo espero, estoy seguro de ello. Pero, si por casualidad algo falla, volveremos a intentarlo; salvo que esa vez no estará sola en el proceso. ¿De acuerdo?

—De acuerdo.

—Bien, pues la dejo descansar, que tengo que ir a la oficina. Sea razonable y avise a su familia para que la acompañen.

—Vale. Gracias por su visita.

—Prométame que va a hacerlo. Tiene que dejarse cuidar, su cuerpo ha sido muy maltratado; se ha sometido a una terapia muy agresiva. He hablado con el hematólogo y me ha dicho que esta tarde, si todo va bien, le darán el alta, pero no está en condiciones de irse a casa sola. Va a necesitar ayuda durante un tiempo.

—Se lo prometo..., los llamaré.

—Hágalo. Y si al final le falta valor, avíseme para que venga a recogerla. Desde luego no está para irse en taxi.

—Telefonearé a mi hermano.

Él la miró desde la puerta, con el abrigo en una mano, el maletín en la otra y un gesto en sus ojos que, como mínimo, ponía en tela de juicio sus palabras.

—Vamos, ¡márchese ya, que va a llegar tarde a la oficina! Le prometo que voy a llamarlos...

# 7

Cuatro meses después, Cristina se derrumbaba sobre el sofá con un suspiro de felicidad. Siempre que entraba en aquel recinto tenía la misma sensación, la de haber llegado al lugar donde los problemas desaparecían. Era así desde su más tierna infancia.

Su madre no tardaría en llegar y, entonces, la protegería de los monstruos del exterior con su cálido abrazo y le demostraría que lo que en esos instantes consideraba un escollo insalvable, en realidad no era un problema tan peliagudo como creía. Cómo envidiaba la sabiduría ancestral de Ana Granda, la mujer que le dio la vida. Tenía la virtud de encontrar siempre la segunda lectura de cualquier asunto e incluso, a veces, una tercera y una cuarta.

No sabía qué hubiera sido de ella sin la intervención omnipresente de su madre. También de la de su padre, pero él a menudo era tan protector que la agobiaba con su exceso de celo. No podía dejar de agradecer cada día la suerte que tenía con ellos.

Aún recordaba sus caras el día que su hermano mayor la llevó allí para reponerse, después de que ella le llamara para que fuera a recogerla al hospital tras su intervención quirúrgica. No podía olvidar la nota de desengaño que encontró en sus ojos. Aunque no la regañaron ni la recriminaron en ningún sentido por no haberlos puesto en antecedentes de sus intenciones, sabía que estaban dolidos. A su madre le hubiera encantado estar a su lado en esos momentos.

Pero solo se limitó a decir: «Espero que la persona que te ha regalado ese espectacular ramo de rosas que llevas en los brazos merezca tanto la pena como para haber confiado más en él que en nosotros». Si ella supiera... Luego la acompañó hasta su habitación y la cuidó durante tres semanas como la mamá gallina que era.

La bronca gorda, los reproches y los tirones de orejas vinieron por cuenta de Javier, su hermano mayor, que fue quien se encargó de ahorrarle el mal trago de las explicaciones por segunda vez en un mismo día y previno a la familia por teléfono. ¡Bendito fuera!

Sin embargo, todos, a pesar de lo que hubiera podido creer Rafael Monclús, le demostraron lo orgullosos que estaban de ella. En especial Carol, para la que ella nunca hacía nada mal, aunque acabara de cometer la mayor de las torpezas.

En fin, tampoco era que fueran una familia de cuento de hadas, también tenían sus discusiones, pero estaban bien avenidos y las rencillas se olvidaban con la misma velocidad que se producían. Javier hacía ya tres años que vivía con su novia y estaban «embarazados» de su primer retoño. Carol era casi tan independiente como ella, pero todavía residía en la casa familiar y, aunque salía de marcha todo lo que podía y le constaba que tenía una vida sexual activa, seguía colgada de su compañero de la facultad que, por otro lado, pasaba de ella.

Y todos, los tres hermanos, trabajaban con su padre en APIL —Aplicaciones Informáticas Losada—. Por supuesto, aquel era el tema común y el foco de la mayor parte de sus disputas. Pero esa tarde no estaba ella para muchas broncas.

Decidió salir a mediodía de la oficina. Era viernes y, además, julio, así que todos los empleados se iban a comer a sus casas y ya no regresaban. Ella sí solía hacerlo, pero esa tarde se fue pronto a ver a Niki, ya que luego quería ir a visitar a su madre. Necesitaba mimos.

—¡Cris! —escuchó la voz de la única persona que quería ver

en esos momentos—. Hola, cariño. No sabía que vendrías... Estaba haciendo la compra en el súper. ¿Qué tal estás?

—Bien, mamá. No ha ocurrido nada digno de mención en mi vida desde que hablamos por teléfono esta mañana.

—Ven, ayúdame a sacar las bolsas del coche...

Miró a su madre. A sus cincuenta y siete años aún era una mujer joven y moderna. Parecía frágil, pero ni de lejos era aquella su debilidad, solo era la imagen que le daba su cuerpo esbelto y espigado, la palidez de su piel y el colorido de sus cabellos; pelirrojos, igual que los de ella, aunque los de su madre tenían un color más vivo, más naranja; los suyos eran casi como el cobre oscuro. Sin embargo, tenía un genio explosivo —otra de las características que tenían en común—. Su aspecto le recordaba a Katharine Hepburn, sobre todo en aquella película de *Adivina quién viene a cenar esta noche*; tan elegante y comedida y a la vez tan visceral...

Se levantó del sillón, no sin cierta dificultad, y la siguió al porche, donde ella ya estaba sacando la compra del maletero del todoterreno.

—Hace un calor terrible —se quejó—. Venía pensando en darme un baño en la piscina, pero entré en el salón y me dio una pereza mortal.

—Cris, no tienes buen aspecto. No has recuperado los kilos que perdiste y cada día estás más pálida. ¿Seguro que la donación no te ha dejado secuelas?

—¡Que no, mamá! Estoy harta de decírtelo. Me hago análisis puntuales y ya hace meses que los parámetros son perfectos. Superé la anemia en muy poco tiempo y sí he engordado...

—Pues la ropa te sigue quedando como un saco. —La miró por encima del hombro mientras guardaba las legumbres en el armario de la cocina—. Si no es un problema físico, entonces tienes algo que te preocupa. ¿Un chico?

—No, mamá. En mi vida no hay ningún hombre que me quite el sueño...

—¿Y el médico de Niki?

—¿El doctor Castro? ¡No, joder!

—¡Cristina! Esa lengua... Aunque tengas casi treinta años, no voy a permitir que digas palabrotas en mi presencia.

—Vale, mamá, perdona. —Se rio. Su madre seguía siendo igual de plasta con el vocabulario que cuando ella y sus hermanos eran unos adolescentes—. Santiago Castro está como un queso, pero no tiene el equipo necesario como para desestabilizarme hasta ese punto.

Hacía muchos años que las mujeres de la familia catalogaban a los hombres en coches de alta gama o utilitarios. Su cuñada también estaba en el ajo y lo utilizaban como código para que su padre y su hermano no se les echaran encima como perros rabiosos en defensa del género masculino.

Recordó aquella invitación que le hizo Castro, solo un par de semanas después de la intervención, durante una de sus visitas a Niki. Quería que lo acompañara a pasar el fin de semana en un *spa* de la costa para favorecer su recuperación, pero aunque el médico estaba como para hacerle un favor, todavía no se encontraba con ánimos para nada. Aquellos días tenía la sensación de que le cansaba incluso respirar, así que ni se planteaba llevar a cabo otras actividades que implicaran algún tipo de esfuerzo; porque no tenía ninguna duda de que el oncólogo pediátrico esperaba de aquel viaje algo más que compañía y su pronta recuperación.

Salieron un par de veces a cenar después, pero jamás llegaron tan lejos como para tener que preocuparse. Ella prefería mantener las distancias, así que rehuía con elegancia sus avances. No quería verle como algo diferente que el médico de Niki.

—Pues hija, deberías planteártelo. Al menos es un hombre detallista, que ya es mucho si tenemos en cuenta los pocos extras que traen de fábrica los modelos del catálogo. Antes venían *full equipe*, pero desde hace unos años vienen solo con los accesorios de serie.

—Bueno, yo me conformo con el equipamiento básico, siempre y cuando se trate de un modelo clase A...

Ambas se rieron. Tenían la misma risa musical, un tanto escandalosa.

—Lo que tú digas, pero aquel ramo de rosas rojas tan espectacular que te regaló el día de la operación, fue un detallazo.

—Pero mamá, si el ramo no me lo regaló Castro. Lo hizo el abogado de la Fundación para darme las gracias...

—Dijiste que era del médico de Niki.

—Eso pensaba, pero ya aquí, cuando las puse en el jarrón, vi la tarjeta... Era de Rafael Monclús.

—¿Y qué tal es ese Monclús?

—Uf, un soplagaitas. Quita, quita... Es aquella mala bestia del que tanto despotricaba cuando estaba diseñando la web de la Fundación Ángeles Olvidados, ¿recuerdas?

Su madre se acercó a la nevera y sacó una botella de vino blanco y un cuenco con aceitunas que dejó sobre la mesa de la cocina. Luego colocó dos copas sobre el tablero y sirvió en ellas una generosa ración.

—¿Aquel que decías que, aunque estaba buenísimo, no ibas a consentir que te manipulara? ¿El que comentabas que tenía unos superespectaculares ojos verdes que remarcaban toda la traición que anidaba en su corazón? ¿Del que indicabas que tenía una altura y musculatura en justa desproporción con el tamaño de su cerebro?

—Mamá, yo no he dicho todo eso de Rafael Monclús. Bueno, sí lo he dicho, pero no junto ni en el mismo orden que tú. ¡Estás sacando mis frases de contexto!

—Si tú lo dices... Pero insisto, las flores eran impresionantes...

—Sí, fue un detalle, lo reconozco, pero sigue siendo un zopenco. Y no, tranquila, ese tampoco me afecta lo más mínimo ni me quita el sueño. Además, apenas he vuelto a verlo después de la operación; coincidido muy poco con él en la habitación de Niki.

—Niki, Niki... Siempre Niki. Cariño, tenemos que hablar de él.

—Está bien, mamá, muy bien, no te preocupes. Ya hace mucho que no tienen que transfundirle siquiera. Y me ha dicho Castro que, si los análisis siguen arrojando tan buenos resultados, es posible que le den el alta hospitalaria a últimos de mes.

De pronto, todas las chanzas y bromas desaparecieron. Incluso la sonrisa en la cara de su madre lo hizo.

—Y ese es el problema, ¿verdad?

—¿Cuál? —Quiso negar lo innegable.

—El alta de Niki. —Apretó con su mano maternal la que ella tenía sobre la mesa—. No tienes ni idea de qué vas a hacer con tu vida cuando le den el alta, ¿verdad?

¡Joder! Siempre tan perceptiva... No sabía si era cierto que todas las madres disponen de un sexto sentido para saber lo que les ocurre a sus hijos, por muy mayores que estos sean, pero desde luego la que a ella le tocó en suerte era una experta en esas lides.

Como era habitual, fue directa al meollo de la cuestión; sin ambages ni subterfugios. Y como muy bien imaginaba, aquello era lo que de verdad le quitaba el sueño. Que dieran el alta hospitalaria a Niki significaba mucho, quería decir que el niño estaba tan bien como para poder hacer vida casi normal, pero... en el momento en que el crío saliera del hospital, le perdería la pista. Ya no podría verle cada día, ya no tendría a quién hacer reír ni a quién contar cuentos. Y entonces, ¿en quién iba a depositar todos sus desvelos?

A su edad, su madre ya tenía tres hijos y un marido de quien cuidar, pero ella seguía sin encontrar a su media naranja y el reloj biológico empezaba a apremiarla, aunque no tenía ninguna intención de precipitarse.

Sin embargo, llevaba tantos meses haciendo que su vida girara en torno a Niki, que para ella ya era algo más que una personita a la que algún día tendría que dejar marchar para que iniciara su propia andadura.

Por eso, la conciencia la estaba matando. En lo más profundo de su corazón no quería que le dieran el alta.

—Cariño... —Su madre se levantó para envolverla en uno de sus cálidos abrazos—. Es normal que no quieras que te aparten de Niki, no te martirices por eso.

—Soy una mala persona, mamá. —Sin darse cuenta empezó a llorar—. En realidad no quiero que salga del hospital, porque volverá a la Fundación y, como ya es un niño sano, alguna pareja lo adoptará y no volveré a verlo. Tendrá una mamá que lo querrá y le contará cuentos y se olvidará de mí en un par de años.

—Y ahí llegamos al meollo de la cuestión, ¿no es cierto?

Giró la cabeza y la miró a los ojos. ¿De qué estaba hablando su madre? ¿Qué meollo?

—No sé qué quieres decir...

—Que tú no quieres que tenga otra mamá que le cuente cuentos y lo quiera. Que aunque no lo has parido, sientes que eres la que le ha dado la vida y no quieres separarte de él.

—Pero no se trata de lo que yo sienta —hipó—, sino de lo que va a ocurrir.

—Escúchame, Cris. Tu padre y yo hemos hablado mucho sobre este asunto en los últimos meses y nos preguntamos por qué no has empezado todavía a agilizar los trámites para adoptar tú a Niki.

—¿Yo? —La perplejidad de lo que sentía era obvia en su mirada—. Jamás se me ha ocurrido...

—Pues deberías planteártelo, cielo. Quieres a ese niño como si fuera tuyo, y además te lo mereces. Papá y yo estamos a tu lado. Si decides hacerlo, tendrás todo nuestro apoyo. Sabemos que será un proceso largo, difícil y complicado; en especial porque estás soltera, pero también tienes muchos puntos a tu favor.

Cristina aparcó el coche y se entretuvo unos segundos en acicalarse ante el espejo retrovisor. Era ya una costumbre adquirida, antes de entrar a visitar a cualquier cliente se daba un toque de brillo en los labios y comprobaba que no se le hubiera corrido el rímel, luego se cepillaba la melena y salía dispuesta a matar.

Sin embargo, aquella mañana no iba a visitar a ningún cliente. Aquella mañana la «cliente» era ella.

Dispuso de todo el fin de semana para analizar la conversación que mantuvo con su madre, y a la que algunas horas más tarde se incorporó su padre cuando llegó de jugar al tenis con sus amigos del club. Ya casi a la hora de cenar, se unió a ellos Carol, que venía del gimnasio y anuló su cita de fin de semana con sus amigas para no perderse detalle de la nueva estrategia familiar. «No podía consentir que ningún Losada tomara alguna decisión drástica sin tener en cuenta la parte financiera de la cuestión», dijo. Carol todo lo medía en términos de balances y netos patrimoniales.

Y como no podía ser de otra manera, aunque a esas alturas del cuento ya contaba con ello, a las nueve de la noche llegó su hermano Javier y su cuñada —a la que ya se le notaba a las claras que pronto habría un Losada más en el mundo al que proteger—, que esgrimieron que no tenían ni idea de que se hubiera producido un «gabinete de crisis», como acostumbraban a denominar a aquellas sesiones maratonianas, pero que desde hacía días tenían previsto cenar aquel viernes con sus padres. Desde luego, ella no lo creyó.

Total, concilio familiar e interrogatorio de tercer grado. Odiaba aquellas reuniones en las que todo el mundo se sentía con facultad para opinar y el derecho de hacer las preguntas más indiscretas que a nadie se le pudieran ocurrir. Sin embargo, tenía que reconocer que ella misma no se perdía ni una cuando el sufrido paciente era cualquier otro.

Y allí, con las cigarras haciendo los coros y el poco aire fresco que podía respirarse en Madrid aquel fin de semana, todos en unión, como una piña, «solucionaron» sus problemas como si fueran una rana por diseccionar en el laboratorio de los alumnos de primero de Biología. No quedó ni un solo cabo suelto.

Ni tampoco le dejaron demasiado margen de maniobra.

Vamos, que si se descuida un poco, su cuñada, decoradora de interiores, le hace un croquis de la habitación de Niki.

El caso era que algo que nunca se hubiera planteado por sí sola, esa mañana ya era una decisión con tanto cuerpo que todavía se estaba preguntando cómo no se le ocurrió a ella.

Ese día sí que tenía que ir preparada para matar.

Y por mucho que intentó hacérselo ver a los demás, ninguno

de ellos quiso escucharla. Pero lo cierto era que en esos instantes era ella la que tenía que enfrentarse al toro, y estaba sola.

Decidió seguir los consejos de Carol y su padre y no pedir cita previa. Al parecer la mejor estrategia era pillar al enemigo con la guardia baja. Pero el enemigo...

Su padre le sugirió que antes tuviera una entrevista con el departamento jurídico de su empresa, pero al final decidió que no serviría de mucho y la desestimó. Al fin y al cabo, ¿de qué podrían servirle los consejos de unos abogados laboralistas y penales para rebatir los recursos de la Administración Pública y la experiencia de alguien experto en derecho de adopciones?

Respiró hondo y salió del coche. A pesar de haber puesto el aire acondicionado al máximo estaba sudando la gota gorda. Sentía la humedad resbalar a lo largo de la columna vertebral. Hizo una inhalación más y entró en el edificio.

El portero la saludó como si fuera casi una empleada y ni siquiera la miró mientras esperaba el ascensor, que parecía haberse vuelto reumático esa mañana y paró en todos los pisos.

Cuando por fin las puertas de este se abrieron frente a ella, dejó que la gente saliera antes de entrar hasta el fondo del cubículo, presionando de camino el botón de la última planta. Al llegar a su destino, se detuvo unos instantes ante las puertas de cristal de la oficina y después entró en tromba. Se acabaron las dudas, estaba en su perfecto derecho de reclamar lo que iba a conseguir, sí o sí, costara lo que le costase.

—Hola, Raquel. ¿Está el señor Monclús en su despacho? —saludó a la secretaria del abogado.

—¡Señorita Losada! Cuánto tiempo sin verla por aquí. No sabía que tenían una cita...

—No la teníamos. Es una visita de improviso. ¿Crees que podrá recibirme?

—Pues supongo que sí, aguarde un momento.

La muchacha se levantó de la mesa y se dirigió al despacho de su jefe con el típico paso de un embarazo incipiente y la diligencia que la caracterizaba. Era la eficiencia personificada.

Ella se sentó en uno de los sillones de la salita de espera. Al fin y al cabo no podía hacer nada más, pero si Monclús no se avenía a recibirla, esperaría hasta que lo hiciera. Así se lo aconsejaron los suyos y así actuaría.

A pesar de todo, decirlo no era tan fácil como hacerlo. La noche anterior fue consciente de que, si el asunto que le ocupaba era una posibilidad que desestimó hasta el punto de no planteárselo siquiera, el motivo subyacente era que ello significaba enfrentarse a Rafael Monclús. Sabía que iba a ponerse como una fiera.

Raquel no tardó ni dos minutos en regresar.

—Pase. El señor Monclús la atenderá. —Llenó los pulmones de aire y suspiró.

Rafa estaba desubicado por completo. ¿Qué hacía allí Cristina Losada? Al principio se alarmó, pensando que tal vez quería hablar con él sobre algo referente a la enfermedad de Niki, pero enseguida desechó esa posibilidad. La tarde anterior, mientras jugaba al pádel con Castro, este le dijo que, como máximo en un par de semanas, iba a darle el alta; la recuperación del niño era ya un hecho consumado.

Una noticia que él no supo muy bien cómo encajar. ¿Dónde iba a alojarse Niki a partir de ese momento? Desde luego seguía necesitando un montón de cuidados especiales y una asistencia demasiado exclusiva que en el centro residencial de la Fundación no era fácil que pudieran darle.

Pero tras una noche de desvelo, por fin tenía una solución. Y esa misma mañana habló al respecto con el Servicio Regional de Bienestar Social. Quería cubrirse la espalda y que nunca pudieran acusarle de nepotismo. Menos mal que los trabajadores sociales se mostraron conformes cuando les dijo que, hasta que encontraran un lugar mejor para Niki, sería él mismo, como representante legal de la Fundación, quien se encargaría de acogerlo en su propio domicilio. Y que, puesto que en unos días iría de vacaciones a casa de su familia, el niño se desplazaría con él hasta la costa, lo que le vendría muy bien a su salud, según recomendaba su oncólogo.

Por lo que, si no tenía nada que temer a ese respecto... ¿Entonces?

No tuvo mucho más tiempo para pensar, Cristina Losada hizo su aparición delante de Raquel, como siempre.

Por un instante tuvo la sensación de que aquellos seis meses y pico transcurridos desde que ella estuvo allí por última vez, la víspera de subir a la Red la página web, solo eran producto de su imaginación y de sus deseos de verse libre de la insistencia machacona de aquella informática con malas pulgas.

Sin embargo, eran reales. Y durante todo aquel tiempo también hubo momentos reveladores. Entre ellos que, aunque seguía pensando que ella era un incordio en su vida, miraba a Cristina Losada con otros ojos. En cierta medida la admiraba.

Se levantó del sillón y rodeó la mesa para salir a su encuentro, tendiéndole la mano.

—¡Losada! ¿Qué la trae por aquí? ¿Algún problema con la web?

—Buenos días, Monclús —respondió ella, estrechándosela.

Cristina estaba... sorprendida era decir poco. No sabía a qué venía aquel cambio de actitud. Que ella pudiera recordar, él jamás se levantó para darle la bienvenida. Hubo días que incluso no solo no elevó sus excelsas posaderas del cuero del sillón, ni siquiera levantó la mirada. Que saliera a mitad del despacho a recibirla era algo impensable.

Sonrió. Iba a tardar poquito en arrepentirse de su cordialidad.

—Que yo sepa —continuó—, a la página no le ocurre nada. Mi visita no obedece a ningún asunto laboral.

Le vio levantar una ceja.

—¿Entonces?

—Es un asunto personal, al menos para mí. Esta pretende ser la entrevista de un particular al representante jurídico de la Fundación Ángeles Olvidados para informarse sobre los trámites de adopción de uno de los niños que tienen en acogida.

—¿Cómo?

Monclús le soltó la mano en ese instante, al parecer ninguno de los dos se percató de que todavía las mantenían enlazadas, y lo hizo como si le hubiera quemado.

—¿Qué está intentando decirme, Cristina?
—No, todavía no he intentando nada, porque ni se lo he dicho ni lo he pretendido. Pero lo hago ahora: quiero adoptar a uno de sus protegidos.

8

Cristina esperó la reacción de Monclús con la sensación de tener un puño enorme apretándole la boca del estómago. Él le sostuvo la mirada durante un rato interminable sin mover un músculo siquiera. Daría la mitad de su patrimonio por saber lo que le estaba pasando por la cabeza en esos momentos, aunque no tenía duda de que, como mínimo, iba a enterarse de una versión reducida en los próximos minutos.

El abogado por fin movió ficha. Se giró despacio y regresó a su mesa. Desde allí le señaló uno de los sillones de confidente situados frente a él.

—Pues bien, señorita Losada, en ese caso, tome asiento. Creo que tenemos por delante una larga conversación. —Y aguardó a que ella hiciera lo que le pedía antes de hacer lo propio.

—¿Cómo?

Esperaba cualquier reacción menos esa. Se sintió descolocada.

—Dice que ha venido a pedir información sobre los trámites de adopción de uno de los niños que tenemos en acogida... Puesto que eso es parte de mi trabajo, voy a facilitársela.

Se dejó caer muy despacio, como abducida, en el borde del asiento. No terminaba de encajar tanta predisposición. Algo tramaba Monclús, podía olerlo.

—Lo primero que tiene que saber —comenzó él a hablar repantigándose contra el respaldo del sillón, al tiempo que cambiaba su discurso para adoptar esa jerga técnica que ya conocía de la época en la que trabajaron juntos y con la que pretendía mantenerla alejada— es que estamos hablando de un proceso largo. Muy largo.

—¿Como cuánto de largo?

—Una media de dos años.

Un suspiro involuntario abandonó sus labios.

—Y, dadas las circunstancias —siguió él, ignorando su reacción—, me voy a ahorrar la parte del discurso que habla de los inconvenientes y virtudes de adoptar a un niño enfermo, porque me consta que está al cabo de la calle en esos aspectos y supongo que estamos hablando de un niño en concreto: Nicolás Ramírez, ¿no es así?

Ella confirmó con la cabeza, pero no respondió en voz alta.

—Pues obviando el tema de la salud del menor que pretende adoptar —continuó—, le explicaré que su situación legal es un poco especial. A pesar de que la madre biológica lo abandonó hace ya más de un año, el juez encargado del caso determinó que esta siguiera manteniendo la patria potestad durante un período mínimo de cinco años, por si acaso recapacitase sobre su decisión de abandono y decidiera recuperar sus derechos. En caso contrario, al cumplirse esa fecha se revisará la sentencia, salvo que la madre haya renunciado a estos por voluntad propia.

—Pero ¿cómo puede ser eso?

—Ya ve, caprichos de la justicia... —replicó con sarcasmo—. Lo que nos lleva al siguiente dilema... —siguió exponiendo—, el menor objeto de esta entrevista no puede ser adoptado de forma legal mientras este aspecto no quede resuelto. La única posibilidad de que abandone la Fundación es pasar a formar parte de, lo que llamamos, una «familia acogedora», para lo cual los padres interesados deben inscribirse en el programa correspondiente, que me consta que ya conoce porque se lo expliqué de manera detallada cuando estuvo diseñando la web.

—Sí, recuerdo las características de ese programa.

—En ese caso ya sabe que el primer paso es registrarse como familia acogedora, lo que puede llevar a cabo aquí mismo cuando disponga de la documentación necesaria, que se detalla en la página de Ángeles Olvidados.

—De acuerdo.

—Y que, una vez incoado el expediente, procederemos a las entrevistas y la elaboración del informe psicosocial...

—Ya contaba con eso —reconoció. No en vano se pasó todo el fin de semana empollándose la página y los apuntes tomados durante los meses que duró la creación de esta.

—Llegados a este punto... —insistió él con la misma terquedad que un perro al que pretendieran arrebatarle su hueso— se analizará al detalle su situación laboral y financiera, entre otros asuntos.

—Ya supongo, pero no sufra, mi situación laboral y financiera está fuera de discusión —replicó enfadada—. Dispongo de un puesto de trabajo fijo muy bien remunerado. Como sabe, presto mis servicios en la empresa familiar, por lo que el despido es inviable y, aun en el supuesto nada previsible de que mañana fuéramos a la quiebra, mi profesión se encuentra dentro de los grupos laborales con menos porcentaje de paro. Eso sin tener en cuenta que tengo una gran experiencia...

—¿Los informáticos en el grupo laboral con menos porcentaje de paro? —cuestionó incrédulo, con una risita ladina que le recordó a Pulgoso—. Lamento comunicarle que cada curso escolar arroja un porcentaje de aspirantes a Bill Gates tan espectacular que, si diéramos una patada a un bote, saldrían cinco o seis de debajo de las piedras.

—Un momento, Monclús —le interrumpió, sacando a paseo todo su ego—, yo no soy una simple informática. Para su información, soy ingeniera informática con un doctorado *cum laude*. —E hizo un especial hincapié en la palabra «ingeniera».

—Uy, perdone usted, señorita ingeniera... —contestó jocoso, con un tono que ella prefirió ignorar—. Sin embargo —continuó—, corríjame si me equivoco, es usted una mujer soltera, ¿verdad?

—Verdad.

—Supongamos, entonces, que su petición es admitida a trámite por el Comité Seleccionador de Adopciones y Acogidas de la Fundación... Como sabe, está intentando acoger a un niño de los que catalogamos en el grupo de «con necesidades especiales», dado el tratamiento de su enfermedad. Y puesto que no tiene pareja que le ayude a sobrellevar todo lo que esto ocasiona, y depende de su trabajo y su salario para ofrecer al menor la calidad de vida exigible, ¿cómo piensa resolver este tema?

—Fácil. Niki tendrá que ir al colegio, puesto que está dentro de la franja de enseñanza preescolar; por lo tanto, ajustaré mi horario al suyo.

—Muy audaz, ingeniera —alabó—. Y cuando el niño tenga las enfermedades normales del primer año de escolarización, ¿cómo piensa apañárselas?

—Trabajaré desde mi casa. Mi padre y mis hermanos están de acuerdo con ello; ya lo he consultado y tengo todo su apoyo. Supongo que no se le escapa que para hacerlo solo necesito un ordenador y conexión a Internet, y que dispongo de todo ello en mi domicilio, ¿verdad?

Rafa se la quedó mirando sin perder la sonrisa, aunque no contestó de inmediato. Al parecer, Cristina llevaba bien preparada la lección y era rápida como el rayo rebatiendo sus impedimentos, pero él sabía cómo desestabilizarla. Estaba harto de bregar con ese tipo de situaciones.

—Aun así —atacó tras el incómodo silencio que él mismo provocó a propósito—, ¿es consciente de que la adopción en familias monoparentales es un inconveniente añadido a la hora de finalizar con éxito el trámite que nos ocupa?

—La ley no dice que no pueda hacerse —saltó ella como un muelle sometido a presión—. Solo contempla que en igualdad de condiciones, darán preferencia a una pareja estable —adujo, con un tono tan beligerante que le hizo curvar, todavía más, los labios.

—Y yo tampoco lo he dicho... Me limito a constatar hechos.

—Bien, pero partimos de la base de que hasta el momento ninguna pareja estable ha reclamado la adopción de un niño enfermo a la Fundación, ¿no es cierto?

La última vez que coincidieron durante sus visitas a Niki, hablaron de ese asunto mientras salían del hospital, de camino a sus respectivos coches. Él le comentó que, aunque España se caracterizaba por el gran número de personas solidarias con las causas sociales, en especial las de la infancia, la gente seguía teniendo mucho miedo de las enfermedades. Y que, cada vez que proponían a unos futuros padres la posibilidad de adoptar a un niño enfermo, eran poquísimos los que aceptaban. En la Fundación, ninguno en los últimos cinco años.

Ella estaba utilizando esa carta dando por sentado que el tema seguía en el mismo punto.

Y lo estaba.

—Así es —confirmó con una mirada conocedora—. Pero también es verdad que Nicolás Ramírez en breve ya no será «un niño enfermo», sino uno que ha sufrido una grave enfermedad y está recuperado.

—Pero que seguirá perteneciendo al grupo de «con necesidades especiales», dada su patología y su tratamiento, por lo que tendrán que informar a los futuros padres, junto con la advertencia de que existe la posibilidad de que recaiga —le interrumpió ella, emulando su tono con sarcasmo.

—Sí, «con necesidades especiales», pero sano en la actualidad. Nadie está libre de lo que pueda ocurrir en un futuro —insistió.

—Claro, ¡sano gracias a mí! —explotó, harta de sentirse presionada—. Mire, Monclús, yo no seré su madre biológica, pero le he dado tanta vida, o más, que la bruja que lo parió. Y si la ley contempla ciertos beneficios para progenitoras que incluso se permiten el lujo de abandonar a sus hijos, supongo que también será permisiva conmigo.

—Nunca dé por sentado nada de lo que pueda llegar a determinar la ley. Esta es tan subjetiva como las personas que la imparten.

—Eso, viniendo de un abogado, suena como mínimo un poquito cínico, ¿no le parece, señor letrado?

—No sé si es cínico, señorita ingeniera, pero lo que sí sé es que yo no estoy ni en su contra ni a su favor. Me limito a facilitarle aquello que me ha pedido: información concisa y real.

—En ese caso yo también le voy a dar una información real y muy concisa. Y lo haré parafraseándole a usted mismo. Voy a luchar por el bienestar de este niño y, si es necesario, «caeré sobre esta Fundación con todo el peso de la ley y también con todas las armas que pueda utilizar, incluso aunque estas estén fuera de la ley».

Estaba anonadado. La informática era tan agresiva y tenaz con ese asunto como en cuestiones laborales. Ya conocía ese aspecto de ella, pero nunca pensó que fuera a utilizarlo también para conseguir una maternidad que jamás se le hubiera pasado por la cabeza que deseara.

Parecía una leona protegiendo a sus cachorros. Temía que en cualquier momento saltara a su yugular y le devorara.

¡Revelador!

Sin embargo, lo que más le sorprendía era su propia reacción. Después de la conversación mantenida esa misma mañana con los trabajadores sociales de Bienestar Social, sabía que antes o después terminaría presentando la documentación necesaria para convertirse en padre de acogida y que, en el futuro, procedería a la adopción definitiva, tan pronto las circunstancias familiares de Niki se resolvieran.

Quizá su mente racional aún no lo hubiera admitido, pero su subconsciente sí y por eso actuaba como lo estaba haciendo. La bomba que acababa de soltar Cristina Losada le noqueó y la única defensa que se le ocurrió fue adoptar aquella actitud prepotente de superioridad sobre ella.

Estaba seguro de que, a pesar de estar solo en el proceso, él se servía y se sobraba para educar a un niño; la prueba era que ya lo hacía con Paula sin ningún problema. Sin embargo, no se le escapaba que si se encontrara en el pellejo de Cristina lucharía con uñas y dientes para ser él quien obtuviera esa adopción; gracias a ella Niki podía contarlo, pero ¿sabría la ejecutiva agresiva estar a la altura de las circunstancias? ¿O todo aquello solo era un capricho pasajero?

—Señorita Losada, le recomiendo que si pretende recibir un certificado de idoneidad favorable de esta Fundación, no me amenace. Por si no lo sabe, yo soy una de las personas que estaré en el Comité de Valoración.

—Pues apañada estoy —masculló.

—¿Cómo dice? —preguntó con una cierta nota de peligro en la voz, a pesar de haberlo escuchado con claridad. Esa agresividad de Cristina sacaba lo peor de él.

—Que espero que la desmesurada manía que me tiene —reconoció en voz alta— no interfiera en su objetividad.

—Pero, por Dios, Cristina, ¿de dónde saca que le tengo manía? —claudicó, derrotado.

En realidad no sabía los sentimientos que le provocaba aquella mujer, pero desde luego ninguno era manía. Reconocía que en muchas ocasiones se dejaba llevar por una inquina un tanto irreflexiva e ilógica, pero no era tan cerril como para no valorar también sus virtudes y admirarla en secreto.

—Imaginaciones mías... —repuso ella con sorna—. Desde luego, como se comporte así con todas las familias que vienen a esta Fundación a depositar sus ilusiones, no me extrañaría nada que al final terminasen recurriendo a cualquiera de las otras entidades colaboradoras...

Dicho lo cual, Cristina se levantó de su asiento y se encaminó hacia la puerta.

—Estaremos en contacto, Monclús. Gracias por la información —se despidió, taladrándole con la mirada antes de cerrarla a su espalda.

Rafa se derrumbó sobre la mesa, sujetándose la cabeza con las palmas abiertas contra la frente. Aquel calvario acababa de empezar.

«¡Dos años! —pensó—. Veinticuatro eternos meses, como mínimo, para pelear y bregar contra la tozudez de la informática... Perdón, ¡de la señorita ingeniera!», rectificó.

Soltó una alegre carcajada que le sorprendió incluso a él mismo.

Bueno, al menos era divertida y, desde luego, muy inteligente. Además de valiente, claro.

Adoptar era una decisión arriesgada que necesitaba una fuerte dosis de valentía, pero encima él no se lo puso nada fácil. Y aun así, la actitud de ella estuvo de lujo, porque para qué engañarse, esgrimir su legendaria mirada de hielo, plantearle las partes más escabrosas de todo aquel proceso, poner impedimentos a sus motivos... no supusieron para Cristina más obstáculos que una china en el camino. Ni siquiera se acobardó con su distante discurso jurídico... La muchacha era insistente como el zumbido de un mosquito nocturno y, casi, igual de molesta.

¿Acababa de decir «casi»? Volvió a reírse. Meses atrás hubiera jurado que era la reencarnación de Belcebú. No tenía ni idea de en qué momento dejó de compararla con el espíritu de los Avernos para descenderla a la categoría de simple díptero fastidioso. Debía de estar perdiendo la razón.

No, no debía, ¡tenía perdida la razón por completo! Sabía, sin necesidad de pensarlo siquiera, que iba a admitir aquella solicitud a trámite.

Y no tenía intención de indagar en los porqués. Ni tampoco de ponerse a analizar los motivos que le hacían renunciar tan pronto a convertirse en padre de acogida de Niki. Era consciente de que tomar la decisión de aumentar el número de miembros de la familia no fue más que la solución a un montón de acontecimientos en cadena, pero si era sincero consigo mismo, de otra manera jamás se lo hubiera planteado.

Sin duda a Paula le hubiera hecho muchísima ilusión, siempre estaba pidiéndole un hermanito, pero su vida ya era bastante complicada teniendo que cuidar él solo de una criatura, como para multiplicar los problemas por dos. Y, si era objetivo, si alguien tenía derecho a esa paternidad, no le cabía ninguna duda de que esa era Cristina. Lo merecía de verdad.

Solo faltaba saber lo que le duraría a ella el empeño, pero iba a darle una oportunidad. Aun así, tampoco era que estuviera dispuesto a jugarse la mano derecha apostando a que aquello llegaría a buen término, pero para eso todavía faltaban muchos meses y, al no tratarse de una adopción directa, sino de una acogida con preadopción, él siempre tendría la sartén por el mango. La Administración no perdía la tutela del menor y él era el representante legal del niño; por lo tanto, tendría la oportunidad de vigilar muy de cerca a la ingeniera y, al menor contratiempo, hacer que sus planes se vinieran abajo.

Y si pensaba en Niki, que al fin y al cabo era en el único que tenía que pensar, lo que más necesitaba el niño era, sin duda, una madre. Una que quisiera y supiera ejercer como tal y le diera el cariño y la ternura que nunca tuvo. Sabía que él estaba en condiciones de proporcionarle un sincero amor paterno, además de estabilidad, seguridad y una buena educación... incluso protección, pero todo eso también podía dárselo Cristina Losada y él nunca podría ocupar el puesto de una madre para un niño con sus connotaciones personales, que no tenían nada que ver con las de Paula.

Por una vez, sin que sirviera de precedente y en contra de sus principios, iba a dar un voto de confianza a una ejecutiva agresiva. Esperaba no estar metiendo la pata.

Sin embargo, antes de que la maquinaria pudiera arrancar, todavía faltaban un par de meses. De momento él continuaría con los planes fraguados esa misma mañana, como si nada hubiera ocurrido. Recogería al niño en el hospital y se lo llevaría de vacaciones a Calella de Palafrugell a que conociera el mar. Lo iba a disfrutar de lo lindo. Los dos iban a hacerlo. Los tres, porque Paula iba a sentirse en el cielo.

Tenía que ponerse en marcha.

Lo primero, hablar con Santiago Castro para que agilizara cuanto antes el tema del alta hospitalaria. No quería perder ni un minuto. Con suerte estarían en la playa a primeros de agosto.

Después, dejar todo bien atado para no pillarse las manos a su regreso a Madrid en septiembre. Como bien dijo Cristina, el niño necesitaría un colegio, así que pediría una cita con el director del centro escolar en el que tenía matriculada a Paula; de esa manera mataba dos pájaros de un tiro y se aseguraba de que luego la ingeniera no se lo llevara a la escuela que a ella le viniera en gana. Esa era, también, otra forma de tener controlada la situación.

Y todavía tenía que llamar a su madre y ponerla al corriente del tema, porque ella aún no sabía que ese verano iban a ser multitud. Con los tres hijos adolescentes de su hermana entrando y saliendo a su antojo, ya que su cuñado tenía el mes de agosto de vacaciones, Paula y Niki... Uf, esperaba que entre los cinco no terminaran con la abuela o dejaran la casa como el escenario de una batalla campal.

Hablando de guerras... Aún le faltaba librar la peor.

Tenía serías dudas sobre cómo se tomaría la informática que le arrebatara a Niki en sus mismas narices y se lo llevara a setecientos kilómetros. ¡Se iba a montar la Mundial!

Desde que la joven conoció al crío, hacía ya casi un año, fueron poquísimos los días que faltó al hospital. Si antes de aquello le hubieran asegurado algo semejante, se habría carcajeado del incauto que se atreviera a hacer tal comentario. Sin embargo, no le quedaba más remedio que reconocer que estaba equivocado por completo con Cristina.

De dónde sacaba esa mujer el tiempo, era todo un misterio.

Desde luego tenía una vitalidad insufrible. Todavía podía recordar la vez que, pocos días después de que Niki sufriera aquella devastadora crisis, se la encontró casi de madrugada a los pies de su cama trabajando en el portátil mientras velaba el sueño del pequeño.

En aquella ocasión se quedó impactado, pero no tanto como cuando la encontró, a las siete de la mañana, sentada en el sillón y recostada contra la cama del niño, dormida con la cabeza apoyada sobre los brazos.

Ese día se pasó por el hospital antes de ir a la oficina. Iba a tener un día complicado y no le daría tiempo después, pero a Niki acababan de hacerle la primera transfusión de células madre y aún no se sabían los resultados que llegarían a obtenerse. En esa época el crío estaba más en el otro mundo que en este. Y cuando abrió la puerta y la vio allí, se le rompieron todos los esquemas. Cristina estaba a su lado, sin separarse de él desde el día anterior y, en algún momento, el agotamiento de su cuerpo maltratado la venció, unido a que llevaba toda la noche en vela.

Recordaba que se despertó sobresaltada al oír el ruido de la puerta y que se deshizo en disculpas como si estuviera haciendo algo malo. Después de obligarla a tomar un copioso desayuno, ya que suponía que la noche anterior no se movió de allí ni para cenar, quiso llevarla a casa. No podía permitir que condujera en aquel estado. Al final, después de uno de sus habituales rifirrafes, ella aceptó que le hiciera de chófer, pero solo hasta la oficina porque, al parecer, tenía una entrevista importante y ya llegaba tarde.

Más tarde Castro le confirmaría que no era la primera noche que ella pasaba en el hospital y que ese mismo día regresó a su vigilancia después de comer, a la hora de siempre, puntual como un reloj. Por suerte, en esa ocasión fue el médico el que se encargó de obligarla a ir a casa a descansar.

Todo aquello indicaba que, tan pronto se enterara de que en cuanto dieran el alta a Niki estaría un mes sin verle, montaría en cólera y le llamaría de todo. Le daba igual. No lo hacía por fastidiarla, pero el pequeño necesitaba aire puro y el mar le vendría de maravilla. Por otro lado, también tenía que pensar en Paula, que tenía derecho a unos días de playa en compañía de su única abuela, además de que él necesitaba unas vacaciones más que comer.

Pero de momento iba a relegar ese asunto para más tarde. Aquella contienda la dejaba para el último minuto.

# 9

Doce días más tarde, Rafa permanecía en un perfecto estado de bienestar y abandono. Así eran siempre las vacaciones. O así fueron, hasta esa misma tarde. Aquella era la quinta vez que miraba, impaciente, su reloj de pulsera. Y decir que estaba atacado era ser benevolente con su sistema nervioso.

El mensaje de WhatsApp de Alex, recibido por la mañana según volvía de la playa con los niños, le sacó de su nebulosa de felicidad e hizo saltar todas las alarmas: «Te espero esta tarde, a las siete, en Els Tres Pins. Tengo mucho que contarte. Ven solo».

Y allí estaba. Llevaba esperando más de media hora, en aquella terraza tan pija y turística, con vistas a la playa de Calella, esperando a que Alex Martín se dignara aparecer. El hecho de que le hubiera citado en aquel lugar, en el que una cerveza costaba más del doble de lo que cobraban en la cafetería de la plaza, a la que ambos eran asiduos desde su juventud y en la que, como oriundos de la zona, todo el mundo les conocía y les trataba como reyes, decía mucho del cariz de secretismo que tendría esa conversación.

El inspector no era demasiado explícito en su mensaje, pero se apostaría alguna parte importante de su cuerpo a que tenía algo que decirle sobre el juez Morales y, por eso, prefería quedar en un lugar donde no pudieran ser interrumpidos cada cinco minutos por los parroquianos habituales, contentos de encontrarlos de vuelta en el pueblo.

Además, de ser de otro modo o tratarse de un simple reencuentro entre amigos, se hubiera limitado a presentarse en su casa sin previo aviso, como hacía siempre.

Pero esa cuestión estaba descartada desde el momento en que le avisó que fuera solo. Quedaba claro que no quería que los niños ni nadie de su familia escucharan lo que tenía que contarle. Sin embargo, allí, los alemanes y franceses que en esos momentos ocupaban las mesas colindantes no estarían pendientes de lo que ellos hablaban. Además, tampoco lo entenderían, así que daba igual. La discreción era la tónica en la vida de Alex.

No obstante, la intriga apenas le permitió comer ni hacer nada de provecho durante la tarde, por lo que pasadas las seis dejó a los niños haciendo un castillo de arena con sus sobrinos mayores y se dirigió hacia su cita dando un paseo por la orilla. Estaba tan impaciente por saber lo que Alex podría haber descubierto sobre el juez Morales que los treinta minutos de retraso de su amigo se le antojaron horas.

—Llegas tarde —regañó a Alex en cuanto este se acercó a su lado, después de hacer una pausa para encargar una cerveza a la camarera.

El inspector desentonaba en aquel ambiente playero, vestido con traje y corbata. Al parecer venía directo desde el despacho, sin entretenerse siquiera en pasar por su casa para cambiarse de ropa.

—¿No habíamos quedado a las siete? —insistió—. ¡Pues son y media! —concluyó, levantándose de la silla para estrecharlo en un fraternal abrazo de bienvenida.

—Rafa, tío, eres un coñazo. ¿No estás de vacaciones? ¿Por qué no te tomas la vida con más calma? —replicó su amigo con una sonrisa, vapuleándole la espalda al mismo tiempo—. Vengo directo desde Barcelona y me ha pillado el atasco de salida del fin de semana —se excusó.

—Es que estoy en un sinvivir por escuchar lo que tienes que contarme... Seguro que has encontrado algo jugoso, o no me hubieras citado tan rápido y con tanto misterio.

—Pues relájate y goza de las vistas mientras puedas, que esto no lo tienes en Madrid —le aconsejó, señalando el panorama—. Yo no tengo tanta suerte como tú, solo podré disfrutar de esta maravilla unos días; este año me quedo sin vacaciones de verano.

Sabía que su amigo le estaba dando coba para no entrar de lleno en el asunto y crear expectativa, no existía nada que le hiciera más feliz que tener a todo el mundo pendiente y con la lengua colgando, al borde del precipicio de la intriga. Lo aceptaba, tampoco suponía un gran esfuerzo esperar unos minutos más y, al mismo tiempo, demostrarle que también se preocupaba por lo que ocurría en su vida.

—¿Y eso?

—Me han trasladado.

—¿Adónde?

—Todavía no lo sé. Me han puesto a disposición de la Interpol y estoy a la espera de destino. Pero como hay algo que quiero dejar resuelto antes de que me manden a la otra punta del globo a perseguir a «los malos», he decidido no coger el permiso de momento.

—¿Y te tengo que dar la enhorabuena o el pésame?

—Pues eso tampoco lo sé aún, pero de momento déjame que te felicite yo a ti —claudicó por fin—. En efecto, como muy bien sospechas, esta reunión tan precipitada se debe a que tu sexto sentido ha vuelto a funcionar; tu juez tiene mucho que esconder.

—¡Cuenta de una vez, por Dios, que me tienes en ascuas!

—Relaja, chico —tranquilizó su entusiasmo, indicándole con la mano que bajara el tono—. Como sabes, llevo tiempo siguiendo el hilo de las hazañas de Morales con poco éxito, por no decir ninguno. Una vida personal sin mácula, al menos de manera oficial, y una vida laboral de lo más exitosa: juez a los veintisiete años, magistrado de la audiencia provincial de Girona a los treinta y tres, cargo político del partido en el gobierno durante seis años...

—Espera, espera —lo interrumpió—. ¿Me estás diciendo que era magistrado de la Audiencia Provincial? ¿Y por qué ha dado un paso atrás en su carrera judicial y se ha convertido en titular de un juzgado de familia?

—¡Cuánta impaciencia! A eso es a lo que voy. ¿Por qué no me dejas que termine? —Sin duda el inspector disfrutaba con aquello. Si existía algo que le gustaba más que su profesión, era hacer rabiar a la gente en general y a él en particular—. Como te decía... —retomó su discurso con calma— nada digno de mención y un expediente policial más impoluto que la túnica del Papa.

—Arranca, Alex —lo amenazó, deseoso por enterarse de una vez—. Ve al meollo de la cuestión y suelta ya lo que quieres que yo sepa.

El inspector soltó una sonora carcajada y alargó la pausa bebiendo un sorbo de la cerveza que acababa de servirle la camarera, antes de continuar.

—En resumen —dramatizó, pausando aún más el ritmo de la presentación de prolegómenos, como si estuviera en una obra teatral del instituto, haciéndole perder aún más los nervios—, que me encontraba en un callejón sin salida. Así que, antes de meterme en profundidades, la pereza me venció y decidí hacer una búsqueda en san Google, que todo lo sabe...

Él prefirió contar hasta diez para sus adentros en lugar de llamarle de nuevo la atención, que era lo que de verdad le apetecía. Cuanto más le apremiara más se haría de rogar, lo conocía demasiado bien como para pensar que no era otro su objetivo.

—En fin —siguió relatando—, que por ahí tampoco encontré demasiado, aparte de una interminable lista de entradas del BOE y de diferentes periódicos. Sin embargo, antes de husmear en ellas, no me preguntes por qué lo hice, apreté la pestaña de imágenes.

—¡Y te has enamorado de él! —explotó, harto de aguantar el teatrillo.

—Pues va a ser que no... —refutó Alex—. Porque aunque es un hombre muy aparente para su edad, resulta que mis preferencias van por otro sitio. Quizá por eso no me fijé demasiado en los detalles de las fotos de su expediente policial; sin embargo, vi una en Internet que sí me llamó la atención.

—¿Estaba desnudo? —bromeó.

—No, vestía la toga —repuso muy serio, haciendo como que no se enteraba de su pulla—. Pero ¿recuerdas que cuando me dijiste su nombre te comenté que me sonaba de algo?

Y aunque aquella cuestión tenía aspecto de ser una pregunta retórica, lo cierto era que al parecer esperaba que él la respondiera, porque se quedó callado durante un buen rato, dedicando toda su atención al vaso de cerveza y al plato de aceitunas que les trajeron de acompañamiento.

—Alex... ¡Mira que te la estás jugando!

—¡Oye! No puedes amenazarme, soy inspector jefe de la Comisaría General...

—¡Por mí como si eres el Papa de Roma! ¡Habla de una puta vez!

—Vale, ya voy directo al meollo, que parece que te va a dar un tantarantán... —se quejó como un niño al que le arrebataran un juguete—. Te comentaba que hubo una fotografía que me hizo parar en seco; una de cuando Morales era un pipiolo, poco tiempo después de haber aprobado las oposiciones a la Judicatura. ¿Y sabes por qué? —volvió a preguntar, con una ladina sonrisa en los labios que desmentía que iba a comportarse.

Él fue a hablar, o más bien a saltar sobre la mesa para sucumbir a su deseo de apretarle el nudo de la corbata hasta que sacara la lengua, pero Alex levantó la mano.

—Durante mi estancia en el CEAMA —se contestó a sí mismo, sin detenerse en esa ocasión—, ese tipo pasó por allí cientos de veces.

—¿Cómo? —farfulló él, alargando la interrogación con incredulidad—. Por tu cara me estoy imaginando lo peor... ¿No irás a decirme que era uno de los miembros de las famosas «reuniones secretas»?

—¡Premio, señor letrado! —confirmó Alex—. El juez Morales era uno de los que asistía a ellas —expuso con frialdad, levantando los hombros—. Pero espera, que todavía no te he contado lo más grande...

—¿Más? ¿Aún hay más?

—¡Ya lo creo! —De pronto su amigo adquirió una seriedad impropia con el tono que mantenía hasta ese momento y su rostro tomó una tonalidad cerúlea—. Vas a alucinar... El juez Morales fue uno de los tres magistrados de la Audiencia Provincial de Girona que presidió la vista contra Gerardo Subirach.

Si en esos momentos le hubieran pinchado, a Rafa no le habría salido ni una gota de sangre. Estaba como petrificado y no encontraba las palabras. ¡Con razón le sonaba a su amigo aquel nombre! Lo extraño era que no se hubiera acordado antes.

Alex Martín pasó toda su infancia internado en el CEAMA, el Centro-Escuela de Acogida a Menores del Ampurdán, una especie de ciudad-escuela concertada con la Generalitat de Catalunya, fundada y dirigida por Gerardo Subirach, donde en un régimen abierto los niños procedentes de familias disfuncionales, huérfanos o problemáticos encontraban un «hogar».

Su amigo formaba parte de los huérfanos. Se desconocía quiénes eran sus padres, puesto que fue abandonado a la puerta de un convento cuanto todavía no tenía ni un mes de vida. Con ocho años, rebotado de no sabía cuántos centros de acogida dado su mal comportamiento, acabó en el CEAMA, donde lo metieron en vereda. Y allí permaneció hasta la mayoría de edad, momento en el que, por fin, consiguió su «libertad» tras obtener una excelente calificación en las pruebas de acceso a la universidad y lograr una beca de estudios para la Facultad de Derecho de la Universidad de Barcelona.

La relación entre ellos dos se estrechó durante aquel primer año de la carrera, porque aunque se conocían desde hacía tres veranos —Alex solía trabajar durante las vacaciones escolares como «chico para todo» en una urbanización de Calella de Palafrugell—, no llegaron a considerarse amigos hasta que por azar coincidieron en la misma habitación en la residencia de estudiantes. Alojamiento que ambos abandonaron al curso siguiente para alquilar un piso, juntos, en Barcelona.

—Alex, ¿estás seguro? —incidió sobre la acusación de su amigo—. Mira que lo que dices es muy grave... De ser cierto,

Morales podría haber incurrido en prevaricación en el juicio contra Subirach.

Este lo miró como si dudara de su cordura.

—¿De verdad crees que podría equivocarme en algo así? Tengo los rostros de todos ellos grabados a fuego.

No, seguro que no lo hacía. Las experiencias vividas en aquella época le dejaron huella para el resto de sus días. Aún recordaba con horror las pesadillas nocturnas que sufría Alex durante los primeros meses fuera del centro de acogida, en las que se despertaba gritando a todo pulmón y empapado en sudor como si le hubieran echado un cubo de agua por encima.

—¿Y por qué hasta ahora no se te ha ocurrido poner nombre a esos rostros y comprobar la identidad de todos ellos?

—Rafa, por Dios, ¿no te das cuenta de que nosotros no teníamos ni idea de cómo se llamaban? Éramos unos críos, bastante teníamos con escondernos y desaparecer del mapa en cuanto los veíamos, con sus trajes negros y sus túnicas...

—¿Y qué hay de los otros dos magistrados del juicio? —aceptó, intentando llevar la conversación por otros derroteros que no fueran las actividades de aquellos personajes—. ¿Has comprobado si también asistían a las «reuniones»?

—También. Los tres están involucrados.

El asunto pintaba muy feo. De demostrarse la implicación de los tres magistrados, aquel juicio podría ser declarado nulo y ellos acusados de prevaricación, como mínimo.

—¿Crees que tienes alguna forma de demostrar lo que dices? —preguntó, a sabiendas de que su amigo no perdería la oportunidad de actuar en aquella ocasión.

Conocía de primera mano aquella etapa en la que Alex estaba desasosegado, debatiéndose entre el egoísmo y los dictados de su moral, al no saber si debía acudir a declarar en el juicio contra Gerardo Subirach o permanecer al margen de todo; el director del centro estaba acusado por varios residentes de ocho presuntos delitos de abusos deshonestos contra menores.

Pero a sus diecinueve años, el actual inspector temía que le fuera retirada la beca de estudios, conseguida de la Administración Pública gracias a la intervención del CEAMA, y al mismo tiempo quería pasar página de lo que fue su vida en aquel lugar, por lo que al final, en contra de su conciencia, se limitó a seguir el juicio desde la distancia.

Algo que nunca se perdonó. No era que su declaración hubiera podido cambiar nada, pero a pesar del tiempo transcurrido no era capaz de olvidar que no movió ni un dedo por sus compañeros; su familia. Porque aunque en un principio todas las pruebas apuntaban a que las barbaridades cometidas en aquel lugar no quedarían impunes y su testimonio sería irrelevante, de manera milagrosa la Sección 3.ª de la Audiencia Provincial de Girona exculpó a Subirach de todos los cargos. El abogado defensor basó su defensa en «indefensión del acusado y defectos de procedimiento», lo que unido a la ineptitud del trío de magistrados, concedió la absolución al presunto pederasta, que no la inocencia, en virtud de falta de pruebas para declararlo culpable.

—Por desgracia, no tengo nada que pueda demostrar su culpabilidad —contestó a su pregunta anterior Alex—. En su día lo teníamos todo bastante atado, pero la suerte, una vez más, nos dio esquinazo. Durante el último año de mi estancia en el CEAMA, los mayores nos dedicamos a grabar aquellas visitas con una videocámara de la época, que «cogimos prestada» del laboratorio de imagen; una de esas enormes que llevaban una cinta pequeña que era como una casete, ¿recuerdas?

—Sí. ¿Y qué pasó con esa cinta?

—Pensábamos utilizarla una vez que estuviéramos fuera del centro para empapelar a toda esa gentuza, pero un buen día desapareció. Como comprenderás, no podíamos denunciarlo a la dirección, así que intentamos solucionarlo entre nosotros. Todos los del módulo registramos al resto e investigamos a los demás alumnos, pero enseguida nos quedamos sin recursos porque cualquiera podía haber entrado; no nos permitían cerrar las habitaciones con llave.

—Supongo que has hablado con tus compañeros de entonces, ¿no?

—Pues no. De momento no he hecho nada, estoy investigando sus paraderos y solo he averiguado que el cabecilla de aquel grupito nuestro murió dos años después de salir del CEAMA, víctima de una sobredosis de heroína; supongo que no pudo superar su pasado y se refugió en las drogas. Al resto aún no los he localizado, pero dudo que pueda encontrar nada por esa vía, estoy seguro de que ninguno de ellos se quedó con las cintas. Lo más probable es que las encontrara la gobernanta del módulo y se las entregara al propio Subirach.

—¿Y crees que, de haber sido así, ese cabrón se hubiera quedado con las manos en los bolsillos? —cuestionó él, incrédulo—. ¿Que no habría tomado medidas y os hubiera hecho pagar por vuestra rebeldía?

Alex se quedó pensando durante un rato, mirando el vaivén de las olas. Él esperó.

—No lo sé, Rafa —dijo al cabo de un par de minutos—. Las intenciones de Gerardo son tan negras como su corazón. Quizá pensaba utilizarlas en un futuro para extorsionarnos y no le dio tiempo, o tal vez las guardó para visionarlas más tarde y se olvidó de ellas, o... Qué más da, hay cientos de probabilidades. Es posible que incluso aún estén guardadas en algún cajón de su escritorio.

Él también estuvo pensando mientras su amigo se perdía en los recuerdos, con la vista en la inmensidad del mar, haciendo balance y recapitulando toda la información que el inspector acababa de facilitarle.

—Y dime... —recuperó uno de los hilos perdidos a lo largo de la conversación, a fin de sacar a Martin del bucle de malos recuerdos de aquel infecto centro de acogida—. Entonces, ¿cómo es que nuestro ilustrísimo magistrado acabó siendo titular de un simple juzgado de familia?

—Pues, según he podido averiguar en la Judicatura catalana —repuso, dando por fin respuesta a aquella cuestión que tanto le intrigaba—, tras el juicio a Gerardo Subirach, tanto a él como a los otros dos jueces titulares les «recomendaron» desde las altas esferas que solicitaran el traslado a otra provincia, a fin de que sus nombres quedaran desligados de aquella extraña y mediática vista. Morales no lo hizo de inmediato, sino que decidió dedicarse a la política y reclamó una excedencia. A su regreso, pidió incorporarse a un juzgado de familia de Madrid a través de un concurso de traslado.

—Eso es, cuando menos, muy raro y solapado, ¿no te parece? —insistió él.

—Extraño como mínimo... —masculló en voz baja Alex—. Pero no tanto si tenemos en cuenta que esta gentuza parece tener unas «agarraderas» nada desdeñables y pertenecer a algún tipo de secta que, por lo que se ve, es bastante influyente...

—¿Y qué piensas hacer?

—Seguir investigando, por supuesto. Esta vez no voy a quedarme con los brazos cruzados. Haré que toda esa panda termine dando con sus huesos en la cárcel para que, por fin, prueben la misma medicina que administraban a los niños del CEAMA, ¡te lo juro!

## 10

«Ikea redecora tu vida», repitió Cristina para sus adentros, varias veces y con retintín, el famoso y popular eslogan de la multinacional sueca en España, mientras su traicionero sarcasmo le devolvía el de contrapropaganda que en realidad merecía: «Ikea amarga tu vida».

Al menos lo estaba haciendo con la suya. ¿Por qué se dejó convencer por Carol para aquella locura?

Soltó un improperio en voz alta y su padre una sonora carcajada en respuesta. Lo miró indignada y salió del cuarto. No pensaba empezar otra vez.

Llevaba desde primera hora de la mañana discutiendo con él y con su hermana. Ya tenía ración de broncas suficiente para una temporada. Nunca tendría que haber aceptado con tanta alegría su ayuda y haber recordado que tres Losada opinando a la vez eran multitud y que, además, Carol y su padre eran unos auténticos inútiles en lo que a bricolaje se refería.

Sin duda, aquel estaba siendo el peor mes de agosto de toda su vida. Menos mal que ya tocaba a su fin. No veía el momento de poder cambiar la hoja del calendario.

¡Menudas vacaciones!

Ignoraba cómo acabó de aquella manera, cuando en realidad sus planes eran bien distintos. Pero lo que al principio pensaba que serían treinta días en soledad, compadeciéndose de sí misma y lamiéndose las heridas, se transformaron en una pesadilla. Estaba agotada. Harta del calor, de la espera, del teléfono, de la fiebre de la bricomanía que parecía haberle atacado, de Ikea... y de toda su protectora familia. Agradecía mucho el esfuerzo que hacían, pero no podía resistirlo ni un minuto más.

Era como si el destino se hubiera confabulado con ellos para que aquel mes pareciera mucho más difícil de lo que ya era por sí mismo.

Para empezar, sus padres, que siempre pasaban de julio a septiembre en la playa, aquel año decidieron quedarse en Madrid. Luego Carol, que acostumbraba a desaparecer en agosto en cualquier lugar del mapa, solo se marchó diez días a Ibiza con unos amigos y regresó enseguida para «ayudarla».

Pero ¿por qué no la dejaban en paz? Al único que quería allí era a Niki. Necesitaba verlo ya. Hacía días que no tenía suficiente con poder hablar con él por teléfono. En realidad nunca fue «suficiente», pero las dos primeras semanas resultaron más llevaderas. La tercera, insufrible. La última... Uf, no quería ni pensarlo.

Todo sucedió de forma tan rápida que, cuando quiso darse cuenta, se sentía como un insecto espachurrado bajo el golpe de un matamoscas. No tuvo tiempo ni de alegrarse de la decisión de luchar por Niki.

A partir del día que comunicó a Monclús su deseo de convertirse en madre de acogida, era como si alguien hubiera apretado el botón de avance rápido de su vida para, acto seguido, pulsar el de *stop*. Y era ese parón lo que la estaba matando, por mucho que su «amorosa» parentela no le hubiera dado ni cinco minutos de descanso.

Empezó con las prisas por presentar en la Fundación la documentación necesaria, a fin de agilizar los trámites antes de que el departamento de administración se fuera de vacaciones. Y lo que en un principio parecía algo sencillo, acabó siendo un calvario de impedimentos y burocracia. Más tarde vino la noticia del alta de Niki, que se produjo antes de lo que ella esperaba, y la obligó a perder parte del poco tiempo del que disponía para estar con él en ir a comprarle todo un vestuario completo. Después de tantos meses en la clínica, el crío no tenía nada que ponerse; aunque seguía igual de delgado, estaba muchísimo más alto.

Y, por último, la noticia. La que supuso aquel parón vital que estaba matándola.

La tarde en que el abogado le dijo que iba a llevarse al niño a la playa, casi le dio un síncope. Y aunque su orgullo le impidió derrumbarse delante de él y pedirle que no lo hiciera, si en aquel momento le hubieran clavado un puñal no habría sentido ningún dolor; de hecho fue como si de verdad lo hicieran, hundiéndolo hasta la empuñadura en mitad del corazón.

Entendía que aquel viaje era por el bien del pequeño y que Niki era responsabilidad de Monclús hasta el día que aceptaran su petición, si llegaban a hacerlo alguna vez, pero apartarlo de su vida la dejó tan hueca, tan sola, que nada podía llenar aquel vacío. Sobre todo porque el abogado no tardó ni cuarenta y ocho horas en poner setecientos kilómetros de por medio entre ella y el niño.

Aunque llegados a ese punto, daba igual que Niki estuviera en la Costa Brava o en las chimbambas, el caso era que no podía estar con él.

Sabía que ponerse en plan cerril no beneficiaría nada sus intereses y demostrar una ansiedad obsesiva por la criatura, tampoco —sobre todo porque Monclús tenía mucho que decir a la hora del veredicto final, ya que formaba parte del equipo investigador del caso—, pero ser dócil y comprensiva no le ofrecía ningún consuelo ni era su estilo.

Bien era verdad que en un principio pensó que el abogado se lo pondría todavía más difícil y que al final resultó, casi, razonable. No hizo falta rogarle que le facilitara el contacto y él mismo le brindó su teléfono para que lo llamara siempre que quisiera hablar con Niki y durante todo el tiempo que necesitara. Incluso le dijo que si echaba mucho de menos al niño y lo pasaba demasiado mal, podía ir a visitarlos... Pero ¿de qué le servían aquellas migajas? Eran pan para hoy y hambre para mañana.

¡Estaba cansada de poner parches a su vida!

Pasar con el niño un rato durante un fin de semana no era suficiente, máxime cuando sabía que tenía por delante una etapa dura a la que era mejor que se acostumbrara cuanto antes. Además, no debía olvidar que cabía la posibilidad de que la Administración ni siquiera admitiera a trámite su petición.

Así que, para estar ocupada y no pensar demasiado en esa eventualidad, se dedicó a preparar la habitación de ensueño que, llegado el caso, ocuparía Niki.

Al principio resultó relajante y la ayudó a paliar la ansiedad. Quería que el crío dispusiera de un espacio propio que no le recordara las miles de horas pasadas en el hospital. Ella dibujaba bien, así que pintó un enorme mural que ocupaba por completo una de las paredes; un paisaje submarino con estrellas y caballitos de mar, anémonas, peces payaso e incluso un tesoro perdido. Luego pintó el resto de los muros en tonos naranja terroso y crema, para aportar luminosidad y alegría al espacio. Aquel fue un ejercicio solitario que le produjo paz y sosiego.

Pero todo se desmadró cuando, la semana anterior, la llamaron de la Fundación para comunicarle que acababan de iniciar la incoación de su expediente y que la maquinaria se ponía en marcha, por lo que el siguiente viernes recibiría la visita de un trabajador social para comprobar las condiciones en las que el niño viviría en caso de un dictamen positivo. Y ahí se desató el pandemónium.

Tuvo la mala suerte de recibir aquella noticia el día que Carol fue a valorar su capacidad pictórica y, ante la buena nueva, la siempre calculadora mente de su hermana empezó a hacer cábalas. Aunque todavía quedaba mucho camino por andar y se enfrentaba a unos resultados dudosos, según la pequeña de la familia, no bastaba con unos cuantos brochazos, por muy artísticos que fueran; tenía que montar, por completo y a toda prisa, una habitación para Niki.

Y siguiendo su eterna costumbre de valorar todo en cuestión de números, la convenció de que gastar una millonada en muebles no era una buena idea. Ikea era la solución, porque se ahorraba por lo menos... Puf, ya no se acordaba de la cifra que mencionó, pero estaba segura de que acabaría gastándose eso, y mucho más, en Valium.

¿Qué creía la cerebrito? ¿Que su problema se solucionaría con el ahorro de unos pocos euros? ¿De verdad pensaba que sería el dinero lo que más le dolería si al final tenía que deshacerse de esos muebles, en el caso de que no consiguiera un dictamen positivo de la Junta de Evaluación de Ángeles Olvidados?

Rafa dudaba entre despeñarse por un barranco o meter un calcetín a cada niño en la boca. Estaba desesperado. Ya no sabía qué hacer, el camino se le estaba haciendo eterno. ¿Habrían inventado los kilómetros de dos mil metros en la carretera de Girona a Madrid?

—Me estoy mareando, papá. ¿Falta mucho?

—Diez kilómetros menos que cuando me lo preguntaste diez kilómetros atrás, Paula. Te pareces al burrito de *Shrek*, ¿por qué no jugáis a algo?

—Es que me aburro...

—Yo también me aburro —le hizo los coros Niki.

Lo que faltaba, el niño era mucho más tranquilo y dócil que su hija, pero al parecer su cupo de paciencia e inactividad estaba también agotado.

Se pusieron en camino a las cinco de la madrugada, para que los niños fueran durmiendo la mayor parte del tiempo, y durante los primeros cuatrocientos kilómetros todo fue sobre ruedas; dos angelitos, cada cual en su sillita, que no hicieron ni un ruido. Pero en cuanto Paula se despertó, sobre las nueve de la mañana, se acabó la tranquilidad. No tardó ni diez minutos en espabilar a Niki.

Antes de llegar a Zaragoza pararon a desayunar en el área de servicio de La Puebla de Alfindén. Hasta ahí todo perfecto. Luego los mantuvo entretenidos durante casi dos horas con la película *Buscando a Nemo*, no sin antes tener que tomar una decisión salomónica sobre la discusión de los críos: Paula quería ver

*La Sirenita* y Niki, *Merlín el Encantador*. Al final eligió la que sabía que era más larga, zanjando así la cuestión sobre si «la historia de Ariel era para niñas repipis» o «si Grillo y el mago solo interesaba a niños brutos».

Pero en torno a las doce de la mañana, y después de que hiciera una parada para hacer pis y tomar un ligero tentempié, el tema se desmadró. Los últimos cien kilómetros estaban siendo un auténtico calvario.

—¿Os pongo otra película?

—No, mejor cuéntanos un cuento —propuso Paula.

—Yo prefiero ver una peli —contrarrestó la moción Niki—. Papá es muy malo contando cuentos. A mí me gusta cómo me los cuenta Cris. Él no hace las voces...

Desde luego él no tenía la inventiva de la joven. Por Dios, Niki estaba obsesionado con ella. No hubo ni un solo día en todas las vacaciones que no la mencionara unas cien veces para contar lo bien que ella lo hacía todo. Cris lo peinaba mejor. Cris lo vestía más despacio. Cris no le metía jabón en los ojos cuando lo bañaba. Cris, Cris, Cris... A veces pensaba que el crío pretendía inoculársela en vena como si fuera una droga perniciosa. La idolatraba. Para el niño era la perfección personificada. Santo Cristo, ¡si hasta consiguió que soñara con ella!

Bueno, mejor dejaba el asunto de sus sueños, no fueran a despeñarse de verdad. No quería pensar en el último, en el que ellos dos eran los protagonistas y desde luego no tenía nada que ver con que la ingeniera le peinara y le vistiera, sino más bien con todo lo contrario.

Esas fueron unas vacaciones muy reveladoras con respecto a lo que en los próximos meses tendría por delante. Desde el principio tomó la decisión de no poner demasiados impedimentos a la petición de acogida de Cristina Losada, pero desde luego, viendo la pasión que Niki tenía por ella, era algo que a estas alturas no podía ni cuestionarse.

—Papá —interrumpió sus pensamientos la niña—, tengo una idea... Podías hacerte novio de Cris y así yo también tendría una mamá que me contara historias.

¡Dios! Casi provocó un accidente. Pegó tal frenazo en seco que... ¡Menos mal que circulaban casi solos por la carretera!

—Si os hacéis novios, yo podría llamarla mamá y Niki podría seguir llamándote papá. Y así los dos tendríamos un hermano...

Respiró con profundidad. ¡Lo que le faltaba! La niña estaba demasiado pesada con ese tema desde hacía algún tiempo.

—Paula, hija, no digas tonterías —cortó su diatriba mientras intentaba regular las palpitaciones de su desbocado corazón—. Cristina y yo ni siquiera somos amigos, cielo.

—Pues haceros... —alegó con infantil inocencia—. Es que yo no tengo mamá y quiero una —insistió.

—Sí tienes, cariño, ya lo sabes. Lo que pasa es que nos dejó solitos porque tuvo que irse...

—Pero es que se fue al cielo y desde allí no puede abrazarme. En cambio, Niki va a tener una mamá muy divertida que lo va a querer un montón. Yo también quiero una.

¡Menudo cielo! Sería al suyo personal pero, desde luego, nada que ver con el que hacía creer a Paula. Aquella era la mentira más gorda salida de su boca en toda su vida. Su ex andaba por ahí, vivita y coleando —suponía que sobre todo «coleando»—, pero no podía contar a su hija que esa madre a la que tanto añoraba se desentendió de ella cuando apenas contaba seis meses de vida, dejándole solo para que ejerciera el papel de madre y padre.

Hasta ese año Paula nunca pareció echar de menos la figura materna, pero durante el último curso empezó a insistir en que se buscara una novia para que ella pudiera llamar a alguien «mamá». ¡Como si fuera tan fácil y él estuviera por la labor de hacerlo!

No terminaba de entender muy bien esa necesidad que tenían los niños a cierta edad de poner nombre a todo. Hasta entonces siempre creyó que la vida de su hija no tenía carencias, al menos afectivas, pero al parecer estaba equivocado.

Comprendía que quisiera tener un hermanito, muchos de los niños de su clase no eran hijos únicos y hablaban de su fami-

— 105 —

lia como algo casi multitudinario y divertido, pero con ese escollo contaba desde el principio y siempre lograba capear bastante bien el temporal: «mamá no está, no hay con quien tener más hermanos». Pero lo que Paula reclamaba en esa ocasión era una madre. Y para esa tormenta no estaba preparado. En ninguno de los sentidos.

—Cariño, si Niki y tú fueseis hermanos, entonces ya no podríais ser novios ni casaros cuando seáis mayores, como decís que vais a hacer. Es mejor así, ¿no lo comprendes? —No sabía por dónde salir. ¿Cómo se le explicaban esas cuestiones a una niña de cinco años?

—¿Y por qué no podríamos ser novios y hermanos a la vez? —intervino Niki, para poner la guinda del pastel.

Puf, cada vez estaba más enfangado. A veces se le olvidaba que en ese aspecto su hija tenía refuerzos. No sabía hasta qué punto fue una buena idea juntar a aquellos dos.

Nada más llegar a Calella, Niki no tardó ni cinco días en preguntarle si podía llamarle «papá», como hacía Paula. ¿Y quién tenía tan poco corazón como para decir que no a un niño que, además, tenía tantas carencias afectivas?

¡Bendita infancia! Era una etapa maravillosa en la que se podía decir y preguntar todo lo que se te pasaba por la cabeza sin cuestionarte lo que estaba bien o mal. Adoptar padres o madres a tu antojo, aunque solo fuera por un mes; hacerte novio de una niña un día y al siguiente dejarlo porque no quería jugar contigo, o pedir lo que a uno le apeteciera con la práctica seguridad de que se lo iban a conceder.

Pero él acababa de cumplir los treinta y seis... No era nada fácil hacer entender a dos niños de cinco por qué existían situaciones que nunca podrían darse, por mucho que ellos lo desearan, porque los adultos no actuaban bajo los mismos parámetros que utilizaban ellos. Uno no se hacía novio de la primera chica que se cruzaba en su camino solo porque le gustara el color de su pelo.

—Venga, papá, jooooo. Di que sí, anda... —«Desde luego, terca es un rato...»

—Paula, Cris y yo apenas nos conocemos. No nos gustamos y no nos queremos. Uno no puede hacerse novio de alguien que no le gusta ni quiere.

—¡Pues «gustaros»! Tú pregúntale si quiere ser tu novia, ya verás como te dice que sí. Eres muy guapo y muy simpático, seguro que le encantas.

Sí, simpatiquísimo, sobre todo con Cristina. Llevaba año y medio esmerándose en demostrarle sus mejores «cualidades», estaba seguro de que le encantaban. En especial las de auténtico cenutrio...

No pudo evitar la sonrisa cuando se imaginó la cara que pondría ella... «Mira, Cristina, que resulta que Niki y Paula quieren tener papá, mamá y un hermanito y han pensado que la mejor manera es que tú y yo nos enrollemos.» Bueno, si además se lo decía de esa manera, tendría que acordarse de ponerse antes la coquilla de su época de karateca.

Decidió zanjar la cuestión por la vía rápida. Tomó la primera película que encontró en la guantera y la metió en el DVD. A los cinco minutos los niños se olvidaron de todo, absortos en las aventuras de Piecito y los demás dinosauritos de su pandilla.

No era que Cristina no fuera digna de que cualquier hombre le hiciera una proposición similar —de esa manera no, claro, sino en plan serio—, pero además a él la muchacha no le ponía nada. Bueno, sí le ponía, o si no que preguntaran a su conciencia onírica, pero tener sueños húmedos con ella no era suficiente como para convertirla en la madre de su hija.

La experiencia de mantener una relación estable con una mujer que lo que más valoraba en la vida era su crecimiento laboral, supeditando incluso a los hijos, era el bagaje con el que contaba como cabeza de familia. Y aunque aquel no parecía ser el caso de Cristina Losada, no estaba capacitado para ese tipo de vida, tuviera la mujer las características que tuviera.

Tenía la sana intención de ser el primer hombre que no tropezara dos veces en la misma piedra y desde hacía cinco años lo estaba consiguiendo con éxito. Pensaba seguir haciéndolo igual de bien hasta que fuera un ancianito de pelo cano.

Aquella no era una decisión para tomar a la ligera. Llevaba consigo una maleta demasiado llena que no tenía intención de hacer cargar a nadie. Tenía un montón de prejuicios, no creía en el amor y menos aún en el matrimonio; motivos más que suficientes si, además, no dudara que existiera la mujer dispuesta a enfrentarse a semejante reto.

Encima, con sus antecedentes, todo se complicaba. Quizá si la madre de Paula hubiera sido del tipo de esposa de su madre, o incluso de su hermana, hubiera funcionado; aunque ponía en tela de juicio que esa personalidad le hubiera atraído lo suficiente como para haberse mantenido a su lado el resto de sus días, pero al menos lo hubiera intentado. No por ella, pero sí por Paula.

Por Paula se casó con su ex y por Paula hubiera seguido luchando para mantener la relación mientras hubiera podido. Lo cierto era que nunca estuvo tan enamorado de Amalia como para perder el oremus, ni siquiera sabía si alguna vez estuvo enamorado de ella, pero a su ex mujer la quiso de una manera especial y fue a la que juró fidelidad y respeto; habría hecho todo lo posible por cumplirlo.

Incluso estaba convencido de que, de haber tenido más tiempo, podría haber llegado a enamorarse por completo. Pero aquel contrato solo duró veinte meses, contando desde el día que la conoció hasta el momento en que firmaron su divorcio en los juzgados. Suficiente para saber lo que no quería volver a sufrir y para conocer sus propias limitaciones. La experiencia resultó lo bastante dolorosa como para huir de segundas partes como de la quema, daba igual quién fuera la protagonista de esa segunda intentona.

Así que, por mucho que Paula fuera el motor de su vida, unirse a una mujer a la que la cría pudiera llamar mamá era un capricho que no iba a concederle. Nadie hipotecaba su vida, y la de otra persona al mismo tiempo, porque a una niña de cinco años se le antojase. Y menos cuando, antes de que se diera cuenta, estaría pidiendo a gritos que la dejasen en paz y jurando que no quería saber nada de la familia, como cualquier adolescente del mundo.

# 11

Cris cerró el frasco de laca de uñas, procurando no estropearse la manicura que acababa de aplicarse en manos y pies, y se tumbó en el sillón a esperar a que se secara por completo. Cerró los ojos, suspiró y se dejó acunar por los sonidos que salían del reproductor de CD: B. B. King.

Estaba agotada después de una semana de bricolaje intensivo. Desde el momento en que decidió empezar a desmantelar su antiguo despacho, para convertirlo en el espacio que esperaba que en un futuro próximo ocupara Niki, hasta que la noche anterior terminó de vestir la cama con unas sábanas de vivos colores que representaban una puesta de sol en una playa caribeña, no paró ni un instante. Por supuesto, los efectos de los trabajos manuales fueron devastadores para su aspecto.

La noche anterior eran casi las tres de la madrugada cuando por fin se metía en la cama, con la firme decisión de que a la mañana siguiente se levantaría cuando tuviera a bien despertarse por sí misma, sin poner el reloj a una hora establecida. Luego se dedicaría el día completo; un eterno baño de espuma, manicura, pedicura y todos los mimos que tuviera a su alcance sin salir de casa. Tenía intención de pasar la jornada zanganeando y pensaba moverse lo mínimo.

Además, en un par de días se acaban las vacaciones y no quería comenzar «el curso escolar» más cansada de lo que terminó el anterior. Iba a ser duro, muy duro.

El molesto zumbido del teléfono móvil sobre el cristal de la mesa la sacó de su inactividad. ¡Murphy era su más fiel detractor! Soltó un juramento cuando al coger el terminal se rozó la uña del dedo gordo de la mano derecha y se descascarilló el esmalte que aún estaba húmedo. Ver el nombre del propietario del teléfono le hizo olvidarse de inmediato del desaguisado. «Monclús.»

O lo que era lo mismo, Niki.

—¡Hola, cariño! ¿Cómo van esas vacaciones? —exclamó, feliz de que el niño la hubiera telefoneado sin esperar a que fuera ella quien lo hiciera—. ¡Qué bien que me has llamado! Sabes que te estoy echando mucho de menos, ¿verdad?

—Oh, qué tierno, ingeniera... —respondió una voz muy poco infantil—. ¡Qué sorpresa! No esperaba este recibimiento, la verdad. Sí que se le ha suavizado el carácter con solo un mes de descanso... —continuó divertido, impostando la voz con un tono que a ella le hizo muy poca gracia.

—Ups. Perdone, Monclús, pensé que era Niki —replicó, abochornada por su explosión de alegría.

—Pues lo siento por usted, pero es que da la casualidad de que, una vez de regreso en Madrid, he decidido volver a tomar posesión de «mi» teléfono. —E hizo un especial hincapié en el posesivo.

—Ah. Vale. —Estaba cortadísima. No sabía qué decir.

—¿Solo «ah, vale»? ¿Debo asumir que, entonces, ya no me saludará con alegría ni volverá a llamarme «cariño» y decirme que me echa de menos? —Fingió voz de fastidio.

Ella dio gracias al cielo por que aquella no fuera una de esas videoconferencias en las que se podía ver el rostro del interlocutor. No tenía ningún espejo delante, pero sabía que lo tenía como la grana. Le ardían las mejillas. ¿Quién le mandaba a ella ser tan espontánea?

—Una pena —continuó hablando él, al ver que no respondía—. Desde luego sus llamadas perderán muchos alicientes... Pero lo superaré y me haré a la idea de que, al regresar a la rutina, seguirá comportándose como el ogro Golón que siempre ha sido.

—Muy jocoso le noto, Monclús. No cabe duda de que al que le sienta bien el descanso es a usted. ¿O es la brisa marina la que trastorna su cerebro y pule su habitual malhumor?

—Es muy probable. Eso... o los setecientos y pico kilómetros de ayer, encerrado en un coche, al runrún de las películas de Disney, y escuchando quejas infantiles que me sacaron de mis casillas. No veía el momento de llegar...

—¿Cómo? ¿Ya han vuelto?

—¿Qué le pasa, ingeniera, se ha vuelto sorda? ¿O es que el sonido de mi voz le ha emocionado tanto que ni siquiera me ha escuchado? Acabo de decírselo. Dos veces, además. Llegamos ayer.

—¿Por qué no deja de hacer el payaso, abogado? Sabe de sobra que esas palabras no iban destinadas a sus orejas.

—¡Serán oídos!

—Ah, pero ¿usted tiene de eso? Quién lo iba a decir...

—Ya veo, falsas apariencias. No le ha sentado tan bien el descanso como parecía; sigue siendo igual de borde. —Se rio.

—¡Oiga...!

—Ingeniera... —Alargó la palabra, interrumpiéndola, con un cierto tono admonitorio—. ¿Piensa seguir discutiendo conmigo hasta el día del juicio o prefiere no cabrearme y morderse la lengua? Porque si consigue que siga estando de buen humor y usted es capaz de aguantar con vida un rato sin que el veneno le haga efecto, a lo mejor le da tiempo de ver hoy a Niki.

Ella sonrió y sintió un calambre en el estómago, olvidándose por completo del mal trago. «¿Ver hoy a Niki? Haría lo que fuera por abrazar al pequeño.» Y repitió en voz alta lo que acababa de pensar.

—Por Dios, Monclús —continuó—, soy capaz incluso de llamarle «cariño» de verdad, si con eso me deja verle.

—¿No me diga? Yo que usted tendría cuidado con el poder que me otorga.

—Me da igual —respondió irreflexiva—. ¿Qué tengo que hacer para poder achuchar a mi niño?

Él soltó una ruidosa carcajada. La oferta era tentadora, pero... Se apiadó de ella.

—Está bien, la esperamos a las seis en la sección de uniformes del Corte Inglés de Castellana. Niki empieza el colegio la próxima semana y lo más seguro es que tengan que arreglárselo, así que no podemos dejarlo para otro día porque yo me incorporo el lunes al trabajo.

—¡Guau! —chilló alegre—. ¿Le he dicho alguna vez que le quiero, Monclús? Allí estaré. —Y sin esperar la respuesta, colgó.

Miró el reloj. Las cinco y media. La reparación de la uña dañada tendría que esperar a otro momento, pensó mientras corría hacia su cuarto para vestirse.

Rafa se quedó mirando el teléfono con una sonrisa en los labios. Hubiera esperado cualquier reacción de la joven menos aquella. Parecía una cría ilusionada. ¿Dónde estaba el cerebro calculador de la informática? Estaba seguro de que no pensó ni una sola de las palabras de aquella conversación.

Apenas treinta minutos más tarde la vio entre los percheros abarrotados de babis y faldas escocesas, con el despiste reflejado en los ojos. Las vacaciones le sentaban de lujo, parecía otra persona. Estaba cambiada y muy guapa. El bronceado le daba un aspecto relajado, nada que ver con la habitual palidez de su piel que, tras horas expuesta al sol, parecía de miel dorada y resaltaba contra el deportivo atuendo que lucía. Era sencillo y muy diferente del que estaba acostumbrado a verla usar: unos pantalones tobilleros de color blanco y una minúscula camiseta de tirantes azul claro.

Para variar, no llevaba sus sempiternos tacones, lo que disminuía algunos centímetros aquella intimidante altura que la hacía resaltar por encima de la media en cualquier reunión de mujeres. Si bien era cierto que él le sacaba cinco o seis centímetros incluso cuando iba subida sobre su habitual andamiaje, prefería no pensar cómo debían de sentirse los hombres con una complexión un poco menos fuerte que la suya cuando ella los miraba con aquel fuego gris que acogotaba al más pintado.

Ansiosa por localizar al crío, peinaba la zona con la vista moviendo la larga melena que le caía sobre la espalda. A cada giro de cabeza provocaba que las frías y asépticas luces del centro comercial se reflejaran en aquella cobriza mata, arrancándole destellos tan vivos como su fogoso temperamento.

Sonrió, iba a hacerla sufrir un rato. Los niños estaban en el vestuario probándose sus nuevos uniformes con la dependienta, así que aún tardarían un poco en salir. Sabía que buscaba a Niki y que aún pasaría un tiempo hasta que le localizase a él.

Se apoyó en el mostrador y esperó con paciencia. La inseguridad que delataban los movimientos de ella era un espectáculo digno de ser disfrutado, no era algo con lo que la ingeniera se dejara sorprender.

Un grito y un obús en forma de niño pasando por delante de sus narices le sacaron de su estado de observación.

—¡Mami!

La vio correr al encuentro de Niki y cogerle al vuelo cuando el niño saltó sobre ella. Algo se rompió en su interior, mientras los veía girar en mitad del pasillo del centro comercial, ajenos a las miradas de clientes y dependientes.

—¡Qué guapo estás, cielo! Has crecido y engordado un montón. Y estás morenísimo... —dijo por fin, dejándolo en el suelo mientras lo cubría de besos allá donde quisiera que su boca hiciera contacto con el pequeño.

Paula, que siguió a su compañero de aventuras, les miraba a corta distancia, con la boca abierta como si acabara de ver una aparición.

—Tú también estás morena y muy guapa —le devolvió Niki el cumplido, antes de mirarla a la cara—. Pero ¿por qué lloras?

—Nada, cariño, tonterías mías. Es que estoy tan contenta de verte...

Él advirtió la confusión en el pequeño, que buscó su apoyo con un mudo grito de socorro en sus ojos color miel. Debía de estar pensando qué era lo que estaba haciendo mal. Tan poco acostumbrado como estaba a las muestras de efusividad, no entendía nada.

Durante ese mes él y su familia intentaron darle todo el cariño del mundo pero, si tenía que ser sincero, ninguno de ellos era muy dado a las alharacas y arrumacos. En su casa eran todos de manifestaciones tranquilas y hechos contundentes. Por otra parte, por lo poco que consiguió averiguar de los informes psicológicos de las sesiones que Niki mantenía con los especialistas de la Fundación, dudaba mucho que su madre biológica le hubiera dedicado jamás semejante despliegue de atención.

Vio que Paula se acercaba más a ellos y tiraba a Niki del polo del uniforme, reclamando su atención. De pronto le vino a la cabeza la conversación que mantuvieron en el coche la tarde anterior y sintió como si un gigante le propinara un puñetazo en el hígado.

Niki se giró y vio a su amiguita.

—Mira, Paula, ella es mi mamá...

Cris tenía un nudo tan grande en la garganta que apenas podía respirar. Recordó aquella noche, de hacía tan solo una semana, cuando el niño le contó, por teléfono, que estaba muy contento porque Rafa le dijo que ella iba a intentar convertirse en su madre de verdad. Y entonces, sin previo aviso, le preguntó si podía llamarla ya «mamá». Lloró durante horas. No sabía si de emoción o de miedo ante lo que podría ocurrir si no conseguía sus objetivos.

Miró a la niña, que llevaba el mismo uniforme escolar que Niki. Era una criatura preciosa, tan morena y con aquellos enormes ojos verdes.

—¿Y quién es tu amiguita, cariño? —dijo por fin, agachándose en cuclillas para ponerse a su altura.

—¡Es mi novia! Y cuando seamos mayores vamos a casarnos y a tener muchos niños.

—Qué vida más dura la de las madres —se quejó—. Aún no he conseguido que vivas conmigo y ya estás pensando en abandonarme para convertirme en abuela —bromeó—. ¿Cómo te llamas, cielo? —preguntó a la niña.

—Paula —respondió ella, tímida.

—Pues encantada, Paula. —La besó en la carita—. Yo soy

Cris, tu futura suegra. —Sonrió ante su propio chiste—. Niki es un chico con suerte, porque eres una auténtica belleza, ¿sabes?

La niña rio, coqueta y nerviosa, asintiendo con enérgicos movimientos de cabeza.

Una mano enorme, muy masculina y con cuidadas uñas, se apoyó sobre el hombro de la pequeña.

—Hola, ingeniera. Me entusiasma que dé el visto bueno a Paula como nuera.

Ella se puso en pie despacio. Ni se acordaba de que el abogado debía de estar por allí...

—¿Monclús?

—Pues claro, ¿a quién esperaba? ¿O pensaba que iba a dejar a los niños solos? Parece asombrada de verme.

—No, no. Claro que no. Solo...

—Que no se acordaba de mí. Ya —terminó él la frase.

—No. No es eso, es que estaba tan emocionada que no me ha dado tiempo a pensar. —Hizo una pausa antes de tenderle la mano—. Quiero agradecerle que me haya llamado para reencontrarme aquí con Niki.

Él se la estrechó con fuerza y aceptó el reconocimiento.

—Estoy encantado de ver en la alta estima que me tiene. —Rio.

No quería empezar a discutir con él tan pronto, así que decidió cambiar de tema.

—¿Es su sobrina? —preguntó mientras cogía la manita que la niña le tendía, al tiempo que Niki se colgaba de la otra.

—No.

—Mira, mamá, qué guapos estamos con nuestros uniformes... Voy a ir al mismo cole que Paula.

—¡Estupendo, cielo! —contestó al niño, mirando, sin embargo, al abogado—. Pues se le parece mucho.

—Normal. No es que fuera a quererla menos si se pareciera al fontanero, pero me agrada estar seguro de que es carne de mi carne.

—¿Cómo?

—Papá —interrumpió en ese momento Paula, consiguiendo

aclarar de un plumazo todas las dudas—, Cristina es muy guapa, ¿verdad?

Él arqueó una ceja, con una sonrisa en los labios que confirmaba en silencio las suposiciones que ella pudiera haberse hecho, al mismo tiempo que respondía a la respuesta de la cría.

—Sí, cielo —admitió.

—¡Es su hija! —corroboró ella—. No tenía ni idea de que estuviera casado.

—¿Y quién le ha dicho que lo esté? ¿Desde cuándo es necesario estar casado para tener un hijo?

—¿No? Bueno, pues divorciado. —Viendo que él no aclaraba ninguna de las posibilidades, volvió a hablar—. Tiene usted una hija preciosa.

—Gracias —zanjó el tema—. Y ya que hemos aclarado los parentescos y descubierto que vamos a ser familia política, creo que es el momento de empezar a tutearnos. Queda muy raro que si vamos a ser consuegros sigamos llamándonos de usted, ¿no te parece?

Desde luego, Rafa no tenía ninguna intención de seguir hablando sobre su vida íntima en mitad de la sección de uniformes, rodeados como estaban por un montón de vendedores ociosos y con los niños pendientes de su conversación. En realidad tenía la nulidad religiosa, su madre se empeñó en su día y a él le daba igual el estado civil que ostentara a partir de entonces; pero aquel no era un asunto que pensara tratar, de momento, delante de su hija, que creía que su madre estaba muerta. Aquello ya era suficiente información para una niña de cinco años.

—Bueno, por mi parte no hay problema —aceptó Cristina, por fin.

La tarde transcurrió sin contratiempos. Mientras los niños correteaban por el centro comercial de planta en planta, haciendo acopio de todo lo que necesitarían para el nuevo curso escolar, los adultos hacían buen uso de las tarjetas de crédito. Libros, carteras, lápices, zapatos, ropa... Nada quedó olvidado.

Cristina estaba tan feliz que incluso parecía más cría que los propios niños y, durante unas horas, aparcó todos sus temores olvidándose del futuro incierto que tenía ante sus ojos. Sabía que era absurdo, pero prefería dejarse llevar por la ilusión y actuar como si en realidad estuviera todo resuelto y Niki fuera ya su propio hijo.

Además, el abogado se estaba comportando de una forma encantadora... Nunca se hubiera imaginado a aquel hombre tan brusco comportándose como un padre abnegado y cariñoso. Se lo imaginaba como un ser distante y frío, que tenía las sonrisas contadas y las racionaba en pequeñas dosis; como si le costara trabajo mostrarlas, salvo que acompañaran a su habitual sarcasmo.

Sin embargo, aquella tarde no escatimaba ninguna, lo que le hacía parecer mucho más joven y menos severo. Estaba guapísimo, con aquel profundo bronceado que resaltaba todavía más sus impresionantes ojos verdes enmarcados de largas pestañas oscuras. Debería estar prohibido que un hombre tuviera un rostro tan masculino y aquella arrebatadora mirada que conseguía desestabilizarla por completo.

El hecho de que empezaran a tutearse también relajó bastante el ambiente. Al menos ya no se comportaban como dos extraños que acabaran de conocerse y no tuvieran nada en común. Desde luego sí lo tenían; Niki se encargaba de recordárselo sin descanso al acompañar cada frase con un «papá» o «mamá» que, sin darse cuenta y a ojos de todo el que los miraba, los convertía en la imagen de la familia feliz por antonomasia.

—Necesito comprar corbatas y camisas para el trabajo antes de irnos. ¿Te importa? —preguntó él cuando pagaron el último artículo infantil que les quedaba sin tachar de la larguísima lista que confeccionaron a principios de la tarde con lo que pensaron que serían las necesidades de ambos niños.

—No, claro.

Cualquier excusa para arañar un minuto más de tiempo que compartir con Niki era perfecta.

—Luego, si no tienes prisa, podemos llevar a los niños a un McDonald's para que lleguen a casa ya cenados y de paso se desfoguen un poquillo en la sala de actividades infantiles mientras nosotros hablamos.

Aquella última frase le sonó un poco lapidaria. ¿Tenían algún asunto pendiente del que hablar? Una sensación de aprensión le atenazó el estómago.

De cualquier forma no tenía demasiadas opciones. Cerrar los ojos ante lo evidente no solucionaba ningún problema, así que aceptó mientras se dirigían a la segunda planta.

El dependiente de la sección de caballeros los tomó por un matrimonio feliz e instaba a Monclús a vestirse según las preferencias de colores y diseños que ella indicaba, por lo que él terminó por preguntarle cada vez que tenía que elegir entre dos modelos y ella se vio envuelta, sin darse cuenta, en una hogareña conversación sobre qué camisa le iba mejor con cada uno de sus trajes.

¡No tenía ni idea de que conociera tan bien su vestuario! Pero no se dio cuenta de aquel detalle hasta que el mismo Monclús se lo hizo notar en un susurro, con un sarcástico «jamás me habría imaginado que hubieras hecho inventario en mi guardarropa», mientras el dependiente empaquetaba las adquisiciones.

## 12

Cristina recuperó la seriedad en cuanto los niños se fueron a jugar a la piscina de bolas, después de dar buena cuenta de la hamburguesa.

—Me han llamado de la Fundación —le informó—. Han aceptado mi expediente a trámite.

—Sí, ya lo sé. Estoy al corriente, por eso quería hablar contigo a solas.

—Ya suponía...

—Espero que no se te escape que hace ya días que estás siendo investigada.

—Claro. No me importa, no tengo nada que ocultar.

—Ya, pero deberías avisar a tu familia. A ellos también los investigarán. Irán a visitarlos y les harán un montón de incómodas preguntas, sobre todo a tus padres, quienes se supone que también optan al papel de abuelos...

—Perfecto. No hay ningún problema. —No pudo evitar ponerse a la defensiva—. Ya te dije que contaba con su apoyo. Ellos también están encantados con Niki.

—Sí. Sé que lo conocieron en el hospital, me lo contó el niño. Pero esto es serio, Cristina, no es algo para un par de días, sino para toda la vida...

—¡Claro! Lo sabemos y estamos dispuestos. ¿Por qué eres tan desconfiado?

—No soy desconfiado, es que quiero lo mejor para el pequeño y la etapa que viene es dura, larga y complicada. Descorazonadora. Hay gente que se da por vencida en el camino porque se aburre de no obtener resultados y no puede soportar la tensión. Tengo que asegurarme de que no va a ser ese vuestro caso, porque el que más perdería sería Niki, que ya se ha hecho un montón de ilusiones y no es algo que esté dispuesto a consentir.

—De eso solo tú tienes la culpa. Sabes que no deberías haberle dicho nada hasta que tuviera en mi poder el informe de idoneidad. ¿Por qué se lo contaste? Yo no pensaba hacerlo.

—Tienes razón —reconoció—, pero no me quedaban muchas opciones.

Y sin pensárselo demasiado, Rafa se encontró relatándole la experiencia de aquella tarde, apenas unas semanas atrás, cuando sentados en el muro que se asomaba a la cala del Golfet, mientras veían las olas morir contra los guijarros de la playa a la puesta del sol, Niki le preguntó con su infantil inocencia qué iba a ser de su vida tras su curación.

La criatura tenía miedo y la incertidumbre empezaba a pasarle factura. Hacía días que estaba triste y, por fin, se atrevió a exponerle los miedos que le acuciaban. El más grande de todos ellos era que él le dejara de nuevo en manos de su madre cuando regresaran a Madrid.

Se le cayó el alma al suelo cuando le escuchó hablar sobre su vida. Era inhumano que un niño tan pequeño hubiera sufrido tanto en su corta existencia. Desamparo, miedo, maltrato físico y psicológico y, sobre todo, soledad. Mucha soledad.

Su madre casi nunca estaba en casa porque tenía que trabajar, pero lo dejaba en manos de una niñera incapaz que, en cuanto su jefa salía por la puerta, lo encerraba en un cuarto solitario y lo ataba dentro de su cuna, para que no escapara, mientras ella se iba a «hablar» con un amigo a la otra habitación. Le obligaba a estar callado y le prohibía llorar o llamarla. Si lo hacía, le colocaba un esparadrapo en la boca o le pegaba y le amenazaba con que el señor que estaba fuera entraría a por él y se lo llevaría para siempre.

El resto del día vivía bajo el angustioso temor de que si se atrevía a decir algo de todo aquello a alguien, lo abandonaría en la calle para que se lo comieran las ratas.

Por otra parte tampoco tenía muchas oportunidades de contárselo a nadie, en el supuesto de que hubiera estado dispuesto a hacerlo. Allí no vivía nadie más, su madre apenas compartía su tiempo con él y, cuando lo hacía, no tenía tiempo ni ganas de jugar.

Tan horrible era aquella vida que la pobre criatura solo soñaba con ponerse malito de nuevo y que lo dejaran en el hospital; al menos allí no lo ataban a la cama y las enfermeras lo trataban bien, aunque llorara cuando le hacían daño con las agujas y las pruebas.

¡Menudo asco de vida! Solo imaginarlo le revolvía el estómago y le daban ganas de matar a la víbora que tenía todos los derechos sobre Niki.

Por eso prometió al niño que lucharía con todas sus fuerzas para que su madre no volviera a poner sus apestosas zarpas sobre él. Que él no lo permitiría. Que le buscaría una mamá de verdad, que lo querría y cuidaría de él como se merecía.

¡Desde luego, eso era algo que estaba en disposición de poder prometer! Jamás consentiría que su madre biológica lo recuperara. Además de que estaba seguro de que ella tampoco tenía ninguna intención de hacerlo. La cuestión fue que la conversación derivó y el niño terminó diciéndole cómo era la mamá que quería tener. Quería una mamá como Cris, que a su vez tenía una mamá que le dejaba llamarla «abuela» y le cantaba para que se durmiera.

Y, sin darse cuenta, se descubrió contándole que Cris estaba intentando convertirse en su auténtica mamá y, si todo salía bien, pronto sería uno más de aquella familia que tanto le quería. Aunque, en el peor de los casos, siempre le tendría a él, porque nunca pensaba abandonarlo.

En esos momentos en que él mismo estaba tan devastado, hubiera ofrecido al niño la luna con tal de poner una sonrisa en su cara, pero es que además lo que le decía era cierto; ella estaba intentando adoptarlo.

—No podía consentir que Niki sufriera ni un minuto más aquella agonía e incertidumbre. Incentivar sus ilusiones puede haber sido cruel si al final no consigues lo que pretendes, pero ¿tú sabes lo feliz que le hizo esa noticia? Deberías haberlo visto... —Terminó su discurso con la voz empañada por la pena.

—Vale, te entiendo —claudicó ella—. Quizá yo hubiera hecho lo mismo. Sin embargo, me horroriza que algo salga mal y Niki piense que le he fallado.

—No lo harás. Te doy mi palabra de honor de que te ayudaré a conseguirlo. Pero tampoco quiero engañarte; lo tienes difícil.

—Lo sé.

—El próximo viernes irán a conocer las condiciones en las que vivirá el niño los próximos meses, si te admiten como madre acogedora.

—Sí, ya me lo han comunicado. Estoy deseando que vean la habitación que he preparado para Niki durante estas vacaciones.

—Entonces, ¿también te han dicho ya que el martes tienes la primera entrevista con el gabinete psicológico y los trabajadores sociales de la Fundación?

—¡No! ¿Por qué no me han informado de eso?

—Supongo que esperan que lo haga yo el lunes, cuando me reincorpore al trabajo, para que no tengas demasiado tiempo para prepararte. No sé...

—Gracias por avisarme con tiempo, abogado. No, si al final voy a tener que pensar que de verdad estás por la labor de ayudarme.

—Eso espero, ingeniera. A pesar de lo que piensas, no estoy en tu contra.

—Bueno, lo cierto es que, de momento, tengo que agradecerte que me lo estés poniendo fácil. Quería haberlo hecho antes, pero en realidad no sabía cómo. Sin embargo, que me hayas dejado hablar con Niki a diario ha sido muy importante para mí. Que hoy me hayas llamado, recién llegado, para verle...

—No te engañes, ingeniera. La realidad es que lo hago por el pequeño. Él te necesita a ti tanto o más de lo que tú pareces necesitarlo a él, y Niki es lo único importante en este tema. Así que espero que no me hagas arrepentirme.

—No, no lo haré. Y de verdad, valoro tu colaboración. —Se quedó pensando con la vista perdida en las cabriolas que los niños hacían sobre el tobogán de plástico—. Estoy deseando que Niki vea su habitación. Creo que va a volverse loco de alegría...

—¿Te gustaría pasar con él el fin de semana que viene?

Ella lo miró como si acabara de ver una aparición, a medio camino entre la sorpresa, el miedo a que sus palabras fueran una broma y la adoración. Él sintió un calambre en el estómago que dejó una estela de fuego en su descenso por el vientre para ir a alojarse, justo, en aquel punto que llevaba toda la tarde intentando ignorar.

—¿Me lo estás diciendo en serio? ¿Dejarías que viniera a mi casa el sábado?

—No creo que haya ningún problema. Salvo por los gritos de queja y los caprichos que tendré que aguantar de una bruja morena de ojos verdes, creo que podré superarlo. De momento yo soy el responsable de Niki y tengo potestad para tomar esta decisión. Así que... ¡convénceme!

—Haré algo mejor que eso —respondió con una sonrisa—. Me llevaré también el fin de semana a Paula y así te dejaré dos días libre de niños. —Le guiñó un ojo con picardía.

—¿Te has vuelto loca? ¿O eres masoca?

—No, estaré encantada. Los recogeré el viernes. Pasaremos el sábado en casa y el domingo iremos a visitar a mis padres, que viven en un chalet con un jardín enorme y piscina. Allí podrán soltar toda la adrenalina que les sobre y se sentirán felices con tanto mimo. Y, para tu tranquilidad, por la tarde, antes de recuperarlos, podrás conocer el lugar y a la parte de mi familia con la que aún no te has cruzado. ¿Qué te parece?

—¿Estás segura? —cuestionó un tanto incrédulo.

Él no lo dudó ni un instante. Lo cierto era que le apetecía disponer de unas minivacaciones para él solo. ¿Cuánto hacía que no disfrutaba de unas? Alina, la interna que tenía contratada, tenía libres los fines de semana y, aunque a veces le pagaba horas extras para que se quedara con Paula los sábados por la noche, hacía mucho que no se permitía semejante lujo.

—Además —interrumpió ella sus cavilaciones—, Tess libra el próximo *finde* y su marido estará de viaje. Teníamos previsto hacer una escapada de chicas a la playa, pero ya que yo no voy a poder acompañarla...

—¿Tess? —Aquello era una puñalada trapera.

# 13

Cristina cruzó las manos sobre el regazo y cambió la posición de las piernas, moviendo con insistencia y a velocidad vertiginosa el pie derecho, que columpiaba sobre la rodilla izquierda. No podía estarse quieta y tenía la sensación de que tenía más extremidades que una araña. Le sobraban todas, incluso las propias.

Llevaba diez minutos en la sala de espera del gabinete psicológico de la Fundación, rezando para que la entrevista saliera bien y mirando el reloj cada treinta segundos. No sabía a qué iba a enfrentarse y la incertidumbre estaba a punto de provocarle un paro cardíaco. Sentía el corazón desbocado y un puño de acero presionando en la boca del estómago.

Por fin, la puerta se abrió y entró una mujer, de unos cuarenta años, bien vestida y de aspecto amistoso.

—Señorita Losada... Soy Delia Martínez, psicóloga de Ángeles Olvidados.

—Encantada —replicó ella, poniéndose en pie y estrechando la mano que la mujer la tendió a modo de saludo.

—Acompáñeme.

Anduvieron por un amplio corredor con diferentes puertas cerradas a los lados hasta llegar a una sala de reuniones en la que se encontraban cuatro personas más, tres hombres y una mujer. La psicóloga procedió a las presentaciones.

Ver allí a Monclús no supo si le proporcionaba tranquilidad o exacerbaba su incertidumbre. No tenía muy claro si iba a ser un aliado o el mayor de los hándicaps a superar.

—Todos nosotros —continuó hablando la psicóloga— formamos la Junta de Evaluación de Adopciones. Y a lo largo de este proceso tendremos numerosas entrevistas con usted, bien en conjunto o por separado.

Ella confirmó que entendía la situación con un asentimiento de cabeza, mientras intentaba analizar a cada uno de los componentes de aquel variopinto grupo, valorándolos con la mirada. En realidad no tenía ni idea de qué pensar; no conocía de nada a ninguno, salvo al abogado. El resto, dos trabajadores sociales, un psiquiatra y la propia psicóloga, apenas si eran unos nombres y apellidos unidos a un título profesional.

Monclús, por su parte, se limitó a estrecharle la mano con fría distancia y la típica máscara de hieratismo y seriedad que ya conocía de épocas pasadas. ¿Dónde estaba el hombre amable y relajado del sábado anterior? ¿Ese pseudoamigo con el que decidió «hacer las paces» solo un par de días antes? Él tenía el aspecto de estar dispuesto a tirársele a la yugular al menor descuido.

Se sentía como un cordero esperando su turno ante el matarife. En aquel caso, la daga asesina la portaban cinco jueces dispuestos a someterla al tercer grado. Y todos disponían de una misma arma letal: su expediente personal; un montón de folios en los que, al parecer, estaban recogidas todas sus bondades y maldades tras haber diseccionado su vida.

De entrada la obligaron a sentarse en el vértice de un semicírculo antes de que tuviera que empezar a responder las preguntas más descabelladas, absurdas e incluso humillantes que le hubieran hecho jamás. Tenía la impresión de que, poco a poco, la despojaban de todas sus capas de dignidad y la dejaban desnuda y vulnerable, sin posibilidad de refugiarse siquiera en el silencio o el disfraz de la verdad por miedo a que alguna respuesta mal dada se volviera contra ella.

No le cabía ninguna duda, la estaban investigando en profundidad. Dudaba de que un delincuente acusado de asesinato fuera objeto de semejante estudio personal y psicológico.

Respondió a todo como una autómata, con la cara encendida por el bochorno y esgrimiendo la verdad como único escudo a su alcance. No tenía más elección. Pero el golpe bajo llegó de labios del psiquiatra.

—Sin embargo, usted ha estado en tratamiento psicológico durante años debido a la muerte accidental de su hermano pequeño, de la cual se siente responsable...

Quiso desaparecer. Sintió una puñalada en mitad del pecho y no pudo evitar taladrar a Monclús con la mirada. «¡Cabrón! ¿Has sido tú quien ha incluido este punto en mi expediente?»

Él abrió los ojos como platos y durante unas décimas de segundo creyó leer la sorpresa en su rictus que, enseguida, se convirtió en otro que, interpretó, era de culpabilidad.

—Cierto —confirmó ella con cierto deje de pesar—. Sin embargo, no me siento responsable, aquello no fue más que una casualidad malinterpretada por una adolescente de dieciséis años. Yo no fui la culpable de aquel desdichado episodio y es algo de lo que estoy convencida —mintió por vez primera en toda la sesión.

—La psicóloga que la atendió durante todo el tratamiento no está de acuerdo con lo que dice.

—Hace más de diez años que no estoy en tratamiento psicológico, ¡por Dios!

—Según su psicóloga, eso es así porque usted dejó de acudir a la consulta.

—¡Porque ya no necesitaba sus servicios! Además, dudo mucho que esa profesional esté capacitada para determinar si he superado o no aquel episodio después de tanto tiempo...

—¿Y por qué no ha incluido este asunto en el test de preguntas que rellenó en su día?

—Lo más probable sea que porque no me pareció importante. O quizá porque no vi necesario hacerlo, o dónde incluirlo, o tan sencillo como que ni me acordé del tema. No sé...

—O porque quiso ocultárnoslo... —sentenció el psiquiatra.

Iba a contestar, pero una mirada admonitoria de Monclús se lo impidió, dejándola muda, al mismo tiempo que se ponía en pie y se acercaba a la mesa para rebuscar en el interior de un maletín que estaba abierto sobre ella.

Todas las miradas se volvieron hacia él, convergiendo en la espalda del abogado y dejando en suspenso, durante unos segundos, el interrogatorio. Por fin él rompió el silencio, hablando sin volverse a la audiencia todavía.

—No creo que esa haya sido la intención de la señorita Losada, doctor Santos. De hecho... —Monclús hizo una larga pausa mientras descolocaba los papeles—. Sí, aquí está. —Y tomó uno para, con él en la mano, dirigirse de nuevo a su asiento—. «La solicitante manifiesta, en el transcurso de la entrevista de hoy, que en su adolescencia se sintió culpable de la muerte de su hermano de cinco años, Adrián Losada Granda, lo que la obligó a permanecer en tratamiento psicológico durante una larga temporada, pero que, sin embargo, es algo que ya está superado por completo, puesto que todos sus familiares y la gente de su entorno así se lo han hecho ver. Como pude constatar a lo largo de la conversación mantenida con la solicitante, la muerte del pequeño se debió a una enfermedad viral unida a una deficiencia cardiopatológica que nada tuvo que ver con agentes externos ni acciones particulares llevadas a cabo por Cristina Losada» —leyó con fría voz profesional.

Ella se sintió a medio camino entre el agradecimiento por la tabla de salvación que acababa de lanzarle, al convertir una conversación privada en una sesión oficial, y el desengaño de saber que todos sus encuentros eran registrados con flemática y metódica minuciosidad en aquel maldito expediente de preadopción. Ser consciente de que lo que solo fue una confidencia personal hecha en un momento de debilidad era información privilegiada a disposición de toda la junta, le dolió.

—¿De dónde has sacado eso, Monclús? —preguntó el psiquiatra.

—Es el resumen de una de las entrevistas que he mantenido con la señorita Losada. Creo que alguna de las previas a la presentación de documentación oficial; si quieres puedo mirar la fecha. Pero desde luego, que es de lo que se trata, como puedes ver ella sí informó de este asunto de manera oficial a un miembro de la Junta de Evaluación; o sea, yo. Dudo que su intención fuera ocultárnoslo en el cuestionario, o tampoco me lo hubiera contado a mí, ¿no?

—Sí, claro. Supongo que no —aceptó Santos—. Me extraña que, con lo puntilloso que eres, no hayas registrado este episodio en tus informes.

—No di mayor importancia a este asunto, Santos. Como todos sabéis, conozco a Cristina Losada desde hace tiempo y la he visto interactuar con Nicolás durante meses en el hospital. Jamás he observado en ella un trato comparativo o superprotector con el niño que induzca a pensar que está confundiendo personalidades.

—Bien, si tú lo dices, tomamos nota. Sin embargo, yo creo que sí es importante. Sigamos...

Aquella maldita entrevista se alargó durante un tiempo que le pareció infinito. Las preguntas parecían no tener fin y las más incisivas solían venir de boca del abogado. Puede que le hubiera ayudado con aquel asunto envenenado de la muerte de Adrián, pero con el resto fue a degüello. Estaba cansada y muy enfadada con él.

Por fin dieron por terminada la sesión. Tras despedirse, la psicóloga y el psiquiatra salieron de la estancia comentando la reunión que acababan de tener, mientras Monclús se apartaba a un rincón de la enorme sala para atender una llamada telefónica en voz baja. No podía escuchar lo que decía. Los dos asistentes sociales se acercaron a ella, para establecer la hora en la que el siguiente viernes pasarían a visitarla en su domicilio, y después también se marcharon dejándola a solas con el abogado.

Él seguía con el móvil pegado a la oreja y de vez en cuando mascullaba alguna frase mientras hacía gestos con el papel que leyó antes, y al que durante la sesión dio forma de canuto, enrollándolo sobre sí mismo.

Una oleada de furia la envolvió. ¿Qué más confidencias habría registrado allí Monclús, a disposición de la maldita Junta de Evaluación?

No se lo pensó dos veces. Se acercó a él y, sin mediar palabra, intentó arrebatarle el papel de la mano con un gesto furioso. Él se la quedó mirando y abrió el puño, permitiendo que lo cogiera con facilidad, sin interrumpir la llamada telefónica.

Lo estiró y leyó para sus adentros: «Informe sobre el Anteproyecto de Ley de actualización de la legislación de protección a la infancia».

Era una fotocopia de algo que se titulaba «Referencia del Consejo de Ministros» y estaba impreso en papel oficial con el logotipo del Gobierno de España y el de La Moncloa, fechado el 8 de julio. No entendía nada... ¿Dónde estaba lo que leyó el abogado? Estaba segura de que el papel era el mismo, porque en ningún momento se acercó al maletín y estuvo jugando con él durante toda la sesión.

Levantó la mirada y enfocó los claros ojos del abogado que, en algún momento, debía de haber colgado el teléfono y la observaba con algo parecido a la sorna.

—¿Qué esperabas, Cristina? ¿Una relación detallada de todas nuestras conversaciones?

—Sí... No... No sé —balbuceó, roja como un tomate. No sabía qué contestar—. Pero... estabas leyendo... ¡Es imposible que te acordaras de todos esos datos!

Él levantó una ceja y se acercó para quitarle el papel de las manos. No hizo ningún comentario a sus palabras. Luego se dio la vuelta, lo guardó en el maletín, que cerró con un ominoso clic, lo aferró por el asa y se dirigió a la puerta.

—Te llamaré el viernes para ver qué tal te ha ido la entrevista con los asistentes sociales y quedar para que puedas recoger a los niños. —Y salió del despacho sin dedicarle una mirada ni una frase de despedida.

# 14

Rafa llamó al timbre de la verja de entrada del chalet en el que vivían los padres de Cristina. Estaba situado en una urbanización de clase alta a las afueras de Madrid. Desde el exterior no se veía nada de lo que ocurría dentro, pero pudo oír los gritos de los niños jugando con un perro, que ladraba con algo que a él le pareció impotencia. No le extrañaba, debían de haberle hecho imposible la jornada. ¡Pobre animal!

Una joven morena, delgada y con los mismos ojos de color gris que Cristina, pero bastante más baja, acudió a su llamada.

—¡Hola! —saludó—. ¿Eres el abogado?

—¡Hola! Rafael Monclús —respondió, tendiendo la mano.

—Soy Carol, la hermana de Cristina —se identificó tras estrechársela—. Pasa. —Abrió de par en par la puerta, franqueándole la entrada, mientras le sometía a un descarado examen visual. Se sintió cohibido—. ¡Niños! Ha llegado vuestro padre —gritó hacia donde se escuchaba el griterío infantil.

Dos vocecitas infantiles precedieron su llegada, seguidos a la carrera por un labrador negro.

—¡Papá!

Se agachó para dejar que los pequeños le dieran la bienvenida y, cuando el perro se abalanzó también contra él, a punto estuvo de dar con sus excelsas posaderas contra el mullido césped, mientras recibía un cariñoso lametón en la cara.

—¿Todavía estáis en bañador? —protestó, poniéndose en pie al tiempo que se limpiaba las babas caninas con el borde de la camiseta.

La joven clavó aquellos claros ojos en los abdominales que acababa de dejar al aire, valorándole. Le sostuvo la mirada y elevó una ceja, con una sarcástica sonrisa.

—Venga, corred a vestiros y recoged vuestros trastos, que tenemos que irnos —apremió a los niños.

—Jooooo, papi, ¿ya? Nos estábamos divirtiendo mucho con *Bruno* —protestó Paula.

—Y mamá quería que nos ducháramos y cenáramos antes de irnos —la secundó Niki.

—Pues no podrá ser, lo siento. Otro día vendré a buscaros más tarde, para que os dé tiempo, pero hoy me he adelantado un poquito. Os ducharéis y cenaréis en casa —replicó él mientras acariciaba la enorme cabeza del perro, que se restregaba contra sus piernas, reclamando su atención—. ¿Dónde está mamá, Niki?

—Con la abuela, haciéndonos la cena. Voy a llamarla.

Los niños desaparecieron corriendo en el interior de la casa, dejándole en mitad del jardín en compañía del perro y de Carol, que no le quitaba la vista de encima.

—Vaya, vaya, vaya —dijo la joven por fin, con una enorme sonrisa—. ¿Así que tú eres el leguleyo malhumorado? No te imaginaba así, ni de coña...

—Legu... ¿qué? —inquirió con cara de pocos amigos, al mismo tiempo que una mujer de vivos cabellos rojizos, alta y delgada, que aparentaba bastante menos edad de la que él imaginaba, entraba en su campo de visión.

—¡Carol! Detén esa lengua —la regañó a la vez que le propinaba una ligera colleja en el cogote—. Anda, ve a buscar a tu hermana. ¡Hola! Soy Ana Granda, la madre de Cristina —se presentó.

—Encantado, señora. Rafael Monclús.

—Pasa, por favor, no te quedes ahí parado. Mi hija es una impresentable. ¿Quieres tomar una cerveza mientras los niños se preparan?

—No hace falta, señora Losada. Nos iremos enseguida.
—Ana.
—¿Cómo?
—Que me llamo Ana. Losada son todos ellos y me ganan por mayoría, así que déjame mi cuota de personalidad. Y no se te ocurra llamarme de usted, aún no tengo edad para ello.

Se rio. Aquella mujer le caía bien.

—Por supuesto que no tienes edad, Ana —aceptó, caminando tras ella en dirección a la casa.

En esos momentos Cristina salía de la cocina, seguida a los pocos pasos de Carol.

—No sabía, hermanita, que hubieras conseguido echar la zarpa a un Ferrari —iba diciendo la morena.

—¿Ferrari? —repitió Cristina—. Pues si tanto te gusta, quédatelo. Te lo cedo. Ya sabes que yo prefiero los Mercedes deportivos; son más estables, sólidos y seguros. Ingeniería alemana al poder. Paso de tifosis que luego... mucho frufrú y poco plasplás.

De pronto se quedó callada, quieta, mirándolo con seriedad. Parecía sorprendida de encontrarle dentro de la casa.

Cristina estaba impresionante, con la melena todavía húmeda, igual que la ligera camisola amarilla que se transparentaba y pegaba a su escueto bikini marrón. Tenía el aspecto de acabar de salir de la piscina. Sintió que todo su cuerpo se tensaba.

—Niñas... —las amonestó la madre—. Dejad la escudería para otro momento y atended a las visitas.

—Hola, Monclús —dijo ella acercándosele—. Perdona que te hagamos esperar, no sabíamos que vendrías tan pronto. Creíamos que llegarías sobre las nueve, así que hemos estado bañándonos hasta hace diez minutos...

—Tranquila, no pasa nada. No tengo ninguna prisa.

—Vale, tómate algo mientras. —Miró a su hermana—. Llévale con papá y Javier, que ya le conocen, mientras yo ducho a los niños. No tardo nada —volvió a excusarse, dándole la espalda para subir las escaleras a toda prisa.

—Sí, Carol —confirmó la madre—, haz lo que ha dicho tu

hermana. Yo voy, mientras, a terminar de preparar la cena de Niki y Paula.

—Ana, no te molestes. Ya cenan en casa... —protestó él.

—De ninguna manera, jovencito. Has dicho que no tienes prisa, así que os iréis de aquí cenados. ¡Todos! —Dicho lo cual desapareció, en lo que suponía que era la cocina, sin darle tiempo a desestimar la oferta.

Sonrió. Parecían una familia bien avenida. No imaginaba a nadie de la suya dando una bienvenida semejante a ninguna de sus amigas.

—No te molestes, abogado —replicó Carol—. Si mamá dice que os quedáis a cenar, no hay nada que discutir. Y si quieres un consejo, mejor no lo hagas; llevas todas las de perder —se explicó mientras le cogía del brazo y tiraba de él para arrastrarle hasta el salón.

Allí estaban los hombres, Fernando y Javier Losada, a los que, en efecto, conocía desde hacía tiempo por su trato con la empresa familiar, ya que esta era una de las patrocinadoras de la Fundación.

Frente a una gran pantalla de plasma, padre e hijo se peleaban por un bol de aceitunas, con una cerveza en la mano, mientras discutían sobre una bola que Rafa Nadal acaba de «regalar» a David Nalbandian en la lucha por los octavos de final del Open USA. Formaban una imagen entrañable y familiar, ataviados de manera informal, con camiseta, pantalones cortos y unas sencillas chanclas de piscina. Él jamás mantuvo un trato semejante con su padre. Ni siquiera podía imaginárselo enseñando los pelos de las piernas.

—¡Monclús! —le saludó Javier, levantándose del sillón—. No te esperábamos tan pronto...

—Bueno, estoy por irme y venir más tarde —se rio—. Todos me decís lo mismo —aclaró mientras saludaba a Fernando.

—Ja. Hazlo si tienes narices... Tú no has catado las collejas de mi madre.

—Siéntate, chico —le invitó Fernando, haciéndole hueco en el sillón sin apartar apenas los ojos del televisor—. Ven a ver si tu tocayo consigue ganar por fin al argentino. La verdad es que está jugando fatal —se lamentó.

—¡No, papá, Nadal está lesionado! Tiene ampollas en los pies —rebatió Javier.

—Carol, deja de chasquear la lengua y trae una cerveza a Rafa —pidió el padre a su hija, que no hacía más que menear la cabeza con ganas de criticar a la afición masculina.

La vio retirarse mientras él se metía de lleno en el desarrollo del partido.

Unos minutos después, justo cuando los tres saltaban en el sillón con los brazos en alto, celebrando la victoria del español, entraron los niños corriendo, seguidos de Cristina, y se encaramaron a sus piernas. No pudo evitar reparar en el aspecto de la ingeniera; recién duchada también, iba sin maquillar y vestía unos escuetos pantalones cortos y una camiseta de tirantes. Le brillaba la piel y estaba guapísima.

—Como hace calor y supongo que vais derechos a casa —le explicó—, les he puesto el pijama. Así, si se duermen en el coche no tienes más que meterlos en la cama. Deben de estar agotados.

—Ah, ¡fenomenal! Gracias. ¿Qué tal se han portado?

—¡De lujo! —contestó Fernando por su hija—. Son unos niños encantadores. Pero, chicos —dijo dirigiéndose a ellos—, tenéis que ir a la cocina. La abuela ya os tiene preparada la cena.

Los niños obedecieron sin rechistar y Cris se acercó a la mesa para retirar las latas vacías.

—¿Queréis más gasolina, chicos? —preguntó.

—No. Yo no, tengo que conducir —contestó Rafa—. No tenía ni idea de que fueras tan amante del automovilismo...

Le hizo gracia el símil, que de inmediato relacionó con la conversación que escuchó entre ella y su hermana.

—Bueno, sí —respondió ella—. Aquí cada uno tiene sus deportes favoritos...

—Supongo que tu hermana no hablaba en serio cuando dijo que estabas intentando adquirir un Ferrari, ¿verdad?

—Sí, por Dios —se rio—. ¿Qué cuernos pinto yo con un

Ferrari? No sabría qué hacer con tanto caballaje desbocado. Prefiero que la cuadra ya esté domada...

La vio salir de la sala sin dar más explicaciones, mientras observaba que padre e hijo estaban muertos de risa.

—Mucho me temo, muchacho, que el Ferrari eres tú. Y no hagas mucho caso a las mujeres de esta casa cuando hablen de coches —le aclaró Fernando en voz baja—; cuando lo hacen, en realidad están hablando de hombres. Javier y yo hemos aprendido que lo mejor es seguirles la corriente y hacer como que no nos damos cuenta.

# 15

Cristina sentó a los niños frente a la pantalla del televisor, cada uno con un helado en la mano, y empezó a pulsar sobre el mando a distancia hasta que localizó el Disney Channel. Volvió a asegurarse de que las enormes servilletas que colgaban del cuello de los pequeños no se hubieran aflojado y les recordó que tenían que tener cuidado con no manchar la tapicería de chocolate.

Rafa estaba hablando con su cuñada y su hermano. Al parecer estaba muy sorprendido porque en poco tiempo serían papás. Aunque estaba más que alucinada al darse cuenta de que Javier y él tenían una cierta relación que ella desconocía, lo que de verdad le extrañaba era que pudiera habérsele pasado por alto algo sobre su vida privada, a pesar de que en realidad la noticia perteneciera a sus hermanos. Pero después de la entrevista con la Junta de Evaluación de Adopciones, tenía serias dudas de que ella o algún miembro de su familia tuviera siquiera un solo secreto para aquel hombre. Ese, además, era la mar de evidente.

No terminaba de conciliar esa imagen festiva y relajada de él con la seria y encorsetada de la que acostumbraba a hacer gala en cuanto se colocaba la corbata y el traje. Sin duda ella prefería al Rafael Monclús de vaqueros desgastados, camisetas y deportivas que veía en esos momentos. No sabía qué horas del día dedicaba a hacer deporte pero, desde luego, los bíceps y abdominales que marcaba aquella sencilla camiseta blanca no se conseguían sentado tras la mesa de un despacho. Jamás los hubiera imaginado bajo sus rigurosos trajes de abogado.

Sonia, su cuñada, y ella comenzaron a preparar la mesa para la cena mientras los hombres se dirigían a la cocina para ayudar a traer las fuentes de comida. Rafa no dudó en ningún momento en unirse a la comitiva y entró en el santuario de su madre como si fuera uno más de la familia. No le gustó aquella actitud. Se movía entre todos sus parientes como si perteneciera a la casa. ¿Quién le erigió, de repente, en componente de pleno derecho?

No comentó nada. Al parecer todos lo aceptaban con una naturalidad fuera de lógica. Aunque...

En fin, para qué engañarse, si era sincera debería reconocer que en su casa sus amigos, o los de sus hermanos, siempre eran recibidos de ese modo. Una vez presentados, sus padres los adoptaban como hijos postizos durante un rato y los trataban como componentes de pleno derecho. Pero hacer eso con Monclús...

Rafa terminó de partir en rebanadas la barra de pan que acaba de tenderle Ana. No podía quitar la vista de la fotografía en tamaño DIN A3 que, prendida con cuatro imanes, se adhería a la puerta del frigorífico.

Era de Cristina. Estaba sentada en el césped, con un bikini negro de alegres flores en colores ácidos y entre sus piernas estaba Niki. Ambos se miraban, por encima del hombro del pequeño, con auténtica adoración mutua. No sabía quién estaba más guapo de los dos.

—Es preciosa esta foto —dijo por fin en voz alta—. Se ve a Niki tan feliz y rebosante de salud...

—Sí, la ha hecho Fer esta mañana. No hace ni una hora que la ha impreso y la ha colocado ahí para que mañana la lleve a enmarcar —reconoció Ana.

—¿Y hay alguna posibilidad de que me haga con una copia?

Ana se lo quedó mirando con mucha atención. Él no tenía idea de qué pasaba por la cabeza de la mujer.

—En realidad hay muchas. Te la enviaré por correo electrónico en cuanto Cris me autorice a ello. Yo no tengo ningún inconveniente, la verdad, pero puesto que ella también sale en la foto, creo que es a ella a quien debes pedírsela.

—Sueñas si piensas que va a permitirlo —desestimó, riéndose de la ocurrencia.

—En ese caso, lo siento en el alma. Me encantaría que la tuvieras y la colgaras en un lugar preferente en tu casa, pero jamás haría algo que pudiera molestar a mi hija, al menos a conciencia. Espero que lo entiendas...

—Por supuesto que lo entiendo. Nunca debí pedírtela sin contar antes con ella. Tienes razón, Niki no es el único que está en esa imagen —aceptó, un poco abochornado.

No sabía cómo se le pasó por la cabeza que aquella mujer, a la que se le notaba a la legua que tenía una enorme complicidad con todos sus hijos, podría avenirse a algún tipo de trato con él en detrimento de la voluntad de Cristina. Debía de haberse vuelto loco. Le gustó la reacción de aquella madre. Otra cualquiera hubiera perdido los papeles por hacérsela llegar.

Ni siquiera comprendía por qué, de pronto, tenía aquella imperiosa necesidad de poseer esa fotografía.

—Pero Fernando ha hecho muchas otras de los niños que te haré llegar el lunes sin falta. Seguro que encuentras alguna que te guste tanto como esta.

—Te lo agradezco muchísimo —aceptó sin dudar.

Pero la que quería era aquella. No se entendía ni él mismo.

La cena transcurrió con una pasmosa familiaridad. Hablaron de las peripecias protagonizadas por los niños durante el fin de semana, de política, de cine... e incluso los hermanos discutieron entre ellos en varias ocasiones, sin que la sangre llegara al río gracias a la sabia intervención de Ana. Se sintió a gusto entre aquella gente.

En un momento dado los niños se unieron al grupo. Niki se sentó sobre el regazo de Cris y Paula encima de él. Y al runrún de la conversación, ambos se quedaron dormidos.

—Tengo que irme. Los niños están muertos y mañana es día de trabajo —alegó con todo el pesar cuando se dio cuenta de ello.

Cristina miró a los pequeños. Lamentaba que aquella velada no pudiera extenderse más rato, pero comprendía que tuvieran que marcharse. La verdad era que se lo estaba pasado bien. Mejor de lo que esperaba al principio. El abogado resultó ser divertido y hablador.

—Bien, te ayudo a llevar a Niki al coche. ¿Cómo te vas a apañar para subir a los dos cuando llegues?

—No te preocupes, me ayudará Alina. Espero que ya esté en casa. La llamaré por teléfono para que baje a buscar a uno.

—¿Alina? —La pregunta se escapó de sus labios sin poder evitarlo, acompañada de un mal gesto que tampoco pudo reprimir. «¿Quién era la tal Alina? ¿Vivía Monclús con una mujer?»

Él la miró como si fuera consciente del rumbo que tomaban sus pensamientos.

—Es la empleada que me ayuda con los niños y la casa. Libra los fines de semana porque son los días que yo puedo hacerme cargo de todo, ya que no voy a la oficina. Si tengo trabajo lo hago desde casa.

—Claro, el papel de padre soltero no es fácil. —Iba a enterarse de si vivía con alguien de una vez por todas. ¿No sabía él todos sus secretos?

—No, no lo es —sonrió él como si fuera conocedor de sus intenciones—. No podría vivir sin Alina. Ella es la que se encarga de todas las labores de intendencia y cuida de los niños hasta que yo llego.

Mientras hablaban, llegaron al coche después de haberse despedido de todos. Y una vez que consiguió abrir la puerta con el mando a distancia, Rafa colocó a Paula en su sillita y la ató con el arnés de seguridad antes de hacer lo mismo con Niki. Ella regresó a la casa para recoger la bolsa con las pertenencias de los pequeños, que no se despertaron en ningún momento durante la manipulación.

—En la bolsa van las medicinas de Niki —le advirtió—. Ha sido maravilloso poder pasar con ellos este fin de semana. No sé cómo agradecértelo, de verdad.

—Bueno, ya pensaremos algo —respondió con picardía—.

Gracias a ti por quedarte también con Paula. Creo que no hubiera encajado demasiado bien la separación.

—No tiene importancia. Ha sido mejor así, y Paula es una niña muy bien educada. Enhorabuena.

—También yo tengo que darte la enhorabuena a ti. Tienes una familia maravillosa. Me alegro por Niki, formará parte de un gran clan.

Ella sonrió en agradecimiento. No sabía qué responder a aquello.

—Tu madre es una mujer fantástica —remató.

—Sí que lo es. La adoro. Nos ha educado a los tres con mano de hierro y guante de seda. Aún sigue tratándonos así. Es el bálsamo a todos nuestros problemas. A la que recurrimos cada vez que algo nos preocupa.

—Hacéis bien. Ya quisiera yo poder hacer lo mismo con la mía.

—¿Por qué no lo haces? ¿No tienes buena relación con ella?

—Sí. Pero mi familia no se parece nada a la tuya. Mi padre jamás se sentó conmigo a ver el tenis, ni el fútbol, ni nada. Al único sitio que me llevó alguna vez fue a misa, ¡fíjate qué divertido! Y mi madre es una mujer de pueblo, con una educación cultural básica, supeditada durante toda su vida a los deseos del tirano de su marido.

—Por Dios, no hables así de tu familia... Seguro que ellos te quieren a su manera.

—Y yo los quiero a ellos, pero también a mi manera... —Dejó que el silencio se extendiera sobre ellos. Ella no sabía cómo salir de aquella situación tan rocambolesca—. Bueno, la verdad es que a mi padre nunca lo quise demasiado, al menos desde que cumplí doce años y me di cuenta de que era un maltratador psicológico que, además, ponía los cuernos a mi madre.

—¿Ha muerto? —preguntó, sin saber muy bien qué decir.

—Sí. Hace dos años. El mundo no perdió mucho... Siempre fue un ser autoritario, exigente, riguroso, religioso hasta límites insospechados y machista. Mucho.

—¿Era muy mayor tu padre?

—No demasiado. Tenía setenta y tres años cuando murió, pero era un hombre de su tiempo. Un jodido beato de la posguerra que se metió a guardia civil para poder ejercer un poder del que nunca dispuso. Un producto del franquismo de su época, que nunca supo entender la democracia y cuyo lema era «la mujer en casa y con la pata quebrada».

—Pero que te dio una educación y una carrera universitaria...

—Sí. Y a mi hermana también, pero solo para que pudiéramos llegar todo lo lejos que él nunca fue capaz. No pasó de teniente.

—¿Tienes una hermana?

—Sí, Berta. Es mayor que yo. Vive en Barcelona. Está casada y tiene tres niños adolescentes, pero es otra pobre incauta como mi madre. Una de esas mujeres nacidas para servir al marido, parir hijos y dedicar su vida a cuidar del hogar y la familia.

—¿Tu hermana no trabaja?

—No. En realidad tampoco lo necesita, su marido es un importante marchante de arte, con muy buenas palabras pero hechos cuestionables. Ella abandonó su carrera para cumplir con las expectativas del impresentable de mi cuñado y no creo que haya sido feliz ni un solo día de su vida desde que se casó.

—¿La maltrata?

—¡Solo faltaría! No es que la trate mal o no le facilite una vida de princesa, pero la tiene tan ninguneada y la ignora de tal manera que ni todos los viajes y restaurantes de lujo con los que la homenajea de vez en cuando son suficientes para pagar una existencia tan anodina.

Rafa no sabía por qué estaba contando todo aquello a Cristina, pero se sentía en la obligación de hacerlo. Haber hurgado durante semanas en su intimidad y en la de su familia le daba derecho a conocer, al menos, una mínima parte de la suya.

—¡Pobres! Tu madre ha debido de sufrir mucho...

—Sí, pero no te dejes engañar por mis palabras anteriores, porque no es ninguna pusilánime. La vida la dejó tan vacía que se ha convertido en una anciana seria, desconfiada, inflexible, distante y superprotectora con los suyos.

—¿Y no te da pena que se haya visto abocada a eso?

—Mucha, por eso la comprendo en parte. La he visto envejecer peleando con los fogones, las lavadoras, los hijos, la soledad y la tristeza. No puedo decir que mi padre fuera un mal padre, pero jamás fue un buen marido. Él podía entrar y salir a su antojo, irse de caza durante días o mantener a una amante; pero su mujer, en la cocina. Bregando con nosotros y llorando sus ausencias. Ella sabía de sus infidelidades, pero las aguantaba con estoicismo porque, según decía, «tenía mucha suerte, él jamás le puso una mano encima».

—¡Qué vida más ingrata!

—Ahora está bien. Al menos hace dos años que sabe lo que es vivir. Pero ha perdido una juventud que debería haber sido dichosa. Ha pagado un caro peaje por dos hijos que la adoran y cuatro nietos que son la luz de sus días. En cuanto mi padre murió, mi hermana y yo la convencimos para que viajara con el Imserso y se relacionara con la gente de su entorno. Ya no tenía que someterse a la colosal tiranía de su marido.

—Lo más probable es que tampoco fuera tan infeliz en su momento... Supongo que nunca se le ocurrió que podría haber otro tipo de vida para una mujer. —Cristina no sabía qué decir, pero se veía a las claras que, de alguna manera, pretendía consolarlo—. Debía de estar muy enamorada de tu padre.

—¡Pues si eso es el amor, yo no quiero padecerlo jamás! Mi padre no merecía ni el aire que respiraba, ¡joder! Por eso, cuando fui lo suficiente mayor como para darme cuenta de lo que hacía, le perdí el respeto y también el miedo. Me enfrenté a él en una ocasión y terminamos retirándonos la palabra durante diecisiete años. Al final casi hicimos las paces, pero creo que nunca lo perdoné del todo. Igual que él tampoco me perdonó jamás que no supiera sujetar en casa a mi ex mujer; desde mi divorcio solo me vio como un fracasado.

# 16

Cristina miró el teléfono con cara de odio y dejó que sonara una vez más antes de descolgar. Llevaba tres días sumida en un estado de pesimismo recalcitrante, del que nada ni nadie la podía sacar y del cual ella no se molestaba en salir.

Sabía que el hecho de que la Junta de Evaluación de Adopciones hubiera aplazado la acogida de Niki no significaba que no fueran a concedérsela. Sin embargo, desde que Rafael Monclús, como portavoz de la misma, la llamó ese martes para informarla de la decisión, no podía dejar de pensar que cada vez se complicaban más los trámites y que sus posibilidades decrecían a cada paso que daba.

Una rabia mal contenida empañaba sus actos y no tenía ganas de hablar con nadie. El abogado ni siquiera se molestó en citarla a su despacho para darle la noticia cara a cara, sino que se limitó a notificárselo por teléfono y no se entretuvo en poner paños calientes. Se lo soltó a bocajarro, como si estuviera deseando compartir aquella información, y tampoco le dio muchas explicaciones. Solo le comunicó que la citarían al cabo de unos días para pasar una evaluación psicológica.

¡Otra más!

«Cuatro en quince días. ¿Es que no se aburren nunca?»

—¿Sí? —respondió por fin, después de comprobar en la pantalla que el número de teléfono no era de ninguno de sus familiares.

—Hola, Cristina, soy Tess. ¿Qué tal estás?

—¡Hola, Tess! Bien. ¿Y tú?

—¿Por qué me mientes? Sé que estás hecha polvo. Ayer hablé con Rafa y me dijo que te han denegado la acogida de Niki.

—No me la han denegado. De momento, la han aplazado.

—¿Y por qué no me has llamado para contármelo? ¡Joder! Que me tenga que enterar de algo así por Rafa...

Todavía no sabía cómo surgió aquella amistad entre la trabajadora social del hospital y ella, pero lo cierto era que durante la larga estancia de Niki en el Niño Jesús, lo que al principio se inició como una relación paciente-sanitario, fue estrechándose hasta convertirse en largas charlas que acabaron en comidas compartidas. A aquello siguieron las inevitables confidencias personales, las llamadas de teléfono particulares, alguna que otra tarde de compras e incluso un par de escapadas nocturnas de fin de semana.

Como era lógico, aún después de que hiciera ya más de dos meses que Niki tenía el alta, su relación seguía siendo la de dos buenas amigas.

—No tengo ganas de charlar con nadie, Tess. Sé que esa no es una decisión definitiva, pero estoy chof. Además, estoy segura de que si has hablado con Monclús, no ha sido para comentar mis problemas —farfulló con un sarcasmo incuestionable, conocedora de la relación que mantenían, según le confesó la propia Teresa hacía ya varios meses.

—Pues no, pero surgió el tema. Cris, a los dos nos preocupa Niki y nos preocupas tú. No te pongas a la defensiva, ¿vale?

—Os lo agradezco, de verdad. Y no estoy a la defensiva, lo que estoy es un poco depre.

—Ya lo imaginaba. Y por eso te llamo. Desde que te conozco llevas una vida casi monacal. ¡Joder, Cris, tienes treinta años y parece que tengas setenta!

—No me largues un sermón, Tess. Llevo la vida que quiero llevar. —Aquella conversación empezaba a aburrirle, por recurrente.

—Vale. Es la que quieres llevar, pero no la que necesitas.

Resopló en respuesta, conocedora de lo que vendría a continuación. No se molestó en mitigar el sonido, con la esperanza de que su amiga se diera por vencida, aunque sabía que esta no le concedería una victoria tan fácil.

—Durante meses —continuó Tess, ignorando el zumbido en el oído que le provocó el aire desplazado—, te dedicaste a ir del trabajo al hospital y del hospital a tu casa. Y, desde hace unas semanas, has cambiado las «divertidas» habitaciones del Niño Jesús por una cómoda vegetación hogareña. Apenas sales, salvo para trabajar o si Rafa te deja a los niños, tiempo que aprovechas para ejercer de perfecta mamá canguro; piscinas de bolas, maravillosas jornadas de parques de atracciones...

—Tess, soy feliz con ello. Nunca me planteé la maternidad, pero me he dado cuenta de que eso es justo lo que quiero, así que no me des la vara.

—Pues lo disimulas muy bien. Rafa dice que no has querido quedarte con el niño este fin de semana.

—Bueno, es que por mucho que sea lo que deseo hacer, necesito aire y apartarme un poco de mi relación con Niki. Si al final me deniegan la acogida de manera definitiva, lo voy a pasar muy mal...

—Sí, en eso tienes razón, pero la solución no está en permanecer en casa comiéndote el coco. Y puesto que has decidido que lo que quieres es convertirte en madre, no pienso dejar que lo hagas sin disfrutar de los beneficios que trae consigo confeccionar a la criatura.

—Por Dios, Tess, no todas somos como tú... Ya te he dicho muchas veces que hace tiempo decidí que las relaciones de «aquí te pillo, aquí te mato» no son lo mío. Te agradezco la preocupación, pero... gracias, paso.

—Serás boba... Estoy de acuerdo contigo en que no todas sois como yo, la mayoría sois mucho más idiotas y confundís sexo con amor. ¡Qué tendrá que ver lo uno con lo otro! —rezongó—. Cariño, lo creas o no, necesitas un buen revolcón para olvidarte de todos tus problemas. ¿Cuánto tiempo ha pasado desde el último?

—Puf, ¡ni me acuerdo! —Ella no pudo evitar reírse.

—Perfecto, pues entonces ya va siendo hora.

—De verdad, Tess, no tengo ganas de nada, ni siquiera de un revolcón.

—Me da igual de lo que tengas ganas. Mañana he quedado con unos amigos del hospital para cenar y tomar unas copas después, y tú vas a unirte al grupo, sí o sí.

—¡No! No pienso ir a ninguna parte. Además, voy a aprovechar el fin de semana para hacer limpieza, tengo la casa hecha un desastre.

—Ya lo creo que sí; vas a venir conmigo a cenar y, si es necesario, estoy decidida a ir a buscarte y sacarte de los pelos. Tienes toda la mañana y la tarde para pelearte con los estropajos y el quitagrasas y, después, te vestirás como para seducir incluso a un trozo de madera y te reunirás conmigo y mis amigos para terminar la jornada de desengrase.

—No seas pesada, Tess. No me apetece salir, y menos si he de disfrazarme de Mata Hari para tirarme a alguno de tus espectaculares amigos. Ya los conozco a todos y son muy bajitos para mí —comentó entre risas, recordando el episodio vivido apenas unas semanas atrás.

No es que ella tuviera una altura fuera de lo común, pero medía un metro setenta y cinco y estaba por encima de la media femenina. En aquella ocasión, uno de los amigos de Tess, un enfermero de la planta de traumatología, le tiró los tejos durante toda la noche. Era muy simpático, inteligente y bastante atractivo, pero ella, subida en sus tacones, le sacaba un buen trozo. Se sintió como mamá gallina arropando a uno de sus polluelos mientras bailaba con él en la discoteca. Aquello arruinó por completo sus expectativas y dio al traste con su libido.

Aquel día tuvieron una conversación muy parecida a la que mantenían en esos instantes y, aburrida, claudicó, prometiéndole que intentaría darse «un homenaje», como llamaba ella a aquellas noches locas. Sin embargo, al final no fue capaz de encontrar al candidato adecuado y regresó a su casa en el mismo estado de frustración con el que salió.

El único que podría haber estado a la altura, y no solo física, hubiera sido Santiago Castro, pero él fue la pareja que Teresa eligió para aquella noche y, además, en su momento ya decidió que jamás tendría nada con el oncólogo de su futuro hijo. Decisión de la que, por cierto, puso al corriente al propio Santi la tercera noche que la invitó a cenar. No quería nada tan personal con el médico de Niki.

—¡Cris! —interrumpió Tess sus divagaciones—. Me importa un bledo lo que te apetezca hacer. Esto es prescripción facultativa y tienes dos opciones, o estás mañana a las nueve y media en la puerta del restaurante, o nos presentamos todos en tu casa para que nos invites a cenar. ¡Tú eliges!

—¡Ni se te ocurra!

—La decisión está en tu mano, Cris. Mañana por la mañana te envío un wasap con la dirección exacta. Y ponte bien guapa. A cambio, yo me encargaré de llevar a alguien de metro noventa al que llevarte a la boca. —Y sin esperar respuesta, colgó.

Desde luego creía a Tess capaz de presentarse con todos allí y ponerla en el aprieto más grande de toda su vida. Era tremenda. Le dejaba muy pocas vías de escape, pero además, por qué no reconocerlo, necesitaba «desengrasarse». Dudaba que al final fuera a hacerlo, pero decidió que, al menos, iba a intentarlo. ¡Otra ocasión en la que claudicaba!

Rafa miró a Tess, que acababa de apartarse del grupo para atender una llamada telefónica. La vio colgar y esbozar una sonrisa ladina. No tenía ni idea de qué tramaba, pero conociéndola, sabía que nada bueno. Era como un perro con un hueso y, cada vez que algo se le metía entre ceja y ceja, acababa consiguiéndolo aunque solo fuera por aburrimiento.

De hecho, ese era el motivo por el que esa noche estaba allí. Por más veces que le dijo que no le apetecía salir y que incluso utilizó a los niños como excusa, ella insistió hasta que, harto de escucharla, cedió.

Sabía que convencer a la cuidadora para que se quedara

aquel fin de semana no iba a costarle ningún trabajo, solo era un pretexto; la mujer siempre estaba deseando ganar unos eurillos extras para poder enviarlos a Ucrania para sus hijos.

El motivo de que no le apeteciera lo más mínimo estar allí era que, desde hacía algunos meses, le aburría el acuerdo que mantenía con la trabajadora social. No sabía qué le ocurría pero, en los últimos tiempos, su saludable apetito sexual estaba bastante desmejorado. Ambos sabían que su relación ya no era la misma, e incluso lo comentaron sin ambages, así era siempre entre ellos, con la verdad por delante; sin mentiras, sin engaños.

Tess tampoco demostraba ya el mismo interés que antes y por eso decidieron limitar sus encuentros a los amistosos, pero al final, por un motivo u otro, terminaban dando rienda suelta a sus apetencias y acababan en la cama. Para remate, ella llevaba una temporada encaprichada con Santiago Castro, con el que le constaba que se daba más de un *meneíto*; lo que no lamentaba ni gota, por cierto.

Al menos sabía que esa noche no iba a sentirse con la obligación de «cumplir» si Tess se ponía insistente. Ella llegó con refuerzos. Sonrió mientras decidía que iba a relajarse e intentar sacar partido a la noche. No sabía por qué motivo no entraban ya a cenar si se suponía que ya estaban todos.

—Bueno, la persona que falta llegará enseguida —dijo en ese momento Tess, sacándole de la duda como si le hubiera leído el pensamiento—. Tardará un cuarto de hora más o menos, se le ha averiado el coche. ¿Pedimos otra ronda de cervezas?

La moción fue secundada de inmediato y todos empezaron a bromear y comentar, casi a gritos sobre el bullicio de la gente, las recién terminadas vacaciones y el duro regreso a la labor diaria. Él no quería recordar la suya, los pensamientos le llevarían de inmediato a Niki y a Cristina Losada. Fue muy duro tener que darle las últimas noticias y...

¡Joder, no quería pensar en Cristina! Desde que hablaron por teléfono el martes anterior no podía quitársela de la cabeza. Sabía que la dejó hecha polvo y suponía que estaría pasándolo fatal, pero no fue capaz de enfrentarse a aquello con ecuanimidad y decidió hacerlo mostrando su careta de abogado distante e inaccesible. Era cruel, lo sabía, pero mejor eso que el engaño.

La puerta del restaurante se abrió y cerró acto seguido. Su conciencia le jugó una mala pasada haciéndole ver en los rasgos de la mujer que acababa de entrar los de la ingeniera. El local estaba a tope de gente esperando su turno de mesa y, puesto que su grupo estaba situado al final de la barra, al momento perdió de vista a aquella espectacular muchacha de la que solo pudo vislumbrar unas fantásticas e interminables piernas, de esas que quitan el hipo a un hombre que disponga del equipo necesario, y un minúsculo vestido de color hueso con bordados color cobre. Aquella también era pelirroja oscura, sí, como Cristina, pero aquel modelito no concordaba para nada con la forma de vestir de la informática.

«Pero ¿por qué no dejo de pensar en ella? ¿Qué narices me ocurre?» Se dio media vuelta para buscar su cerveza y responder a algo que preguntaba una amiga del grupo.

—¡Ya era hora, guapa! —Escuchó decir a Tess—. Diez minutos más y propongo a todos ir a cenar a tu casa.

—Calla, por Dios, ¡algún cabrito me ha robado la gasolina! Anoche llegué tarde de la oficina, estaba cansada y dejé el coche fuera del garaje, así que alguien que no quería gastarse su dinero en enriquecer a la Cepsa decidió que la de mi depósito le venía al pelo. Siento el retraso...

Él dio un respingo y se giró como si le hubieran pinchado. No era su imaginación, aquella era la voz de Cristina Losada, la reconocería entre mil. ¿Qué hacía ella allí?

—Hola, Monclús —dijo Cris, acercándose para saludarle—. Perdonad la espera, es que ya salía con la hora justa y no pasaba ningún taxi —siguió disculpándose, esta vez dirigiéndose a todos, antes de empezar con la ronda de besos.

Al parecer algunos de ellos ya la conocían. No entendía nada. Pero lo que más le chocaba era que no estaba nada sorprendida de que él estuviera allí. ¿Desde cuándo Cris formaba parte de ese grupo? Aquella reunión era de lo más usual, al menos quedaban una vez al mes para cenar todos juntos, pero jamás coincidió con ella.

Estaba al tanto de que Tess y ella mantenían algo parecido a una amistad, pero nunca se imaginó que fuera tan estrecha. En ese instante entendió aquel comentario capcioso del fin de semana romántico sin niños... ¿Qué sabía la ingeniera de él? Al parecer mucho más de lo que pensaba.

—Una copa de rioja —respondió ella a la pregunta de alguien—. ¡Como no tengo que conducir, pienso resarcirme! No hay mal que por bien no venga...

Cristina miró a Rafa, que no le quitaba la vista de encima. Estaba sorprendidísimo de verla allí, aunque tuvo el buen juicio de no preguntar nada y se comportó como si fuera lo más habitual del mundo que ella se involucrara en su círculo de amistades.

Suponía que le sentaba fatal. A ella tampoco le hacía ninguna gracia mezclar cuestiones laborales con personales y nunca se le escapó que para el abogado ella no era más que la futura adoptante de uno de sus niños. Uno muy especial, sí, lo que les obligaba a estrechar el contacto, pero poco más.

Sin embargo, ella ya imaginaba que Monclús estaría allí. Porque, aunque Tess llevaba todo el mes entusiasmada con los favores sexuales de Castro, que al parecer era una fiera corrupia en la cama, y sabía que lo de su amiga era desquite físico puro y duro, en ningún momento dudó que, en cuanto Rafa regresara de las vacaciones, retomarían sus acostumbrados «desfogues». Aquella noche estaban allí los dos, Rafa y Santiago; se preguntaba a quién elegiría Tess para concluir la velada.

Bueno, que lo hiciera con quien quisiera, no era su problema. Ella pensaba divertirse y olvidarse del resto. Al fin y al cabo así lo decidió cuando salió de casa. Iba dispuesta a todo y, como Tess le prometió, en esa ocasión el catálogo masculino al completo —a los que, salvo Monclús y Castro, no conocía de anteriores reuniones— eran hombres de «altura». Uno de ellos, un oftalmólogo llamado Miguel, no estaba nada mal y la devoraba con la mirada.

Quizá fue demasiado atrevido haber elegido aquel vestido de seda tan provocativo, pero se limitó a seguir instrucciones. Sentía los ojos de los cuatro machos ibéricos del grupo en distintas partes de su anatomía, en especial unos verdes que le quemaban cada vez que la recorrían a la altura del escote. Vale, era pronunciado y la uve del mismo bajaba bastante, pero tampoco dejaba entrever demasiado y no era tan escandaloso. Al menos por delante, porque por la espalda era diferente... Ni siquiera pudo ponerse sujetador, menos mal que el ancho bordado de pasamanería que se ajustaba a la cintura y subía hasta la altura del esternón impedía que sus atributos femeninos cayeran por efecto de la gravedad.

Se rio. En realidad estaba exagerando, aún podía permitirse prescindir de la lencería superior, todavía tenía las tetas en su lugar.

—Estás espectacular —le dijo Tess, colgándose de su brazo mientras entraban al restaurante y Castro reclamaba la reserva—. Tienes a todos pendientes de ti. Si hoy no «rematas» voy a empezar a preocuparme...

—No seas plasta. Tú ocúpate de saber con cuál de tus dos «sementales» vas a irte a la cama y déjame a mí con mis decisiones. De momento, pienso divertirme...

—¿Es que piensas elegir de los descartes? —repuso, con sorna.

—¡No! Ya sabes que ninguno de los dos me interesa lo más mínimo.

—Ya veremos —masculló Tess en voz tan baja que casi no pudo entenderla.

—¿Qué?

—Nada. Que vamos a sentarnos.

Rafa buscó una silla lo más lejos posible de Cristina, aunque en realidad daba igual dónde se sentara, puesto que la mesa era redonda y, lo hiciera donde lo hiciese, era difícil sacarla de su ángulo de visión.

Lo cierto era que tampoco podía quitarle la vista de encima. Ella estaba relajada y parecía encontrarse en su salsa. Bromeaba con todos, en especial con Miguel, que estaba sentado a su lado y era lo más parecido a un pulpo; aprovechaba la más mínima oportunidad para poner sus dedazos sobre cualquier espacio de piel que Cris llevara al aire. «¡Y llevaba mucha piel al aire, joder!» Todavía no entendía cómo aquel vestido podía sujetársele con aquellos tirantitos tan finos y retener la suave tela sobre sus pechos sin que ninguno se escapara para sacar un ojo a alguno, porque estaba seguro de que todos los hombres allí presentes tenían fija la mirada en ese lugar. Al menos él no podía apartarla...

Se obligó a hacerlo antes de que la tentación le jugara una mala pasada y se levantara de la mesa para retirar la enorme manaza del oftalmólogo de la suave curva del hombro de Cris. El roce sinuoso con la yema del pulgar que aquel tipo aplicaba empezaba a revolverle el estómago.

Por suerte, los camareros trajeron los entremeses y el despreciable sobón necesitó su mano derecha para coger la chistorra con el tenedor. Cris empezaba a sentirse molesta y no hacía más que moverse, intentando desasirse de la caricia con delicadeza sin ofender la dignidad del oculista. Dos minutos más y hubiera acudido en su auxilio. ¿Cómo podían existir hombres tan patosos que no sabían interpretar las indirectas de las mujeres?

Por fin Miguel se dio por aludido cuando, al intentar volver al ataque, la ingeniera tuvo que recurrir a su fría mirada para establecer una distancia que, de haber estado él en su pellejo, le hubiera hecho sentir como un gusano asqueroso.

El resto de la cena transcurrió sin incidentes. El oculista se dedicó a tontear con Esther, la enfermera sentada a su izquierda, y la conversación se hizo general y distendida. A los postres, después de varias botellas de vino, las bromas subidas de tono eran el eje de la conversación. Raúl, el nuevo enfermero de pediatría, poco tardó en hacer despliegue de su inagotable retahíla de chistes verdes. Solía ser el alma de las reuniones, tenía una gracia indiscutible.

Lo que él no esperaba, ni por asomo, era que Cristina fuera una perfecta *partenaire*. Jamás se la hubiera imaginado dándole la réplica en cada intervención, aunque no debería de sorprenderse después de haberla escuchado contar cuentos a los niños.

Tenía un ángel especial para la narración. Y esa noche también era la atracción de la fiesta por aquel motivo. ¡Como si necesitara alguno más!

El caso fue que incluso él terminó relajándose y divirtiéndose de verdad. Tess, a su lado, lloraba de la risa y él no podía dejar de contagiarse.

# 17

—¿Dónde vamos a tomar una copa? —preguntó Santiago Castro, ya en la calle—. Yo no conozco nada por la zona, pero cuanto menos nos movamos en coche, mejor. ¿Alguien sabe de algún garito por aquí?

Nadie respondía, así que Cristina se sintió con la libertad de intervenir.

—Yo conozco una sala de salsa aquí cerquita, apenas cincuenta metros más arriba. ¿Os apetece? Hacen unos mojitos espectaculares...

—¡Ah, es verdad! —exclamó Rafa—. El Son Cubano. Yo antes iba mucho por allí. No me acordaba de ese lugar.

La moción fue aprobada por unanimidad y todos se dirigieron hacia allí dando un paseo. La temperatura era fantástica. Aunque seguía haciendo un calor infernal por el día, las noches empezaban a ser más frescas, como presagio del inminente otoño.

A ella le venía estupendo despejarse un poco después de haber bebido más vino del que estaba acostumbrada. La verdad era que se lo estaba pasando genial, tenía que admitir que necesitaba salir y reírse, pero no se dio cuenta de ello hasta que estuvo inmersa en la juerga. Por supuesto el albariño tenía mucho que ver, pero no le importaba.

—¿De qué conoces tú esa sala? —le preguntó Rafa, acercándose y caminando a su lado.

—Es de mis profesores de salsa. Voy de vez en cuando, pero creo que jamás hemos coincidido allí. Solemos terminar en ella siempre que salgo con los amigos.

—¿Bailas salsa? —La extrañeza hizo que sus ojos verdes se abrieran de par en par, pareciendo mucho más grandes de lo que ya eran de por sí.

—Sí. Voy a clase los martes y jueves desde hace más de cuatro años. Es más divertido que machacarte en el gimnasio y los resultados son parecidos. La cuestión es gastar calorías y mantenerte en forma, ¿no te parece?

—Desde luego. Me encantará ver cómo te desenvuelves. —Rafa rio con una risita maligna.

—¡Te sorprenderá! —prometió.

¡Y vaya si le sorprendió!

Rafa estuvo a punto de caer fulminado por la impresión cuando, nada más entrar en la sala, un enorme cubano se acercó a Cristina para estamparle un sonoro beso en los morros y girar con ella en el aire. Esperaba cualquier reacción por su parte, incluso un bofetón por el descaro, pero jamás que se colgara del cuello del tipo con un gritito de alegría.

—¡Flaquita!, hace un montón que no te veo el pelo, mi niña. ¿Dónde te has metido todos estos meses? —dijo el hombre con aquel meloso acento de la isla, una vez que la puso sobre sus pies cuando se cansó de girar.

—He estado liada, Daniel. Ha habido un montón de novedades en mi vida, pero ya hace un mes que volví a las clases, lo que pasa es que tú estabas de vacaciones. Pregunta a Orlando...

—¿Y cómo no me has avisado de que vendrías hoy con tus amigos? Os hubiera reservado una mesa.

—No lo sabía. ¿No tienes un rinconcito para nosotros?

—Si no lo tengo, lo busco. No puedo botar a los perros a mi alumna favorita, pero tienes que prometerme que vas a echar conmigo un vacilón.

—¡Vale! Será un placer, profe.

El hombre desapareció entre el gentío y ella se incorporó al grupo en el que todos esperaban, medio asombrados por la eficacia de la informática. Al entrar y ver tanta gente por todos los rincones, perdieron de inmediato la esperanza de poder tomar una copa en aquel lugar. ¡Luego decían de la crisis, pero aquel local estaba hasta los topes!

Cuando el tal Daniel regresó en su busca, al cabo de menos de cinco minutos, no tardó nada en hacerse hueco entre la gente para precederles hasta un reservado en el límite opuesto de la pista de baile, sobre la que giraban unas cuantas parejas. Mientras caminaban, el hombre aferró a Cristina por la cintura de manera tan estrecha que pudo abrir los dedos sobre su estómago después de envolverla en semejante abrazo. Unos dedos enormes que casi parecían morcillas y que a él le dieron ganas de apartar de un manotazo.

Pero ¿qué le pasaba aquella noche, que se sentía tan posesivo con Cristina? Primero estuvo a punto de plantar un puñetazo en la nariz a Miguel y después casi se muere de ganas por hacer un regalo similar a aquel latino. Desde luego no podía negar que al menos este era atractivo y a ella parecían agradarle sus atenciones. Porque aunque él fuera un hombre —y el resto de la población masculina no fuera su fuerte—, tenía la suficiente lucidez como para saber qué buscaba una mujer en el sexo opuesto. Este, sin duda, poseía todos los atributos.

Daniel les llevó hasta una mesa, que de pronto parecía haber quedado vacía como por ensalmo, y tomó nota del pedido de bebidas. Antes de retirarse, dijo algo en el oído de Cristina sin apartar la vista de él. Ella sonrió mientras ellos dos mantenían una cruenta batalla visual, en la que ninguno de los dos tuvo reparo a la hora de sacar toda la artillería pesada. A él no le intimidaban aquellos ojos negros.

—Pero, Cris, ¡qué calladito te lo tenías, niña! —Tess fue la primera en romper el silencio que se instaló de pronto, riendo y jaleando la suerte de su amiga—. ¡Menudo *peazo* de tío! ¿Vas a dejarnos catarlo? Dicen que los caribeños son la leche...

—No creo que tengáis nada que hacer —respondió ella con una risita maliciosa, demasiado segura de su éxito aquella noche.

—¡Serás egoísta! —se quejó una de las enfermeras.

Pero no hubo tiempo para que las chicas se explayaran con muchas más quejas. El objeto de sus deseos regresó enseguida, acompañado por un camarero, para repartir las bebidas. Puso un mojito frente a Cristina y la levantó del asiento con las dos manos.

—Vamos, mi *amol*, me debes este baile.

Ella no se hizo de rogar. La música cambió y ellos dos tomaron posesión de la pista, tras lo que empezaron a contonearse al son de un mambo. Poco a poco el resto de los bailarines fue haciendo espacio hasta dejarlos casi solos.

Cristina se movía con una plasticidad y una facilidad que incitaba a pensar que por sus venas circulaba ritmo en lugar de sangre, como si hacer aquello fuera fácil aunque él sabía muy bien que no lo era. Cada paso, cada requiebro, cada sinuoso movimiento parecía espontáneo a pesar de que eran ejercicios mil veces ensayados. No cabía duda de que aquella no era la primera vez que ellos dos bailaban aquella pieza juntos.

La falda de ella, corta y vaporosa, voleaba y giraba elevándose hasta cotas poco recomendables para su maltrecho estado. Cualquiera de los presentes podría verle las bragas de un momento a otro, lo que no sabía si le agradaba o le enfurecía aún más, por mucho que él mismo no dejara de buscarlas.

Cristina y su acompañante estaban tan juntos que dudaba que el aire circulara entre ellos. Las piernas de ambos se entrelazaban en rápidos movimientos y hombros y caderas chocaban con delicadeza en rápidos giros, sin separar apenas el abdomen. Daban la sensación de que sus huesos eran cartilaginosos y la tensión sexual entre ambos podía cortarse con cuchillo y tenedor.

—Cierra la boca, Rafa —escuchó que le decía Tess al oído—. Si sigues observándolos con tanta insistencia, vas a hacer que salten los dispositivos antiincendios. —Ella se rio con un pícaro gorjeo.

Apartó la vista de los bailarines para mirarla —después de obedecer, por supuesto—, y le dedicó un poco de aquel fuego que le acusaba de estar lanzando sobre la pista.

—Contrólate un poco, hombre —insistió—. Pareces dispuesto a clavar un puñal al cubanito en cuanto se descuide...

—No seas absurda —respondió por fin—. Solo estoy sorprendido de ver cómo se maneja la informática en estas lides. No me lo esperaba ni de coña. —Se defendió.

—Pues su pareja de baile no te quita la vista de encima y parece que te está retando. Si continúas siguiéndole el juego, vamos a tener espectáculo gratuito esta noche.

—¿Estás celosa, Tess?

Ella rio con ganas.

—Ya sabes que no, cariño. No solo no estoy celosa, sino que además me encantaría que tuvieras las narices de hacer algo más que mirar con ojos golosos y te atrevieras a rematar la faena. Ella necesita darse un homenaje y estoy segura de que tú eres el hombre perfecto para hacerlo. Y datos no me faltan...

—Pero ¿qué dices?

—Rafa... Hombre, ¿a quién intentas engañar? Llevas toda la noche comiéndotela con la vista. ¿Por qué no haces algo más y empiezas a preparar el camino para aplicar también la boca?

—¡Tú te has vuelto loca!

—No, cielo. Te conozco desde hace demasiado tiempo y he sido testigo de cómo tirabas los tejos a las tías muchas veces, pero jamás miraste a ninguna mujer como la miras a ella, ni siquiera a mí. Además, Rafa, esto no viene solo de hoy. Recuerda que os he visto alguna vez juntos en el hospital...

—¡Estás alucinando, Tess!

—¿Tú crees?

Pero tuvieron poco tiempo para seguir discutiendo aquel asunto. La música terminó y Daniel colocó a Cris a su costado, sujetándola con fuerza por la cintura, mientras un montón de aplausos inundaban la sala.

Él se removió en su asiento, intentando buscar una postura más cómoda que evidenciara menos la molesta situación en la que se encontraba. Se colocó la chaqueta con disimulo para tapar su erección. No merecía la pena pretender engañarse a sí mismo, llevaba en ese estado toda la noche y Tess tenía más razón de la que quería reconocerle.

Daniel y Cristina atravesaron la pista para dirigirse hacia la mesa. Ella lucía una resplandeciente sonrisa y respiraba agitada. Su traicionero pene respondió tensándose aún más, si es que aquello era posible, y su desbordante imaginación empezó a bombardearle con un montón de imágenes de ella igual de alterada y ruborizada, solo que entre sus brazos y ambos con bastante menos ropa.

No tuvo tiempo de controlar el espejismo y regresar a tierra firme porque, sin saber ni cómo ni cuándo ocurrió, se encontró con el objeto de sus fantasías sobre el regazo. Daniel no les dejó más opción a ninguno de los dos y la sentó sin previo aviso muy cerca de su rebelde miembro, que no parecía dispuesto a obedecer las órdenes que él le daba.

—¡Daniel! —gritó Cristina, intentando levantarse de sus rodillas.

Demasiado tarde se dio cuenta de que acababa de retenerla con fuerza en donde estaba, apretándole las manos en torno a la cintura, a la que no sabía en qué momento se aferró como un náufrago a un salvavidas. Ella se dejó caer de golpe al sentir el empujón en sentido contrario.

—Vamos, muchacho, ¿te sientes capaz de hacer que Cristina se mueva? —le retó Daniel—. Aunque, la verdad, lo dudo mucho. Me parece que esta es mucha hembra para ti... y tú tienes pinta de ser medio zurdo.

—¿Zurdo? —preguntó él, sin reponerse todavía de la sorpresa.

—Sí, chico, zurdo, patón, que no sabes bailar... —Se rio—. Porque supongo que esos ojazos verbeneros no me miraban a mí, ¿verdad? Porque si es eso, yo también estoy dispuesto a enseñarte la rumba...

Mientras aquellos dos se disponían a desollarse con el látigo de su sarcasmo y el filo de sus miradas, Cristina sintió que algo se clavaba con firmeza en la parte baja de su espalda. No cabía mucho margen de error, lo único duro que podía interponerse entre ellos en semejante postura le pertenecía a él.

Aquel contacto provocó que su respiración, que poco a poco se iba ralentizando tras el esfuerzo del baile, volviera a alterársele y, antes de que se diera cuenta, estaba hiperventilando de nuevo.

Ahogó un gemido y, con perversa satisfacción, se contoneó para aproximarse más a su cuerpo y rozar sus genitales. Lo sintió palpitar contra su carne, a pesar de las capas de tela que los separaban. Aquella situación le daba un poder con el que no hubiera soñado ni en la mejor de sus fantasías; durante meses él le hizo morder el polvo, pero acababa de encontrar una cruel manera de vengarse. Y, para qué negarlo, también un secreto placer que despertó su necesidad.

Un quedo jadeo, seguido de la presión de los dedos de Rafa sobre su cintura, llegó hasta sus oídos haciendo que no pudiera evitar la sonrisa que, sin permiso, apareció en sus labios.

Se giró despacio, con un intencionado movimiento sinuoso, hasta que su mirada conocedora se quedó enganchada de unas enormes pupilas, desaparecido casi por completo el verde del iris que las rodeaba.

Levantó las cejas en muda pregunta, al tiempo que imprimía un sarcástico brillo de conocimiento en sus ojos. Él volvió a jadear sin responder. Se limitó a mirarla mientras inspiraba todo lo profundo que la situación le permitía, al tiempo que componía un gesto de impotencia que acompañó con otro de inocencia. Aquello venía a decir algo así como: «lo siento, no he podido hacer nada por evitarlo».

Sonrió y aceptó la situación, levantando los hombros.

—No hagas caso a Daniel, abogado —dijo, conteniendo una risita satisfecha, intentando quitar hierro al enfrentamiento visual de los dos hombres—. No hace falta que demuestres nada, solo te está provocando. Acostumbra a hacerlo con todos los amigos con los que vengo.

Y, volviendo a moverse de aquella misma forma, con la que sabía que aplicaba una tortura mucho más eficiente que las palabras con las que Daniel pretendía dejarlo en evidencia, regresó de nuevo a la posición inicial para enfrentarse a su profesor de baile.

—Profe, no tengas mala leche, deja en paz al abogado. ¿No ves lo serio y cerebral que es...? ¡Es un hombre de letras, por Dios! Lo suyo son las palabras para poner contra las cuerdas a un juez, no exhibirse en una pista de baile a ritmo de salsa...

Ella se rebulló un poquito más en su asiento y el calor que emitía el cuerpo de Rafa se propagó por sus piernas y le subió hasta el vientre, desde donde descendió para alojarse en aquel punto palpitante que sentía cada vez más húmedo.

—¡Para! —suplicó él contra su nuca; un susurro que apenas era un jadeo y que nadie más pudo escuchar por lo bajo que lo hizo. Ella ignoró la petición como si tampoco le hubiera oído—. Deja de moverte, por Dios.

«Pues para ser tan bueno con la lengua, abogado, la voz no te llega al cuello», pensó ella, al tiempo que una enorme y perversa sonrisa asomaba a sus labios sin poder evitarlo.

—Pero, si tienes «otro objetivo» —continuó ella hablando con Daniel—, me parece que estás perdiendo el tiempo. Mucho me temo que él no tiene ninguna intención de aprender a bailar rumba en tus brazos, cariño. ¡En este instante tengo muy claro que en mal lugar has ido tú a plantar la era!

Se rio de su propio chiste y giró la cabeza todo lo que pudo para mirar a Rafa a los ojos sin mover demasiado el resto de su cuerpo. El jueguecito estaba empezando a pasarle factura también a ella.

—Daniel está casado con Orlando, ¿sabes? Pero le da igual, es un promiscuo que tira los trastos a todo aquel que se pone a su alcance —aclaró, muerta de risa, al ver la cara de estupefacción de Rafa.

Daniel explotó en una sonora carcajada que acalló contra los labios de ella, al tiempo que le sujetaba la cabeza con sus enormes manazas.

—Ya suponía yo que el bacán no iba a dejarse bajar muela, pero por intentarlo nada pierdo, flaquita. Sin embargo, estoy seguro que no es tan zampo como tú crees.

—Pero ¿qué decís? ¡Claro que no! —interrumpió Tess aquella absurda conversación de besugos—. ¿Quién os ha contado a vosotros que Rafa no sabe bailar salsa? —salió en su defensa—. Vamos, Rafa, no te dejes apabullar y demuéstrales lo que vales —lo azuzó, intentando zarandearlo, apretándole con la mano sobre el bíceps.

—Creo que no es un buen momento, Tess —repuso él, apretando los dientes.

—Pues a mí me parece uno inmejorable. No pensarás dejar que este gallito te pase por encima, ¿verdad?

Rafa no respondió y a ella tampoco le extrañó que no lo hiciera. En realidad pensó que, en su estado, ya era bastante complicado que pudiera andar con cierta dignidad, y mucho menos bailar, aunque quisiera hacerlo.

Y el fuego que estaba fraguándose en su propio interior pareció avivarse como impulsado por un viento malicioso. La situación empezaba a escapársele de las manos y ya llevaba demasiado tiempo sentada sobre las rodillas del abogado. Aquel martirio comenzaba a volverse contra ella, sobre todo al notar que los dedos que antes estaban en su cintura en esos momentos dibujaban la pasamanería del vestido, elevándose poco a poco hacia el final del dibujo.

—Eso, Rafa —le animó Miguel—, márcate un bailongo con Cris, hombre. Seguro que no es tan difícil... En todo caso, será suficiente con que dejes que sea ella quien lleve la voz cantante...

—¡Pero estáis todos bobos, ¿o qué os pasa?! —explotó ella, harta de sentirse como un monito de feria—. ¡Dejadle en paz! —gritó al tiempo que se ponía de pie, escapando del agarre de Rafa, que intentó retenerla de nuevo—. Si te parece tan fácil —se dirigió a Miguel—, ¿quieres ser tú quien pruebe a hacer el ridículo en la pista, aun «dejándome llevar la voz cantante»?

—Ah, pues si quieres... Yo hace años que perdí el sentido del ridículo. Si estás dispuesta a enseñarme a bailar, por mi parte no hay ningún inconveniente con tal de que me achuches bien fuerte y me pegues algún restregón de esos que has dado a tu profe...

Aquella insinuación tan burda y directa la dejó boquiabierta. Parpadeó intentando buscar una respuesta rápida que, por extraño que pareciera, se le escapaba como agua entre los dedos.

Después de aquello no tenía ninguna intención de bailar con aquel oculista miope, al que más le valía dedicarse a inventar las gafas correctoras para el sentido común y hacer algún cursillo que le enseñara a tratar a las mujeres.

—Me parece... —comenzó a decir.

—¡No, Miguel! —la interrumpió Rafa, levantándose y quitándose la chaqueta y la corbata, que lanzó contra la silla—. No será necesario que machaques tu, sin duda, inexistente sentido del ridículo para aprender a bailar. Solo mira y toma nota.

Y sin darle oportunidad de negarse, la tomó con fuerza de la mano y la arrastró a la pista.

Trastabilló un poco sobre los tacones al sentir el tirón, pero recuperó el paso dando una ligera carrera.

—Oye... —Le retuvo un segundo antes de llegar a su destino, deteniéndose en seco y obligándole a girarse para mirarla—. No hace falta que hagas esto, de verdad —pidió con suavidad—. No les sigas el juego, no merece la pena...

Rafa no respondió, pero le dedicó una sensual sonrisa. Una tan preñada de promesas que jamás hubiera imaginado que él fuera capaz de un gesto similar. Un calambre en las entrañas le indicó que, tal vez, debería salir corriendo de allí en ese mismo instante. Inconsciente, ignoró la advertencia.

Supo que estaba metida en un lío en cuanto él retomó la marcha, con ella a la zaga, para internarse entre el resto de las parejas tan pronto finalizó la pieza que sonaba y los acordes de *Stand by me* inundaban la sala a ritmo de bachata.

Sin previo aviso y con una seguridad que le pareció un tanto fuera de lugar, él se paró en mitad de la pista para ponerle la mano en la espalda a la altura de la cintura, abriendo los dedos de tal manera que se sintió envuelta por completo. Luego la acercó tanto a su cuerpo que pudo sentir su calor a través de la escasa tela del vestido.

«O sea, ¡que es cierto que sabes bailar! ¿Quién narices eres, Rafael Monclús? ¡Pareces tener tantas caretas como camisas!», pensó para sí misma al reconocer los movimientos.

Sin embargo, no tuvo tiempo de analizar sus sospechas. Sin

mediar palabra, él empezó a contonear las caderas al ritmo de los primeros compases antes de agacharse para pegar su frente a la de ella. Luego le colocó la mano derecha sobre su propio corazón y la retuvo allí con mucha suavidad, envolviéndola entre los dedos, al tiempo que la miraba sin parpadear y respiraba sobre su boca.

—¡No digas nada, ingeniera, y déjate llevar! —interrumpió la pregunta que debió de leer en sus ojos—. ¿Quieren espectáculo? ¡Pues vamos a dárselo!

Y se lo dieron.

En semejante situación no tenía mucho que decir, así que dejó que la música la inundara, como hacía siempre, e imitó la cadencia de sus movimientos mientras aspiraba aquel cálido aliento repleto de promesas y absorbía los susurros de sus últimas palabras.

Después apenas pudo pensar en nada. Se dejó llevar y completó cada giro, cada contorsión que él indicaba con maestría, entrelazando las piernas en la danza más sensual y provocativa que hubiera llevado a cabo en toda su vida, sintiendo el roce de aquellos ágiles y cálidos dedos en cada célula de su cuerpo.

La presión y la caricia de sus potentes muslos resultaban irresistibles. «¿Qué me estás haciendo, abogado? Me parece que de verdad vamos a dar un espectáculo.» Pero cuando creía que ya no podía soportarlo más, Rafa se separaba, insinuante, con una amplia sonrisa en la cara, y la hacía girar a su alrededor, acariciándole el pelo, la espalda, la cintura... ¡Por Dios, le faltaba la respiración; él tenía las manos por todas partes!

A punto estuvo de perder el paso cuando, una de las veces que la obligó a echarse hacia atrás hasta casi rozar el suelo con la melena, se acercó tanto a ella que creyó sentir el roce de sus labios en el canal de su pecho. Esperaba que solo fuera deseo e imaginación, porque aquello era demasiado íntimo. Aunque llegados a ese punto, la intimidad que ella quería era aún mucho mayor.

Giró. Giró y se contoneó, abandonándose a las sensaciones con movimientos atávicos que no obedecían a ningún paso aprendido. Oía la música, pero no era capaz de escucharla. Todo daba vueltas en su cabeza. Podría explotar en cualquier momento.

De pronto todo se detuvo y Rafa la sujetó contra su cuerpo, colocando de nuevo la frente contra la de ella, mientras los altavoces quedaban mudos.

Él depositó un suave beso en la punta de su nariz antes de colocarla a su lado para comenzar a andar hacia sus amigos, que les aplaudían puestos en pie. Por suerte no la soltó, hubiera podido ser catastrófico, y en todo momento él mantuvo un total dominio de la situación.

Se dejó arrastrar, todavía en una nube.

«¿Dónde estaban sus neuronas?»

## 18

—¡Muy bien, *abogao*! Has visto, Cris, ¡este ya viene *rodao*! —dijo Daniel, riendo con desenfado, cuando llegaron a su altura—. Chico, hay que reconocerte más cojones que a Maceo. No lo has hecho nada mal, ¿sabes, *papirriqui*? La verdad es que no es la primera vez que te veo en la pista, pero no te recuerdo poniendo tanto empeño antes...

—¿Así que me conocías y por eso me has retado?

—Entre otros motivos —aceptó, despidiéndose de todos para seguir con su trabajo.

Rafa esbozó la misma sonrisa triunfal con la que salía de un duro juicio después de haberlo ganado. Si eso era lo que el dueño del local pretendía de él, se alegraba de haberle dado el gusto; aunque estuvo a punto de morir en el intento.

Lo peor era que aquel efímero triunfo le sabía a hiel.

Debía de haberse vuelto loco, pero que Dios le ayudara porque, o se tranquilizaba como fuera o iba a cometer la mayor locura de toda su vida en cuanto le dieran la más mínima oportunidad. El asunto estaba en un punto en el que se imponía hacer algo al respecto y en lo único que era capaz de pensar era en coger a aquella maldita ingeniera de la melena y arrastrarla hasta la cama más próxima.

Era eso o acabar en urgencias del hospital más cercano para que le atendieran por gangrena en aquella parte en la que al parecer igualaba al tal Maceo, que maldita la falta que le hacía saber quién era.

—Sí, enseguida —repuso Cristina al ofrecimiento de alguien que le propuso sentarse en una silla vacía a su lado, sacándola de aquel torbellino de locura—. Pero voy antes al baño —aclaró, tomando su mojito de encima de la mesa e introduciendo la pajita entre los labios para dar un buen trago.

Él siguió los movimientos de succión de su boca como abducido. Aquel gesto tampoco hacía nada por calmar su ya de por sí maltrecho cuerpo ni por aliviar su calentura. Sí, lo mejor era que desapareciera un rato de su vista o iba a terminar haciéndole perder la razón.

—Voy contigo, espera —dijo Tess, cogiendo su bolso y andando tras ella, en uno de esos actos tan femeninos de ir al cuarto de baño en equipo.

Por fin la suerte parecía visitarle por primera vez en toda la noche. Al menos en un rato no tendría que escuchar los comentarios jocosos de la trabajadora social, a los que temía y odiaba a partes iguales. Las otras dos mujeres del grupo salieron a la pista, acompañadas por Miguel y Raúl. Solo Santi se quedó sentado a su lado.

Él sacó un pañuelo de tela del bolsillo del pantalón y se enjugó el sudor de la frente con un suspiro, mientras veía a Tess y Cristina perderse entre el gentío. Aquello era bueno. Por fin podía respirar, necesitaba tranquilizarse como fuera.

Tomó su mojito y se bebió casi la mitad del refrescante líquido sin soltar la pajita.

—Te veo muy mal, compañero —le espetó Santiago, riendo sin recato—. Así que por fin reconoces que la ingeniera te afecta más de lo que dices, ¿eh?

—¡Joder! Pero ¿tú has visto cómo se mueve? ¡Dios! Si no llega a acabar la canción, damos la nota a base de bien...

—Claro, ni que fuera ciego... La he visto yo y el resto de los tíos de esta sala. De todas formas, la nota la habéis dado del mismo modo, aunque solo hayan sido unos minutos —explotó en una carcajada—. Pensé que ibas a tirártela allí mismo, tío...

—¡Qué bien! —masculló—. Qué manera más espantosa de hacer el ridículo.

Dejó caer la cabeza y se sujetó la frente con la mano, apoyando el codo en la rodilla.

—Creo que lo más acertado es que me marche antes de que cometa ninguna tontería más —razonó, levantándose de su asiento para actuar en concordancia.

—¡De eso nada! —Santi le tiró de la cinturilla del pantalón, obligándole a permanecer donde estaba—. ¡No seas cobarde, Rafa! No puedes marcharte sin decir adiós a las chicas.

—No es cobardía, tío. Es que si me quedo solo tengo dos opciones: o hago una imbecilidad o me pongo enfermo. Ninguna de las dos es nada inteligente, entiéndelo.

—En especial la de ponerte enfermo —concluyó el médico, muerto de risa.

—Pues la otra está fuera de discusión. De sobra sabes que yo jamás mezclo trabajo y cama.

—Tú te lo pierdes, chico.

—No, amigo, en realidad evito muchos problemas. De todas formas, eso sería mucho aventurar, porque primero habría que ver si ella está dispuesta, sobre lo que yo tengo mis serias dudas. Por lo tanto, el resultado final va a ser el mismo: me voy a poner muy malito. Quita, quita, me largo a mi casa... —Sonrió, impotente, ocultando en el gesto la frustración que de verdad sentía.

—Pues yo no tengo ninguna —sentenció Santi, con la misma seguridad que si estuviera en posesión de la verdad absoluta.

—Ninguna... ¿qué? —Se volvió hacia él, perdido por completo con las conjeturas de su amigo.

—Ninguna duda, por supuesto. —Él le miró extrañado—. He salido con ella varias veces y no aceptó mis avances ni la cuarta parte de bien que ha aceptado los tuyos. Tampoco me miró ni una sola vez como te mira a ti...

—¡Déjalo, Santi! Mejor no entres en detalles —replicó molesto—. Me da igual, de verdad. Ya te he dicho que no voy a hacerlo. No puedo.

—Oye, si lo dices por Tess, yo...

—¡No digas bobadas! De sobra sabes lo que hay entre Tess y yo. Ni que decir tiene que si pensara que existe la más mínima oportunidad de ofenderla no hubiera actuado como lo he hecho. Pero además, ambos sabemos que eso ha acabado hace tiempo y a ese respecto tú estás aquí hoy en calidad de titular y yo solo soy el suplente. Al menos eso quiero pensar —dijo, después de recapacitar durante unos segundos.

—Pues de verdad, no te entiendo. Si yo estuviera en tu pellejo...

—Pero no lo estás —cortó tajante la conversación.

—No puedes salir corriendo. Pero ¿qué te pasa?

Cristina miró a su amiga como si le estuviera hablando en algún idioma extranjero que fuera incapaz de entender. ¿No veía que su extraña lógica solo era aplicable a sí misma?

—Tess, no pienso seguir con este juego de descerebrados —repuso con cansancio—. Creo que la situación se nos ha escapado «un poquito» de las manos a ambos. ¿No te das cuenta que continuar complicaría todo mucho más de lo que ya es de por sí?

—Para nada... ¿Por qué tienes que poner todo en términos absolutos?

—Escúchame. —Se paró en seco en mitad de la sala, importándole muy poco la gente que les rodeaba—. Rafa, además de su tutor legal, es el hombre al que el hijo que yo pretendo adoptar llama «papá», lo que significa que tendremos que seguir viéndonos durante mucho tiempo.

—¿Y qué? Te aseguro que hay una enorme cantidad de niños que llaman «papá» al hombre que alguna vez se ha acostado con su madre... —replicó con sorna.

—Sí, claro, porque da la casualidad de que suelen serlo. Si luego se han separado, esa ya es otra cuestión; pero esto no tiene nada que ver con ese supuesto. Además, el hombre que tú quieres que meta en mi cama es tu amante, ¡joder! ¿Te has vuelto majara?

—Ah, no, ahí sí que no. Rafa no es mi amante, bonita. Yo

tengo un marido del que estoy muy enamorada y un montón de consoladores de carne y hueso, no confundas ni un poquito...

—Bueno, pues mira, da la casualidad de que yo no comparto tu forma de ver la situación, Tess. Quizá a ti te importe un rábano que yo me acueste con el tipo al que te beneficias, pero yo me niego a utilizar un consolador ajeno, ¿está claro?

—Prístino. Pero tranquila, Cris, Rafa y yo no nos acostamos juntos desde hace más de mes y medio. Seguimos siendo amigos, pero eso es todo. Hace tiempo que mi consolador responde al nombre de Santi, ya te lo dije...

La respuesta que estaba a punto de darle se quedó enganchada en su boca al sentir que una garra enorme la sujetaba por encima del codo y tiraba de ella, interrumpiendo la discusión. Se giró, asustada, y miró la cara del propietario de aquella mano. No lo conocía de nada, por lo que dio un fuerte golpe con el antebrazo sobre la muñeca del tipo que la retenía y, con un brusco impulso, se desasió del amarre para emprender la huida a toda prisa. No se molestó en pedir explicaciones. Tess apretó el paso a su lado.

—Oye, chica, vamos a bailar, que me gusta cómo lo haces —exigió el hombre, con un marcado acento latino, trabándosele la lengua y apestando a alcohol mientras caminaba tras ella.

—¡No! —repuso tajante, sin pararse.

—¡Sí! —insistió él, con los ojos encendidos, deteniéndola de nuevo.

—¡Suéltame!

—Ah, no. Yo también quiero un meneíto como el que les has dado a esos dos.

—Esos dos, como tú dices, son mis amigos. A ti no te conozco de nada.

—Pues yo no veo por aquí a ninguno —replicó, volviendo a aferrarla una vez más del brazo.

—¡Que me dejes! —gritó, ya fuera de sí, intentando volver a librarse del apretón, sin éxito.

—Hazle caso —pidió también Tess, que acudió en su defensa.

—De eso nada...

—De eso todo. —La grave voz de Rafa sonó a su espalda, al tiempo que observaba su cuidada mano aplicando una extraña llave sobre la del otro hombre, que la soltó de inmediato con un quejido.

Rafa la apartó del alcance del agresor con el brazo, sin mirarla, mientras continuaba ejerciendo la presión suficiente para hacer que el otro hombre se retorciera hasta casi tocar el suelo, gritando.

Santi, que sujetaba a Tess por la cintura, la detuvo antes de que perdiera el pie.

Al mirar a su alrededor, buscando a Daniel para que acudiera en su ayuda, se dio cuenta de que en cuestión de segundos estaban rodeados por los amigos de aquel tipejo. La situación no pintaba nada bien.

Ella se soltó del abrazo de Castro y se acercó de nuevo a Rafa, intentado evitar la pelea que se fraguaba a su alrededor.

—Rafa, suéltalo y vámonos de aquí —le pidió, colgándose de su brazo.

—Cállate —le ordenó él, pero aflojó la presión y el hombre se enderezó, mirándolo con odio—. Ni una palabra, Cris —reiteró.

—Ella quiere bailar conmigo, ¿verdad que sí, muchacha? —insistió el borracho, con un empecinamiento fuera de toda lógica.

Quiso responder, pero Rafa se lo impidió, adelantándose a sus intenciones, acercándola a él al tiempo que le clavaba con fuerza los dedos en las costillas en mudo mandato.

—No. No va a bailar contigo porque está conmigo.

—Pero tú la has dejado sola. No tienes ningún derecho...

—Oye, ¿por qué no...? —empezó a decir ella, ignorando la insistente petición silenciosa del abogado.

Pero no tuvo tiempo de decir nada más. De pronto sus labios quedaron sellados por un furioso beso que la hizo tambalearse de tal manera que, durante unas décimas de segundo, se olvidó de todo lo que estaba ocurriendo a su alrededor.

—Rafa... —balbuceó, intentando retomar el control de la situación.

—Cállate o vuelvo a besarte —susurró, bajito, para que nadie más lo oyera.

Ni una palabra más salió de sus labios.

En ese momento, tres enormes mulatos, del tamaño de armarios roperos, se abrieron hueco entre el corro de mirones que los rodeaba y se hicieron cargo de la situación.

Daniel se acercó a ellos y, poniendo una mano sobre el hombro de Rafa, le hizo una señal con la cabeza para que lo siguieran hasta la oficina, colocada en una especie de burbuja de cristales situada al final de una estrecha escalera que se abría tras una puerta oculta en un extremo de la sala.

Antes pasaron por la mesa donde se encontraban sus amigos para despedirse y coger sus pertenencias.

—¡Me cago en la mierda! —explotó Daniel cuando se encontraron a solas en aquel lugar, con las luces apagadas—. Esto ha *terminao* como la fiesta del Guatao...

Rafa le miró e intentó imprimir una nota de agradecimiento en los ojos. De no haber sido por el dueño del local, estaría pasándolo mal; aquello no auguraba nada bueno. Aquel matón de mierda iba a ir a por él a la más mínima oportunidad, y no lo haría solo, por lo que de nada le serviría llevar años practicando artes marciales. En ese caso, el enemigo era multitud.

—¿Crees que estarán esperándonos a la salida? —preguntó por fin a Daniel.

—No me cabe ninguna duda, chico. El tipo es como aserrín de cofre pirata... Nada bueno —tradujo la expresión acto seguido.

—Siento que te veas involucrado en esto por mi culpa, Rafa —se lamentó Cristina.

Él se giró para mirarla. No iba a dejar que se sintiera responsable por el mero hecho de bailar con dos amigos. Todos, los tres, disfrutaron la experiencia.

—Tú no tienes la culpa de nada, Cris. Ninguno de los tres la tenemos. El único que tiene un problema es ese tipo, que es un tonto del haba, incapaz de entender una palabra tan sencilla como «no».

Pero ella estaba asustada y enfadada, temía lo que les pudiera ocurrir cuando salieran del local. Él también lo estaba, por la misma razón... entre otras. Aquella forma de actuar, tan vehemente e irreflexiva, no iba con su manera de ser.

Todavía no era consciente de en qué momento se levantó para acudir en su ayuda, solo sabía que, de pronto, se vio inmerso hasta el cuello en una pelea. Incapaz de medir las consecuencias, se dejó llevar; tenía que librar a Cristina de aquel indeseable a cualquier precio. Bien era verdad que hubiera salido en defensa de cualquier mujer, incluso tratándose de una desconocida, pero estaba seguro de que, de no haber sido ella, hubiera controlado mucho mejor su reacción.

Sin embargo, cuando aquel tipejo puso las zarpas encima de Cris, lo vio todo rojo...

Se sentía un auténtico patán. La manera en que la hizo callar fue de lo más cavernícola, porque por mucho que supiera que, incluso en el fragor del momento, ella disfrutó de aquel primer beso que ambos estaban deseando, la forma de hacerlo no tuvo nada de amable.

En su defensa solo podía decir que lo hizo porque no se le ocurría otra manera de hacer que cerrara la boca y dejara de liar la situación, provocando resultados más graves de lo que ya eran de por sí.

—Creo que lo mejor... —interrumpió ella sus pensamientos.

—Déjame concentrarme, por favor. No digas nada —la acalló, intentando poner una nota de amabilidad en la voz.

En esos momentos tampoco quería escucharla, aunque los motivos eran bien diferentes. Necesitaba tener la cabeza fría para pensar en la manera de salir de allí sin poner sus vidas en peligro, y para ello era imprescindible que se creara la ilusión de que ella no estaba cerca; su autocontrol ya era bastante precario.

—¿Dónde tienes el coche, amigo? —preguntó de repente Daniel, tras aquel prolongado e incómodo silencio—. Si me das las llaves y me apuntas la matrícula, diré a uno de los chicos que te lo lleve a la puerta de atrás.

Él las buscó en el bolsillo de la americana y se las entregó, y le dio las indicaciones pertinentes. Sin duda aquella era la mejor solución para todos.

# 19

Cristina estaba segura de que en esos momentos ya podía hablar sin temor a que él pretendiera callarla de aquella manera tan devastadora para su estabilidad psicológica, estaba demasiado ocupado con la conducción. Sin embargo, no sabía qué decir y por eso mantenía un profundo silencio desde que salieron del Son Cubano. Rafa también se mantenía mudo.

Pero ya estaban llegando a su casa y se sentía con la obligación de decirle algo, aunque solo fuera «gracias», por haber tenido la gentileza de salir en su defensa en aquella situación tan incómoda. Y prefería hacerlo mientras él estaba pendiente del tráfico que después, cara a cara.

Ya era mala suerte que, además de verse envuelta en una pelea que ella nunca buscó, su defensor tuviera que ser el hombre del que llevaba tiempo intentando apartarse por todos los medios y el destino, en cambio, no hacía más que interponer en su camino.

Porque, para qué seguir engañándose, aquel maldito abogado no hacía más que inundar sus pesadillas y, lo que era peor, sus sueños más eróticos. Pero lo más catastrófico era que, de un tiempo a esa parte, no encontrara la forma de apartarle de sus pensamientos, ni dormida ni despierta. Su imaginación circulaba por unos derroteros que la tenían sorprendida incluso a ella misma. Solo por el mero hecho de escuchar su voz cada vez que la llamaba por teléfono para hablar sobre Niki, esta empezaba a funcionar por su cuenta.

Y no tenía ni idea de cómo iba a hacer para recuperar el sentido común a partir de esa noche...

Encima Rafa tenía un enfado mayúsculo, aunque ella no era la única culpable de que todo hubiera acabado de aquella manera. No fue ella quien se pegó como una lapa ni quien llevó la iniciativa en aquel baile que, estaba segura, elevó la temperatura de la sala unos cuantos grados.

Y aunque lo cierto era que podría haber puesto fin a la situación si hubiera querido, ya que no era la primera vez que alguien intentaba propasarse y nunca tuvo problemas para alejarse del contacto y marcar las distancias, esa noche quiso recorrer aquel camino y capear las consecuencias.

Lo que empezó como un simple juego, acicateado por haber bebido un poco más de la cuenta, terminó de la manera más insospechada. Al principio le pareció divertido sacar a Monclús de sus casillas, recreándose en la tortura que, intuía, provocaba en él la frustración de no poder ocultar su erección. Hacerle saber que estaba al corriente de ello fue una tentación demasiado irresistible y la euforia de aquel poder le nubló el sentido común.

Cuando comprendió que aquel engañoso dominio sobre él le hacía perder el propio, ya era demasiado tarde, a pesar de lo cual no pudo evitar seguir jugando con fuego. Quizá la determinación que tomó al salir de su casa, decidida a seguir los consejos de Tess como cura contra el estado de nervios en el que se encontraba, fuera la culpable de la mayor parte de todo lo ocurrido.

Pero tampoco se engañaba. Aquello podía ser parte del problema; sin embargo, la decisión final fue suya en todo momento. Y como ocurría siempre que el orgullo tomaba el mando, los resultados nunca obedecían a razones.

Esa noche deseó ponerle en evidencia y abochornarle durante el resto de sus días; tomarse venganza por todos los desplantes con que él llevaba obsequiándola desde que se conocían. Quería que, por una vez, Rafa se sintiera fuera de juego y ser ella la que tuviera las riendas de la situación.

Las consecuencias, por supuesto, no fueron las esperadas. A ambos se les escapó el control de las manos.

Creía tener guardado un as en la manga cuando en realidad quien poseía aquella carta oculta era él. Pero ¿cómo iba a suponer que el serio y distante Rafael Monclús aceptaría el reto que le lanzaba Daniel? Que dominara la salsa como lo hacía era lo último que hubiera imaginado de él.

Se armó de valor y rompió el incómodo silencio.

—Monclús, siento todo lo que ha ocurrido. Lamento haberte involucrado en una pelea, así que lo mínimo que puedo hacer es agradecerte que vinieras a rescatarme...

Él no la miró y siguió con la vista fija en la conducción; tampoco respondió.

—No hacía falta que me trajeras a casa —siguió hablando, viendo que él no tenía ninguna intención de hacerlo—. Era suficiente con que me hubieras sacado de allí y dejado en la primera parada de taxis. De verdad...

Él se limitó a clavar su verde mirada sobre ella sin decir ni pío, frenando antes de hacerlo.

—Baja.

—¿Cómo? ¿Que baje? ¿Del coche?

—Hemos llegado a tu casa.

—Ah, ¿sí?

No sabía dónde meterse. ¡Menuda metedura de pata! Se sentía tan fuera de lugar por todo lo ocurrido que ni se fijó en que estaban aparcados frente a su domicilio. Lo mejor era seguir calladita y desaparecer, así que se agachó para recoger el bolso del suelo y, al ir a tomar la manilla para abandonar el vehículo, encontró solo aire. De pie en la calle, él mantenía la puerta abierta para que ella saliera.

Se giró en el alto asiento del todoterreno y dejó caer las piernas hasta que los tacones chocaron contra la acera. A falta de saber cómo actuar, no le agradeció la gentileza y evitó mirarle a la cara, para lo cual se concentró en la búsqueda de las llaves mientras atravesaba el corto espacio que la separaba de la verja del jardín del inmueble.

Al tirar del llavero, el monedero y el pintalabios se escaparon de aquel ridículo bolsito de fiesta en el que no cabía nada.

Intentó agacharse, pero todo empezó a darle vueltas. Al parecer el mojito, que se bebió casi de un trago, al mezclarse con el vino provocó que tuviera algo más que ese «puntito» que ella creía. Se apoyó en la papelera que colgaba de la farola junto a la que se encontraba, mientras tomaba aire con lentitud.

Rafa no debía de estar tan perjudicado como ella, ya que cuando por fin consiguió bajarse de aquella maldita noria en la que estaba subida, vio que él le tendía sus efectos personales.

Pero no quería volver a darle las gracias. No quería decirle nada, ni una palabra; se sentía como una niña tonta. Así que, con los labios apretados, emitió un ruido gutural, algo a medio camino entre un gruñido y una queja que sonaba parecido a un «gracias», aunque no lo era.

Tampoco supo si él respondió con algún gesto, porque siguió sin mirarle y se dirigió a la puerta. Intentó meter una llave en la cerradura. Le temblaban las manos de la misma impotencia y, ¡joder!, no acertaba con la correcta; ninguna entraba en la ranura. Insistió durante un rato sin obtener resultados, cada vez más nerviosa. Sabía que él estaba observándola; podía sentir el calor de su mirada.

Oyó un suspiro y el clic de la cerradura automática de las puertas de un coche, al tiempo que Rafa se aproximaba por la espalda y le tomaba con suavidad la mano para quitarle el manojo de llaves.

Las muy traidoras le obedecieron a la primera. Él abrió sin ninguna dificultad.

—Gracias —se obligó a decir, alto y claro, mientras reclamaba que le devolviera aquellas herramientas demoníacas que acababan de dejarla en evidencia, por enésima vez en la velada.

Él, en cambio, la empujó con suavidad de la espalda y entró con ella en el jardincillo privado que rodeaba el edificio.

—¿Adónde vas? —preguntó, alarmada, al ver que él no tenía ninguna intención de regresar a su coche y marcharse.

—¿Cuál es tu portal? —replicó en respuesta.

—No hace falta que me acompañes, ya puedo llegar sola. Aquí nadie va a atacarme, no necesito un sir Lancelot...

—¿Cuál es tu portal? —insistió con suavidad, interrumpiéndola.

Rafa sujetó a Cristina por el codo, colocándose a su lado, dejando el suficiente espacio como para que ella marcara el camino sin que se sintiera presionada.

Durante todo el recorrido desde la sala de fiestas no se permitió abrir la boca porque estaba concentrado en jurarse, una y otra vez, que no iba a cometer ninguna tontería. Se dijo a sí mismo que ni siquiera iba a bajar del coche para despedirse, a fin de no caer en la tentación de sucumbir al deseo que seguía martilleándole con insistencia; se prometió no dar ningún paso en falso que al día siguiente lamentaran ambos...

E iba a faltar a todas aquellas buenas intenciones.

Lo sospechó tan pronto puso el freno de mano y rompió aquel inquebrantable silencio que se obligaba a mantener para no decir algo que pudiera pesarle más tarde.

Estuvo casi seguro cuando se bajó para abrirle la puerta del coche y permitir que saliera.

Lo supo a ciencia cierta al quitarle las llaves de la mano para abrir la verja.

«Ya no hay marcha atrás», decidió.

Estaba harto de luchar contra lo imposible. Seguir negándose a lo que sabía que tarde o temprano iba a pasar era una necedad; el deseo crepitaba entre ellos como leña seca en una enorme hoguera. Cuanto antes atravesaran aquel puente, antes podrían ambos olvidarse de todo y volver a su rutina.

Abrió el portal y se dirigieron al ascensor. Dejó que ella encabezara la marcha para no tener que volver a romper aquel cómodo silencio instalado entre ellos. Cristina tampoco parecía muy dispuesta a hacerlo.

Entraron juntos en el reducido espacio y ella apretó el botón del quinto piso con aquellas uñas de manicura perfecta, sin mirarle en ningún momento. A pesar de ello podía sentir el peso acusatorio de su malestar.

El ascensor se detuvo con un golpe seco y las puertas se abrieron y cerraron a su espalda cuando lo abandonaron. Sabía que todo aquello era un error, pero bienvenido fuera. En esos momentos, solo una catástrofe impediría que siguiera adelante con lo que acababa de decidir.

—Bueno, ya me has dejado a buen recaudo, ¿me devuelves las llaves? —exigió Cristina, mirándolo por fin a los ojos.

Él negó con la cabeza y se aproximó a una cualquiera de las cuatro puertas del descansillo. No sabía cuál era la correcta, pero si se equivocaba ya le sacaría ella del error. Y así lo hizo en cuanto le vio caminar en la dirección contraria a la que en realidad debía tomar.

Metió la llave de seguridad en la cerradura y la giró sin prisa, sin abrir por completo ni empujar la hoja, esperando que ella dijera algo. Pero cuando él quería que hablara, que pronunciara la frase que deseaba escuchar, Cristina se negaba a dejar escapar ningún sonido.

Suspiró, frustrado, y exigió aquellas palabras que empezaban a ser demasiado esquivas.

—Invítame a pasar, Cristina.

—No, es mejor que te marches.

—Pero no quiero hacerlo.

—Sin embargo, es mejor que lo hagas. Ya hemos cometido bastantes tonterías por hoy. Tú estás enfadado por todo lo que ha ocurrido y a mí tampoco me hace ninguna gracia, así que ¿por qué no dejamos todo como está y nos olvidamos?

—Porque yo no voy a olvidarme de nada. Al menos todavía. Y no estoy enfadado —replicó—. No contigo —aclaró al cabo de unas milésimas de segundo.

—Pues lo disimulas que da gusto...

—No, Cris, no pretendo disimular nada. Estoy cabreado conmigo mismo porque soy incapaz de resistirme a ti por mucho que lo intento. Por eso preferiría que entráramos en tu casa, pero si no quieres, tú eliges dónde.

—¿Dónde, qué?

Él se acercó en respuesta, acorralándola contra la pared en la que estaba apoyada, para encerrarla en el hueco entre sus brazos plantando las manos abiertas a ambos lados de su cabeza, sin llegar a rozarla, hasta que apenas les separaban unos centímetros.

Nada le hubiera impedido a ella escapar de haber querido hacerlo; sin embargo, se quedó inmóvil, apretando la espalda contra el firme sostén del muro.

Lo que sí que hizo fue retarle con la mirada, desafiándolo e impeliéndole a aceptar aquella batalla del mismo modo que haría una boa constrictor antes de engullir a su presa. Podía notar el loco galope del corazón de Cris en su pecho y se sintió poderoso.

Se acercó unos milímetros, cerrando aún más el cerco.

—Tú eliges «dónde» te beso —respondió por fin—. No pienso seguir luchando contra mis propios deseos, así que me rindo. —Pronunció las palabras contra su boca—. Pero lo mejor es que, salvo que tú me pidas lo contrario, tengo intención de seguir besándote durante un buen rato, antes de desnudarte y hacerte el amor de todas las maneras que se me ocurran, hasta que ambos caigamos rendidos. Y tú decides si lo hacemos en tu casa o en este descansillo, donde algún vecino pueda interrumpirnos.

Un jadeo de sorpresa abandonó los labios de ella al escucharle. Él lo bebió con la ansiedad de un yonqui ante una dosis de heroína, sintiendo un feroz hormigueo en los suyos a causa de la proximidad. «¡Dios!» Casi no podía ni respirar. Estaba a punto de morir asfixiado. Llevaba demasiado tiempo soñando con aquello y el calor que despedían esas curvas era insufrible; le quemaba a pesar de la ligera capa de tela que los separaba. Iba a explotar de anticipación si no hacía algo que lo remediara.

Cumplió su promesa.

Incapaz de mantener la compostura ni un segundo más, con una voracidad que ni siquiera era una pequeña muestra de lo que en realidad sentía, saqueó su boca con un beso exigente. Un gemido que no se molestó en ocultar escapó de su alma al notar que ella no se resistía y, en cambio, se rendía a sus demandas.

Aunque en realidad «rendición» no era la definición exacta, porque la sumisión no estaba presente por ningún lado.

Su intención era la de mostrarle sus propósitos presionando sobre los labios cerrados antes de dar paso al siguiente movimiento; convencerla de que aquello no tenía vuelta de hoja y avisarla de que a partir de ese momento convertiría en actos sus palabras, pero no fue necesario. Ella le salió al encuentro, invitándole a internarse en su húmeda y cálida boca, haciendo que las lenguas chocaran y pugnaran por la supremacía en un alocado gesto de reconocimiento.

Otro gemido, en ese caso de ella, la delató y sintió sus manos sobre la tela de la camisa, por dentro de la americana. Los dedos dejaban una estela de fuego que se colaba en sus venas calentándole como lava, hasta alojarse en la única parte de su cuerpo que aún intentaba mantener separada del de ella para no perder el control.

Sucumbió a la necesidad.

Sin interrumpir el beso, que expresaba sin ambages el deseo que ambos sometían bajo una pátina de inquina desde el día que se conocieron, dejó que el ansia de sentirla en cada célula de su ser tomara la iniciativa. Hizo que sus manos resbalaran de la fría pared sobre la que estaba apoyado y le sujetó la parte de atrás de la cabeza con una, mientras que deslizaba la otra hasta la cintura.

Cris le clavó las uñas en la espalda cuando estrechó aquel contacto al tiempo que, con un gorjeo quejumbroso, exhalaba en el interior de su boca el aire que retenía. Un instante después, se restregó contra él al sentir su erección en el vientre.

Él lo absorbió con hambre y desesperación. Necesitaba fundirse con ella, pero se mantuvo firme intentando dominarse. Su miembro palpitó con fuerza y las buenas intenciones saltaron como fuegos artificiales a su alrededor.

Necesitaba todo y lo necesitaba ya. No pudo reprimir la brusca respuesta que le exigió su cuerpo y, bajando la mano, le masajeó una nalga por encima del vestido antes de buscar el final de la suave tela para apresarle el muslo y enroscarlo a su cintura. Aquel contacto no era suficiente, deseaba más.

Cris se contoneó con audacia y respondió a sus demandas

con una disposición que jamás hubiera sospechado. Él abandonó sus labios, calmándolos con la punta de la lengua, antes de besar las comisuras e iniciar un lento y voraz recorrido por la curva de su cuello, lamiendo con devoción cada centímetro de piel picante y salada, hasta alcanzar el lóbulo de su oreja.

Ella echó la cabeza hacia atrás, facilitándole la tarea, al tiempo que bajaba la pierna para intentar, sin demasiado éxito, abrirle los botones de la camisa con dedos torpes.

Prefería ir más despacio, pero la insistencia de Cris era superior a su oposición. Se dejó hacer con tal de que ella recuperara la postura, a fin de poder seguir recreándose en aquella devastadora fricción mientras la degustaba a placer. Quería darse un banquete e iba a conseguirlo a cualquier precio.

Notó las frías yemas de sus dedos, delineándole los músculos en torno a las tetillas, y un escalofrío le recorrió todo el cuerpo, cortándole la respiración, al sentir el roce de la uña sobre la cúspide de una de ellas, atormentándole con la misma levedad de las alas de una mariposa. Cerró los ojos. Podría morir de placer si aquella caricia fuera solo un poco más intensa. Su pene volvió a palpitar desbocado, endureciéndose aún más, por mucho que hubiera pensado que aquello era imposible.

Al parecer, el ser humano no sabía cuáles eran sus propios límites. Lo supo cuando ella se apartó para, en un ágil movimiento, apoderarse con su boca de aquel pequeño botón. Lo rodeó con la lengua, lo torturó con pequeños golpes controlados, lo succionó hasta casi juntar los carrillos y, por último, lo apresó entre los dientes, mordisqueándolo. El pinchazo, que no sabría decir si era de dolor o placer, le hizo emitir un grito gutural antes de apartarla para devolverle el favor.

Hasta ese momento no supo que su mano hacía ya tiempo que jugaba con uno de los pezones de ella por encima de la tela. Y este, complaciente, estaba ya duro, presionando contra su palma.

Bien, era el momento de conocer la resistencia de aquellos finos tirantes que llevaban toda la noche mortificando su imaginación. Cogió uno con fuerza y tiró hasta que se separó de la tela con un leve rasguido. Apartó el trozo de seda con premura y se precipitó contra la rosada protuberancia.

Ella chilló al sentir sus labios y él castigó sin demora aquel pecho en respuesta, moviendo la mano al gemelo para aplicarle el tratamiento que antes dedicara al que en esos instantes abrasaba con el calor de su boca. Lo calmó soplando sobre la cumbre y Cris se retorció entre sus brazos con un jadeo que casi le llevó al éxtasis.

Los gemidos de ella, de ambos, retumbaron en sus oídos arrancándole de la vorágine de placer en la que estaban envueltos.

Tenía que parar o aquello acabaría demasiado pronto. Urgía que recuperara el control a velocidad vertiginosa o haría alguna locura. Y lo haría allí mismo, en el descansillo de las escaleras del edificio, como dos adolescentes frente a su primera experiencia sexual.

Se separó unos milímetros.

—Vamos dentro —susurró sobre su boca—. Abre la puerta, por favor...

Ella lo miró, jadeando, con las pupilas dilatadas por el deseo y la sorpresa. Le empujó, presionando sobre sus pectorales desnudos, para recuperar algunos centímetros y poder mirar a su alrededor. Parpadeó, asombrada. Sus labios, hinchados y temblorosos, formaron un «¡oh!» silencioso.

Quiso volver a devorarlos en aquel mismo instante, en aquel mismo lugar, pero se detuvo al vislumbrar algo parecido al miedo, o tal vez al rechazo, en el gris de los ojos de ella, convertidos en un cielo de tormenta.

«No, por favor, Cristina, no pares esto...», elevó una plegaria que jamás abandonó su boca, atrayéndola de nuevo a él y apresando las manos que aún tenía apoyadas contra sus pectorales.

Respiró de nuevo al ver que ella sonreía y se abandonaba con languidez en sus brazos. Ni siquiera se percató que le tenía sin aliento.

—Sí... —susurró Cristina, apartándose para rozarle los labios con la yema de los dedos.

Él los atrapó en un movimiento veloz y los lamió con lujuria durante unos instantes. Se hubiera recreado en ello mucho más tiempo, pero se separó, sin soltarla del todo, para hacer girar las llaves que aún colgaban de la cerradura y abrir la puerta antes de que ella recuperara el sentido común.

# 20

Cristina aferró la mano que Rafa le tendía y entrelazó los dedos con los de él para atravesar el umbral de su propia casa. Al hacerlo, un relámpago de deseo le recorrió el brazo, ramificándose y expandiéndose por su interior como un rayo rompiendo el cielo en una noche de verano. El calambre que la convulsionó acabó alojándose en un punto palpitante entre sus piernas, que vibraba de necesidad.

Sabía que era una locura que debería de haber parado antes de que se iniciara, pero ya era demasiado tarde para echarse atrás y su cuerpo necesitaba terminar aquello que apenas acababan de empezar.

Hacía mucho tiempo que no se acostaba con un hombre y estaba harta de dominar, con horas de trabajo y sesudas cavilaciones que no la llevaban a ninguna parte, la lujuria que a veces se apropiaba de todo su ser.

Llegó a pensar que el suelo se desquebrajaría bajo sus pies cuando Rafa se acercó para besarla con aquella voracidad a la que ella respondió sin reparos. Tanto, que incluso perdió la noción del tiempo y la prudencia que le dictaba la razón. Si no se hubiera detenido él, hacía apenas unos segundos, le hubiera exigido que la poseyera sin reparar en lo precario de la situación.

Por eso, a pesar de saber que lamentaría aquella decisión tan pronto terminaran, no se negó cuando vio la pregunta impresa en sus verdes ojos. Lo intentó, estuvo a punto, pero al final sucumbió.

La decisión hizo que se sintiera culpable. No sabía cómo reaccionaría la próxima vez que le viera, pero a partir de ese momento iba a enterrar cualquier pensamiento de futuro para centrarse solo en el presente y en ese deseo que casi le impedía respirar.

Un anhelo que hervía a fuego lento en su interior desde hacía mucho tiempo. Eran ya demasiados meses los que llevaba intentando convencerse a sí misma de que solo era ira el hormigueo que le recorría las venas cada vez que él estaba cerca, que su cuerpo no le atraía del mismo modo que un imán enamora a las virutas del hierro, manejándolas a su antojo incluso a distancia.

Sintió el suave tirón que él dio a su brazo para acercársela al cuerpo, al tiempo que cerraba la puerta con un leve empujón. Notó la longitud que ocultaba tras la bragueta de sus pantalones cuando Rafa movió las caderas, mirándola a los ojos y dejándole muy claras sus intenciones, antes de apoderarse de su boca.

Aquello no era un beso, era un asalto a mano armada.

Él le abrió los labios jadeantes con los suyos y se introdujo con decisión entre ellos: húmedo, caliente... dulce hasta la locura. El aire dejó de entrar en sus pulmones. No podía respirar y pensó que se desmayaría de un momento a otro, pero las mil descargas eléctricas que se propagaron por todas las células de su ser se lo impidieron, manteniéndola alerta, expectante.

Iba a desintegrarse como un terrón de azúcar al ser introducido en café caliente, pero solo era capaz de pensar que necesitaba más, mucho más. Se mordió los labios, que él acababa de abandonar con la intención de recrearse de nuevo en su pecho, para no implorar por ello. Para no gritar sus anhelos hasta quedarse ronca.

Los dedos le picaban. No podía esperar para tocarle; para emborracharse de su piel. Subió las manos hasta las solapas de la americana y se la retiró por los hombros. Le sobraba toda la ropa que les separaba.

Rafa pareció leerle el pensamiento, porque soltó la presa que mordisqueaba con deleite y la empujó contra la madera de la puerta que acababan de atravesar.

—Quítate el vestido, Cristina. Hazlo antes de que te lo destroce.

Ella aspiró con fuerza y una oleada del aroma de Rafa le inundó los sentidos; la fragancia de aquella loción de afeitar que reconocería en cualquier lugar, mezclada con el olor a ron, lima y hierbabuena del mojito, aún en su boca, estimuló sus feromonas.

Se llevó las manos a la cremallera oculta en el costado y empezó a bajarla con lentitud, insinuante. Él emitió un jadeo y ella volvió a sentirse poderosa. Quiso aprovechar esa sensación hasta el último instante.

Sonrió con lascivia y se mojó los labios con la punta de la lengua. Percibió la mirada de deseo que nubló los ojos de Rafa, dilatándole las pupilas.

—No juegues conmigo, cielo, o vas a encontrarte con más de lo que deseas —la amenazó él con voz ronca y una pícara sonrisa.

Rafa no podía resistirlo ni un minuto más. Pensó que si seguía provocándole iba a cometer una locura.

A duras penas consiguió mantenerse inmóvil, sin poder apartar la mirada siquiera para parpadear. Ella se subió despacio la ligera falda del vestido, dejando cada vez una porción más grande de piel al descubierto. No la vio dudar ni detenerse en ningún momento.

«¡Joder, es perfecta!», dijo para sus adentros.

Siguió el lento discurrir de la suave tela conteniendo el aliento, como si fuera la primera vez que veía desnudarse a una mujer. Admiró sus piernas, larguísimas y torneadas, doradas todavía por el sol del verano, que resaltaban contra el reducido triángulo que tapaba su sexo. Era un minúsculo tanga color marfil, apenas sujeto con unos hilos del mismo género. Sin dibujo, sin puntillas; enloquecedor en su simplicidad.

Devoró con la vista la tersa piel de su vientre, plano y sin una gota de grasa, sobre el que centelleaba un brillante enganchado con un *piercing* al ombligo, que le desestabilizó por completo. La estrecha cintura; las suaves curvas de las caderas en las que no sobresalía ningún hueso; el firme estómago...

Tuvo que acordarse de soltar el aire que retenía.

Gimió cuando sus pechos quedaron expuestos. No llevaba sujetador y, aunque era obvio que no contaba con ayuda quirúrgica, estos botaron al verse libres de la contención. La larga melena cayó como una cascada de fuego sobre ellos cuando movió la cabeza para lanzar el vestido al suelo.

No pudo detener el movimiento de su mano para apartar las hebras de pelo y lanzarse con avaricia sobre las rosadas cumbres, que se fruncieron aún más ante su contacto.

Ella le dedicó una sonrisa, permitiendo que se demorara en su contemplación, muy segura de que le gustaba lo que veía. Aquel gesto le complació; estaba harto de lidiar con mujeres acomplejadas e inseguras, o con las que adoptaban una actitud de falsa modestia con la única intención de que les regalara los oídos. No sabía cuál de las dos posturas le resultaba más incómoda y le encantó que Cristina no buscara consuelo ni elogios.

—Creo —dijo ella, deteniendo el recorrido de sus dedos— que no estamos en igualdad de condiciones. Yo también quiero mirarte.

Una corta carcajada abandonó sus pulmones.

Sabía que su ingeniera era osada y agresiva a la hora de reivindicar sus derechos, pero nunca sospechó que le presentara batalla también en el combate cuerpo a cuerpo, y no sería porque no hubiera fantaseado con aquello a lo largo de los meses, sobre todo en los últimos.

Aceptó el reto y se desabrochó los puños de la camisa con mucha lentitud. La lanzó al aire antes de soltar el botón del pantalón, haciéndose eco de la mirada pícara y la provocativa cadencia utilizada por ella, antes de bajar la cremallera y hacer que resbalara, junto con los calzoncillos, sobre sus caderas.

La observó retener la respiración cuando se incorporó, después de quitarse los pantalones y deshacerse de los zapatos y los calcetines, para dar un paso hacia ella.

—¡Oh! —exclamó Cris, exhalando el aire.

Él sonrió satisfecho. Su orgullo masculino se vio fortalecido.

—¿Te gusta lo que ves? —Cristina respondió con un seguro movimiento de cabeza—. Bien, entonces te toca a ti; llevas más ropa que yo —la incitó, mirando con descaro el último retazo de tela que tenía sobre su cuerpo—. Quítate ese tanga.

Ella obedeció, apresándole la mirada y evitando que pudiera ver lo que ocultaba. Iba a morirse si no dirigía los ojos hacia el último de los secretos. Y estuvo a punto de hacerlo cuando, al romper el contacto visual, descubrió la minúscula franja de vello cobrizo que mantenía en aquel lugar. Llevaba una depilación tan intensiva que más valía que hubiera arrasado con todo.

Su cuerpo palpitó. Estaba tan duro que podría romperse en cualquier momento. Sobre todo por aquella parte que brincó sin que él pudiera evitarlo.

Jadeó cuando ella estiró la mano y retiró con el pulgar la gota que brillaba en la punta. Aprovechó el contacto para apresarle la muñeca y tirar de ella hasta pegarla a su cuerpo. No pensaba dejar que le torturara de semejante manera ni tenía intención de que aquello acabara antes de tiempo. Necesitaba recuperar el control.

Retomó su boca con un saqueo salvaje y luchó por la supremacía que ella intentaba arrebatarle. Sus lenguas se precipitaron a una pelea feroz que ninguno de los dos estaba dispuesto a perder, al tiempo que él deslizaba la mano por la parte interior de su pierna.

La subió despacio, arrasando toda la contención que ella pudiera retener todavía. La oyó gemir cuando aplicó una presión ligera y constante con el índice, recorriendo con lentitud su sexo hasta detenerse sobre el clítoris. Apretó allí un poco más antes de abandonarlo para rodearlo sin volver a rozarlo.

—¿Te gusta esto?

Ella sopló por toda respuesta.

—Dime, Cris, ¿te gusta?, porque tengo intención de volverte loca. Haré que esto dure hasta que ya no puedas soportarlo y me supliques que pare.

—Entonces será muy pronto —respondió con la voz entrecortada.

—¿Seguro? —El escepticismo empañaba su pregunta.

—Seguro, Rafa. Hace más de dos años que no... Mucho me temo que voy a resistir muy poco —confirmó, esbozando una sonrisa de disculpa que iluminó su cara.

«¡Dos años!» Aquello le impulsó a dejarse llevar por el deseo de recompensar tanta contención y hacerle rozar la gloria.

Iba a conseguirlo.

Volvió a mover el dedo y friccionó con la presión justa sobre el palpitante brote, al tiempo que bebía el jadeo que abandonaba sus labios.

—Dime lo que sientes, preciosa. Quiero saberlo para poder darte todo el placer que necesitas.

Y sin esperar una respuesta, dejó resbalar el dedo y lo introdujo en su interior. Estaba muy húmeda, pero era tan estrecha que le costó un poco conseguirlo. Sus músculos interiores le apresaron con fuerza, succionándolo. Se mantuvo inmóvil para dejar que su cuerpo se acostumbrara a la intrusión. Cuando la poseyera, aquello iba a ser una tortura. Tendría que ir con cuidado para no hacerle daño.

—¡Por favor! —gritó al sentirle en su interior—. Oh, Rafa, por Dios... Necesito...

—¿Qué necesitas, Cris? Dímelo.

—No sé...

—¿Necesitas esto?

Giró el dedo despacio, intentando que las palpitaciones que percibía contra él no se descontrolaran. Cuando por fin notó que la presión se relajaba de modo sutil, inició un lento movimiento de adentro hacia afuera, saliendo casi por completo en cada ocasión, para volver a la carga al instante siguiente.

—Sí, Rafa, por Dios... Sigue... Así... Más... Ya... No... Sí... Quieto... ¡Para!

Obedeció y se retiró del todo, pero ella se retorció buscando de nuevo aquel contacto. La complació, pero esta vez introdujo el corazón y el anular, al tiempo que acercaba el pulgar al palpitante clítoris. Sintió las convulsiones que presionaban en su interior, anunciando el inminente final.

—¿Sí o no, Cris? ¿Qué hago? ¿Paro o sigo?

Pero no esperó a que respondiera. Sabía lo que ella necesitaba. Dos años de espera era demasiado tiempo.

—Quieres explotar, ¿verdad? —Ella negó con la cabeza, apretando los ojos para oponerse al placer—. No te resistas, cielo. Déjate llevar. Hazlo ya...

Curvó los dedos, buscando aquel punto interno que la haría saltar en pedazos, y agachó la cabeza para acaparar un pezón con la boca. Escuchó que su respiración se volvía más jadeante y notó que empezaba a temblar, incapaz de controlar la respuesta de su cuerpo.

—Vamos, Cristina... —exigió.

Ella le clavó las uñas en la espalda cuando presionó con fuerza sobre el duro brote que latía bajo su pulgar. Supo que estaba ardiendo y que una oleada de placer la arrastraría en aquel instante. La escuchó gritar cuando alcanzó el orgasmo.

Siguió frotándola y acariciándola durante todo el tiempo que ella cabalgó aquella ola, alargando el éxtasis, mientras acallaba los gritos y jadeos con su boca, en un prolongado beso en el que pensó que se ahogaría.

Poco a poco la respiración de Cris se fue estabilizando y paró de temblar entre sus brazos. Entonces la soltó y dejó que se apoyara contra la madera que tenía tras ella. Incapaz de mantenerse en pie sin la sujeción de sus brazos, la vio resbalar sobre su espalda para sentarse en el suelo, sin apartar la mirada de sus ojos.

Cerró los suyos, consciente de lo ocurrido. «¿Qué me haces, Cristina?» Debía de haberse vuelto loco llevándola al clímax con la mano, en solo unos minutos, apoyada contra la puerta de entrada como si fuera un adolescente incapaz de llegar al dormitorio. Ella merecía algo más después de tanto tiempo. Tenía que remediar aquello a cualquier precio.

Se agachó frente a ella y le acarició el pelo antes de levantarle la barbilla para darle un dulce beso en los magullados labios.

Ella gimió y elevó los dedos para dibujar el contorno de los músculos de su pecho. Al ver el profundo arañazo con que le señaló en algún momento de aquella batalla, y del que él no fue consciente hasta ese momento, lo delineó con delicadeza antes de recorrerlo también con la boca.

—Lo siento —murmuró, consternada.

—Tranquila, gatita, me tomaré venganza —replicó, quitando importancia a aquello—. Esto no ha terminado —dijo incorporándose para alcanzar la americana. Sacó un preservativo del bolsillo interior y le tendió la mano—. ¿Dónde está tu habitación?

Ella no se hizo de rogar. Dejó que la ayudara a levantarse y tiró de él, adelantándose para indicarle el camino que les llevaría a ambos hasta la cama y, lo más seguro, también al delirio.

# 21

Cristina no recordaba haber sentido nada tan devastador desde hacía mucho tiempo. Ni siquiera podría jurar que hubiera experimentado algo parecido en su vida, y no por maravilloso, sino por lo desestabilizador que le resultaba. Fue todo tan rápido, tan descontrolado —al menos por su parte—, que por mucho que intentó retardar el momento y comportarse como la mujer experimentada que se suponía que era, no pudo evitar dejarse vencer.

Hacía mucho tiempo que no estaba con un hombre, sí. Tal vez demasiado. Después de que su ex novio y ella rompieran de mutuo acuerdo una relación de cinco años de convivencia, y tras darse cuenta de su falta de éxito a la hora de encontrar consuelo en camas ajenas, decidió hacer el duelo que la ocasión requería. Dos años después podía dar su luto por terminado.

Y lo sabía porque, aunque acababa de tener un orgasmo demoledor, aún no tenía suficiente. Era consciente de que necesitaba aquello más de lo que pensaba. Necesitaba más y lo necesitaba en ese instante. Y, sin duda, con ese hombre al que llevaba meses intentando apartar de su vida con todas sus fuerzas.

Se volvió hacia Rafa nada más cruzar el umbral de la habitación. Si hubieran continuado en donde estaban hubiera sabido cómo seguir avanzando en pos de su objetivo; sin embargo, aquella pequeña interrupción le hacía dudar sobre sus próximos movimientos.

Y por si el deseo no fuera suficiente, que lo era, se imponía hacer algo con respecto a él. Ella todavía seguía sin encontrar el resuello, pero él continuaba sin permitirse la más mínima liberación y, a juzgar por lo que tenía ante sus ojos, lo necesitaba más que nada.

Siguió andando hacia la cama y él caminó tras ella sin oponer resistencia, manteniendo la suficiente distancia como para que sus brazos les separaran en toda su longitud.

Al llegar junto al lecho se sentó sobre el colchón y, con la mano libre, le invitó a acercarse con un provocativo gesto del dedo índice, que flexionó varias veces mientras tiraba con suavidad de la mano a la que él se mantenía asido con fuerza. No se sentía nada segura con lo que pensaba hacer, pero antes que demostrarle cualquier falta de confianza prefería mostrarse audaz y descarada.

Él sonrió, nada cohibido, complacido al parecer con su insolencia.

—¿Qué quieres hacerme, Cristina?

La seguridad de Rafa era aplastante, lo que no hacía ningún favor a la suya, pero se mantuvo firme.

—¿Qué quieres que te haga?

Su respiración entrecortada hacía que la pregunta resultara casi inteligible. Rafa soltó una ligera carcajada al tiempo que le tendía el preservativo.

—Lo que estás pensando, desde luego no. En estos momentos está fuera de toda posibilidad, cielo. Tal vez más tarde. De momento, limítate a ponerme esto.

Ella tomó el sobre de papel metalizado y lo rasgó con los dientes mientras le sostenía la mirada. Esperaba que en todo el tiempo que llevaba sin practicar aquel ejercicio no se hubiera olvidado de cómo hacerlo.

Pero enseguida se dio cuenta de que podía estar tranquila. Aquello debía de ser como montar en bicicleta, porque no tardó en escucharle jadear mientras ella, con dedos temblorosos, hacía resbalar el látex sobre su miembro.

Y su incertidumbre voló en mil pedazos cuando él le colocó

la larga mano sobre la nuca y se agachó hasta que sus bocas se tocaron de nuevo, aplicándose en un beso que era una posesión en toda regla. La cálida lengua de Rafa se abrió paso en su interior haciéndola arder por dentro como un volcán a punto de erupción, despojándola de cualquier pensamiento que no tuviera que ver con el deseo que latía entre sus piernas. Aquello duró una eternidad, o así debió de ser porque perdió la noción del tiempo.

El aroma de su piel, sudorosa y salada; la fuerza de sus manos; el roce de sus labios, eróticos y atrevidos; la caricia húmeda en el interior de su boca... Las sensaciones la invadieron y se dejó llevar. Algo que se propagaba por sus venas crecía y se expandía hasta hacer que todo flotara a su alrededor.

Sintió que él jugueteaba con un dedo en torno al *piercing* del ombligo mientras con la otra mano volvía a torturar sus pechos. Sus avances eran una vorágine de dulzura y arrebato al mismo tiempo, sazonados de labios, lenguas, dientes... Todo su mundo empezó a girar a un ritmo vertiginoso. La sensación le hizo abrir los ojos, apartándose despacio y buscando sus pupilas en una muda plegaria.

Jadeando, miró a su alrededor y la sorpresa la dejó boquiabierta. Unos momentos antes estaba sentada con recato sobre el colchón y de pronto, sin saber muy bien cómo, se encontraba tumbada sobre este en una postura irreverente, con Rafa arrodillado entre sus piernas dibujando con lentitud, con la boca y los dedos, cada milímetro de su piel. La hacía arder.

Se suponía que aquel segundo asalto debía de ser a favor de él, pero si ese hombre seguía aplicándole aquel tratamiento iba a repetirse la escena de unos minutos atrás y él volvería a quedarse insatisfecho.

Aun así, necesitaba...

No sabía qué necesitaba, pero quería que él hiciera algo más de lo que estaba haciendo. Y lo quería ya. De inmediato. Tenía que aplacar el fuego que corroía sus entrañas.

Gimió al notar la presión de sus yemas resbalando por su sexo, acariciándola hasta que nada quedó escondido, y un ron-

roneo abandonó sus labios cuando Rafa permitió que dos dedos entraran despacio en su cuerpo.

El mundo dejó de respirar cuando él se detuvo al tiempo que rozaba la zona más sensible con el pulgar, en suaves y enloquecedores círculos. Presa de algo que no podía controlar, una vez superada la impresión de la inactividad, se dejó invadir por el calor desmedido que atravesó su estómago y le subía hasta la garganta. Abrió la boca para dejarlo escapar y alzó las caderas en busca de un contacto más profundo; de una invasión completa.

—¿Qué quieres, cielo? —preguntó él al sentir sus movimientos casi espasmódicos—. Solo tienes que pedirlo y estaré encantado de proporcionártelo.

Pero ella jamás suplicaba y tampoco iba a hacerlo en esa ocasión...

—Más, Rafa, quiero más... Por favor...

Las palabras abandonaron su boca sin que pudiera evitarlo, al tiempo que le tiraba del pelo intentando acercarle a su cuerpo.

—Tranquila, cariño. Enseguida... Solo un momento —susurró, introduciendo la punta de la lengua en su oreja a cada frase, provocándole un hormigueo cuando, al sacarla, daba un húmedo lametón alrededor de todo el pabellón.

¿Cómo quería que se quedara tranquila? Cada músculo de su cuerpo estaba en tensión.

Ella levantó las rodillas y encogió los dedos de los pies, al tiempo que soltaba el pelo de Rafa y le acariciaba con lentitud a lo largo de los fuertes músculos de su cuello hasta los pectorales, que rodeó para pasear las uñas sobre la suave piel de los costados, sin dejar de mover las caderas en una danza sinuosa en busca de un contacto que se hacía esquivo.

Rafa emitió un gruñido incomprensible y dejó caer el peso de la parte inferior del cuerpo sobre su pelvis, deteniendo sus oscilaciones e impidiendo que consiguiera su objetivo; introducir la mano entre sus cuerpos para empuñar su erección. Se moría por tocarlo y apremiarlo a entrar en su cuerpo, pero él no parecía tener ninguna prisa.

—Cris... —murmuró contra la palpitante vena de su cuello, intentando sofocar con los labios el latido—. ¿Tanto tiempo evitándome y ahora no puedes esperar un minuto? —Ella notó la sonrisa de él sobre la piel mojada y un escalofrío se apoderó de todo su ser.

—¡Eres el ser más presumido que...!

Pero no pudo terminar el insulto. Rafa soltó una ligera carcajada y, apartándose unos milímetros, dejó resbalar la lengua hasta el hueco de su hombro como si estuviera dibujándola en un lascivo recorrido en busca de cada una de sus terminaciones nerviosas. Al mismo tiempo, aflojó la presión que ejercía sobre ella con la parte inferior del cuerpo, apoyándose con una mano en la almohada, e introdujo la otra entre ambos, colocándola sobre su abdomen.

Sus dedos iniciaron un tórrido recorrido, moviéndolos con delicadeza en círculos cada vez más amplios. Más rotundos... más abajo... más profundos.

—No, por favor... —gimió ella—, no hagas eso. ¡Basta!

Un suspiro abandonó sus labios y él lo sorbió con ferocidad. Ella gimió sobre su boca, estremecida, dejándose invadir por el placer que los dedos de él provocaban en su interior mientras la besaba con pasión al ritmo de los movimientos de su mano, que despertaban en ella nuevas dimensiones del placer.

Se entregó a sus demandas, a su supremacía, a su cuidado y, a pesar de todo, fue incapaz de relajarse en ningún momento. No sabía cómo, durante más veces de las que le hubiera gustado, él la llevó casi al límite para, con una decisión que rayaba en la crueldad, detenerse cuando estaba a punto de saltar al precipicio.

Llegados a ese punto le importaba un comino si él la acompañaba en aquella caída libre. Todas las células de su cuerpo protestaban ante la miríada de sensaciones que la recorrían de pies a cabeza, dejándola anhelante e insatisfecha. Luego recuperaba la razón y, consciente de que aquel paso debían darlo juntos, empezaba a devolverle los favores pero, tan pronto intentaba tomar el mando, Rafa iniciaba de nuevo aquella tortura que amenazaba con volverla loca en cualquier momento.

Podía sentir cada terminación nerviosa de su piel, las manos de él estaban en todas partes y la simple presión de su mirada era una caricia que la ahogaba y quemaba a fuego lento.

Un minuto más con ese juego e iba a morir de necesidad.

—Rafa... Por favor... —imploró una vez más, desinhibida ya por completo, ajena a si eran demasiadas las veces que clamaba por su liberación.

Lo vio sonreír y apretar la mandíbula en un férreo gesto de control, bajando la cabeza hasta su pecho y haciendo que su aventurera lengua se detuviera sobre la superficie de los senos, jugando con los pezones hasta que estos estuvieron arrugados, tiesos e hinchados. Entonces empleó los dientes con cuidado, mordisqueando las cúspides con la misma cadencia que introducía y sacaba los dedos de su cuerpo.

Ella sollozó.

—Si vuelves a parar, te mato —exclamó, aferrándose a los músculos de su espalda, dejándose llevar por aquella antigua danza.

Pero Rafa se detuvo de nuevo, sonriendo y mirándola a los ojos, a la vez que retiraba su mano y, colocándola muy cerca de su cabeza, se incorporó sobre los brazos, para rozarle el sexo muy despacio con el pene, empapándolo en sus jugos antes de situarlo en la entrada a su cuerpo e iniciar un parsimonioso avance de manera lenta e implacable.

Esta vez nada iba a detenerla...

De pronto se quedó quieto y ella contuvo el aliento, tensándose en respuesta; no sabía si de placer o de dolor ante su falta de liberación. Decidida, elevó las caderas para acercarse más, intentando apresurarle. No podía soportar la presión ni la paciencia con la que él se lo tomaba; se moría porque aquella intrusión fuera aún más profunda.

Rafa la detuvo, resoplando y sujetándole las caderas contra el colchón con las palmas abiertas, al tiempo que le susurraba quedas palabras de calma.

—Despacio, Cris. Relájate y déjame entrar. No hay prisa.

Pero ella sí la tenía. Lo quería todo y lo quería ya.

Le sintió salir y volver a internarse, rozando cada milímetro de su inflamada piel, negándole la respiración y nublándole la razón.

—¡Haz algo! —pidió, al sentirle tan quieto que parecía que incluso el mundo hubiera detenido su caminar y solo funcionara el descontrolado latido de su corazón.

Quiso moverse de nuevo, pero no pudo. Él la mantenía pegada contra las sábanas con el peso de su cuerpo mientras respiraba con lentitud. Sabía que estaba intentando mantener el control, pero ella lo único que quería era que lo perdiera de una vez por todas.

—Espera un segundo, Cris —dijo por fin, al cabo de unas cuantas exhalaciones—. Dame unos instantes...

—No. No quiero —interrumpió sus buenas intenciones.

Abrió más las piernas y lo abrazó con fuerza, urgiéndole a moverse, mientras comprimía su miembro con suaves contorneos de su cuerpo intentando introducirlo por completo en su interior, sin mucho éxito.

—No te muevas, por Dios...

—No puedo —resolló—. No puedo estar quieta... —gritó, haciendo ondular las caderas, incapaz de detenerse.

—Tómatelo con calma, cariño, por favor...

—¡Rafa, dame de una vez lo que necesito! —exigió, desalentada.

Él se rio pero, en mitad de una carcajada, miró al techo, cambió el ángulo de su cuerpo saliendo unos centímetros y empujó con fuerza con una decisiva acometida que hizo que sus cuerpos encajaran como un engranaje perfecto.

Ella se quedó sin aliento. Rafa gruñó y, por fin, cedió, marcando su propio ritmo e impidiendo que fuera ella la que llevara la iniciativa.

Aquel vals duró más tiempo de lo que podía soportar y no supo en qué instante empezó a gritar e implorar por algo que nunca llegaba. Solo fue consciente de que, en un momento dado, el aliento se quedó congelado en sus pulmones. Una gota de sudor cayó de la frente de él y resbaló por su mejilla.

Rafa la miró a los ojos y ella se sumergió en la profundidad de las pupilas de él, sucumbiendo a alguna demanda a la que no sabría poner nombre. Ansiosa porque el orgasmo llegara por fin, le sujetó por la nuca y lo acercó a sus trémulos labios.

Él respondió de forma ruda y urgente, hundiendo la lengua en la calidez de su boca. Y, en algún momento, en mitad de aquel devorador beso, inició de nuevo un movimiento que enardeció cada uno de sus sentidos. Sin separar su boca, golpeó, presionó, se apartó hasta casi salir y volvió a hundirse con profundos envites que la elevaron por encima de las nubes.

Ella sintió las palpitaciones de su pene, enterrado por completo en su cuerpo vibrante de necesidad, y se abandonó a las sensaciones. No quería ni podía guardarse nada y se entregó entera, por completo, sin retener nada para sí misma.

Buscó también la cadencia que necesitaba y sus caderas salieron al encuentro de cada uno de los empujes de Rafa, creando una sinfonía con el chocar de la carne que retumbó en sus oídos. El ritmo era frenético y aun así era insuficiente. Sabía que iba a volar de un momento a otro, pero algo se lo impedía.

—Vamos, preciosa... Déjate llevar...

Y aquellas palabras, por fin, fueron el resorte que la hizo explotar. El placer pasó por encima de ella, envolviéndola en un torbellino de sensaciones, y fue tan intenso que podría asegurar que era la primera vez que sentía algo semejante.

Él siguió moviéndose cada vez más deprisa mientras ella peleaba contra aquella fuerza incontenible que no era capaz de manejar. Y, cuando la sensación empezó a mitigar, otra ola la llevó al delirio.

Rafa la acompañó en esa ocasión, gruñendo contra el hueco de su hombro y estrechándola con fuerza. Juntos navegaron sobre su cresta durante lo que pareció un tiempo infinito.

Permanecieron en aquella postura algunos minutos, no sabría precisar cuántos, tratando de recuperar el aliento. Ella se sentía extenuada y satisfecha, lánguida... No podía pensar, tenía los sesos hechos papilla.

Por fin Rafa salió de su interior y se dejó caer con pesadez sobre el colchón, a su lado, acercándola a él con un brazo y haciendo que reposara la cabeza sobre su hombro.

«¡Joder con el abogado!», fue lo último que pensó antes de caer, rendida, en un envolvente sopor. No supo si sintió o soñó el liviano beso que él depositó sobre su coronilla.

## 22

Cristina soñaba con una lejana música celestial. Una melodía caliente y exótica que le recordaba que, no hacía mucho, tocaba el cielo con la punta de los dedos y aún descansaba, segura y satisfecha, sobre una mullida nube. La sinfonía fue subiendo de tono poco a poco, haciéndola descender de aquel algodonoso lecho en el que reposaba, precipitándola de golpe hacia tierra firme.

Prestó atención a los sonidos y, junto a la rítmica y profunda respiración del hombre que tenía pegado a su espalda, reconoció la sintonía de su teléfono móvil, que provenía del exterior de aquella habitación.

Todavía envuelta en los vapores del sueño, se levantó con mucho cuidado y corrió hacia el salón en busca del molesto aparato a fin de silenciarlo antes de que despertara a Rafa. Apenas acababan de quedarse dormidos. Aquel jactancioso abogado se empeñó en cumplir cada una de sus promesas.

No tenía ni la más remota idea de dónde tenía el bolso. Se dejó guiar por el ruido hasta que lo encontró bajo un batiburrillo de ropa. Se sentó en el suelo y volcó sobre el parquet el contenido. Por fin se hizo con el iPhone y soltó un suspiro estrangulado. «¡Qué feliz era el mundo cuando no existían aquellos malditos trastos y la gente podía estar ilocalizable!»

Antes de desestimar la llamada, miró la pantalla. Un calambre de angustia la hizo despertar de golpe al leer el nombre del remitente: «Monclús-casa».

Estaba claro que Rafa no podía estar llamándola, hasta hacía un minuto estaba roncando contra su oreja. Bueno, no era un ronquido en sí, sino una respiración lenta y ronroneante. Solo cabía una posibilidad, algo grave ocurría con Niki. O incluso con Paula, ya que su padre no estaba en casa y era posible que Alina hubiera decidido ponerse en contacto con ella.

Descolgó, embargada por los nervios.

—Mami... —escuchó la voz angustiada de Niki. El pavor se extendió por sus venas.

—¿Qué ocurre, cielo? ¿Estás bien?

—No sé. Papá no está en casa.

—Pero ¿estás bien? ¿Le ocurre algo a Paula?

—Sí, sí. No —contestó, sobreponiendo su vocecita a sus palabras—. Es a papá al que le pasa algo...

Por fin se permitió el lujo de respirar. Sabía que, salvo que en los últimos quince segundos hubiera sufrido un infarto fulminante, a Rafa no le ocurriría nada y todo en él funcionaba como un reloj suizo. Escuchó el llanto estrangulado de Paula en la lejanía y la voz de Alina intentando consolarla.

—Pero, Niki, ¿por qué decís que a papá le ha ocurrido algo? —Se armó de paciencia. Tenía que llegar al meollo de la cuestión si quería imponer algo de sentido común a toda aquella situación.

—Porque cuando Paula y yo nos hemos levantado y hemos ido a su cuarto, como todos los domingos, papá no estaba allí. No ha dormido en su cama —se explicó con toda la lógica del mundo. «Es evidente, lo ha hecho en la mía...», pensó ella mientras un ramalazo de culpabilidad la inundaba—. Él, si no está de viaje, siempre duerme en su cama —insistió el niño—. Y, cuando se marcha lejos, Alina lo sabe, pero hoy no tiene ni idea de dónde está. Seguro que él también se ha ido para siempre y nos ha dejado abandonados...

Aquel «también» fue como una puñalada directa al corazón. Acababa de entenderlo todo y sabía que las desagradables experiencias de ambos eran las causantes de aquella situación tan rocambolesca.

—Escucha, cariño —intentó tranquilizarlo—, Rafa nunca os abandonaría, de eso puedes estar seguro. Lo más probable es que haya madrugado porque tuviera que ir a algún recado y vuelva enseguida —inventó una excusa creíble mientras miraba el reloj para averiguar la hora que era. Estaba despistadísima.

«¡Dios, las once y media de la mañana!» Sabía que cuando se quedaron dormidos la claridad iluminaba ya el cielo, pero tenía la sensación de que apenas hacía unos minutos de eso.

—No, mami. La cama está sin deshacer y Alina le ha llamado varias veces al móvil, pero no lo coge.

—Estará en alguna reunión. Seguro que en un rato está allí.

—Es domingo, mami; hoy no hay reuniones.

—Se habrá quedado sin batería —improvisó.

—Por favor, ven tú. No nos dejes solitos...

—Sí, Cris, *porfa*... —escuchó la voz de Paula por detrás.

—Chicos, tranquilizaos, no estáis solos; Alina está con vosotros. Vamos a hacer algo... Yo voy a localizar a vuestro padre y le diré que os llame para que veáis que está bien, ¿vale?

—No coge el teléfono, no vas a poder hablar con él... Queremos que vengas. ¿Por qué no vienes a buscarnos y nos llevas contigo? —insistió.

—Niki, no voy a ir a buscaros ni os voy a llevar a ningún lado sin el consentimiento de vuestro padre...

—Pero seguro que a papá no le importa y Alina puede...

—No, cariño. Pásame con ella.

—Mami, *porfa*...

—Pásame con Alina —exigió.

A pesar de las quejas, el niño entregó el teléfono a la cuidadora.

—Señora, perdone que la molestemos, pero es que ya no sé qué decirles. Los niños están nerviosísimos.

—No se preocupe, Alina. Voy a intentar hablar con el señor Monclús y le diré que la llame y los tranquilice. Estoy segura de que le habrá surgido algún imprevisto y por eso no ha ido a dormir. Quizá se haya quedado en casa de algún amigo...

—Señora, yo también estoy preocupada. El señor no coge el teléfono y él nunca se queda en casa de ningún «amigo». —Hizo hincapié en la palabra «amigo», dando a entender que la versión femenina tampoco tenía cabida en la ecuación—. Siempre regresa antes de que los niños se despierten. No sé qué ha podido pasar.

—Escúcheme, Alina, si usted también se deja llevar por los nervios, los niños van a desmoronarse. Estoy segura de que al señor no le ocurre nada. Les llamará dentro de un rato.

Se despidió y colgó. Aquello estaba saliéndose de madre. Derrotada y sintiéndose culpable de la situación, se quedó sentada en el suelo como un indio, desnuda, con el teléfono en la mano y la mirada perdida en la oscura pantalla, como si fuera capaz de encontrar la solución a aquel desaguisado en la negra superficie.

Cristina no oyó aproximarse a Rafa, pero sintió su caricia al tiempo que le cogía el móvil de la mano inerte.

—Tranquilízate, cariño. No pasa nada. Los niños están bien.

—Oh, Rafa —se disculpó—. No debí dejar que te quedaras a dormir. No pensé... En realidad esto...

—¡Eh, para! —la detuvo—. Tú no tienes culpa de nada. El único culpable, si es que hay alguno, soy yo. Los niños están atendidos, Alina está con ellos. Y no creo que, a mi edad, tenga que dar explicaciones de mis horarios a dos críos de cinco años ni a una empleada de hogar.

Rafa se agachó para levantarla del suelo. La apoyó contra su pecho y la llevó de nuevo a la habitación, sujetándola por la cintura.

—Pero están asustados. Creen que los has abandonado. Han relacionado tu desaparición con la de sus madres. Tenías que haberlos escuchado implorarme que fuera a buscarlos, que los trajera conmigo, que no los dejara solos...

Él la sentó sobre la cama y se agachó frente a ella en toda su espléndida desnudez después de darle un cariñoso beso en la coronilla.

—Tranquila, Cris. Niki y Paula tienen que aprender que nosotros no somos como sus madres y que no vamos a abandonarlos, pero tenemos derecho a una vida. Llamo enseguida a casa y lo arreglo todo, ¿vale? —le explicó con voz sosegada al tiempo que apretaba sus manos, que reposaban flojas sobre el colchón.

Ella se limitó a asentir con la cabeza. Rafa se levantó, depositó un beso sobre sus labios, que solo fue un roce, y se giró para salir del cuarto en busca de su americana. Sintió que se le secaba la boca al observar sus prietos glúteos mientras lo veía caminar de espaldas.

Aquello no tenía que haber ocurrido. Rafa no debería haber pasado allí la noche. Para empezar, no tendrían que haberse acostado juntos, pero lo cierto era que, de momento, no lamentaba lo ocurrido; al menos la parte que les atañía a ellos.

Él regresó con su móvil en la mano, bordeó la ancha cama y se tumbó, con toda la tranquilidad del mundo, recostando la cabeza contra las almohadas. Parecía el gato que acababa de comerse al canario. No entendía nada.

Mientras ella estuvo hablando con los niños, en lo único que fue capaz de pensar fue en el terrible enfado que Rafa iba a tener en cuanto se enterara de la situación. Lo imaginó gritando y perdiendo los papeles. Supuso que se lamentaría por haberse dejado llevar por la lujuria y la culparía a ella de su propia desidia. En una palabra, esperaba cualquier reacción menos la que estaba teniendo.

—¡Joder, quince llamadas perdidas! —comentó con el mismo tono que hubiera utilizado para quejarse de un chaparrón veraniego.

Sonrió y marcó con un gesto hastiado. El lejano tono de establecimiento de llamada rompió el silencio que se instaló entre ellos.

Apenas tuvo tiempo de darse cuenta de sus intenciones. Lo vio incorporarse sobre el codo, sosteniendo al tiempo el teléfono contra la oreja, y abalanzarse sobre ella para retenerla por la cintura con la mano libre cuando iba a levantarse para abandonar la habitación, ofreciéndole cierta privacidad. Él la aproximó a su cuerpo como si pesara menos que una pluma.

Parecía mentira que, con lo grande que era, pudiera moverse con tanta agilidad y rapidez.

Se cambió el móvil de mano y la abrazó contra su pecho al mismo tiempo que se oía la voz de Paula.

—Hola, ratita.

—¡Papi! —exclamó la niña, alargando la «i»—. ¿Dónde estás? ¿No nos has abandonado? ¿Te ha llamado Cristina? ¿Vas a tardar mucho en venir? ¿Podemos decir a Cris que venga a por nosotros y nos lleve con ella?

Rafa se rio con una ronca carcajada, separando un poco el teléfono para que ella pudiera escuchar la conversación.

—¡Respira, Paula, hija! —Seguía riéndose—. Si me haces tantas preguntas no voy a poder responder a ninguna. Ya se me ha olvidado la primera.

—Déjame hablar con él —dijo Niki, intentando quitarle el teléfono—. Papá, dile a Cris que venga a por nosotros, *porfa*. No queremos estar solitos. —Se le escuchaba en un segundo plano.

—Escuchad, chicos... Y haya paz. Yo estoy bien, no me ha pasado nada, solo que me tuve que quedar en casa de un amigo porque... se puso malito —improvisó— y he tenido que cuidarle. En su casa no hay cobertura, por eso no he oído vuestras llamadas.

—¿Vas a tardar mucho en venir?

—Un ratito, pero no os preocupéis, llegaré antes de comer. Decidle a Alina que no haga comida, iremos a pasar el día al Parque de Atracciones o a la Warner, ¿os apetece?

—¡Sí! —La respuesta fue un alarido soltado a coro, olvidado ya el mal trago que acababan de pasar.

—¿Podemos llamar a Cris y decirle que venga a buscarnos y nos lleve con ella mientras tú llegas? —se oyó a Niki, abalanzándose contra el auricular.

—¡No, aquí no podéis venir! ¡Ay!

La queja respondía a que ella acababa de clavarle el codo en el estómago y lo miraba con ojos admonitorios.

—¿Estás con Cris? —preguntó el niño, que las cogía al vuelo. Ella se volvió medio loca haciéndole señas con la cabeza y pidiendo que lo negara.

—No, Ratigan. Pero iré a recogerla antes de pasarme por casa, ¿vale?

—¡Bien! —gritaron los niños de nuevo como si fueran una sola voz—. ¿Vendrá con nosotros al parque?

Ella se señaló el pecho y juntó las cejas en una muda interrogación mientras negaba con el dedo a una velocidad de vértigo.

—Sí —refutó él su negativa—. Pasadme con Alina. —Él se tumbó, ignorando sus réplicas, con una amplia sonrisa en la boca.

No tenía ni idea de a qué jugaba Rafa, ni por qué se comportaba de aquella manera. Si de repente le hubieran salido tres cabezas no estaría tan sorprendida. Lo último que esperaba era que dijera a los niños que iba a tardar todavía un rato en ir a buscarlos pero, sobre todo, que tuviera intención de pasar el resto del día en su compañía. Él mismo le aseguró que al día siguiente —o sea, esa mañana—, iba a arrepentirse de lo ocurrido. Entonces, ¿por qué pretendía alargar aquello?

Ella, como mujer que era, no podía negar que le resultaba muy agradable que un hombre como Rafa no quisiera salir corriendo después de haber conseguido sus objetivos sexuales —y bien sabía Dios que dudaba que aún le quedara alguno por lograr—, pero tampoco entendía por qué pretendía que aquello durara más de lo necesario.

—Hola, Alina —le escuchó hablar—. Siento haberla preocupado y también el disgusto que se han llevado los niños. Es que anoche bebí un poco más de la cuenta y no estaba en condiciones de conducir, así que me quedé en casa de un amigo. Entenderá que no oyera el teléfono, ¿verdad? —mintió.

—Oh, señor, no se preocupe. Claro que lo entiendo, a mí no tiene que darme ninguna explicación.

—No, pero supongo que los críos le han hecho pasar un mal rato. Les he dicho que me quedé cuidando a un amigo que se puso enfermo...

—Bueno, es que yo ya no sabía cómo consolarlos. Querían hablar con la señorita Cristina y yo, al final, dejé que Niki la llamara porque estaban empezando a decir palabras terribles. Paula se puso fatal, no tenía consuelo.

—Sí, ya conozco a mi hija y sé lo mal que lleva la muerte de su madre, pero lo superará. Bueno, los niños le dirán que no prepare comida, vamos a almorzar fuera. Cuando la señorita Losada y yo lleguemos, puede tomarse el día libre.

Rafa colgó y dejó el teléfono sobre la mesilla con un suspiro, quedándose pensativo. En esos momentos ella daría todo su capital por conocer aquellos pensamientos al detalle.

No podía dejar de recordar sus últimas palabras: «lo mal que lleva la muerte de su madre...». Pero ¿no dijo que estaba divorciado? ¿Es que, además, su ex murió después? La verdad era que, a pesar de tener toda la lógica del mundo, esa posibilidad era un desenlace que nunca se planteó. Asumió de tal forma la paternidad unilateral de aquel hombre que no volvió a pensar en ello desde la única vez que hablaron sobre el asunto, el día que él le contó su vida a la puerta de la casa de sus padres.

Debería haberlo hecho. Por muy divorciado que estuviera, no era habitual que fuera el padre quien poseyera la custodia de la niña ni que su ex mujer no estuviera sujeta a algún régimen de visitas, pero, por lo que ella sabía...

—Casi puedo oírte pensar, ingeniera —rompió Rafa el silencio, abrazándola más fuerte, con la voz empañada de sonrisa—. No, no soy viudo. Mi mujer me abandonó cuando Paula aún no tenía seis meses, pero la niña cree que su madre ha muerto. Yo nunca le he confirmado que es así, me limito a decirle que «tuvo que irse», pero tampoco la saco de su error. Me resulta mucho más fácil dejar que piense de esa forma, al menos de momento, que decirle que la muy... Bueno, que su queridísima mamita aceptó firmar un documento notarial en el que renunciaba a ella y a todos sus derechos maternos.

—¿Cómo?

No podía creérselo. Aquello era algo que no le entraba en la cabeza por mucho que lo intentara.

—Mi ex mujer me ponía los cuernos desde antes de que nos casáramos. De hecho lo hicimos porque se quedó embarazada; falló el diu y la presioné para legalizar la situación. Por supuesto, entonces no tenía ni idea de su doble juego... Sin embargo, aunque supongo que no vas a creerme, yo siempre le fui fiel.

—¿Por qué no voy a hacerlo? Creo a pies juntillas en la fidelidad de la pareja y soy una ferviente seguidora de predicar con el ejemplo. No sé por qué tú tendrías que ser diferente.

—Gracias por la confianza —aceptó con uno de aquellos besos sobre el pelo que tanto la enternecían—. El caso fue que ella, durante todo el tiempo que duró nuestra relación, incluidos los nueve meses de embarazo, estuvo liada con su jefe. Tampoco era que estuviera enamorada de él, según ella misma me confesó después, pero su única finalidad era medrar en su mundo laboral.

—¿A qué se dedica tu ex mujer?

—Es química. Dirige unos importantes laboratorios farmacéuticos en el Reino Unido. Cuando nos casamos era la directora de la filial de la compañía en España. Nos conocimos en los juzgados de la plaza de Castilla, ambos estábamos esperando turno para una vista. Me impresionó su porte y la seguridad en sí misma. Tenía un cuerpo de infarto y aquel traje de ejecutiva agresiva que se ajustaba a su figura como una segunda piel me hizo perder el norte. Solo seis horas después, se lo arrancaba en la habitación del hotel más próximo al restaurante donde comimos.

—¡Joder! Lo tuyo es la rapidez...

—No creas, pero en ese caso sí lo fue. Desde aquel día no volvimos a separarnos. Yo estaba como abducido, aunque no sabría decirte si la palabra amor entraba en el lote. Bueno, por su parte estoy seguro de que no y por la mía siempre tuve dudas, pero estaba dispuesto a intentarlo, así que empezamos a vivir juntos.

—Y el tema funcionó hasta que te enteraste de que ella te engañaba...

—Más o menos. En realidad el «tema», como tú dices, nunca funcionó del todo, pero el sexo sí lo hacía y gracias a él tapábamos el resto de las carencias. Ella viajaba mucho. Rara era la semana que no tenía que ir a Inglaterra, así que tampoco teníamos mucho tiempo para discutir.

—Hasta que se quedó embarazada... —conjeturó ella.

—Bueno, cuando nos enteramos de su embarazo, todo empeoró, pero aun así superamos aquella crisis. O eso pensé en su día. Yo quería a esa criatura. Aunque no soy creyente, tampoco soy partidario del aborto, pero mi profesión me ha enseñado lo que es un hijo no deseado, así que dejé en su mano la decisión de interrumpir aquella vida o sacarla adelante, con la promesa de mi apoyo incondicional, fuera cual fuese su elección.

—Y... decidió no abortar.

—Evidente, Paula es la prueba. Eso sí, una vez que estuve seguro de que iba a convertirme en padre, exigí el lote completo. Dos semanas más tarde nos casábamos en una pequeña iglesia del Ampurdán, con nuestras respectivas familias y amigos como testigos.

—¿Qué ocurrió entonces?

—Pues que Paula llegó y ella, que ya llevó bastante mal tener que reducir su jornada laboral y dejar de viajar durante los últimos meses de embarazo, empezó a gestionarlo aún peor cuando descubrió el tiempo que exigía un bebé recién nacido. Al mes renunció a la baja maternal y se incorporó al trabajo, por lo que yo pedí una excedencia por paternidad para ocuparme de la niña. Pero claro, con tantas horas libres, encerrado entre cuatro paredes y sin grandes tareas que hacer, me sobraban minutos para pensar y empecé a toparme con las huellas de un rastro demasiado claro. Una factura de un hotel en Madrid, aquí; el recibo de un restaurante en Pedraza cuando se suponía que ella estaba en Londres, allá; un número reiterado en la factura del móvil... Me salió la vena de abogado y, tras la sospecha, empecé a buscar pruebas en serio.

—Y las encontraste.

—¡Por supuesto! Ni siquiera se molestaba en ocultarlas, así que tuve que esforzarme muy poco.

—¿Y no hablaste con ella al respecto?

Rafa arqueó una ceja, cuestionando la cordura de aquella pregunta. ¡Cómo si cupiese en alguna cabeza que fuera a quedarse callado!

—Claro que lo hice, pero lo negó todo poniendo excusas que no se tenían en pie. Aun así, decidí ignorar las evidencias por el bien de Paula, pensando que la advertencia sería suficiente para que ella cambiara de actitud.

—Pero no lo fue.

—Me equivoqué. Un día que se suponía que ella estaba de viaje, al poco de habermé reincorporado a mi trabajo en la Fundación tras la excedencia, quedé con unos futuros padres adoptivos en el hotel en el que se alojaban, porque no podían venir a la sede ya que la madre era una cantante famosa y no querían que les siguieran los *paparazzi*. Pero cuando se abrió el ascensor que yo esperaba para subir a la habitación de los adoptantes, me llevé una... pequeña sorpresa.

—¡Tu ex mujer!

—Y su amante, enzarzados en un tórrido beso de película...

—¡Dios mío! ¿Y qué hiciste?

—Nada. Entré en el ascensor y di unos gentiles golpecitos sobre el hombro de mi contrincante. Él se separó abochornado, pidiendo perdón, y ella, al verme, se puso pálida y no fue capaz ni de abrir la boca... El hombre, que no me conocía de nada, tiró de su mano para abandonar el ascensor y ella lo siguió como abducida, mirándome hasta que las puertas se cerraron, dejándonos a cada uno a un lado.

—¿Y no hiciste nada?

—Sí, acudir a mi reunión.

—¡Pero cómo puedes tener tanta sangre fría!

—¿Y qué querías que hiciera? ¿Qué montara un espectáculo en mitad del *hall* del Palace?

—¡Dios, Rafa! Lo siento... —Él ignoró sus condolencias.

—Cuando volví a casa, ella ya estaba allí esperándome. Por supuesto fue entonces cuando tuvimos la espectacular bronca de rigor, a la que siguió un divorcio exprés y la firma ante notario de la renuncia de Paula. No volví a saber de ella hasta dos años después cuando, presionado por mi madre, que dadas sus creencias no concibe semejante estado civil, solicitamos la nulidad religiosa.

—Puf, qué desagradable debió de resultar todo.

—Todo, no. Paula es lo mejor que me ha ocurrido en la vida. Solo por ella ha merecido la pena lo demás.

—Eres un padrazo, ¿lo sabes?

—¡Claro! —Se rio y la apretó de nuevo contra su pecho—. Siempre me han vuelto loco las ejecutivas agresivas, con sus trajes estrechos y ajustados marcando cada curva de su cuerpo. Por eso, cada vez que entrabas en mi despacho, con tus aires de Pitagorina, me juraba que no sucumbiría a tus encantos porque no eras más que una fotocopia de Amalia. Una de tantas que hay sueltas por el mundo.

—¡Oye! —se quejó, ofendida—. Yo no tengo nada que ver con tu ex mujer. Nunca me comportaría de semejante manera y, sobre todo, nunca abandonaría a un hijo.

—Pero eso lo sé hoy, no entonces. De la misma manera que tampoco podía dejar de imaginarte dentro de un ascensor, con la falda de bufanda, derritiéndote entre mis brazos.

—Y para paliar tu calentura, te comportabas conmigo como un auténtico cerdo malhumorado y grosero... —No era una pregunta. La afirmación era incuestionable.

—Sí. Tenía que apartarme de ti como fuera. Y por el mismo motivo tampoco quería que te acercaras a Niki; durante mucho tiempo he pensado que cualquier mujer con éxito profesional era incapaz de ejercer de madre.

—Estás enfermo, Rafa; necesitas un psicólogo. Espero que al menos hayas cambiado de idea en lo que a mí respecta.

—Claro, cielo. Hace muchos meses que lo hice. A estas alturas de mi vida ya no se me convence con palabras, necesito hechos, pero los tuyos han sido incuestionables.

Se apartó de él para mirarle a los ojos. Él no esquivó el gesto y clavó sus pupilas en las de ella.

—Desde que has empezado a hablar —dijo ella, rompiendo el duelo visual—, te he escuchado con mucha atención. Me podía la curiosidad, pero te juro que no entendía por qué me contabas todo eso y por qué un simple polvo de una noche te provocaba semejante necesidad de contarme toda tu vida. Pero ya lo he pillado... Intentas explicarme por qué hemos acabado juntos esta noche y avisarme de que, una vez que has aplacado la lujuria, no volverá a repetirse. Sin embargo...

—No te enteras de nada, cariño —interrumpió su diatriba—. Lo que intento es pedirte perdón por mi actitud.

—¿Cómo? —Aquello la descolocó por completo. Esperaba cualquier justificación, pero nunca una disculpa.

—Quiero que sepas los motivos por los que he intentado resistirme a ti a cualquier precio y que soy consciente de que me he comportado, a propósito, como un cenutrio antipático. No estaba seguro de conseguir apartar mis manazas de ti, así que pretendía que me odiaras y fueras tú la que pusiera tierra de por medio, pero no estoy nada orgulloso de ello.

—Yo...

—No, escúchame hasta el final, Pitagorina; lo estabas haciendo genial. Y no te equivoques ni un poquito, esto no ha sido un «simple polvo» cualquiera; porque ni ha sido «simple» ni ha sido «uno». Al contrario, yo lo catalogaría de fabuloso y como mínimo estamos hablando de cuatro o cinco. Luego, si se repiten o no, es algo que solo el tiempo dirá, porque yo ya no apuesto nada contra mi lujuria y, a partir de hoy, tampoco contra la tuya.

—Pero es que...

Él continuó hablando sin dejar que le interrumpiera.

—Y ni se te ocurra sacar conclusiones equivocadas de mis palabras. Lo de esta noche no cambia nada. Pase lo que pase, pienso seguir apoyándote y ayudándote a convertirte en madre de Niki.

—Gracias. —Estaba tan confundida que la voz apenas abandonaba su garganta.

—Cris, soy un hombre y, por lo tanto, soy lento y torpe. Pero no estoy ciego, ¿sabes? El día que te presentante en mi despacho exigiendo la adopción del niño, ya sabía que serías la mejor madre para él y decidí que lucharía a tu lado para que lo consiguieras. Por ese motivo, en lo que a Niki respecta, estamos en el mismo barco y vamos a seguir comportándonos como un par de divorciados bien avenidos. Acordaremos nuestro propio régimen regulador de visitas y, mientras el juez no diga lo contrario, yo seguiré siendo su papi y tú su mami.

—¿Y si lo dice, Rafa? ¿Y si al final el juez concede la adopción a una pareja de solicitantes que tenga más posibilidades que yo? ¿A alguien que ofrezca más garantías?

—Eso no va a ocurrir, cielo. Cualquiera que solicitara su adopción tendría que tener primero el visto bueno de la Fundación, y yo me ocuparé de demostrar a toda la Junta de Evaluación que no hay nadie más capaz que tú.

—¿Y si a pesar de todo el juez dice que no?

—Agotaremos todos los recursos y, cuando ya no quede nada en nuestra mano, seré yo quien solicite la adopción de Niki. Entonces el proceso volverá a empezar y, mientras, nosotros mantendremos nuestro acuerdo. ¿Te parece?

Ella sonrió. En esos momentos nada podía parecerle mejor.

Bueno, sí, las caricias que él le dedicaba en esos momentos eran, casi, superiores.

## 23

Rafa colgó el teléfono a Cris. La conversación que acababa de mantener con ella no resultó tan larga como en otras ocasiones; apenas un poco de charla intrascendente sobre la jornada infantil después de que, como cada día, los niños le desearan felices sueños, antes de irse a la cama.

Por fin llegaba su momento, su «hora feliz». Estaba cansadísimo, el peso de una jornada laboral infumable, desquiciante y agotadora le pesaba en el cuerpo como si le hubieran dado una paliza. Llevaba horas soñando con ese único rato de relajación que cada día se dedicaba a sí mismo antes de dormir. La mayor parte de las veces solo consistía en vegetar un rato delante del televisor al runrún de cualquier programa, cuanto más intrascendente mejor, para no tener que pensar, o al amor de alguna novela que le trasladara a un mundo mucho más interesante que el real.

Sin embargo, por el motivo que fuera, los hados no estaban de su parte o tenían ganas de gastarle una broma pesada. Así, un día que ya comenzó con mal pie parecía que iba a acabar peor. El timbre del portero automático vino a darle la razón y ya no tuvo ninguna duda en cuanto reconoció la voz del visitante; a esas horas las apariciones imprevistas nunca traían consigo buenas noticias.

—¿Qué ha pasado? —exclamó, alarmado, tan pronto se

abrió la puerta del ascensor y tuvo ante sí a Alex—. ¿Qué haces tú aquí?

—¿Me das posada? —respondió su amigo con otra pregunta.

—Cómo no, pasa —lo invitó, apartándose a un lado para que su amigo accediera al salón, arrastrando su *trolley*—. ¿Por qué no me has avisado de que venías? Hubiera ido a buscarte al aeropuerto...

—He venido en AVE.

—Bueno, pues a la estación, ¿qué más da?

—Porque pensaba que se trataba de un viaje relámpago y no tendría tiempo de verte. Se supone que a estas horas debería estar llegando a Barcelona, pero he perdido el tren y, como esta mañana abandoné el hotel, he preferido venir a dar la lata a mi amigo.

—¡Pues claro! Ya sabes que aquí siempre eres bien recibido. Pero ¿qué es lo que te trae por estos lares?

—¿Tú qué crees? Trabajo. Llevo tres días encerrado en el despacho del comisario general del Grupo de Delitos Sexuales de la Policía Nacional, preparando una operación.

No pensaba preguntarle qué tipo de operación. Ambos se conocían demasiado bien; si Alex quería contarle los motivos de aquella reunión, hablaría de ello sin parar y sin que tuviera que alentarlo, pero si por el contrario se trataba de alguna colaboración secreta entre los dos cuerpos policiales, no se molestaría en aclarar sus dudas, así que se ahorró el esfuerzo.

—Por eso también he preferido venir aquí —siguió diciendo el inspector, demostrando que era una de aquellas raras ocasiones en las que estaba dispuesto a compartir los avatares de su profesión—, tenemos que hablar.

La última frase, sin embargo, sonó lapidaria.

—¿Conmigo? ¿Qué tengo que ver yo en una operación conjunta de los Mossos d'Esquadra y la Policía Nacional? Supongo que no pensarás que alguno de mis niños es la reencarnación de Jack el Destripador, ¿verdad?

—¡Qué gracioso! Ja, ja, ja —imitó la onomatopeya de una risa que, a todas luces, estaba muy alejado de sentir—. Sin embargo, mi viaje a Madrid te va a afectar más de lo que crees... A ti y a uno de tus chicos —remató con una seriedad aterradora.

—¿Y vienes a ponerme sobre aviso? ¡Qué detalle! —exclamó, con sarcasmo, protegiéndose ante lo que estaba a punto de llegar—. Pero, espera, déjame que antes me alcoholice, que los malos tragos es mejor acompañarlos con una bebida fuerte, ¿no crees? ¿Quieres una copa? —le invitó, dirigiéndose a la cocina.

—Vale —aceptó su amigo dejándose caer, agotado, en el sofá de la sala.

No le preguntó qué quería beber, sabía sus gustos. Sacó dos vasos cortos y anchos del mueble y puso dentro de cada uno tres piedras de hielo, sobre las que vertió una generosa cantidad de whisky solo. Acto seguido regresó al salón, colocó las bebidas sobre la mesa de centro, frente a ellos, y se sentó a su lado.

—¡Dispara! —le incitó.

—Voy a emplumar al juez Morales y a sus secuaces —sentenció conciso, obediente a su requerimiento y sin hacerse de rogar, lo que implicaba que todo aquello le preocupaba sobremanera.

Él pensó lo que acaba de decirle antes de meterse de lleno en el problema que, al parecer, iba a repercutir en su vida y en la de Niki de manera directa.

—¿Y a mí eso me afecta en...?

—Supongo que en todo, Rafa. Verás, he estado recabando información por mi cuenta y tomando declaración a algunos excompañeros del CEAMA, dispuestos a testificar en contra de Morales y los demás. Como puedes imaginar no son muchos, pero sí los suficientes como para convencer a mi comisario de que inicie una investigación y un seguimiento, en busca de pruebas que les impliquen en un caso de pederastia y pedofilia.

—¿Y estás seguro de que esos compañeros están dispuestos a declarar que fueron víctimas de abuso por varios representantes del poder judicial? Mira que el tema es muy serio y pueden echarse atrás en el último instante...

—Sí, están decididos a hacerlo. Hay algunos que han rehecho sus vidas y no quieren saber nada de todo aquello, pero tres aseguran que la única manera de pasar página es haciendo que toda esa gentuza pague por arruinar su infancia y adolescencia...

Alex permaneció pensativo durante unos segundos y él respetó su silencio.

—Fue muy fuerte, Rafa. Tú solo conoces parte... —Él lo miró confundido—. En aquella época yo solo te conté algunos detalles; me afectaba demasiado y la única manera de protegerme era no hablar de ello. Pero incluso para mí, que salí bastante bien parado de todo aquello, resultó ser una experiencia demasiado dura.

—Bueno —lo consoló—, tampoco hace falta que me lo cuentes ahora...

—No, si lo que a mí me ocurrió te lo he contado todo... Es cierto que en mi caso me dejaron por imposible, pero muchos de mis amigos no tuvieron tanta suerte, en especial los más pequeños.

—Entonces, que a ti no te violaran no significa que no lo hicieran con otros compañeros tuyos, ¿verdad?

—Por desgracia... Verás, cuando esos tipejos empezaron a frecuentar el centro yo ya tenía quince años cumplidos. En aquel entonces ya era demasiado mayor para mi edad, rebelde y muy conflictivo. No les interesaba para nada, ellos preferían utilizar a niños y niñas que todavía no estaban desarrollados.

—Alex, no me lo cuentes si no quieres, pero ¿de qué clase de abusos estamos hablando?

El policía permaneció callado unos minutos demasiados largos, así que él interpretó que iba a aceptar la oferta que salvaguardaba su orgullo. Sin embargo, cuando intentó hablar, con la sana intención de llevar la conversación por otro camino, Alex levantó la mano, interrumpiéndole y rogando que le diera más tiempo.

—Creo que lo mejor es que empiece por el principio —susurró al cabo de un largo rato—. Como ya sabes, casi todos los meses aparecían por el centro diez o doce personajes muy raros. Se presentaban cuando menos nos lo esperábamos, siempre amparados en la noche y el anonimato, cubiertos con capas y encapuchados. Nosotros les teníamos pavor, pero no solo por su aspecto...

—Ya imagino...

—Siempre nos enterábamos de cuándo iban a venir —siguió diciendo, ignorando su comentario— con unas pocas horas de antelación. El día en cuestión, después de acabar las clases y las actividades extraescolares, y una vez que se marchaban los profesores y empleados externos, Gerardo Subirach llamaba a su despacho a unos cuantos críos, a los que convencía de que aquella elección era un premio. Y, después de agasajarlos con una cena muy especial, imagino que llena de drogas y narcóticos, él mismo los bañaba y preparaba, impregnándolos con ungüentos olorosos y vistiéndolos con una liviana túnica de gasa semitransparente que les llegaba hasta los pies.

—¿A ti nunca te eligió?

—No. Nunca. Por regla general los «favorecidos» tenían entre siete y diez años; los más guapos y dóciles. A los mayores solía dejarnos tranquilos, aunque hacía algunas excepciones. Por ejemplo a Raúl, el cabecilla de aquella operación de las cintas de la que te hablé en Calella, estuvieron seleccionándolo casi hasta que salió de allí. Aunque era de mi edad, al contrario que yo, parecía mucho más pequeño de lo que en realidad era.

—¿El que me dijiste que falleció por sobredosis poco después de salir del centro?

—El mismo. Supongo que no pudo superarlo, se refugió en las drogas y...

—¿Y sabes en qué consistían esas ceremonias?

—Más o menos... Raúl me contaba después lo que recordaba, que gracias al cielo no era mucho, ya que incluso con el beneficio del entumecimiento sensorial provocado por los narcóticos resultaba escalofriante. Voy a ahorrarte los detalles pero, en resumen, y viéndolo desde la perspectiva del adulto, tenían toda la pinta de ser bacanales en honor de algún dios pagano, en las que tenían lugar todo tipo de abusos y vejaciones. Nosotros pensábamos que se trataba de ritos satánicos, y quizá fuera así, aunque como yo nunca asistí a ninguna, no sabría decírtelo con seguridad.

—¿Y cómo conseguiste librarte? Recuerdo que eras un chico muy guapo...

—Suerte, supongo —aceptó, sin cuestionar el piropo—. Las inclinaciones de Subirach siempre fueron claras. No perdía la oportunidad de meter mano a los niños que, decía, «protegía». Sobre todo a los varones... Sin embargo, conmigo nunca se sobrepasó en exceso, aparte de algún que otro desagradable roce, en apariencia fortuito.

Alex interrumpió su narración para dar un trago corto al whisky que acababa de servirle, paladeándolo y buscando fuerza en el sabor amaderado de la bebida.

—Cuando yo llegué al centro —siguió relatando—, los miembros de la secta todavía tardarían años en hacer su aparición, así que él disimulaba su desviación bastante bien. O tal vez yo no me enteraba porque era muy pequeño... El caso es que, como era completamente ingobernable, su mujer se erigió en mi protectora y me acogió bajo su ala. La pobre no tenía ni idea de las prácticas de su marido y a él no le interesaba que yo pudiera irme de la lengua —aclaró—, así que me dejó en paz. Y cuando ella murió, víctima de un cáncer, y todo aquello se desmandó, yo ya estaba desarrollado y tenía casi mi estatura actual.

—Lo que es mucho... Por lo que ya no tenías el perfil que él buscaba para sus desviaciones, ¿no?

—Supongo. Eso o que, la única vez que intentó meterme mano en serio, acabó con un ojo morado y sangrando por la nariz como un cerdo... —Se rio, disfrutando el recuerdo—. A pesar de que estuve castigado durante un mes, nunca me he sentido más contento conmigo mismo. Se le puso la cara como un mapa, así que tuvo que decir que se tropezó y se golpeó contra una puerta.

—Pues sí —celebró él también con una carcajada—. Esa tiene pinta de ser una razón bastante convincente.

Alex le acompañó en la broma y, por primera vez en la noche, se distendió un poco el ambiente.

—Como comprenderás —retomó su explicación—, cuando salí de aquel infierno, lo único que quería era olvidarme de todo.

Me hubiera gustado poder hacer algo para salvar a mis compañeros, pero no disponía de ninguna prueba con la que acusar a Subirach y sus secuaces.

—Claro, y el vídeo ya no existía —secundó, compresivo.

—Eso es. Y aunque tenía muy mala conciencia por ello, cuando vi que por fin iba a ser juzgado, deposité todas mis esperanzas en la justicia y pasé página. O al menos lo intenté, porque en realidad nunca lo he conseguido, por mucho que haya relegado esa parte de mi vida al cajón de los recuerdos y lo haya enterrado bajo cientos de capas de trabajo infatigable y un montón de delincuentes encarcelados.

—Sí, ya sé que todo eso fue lo que te llevó a estudiar Derecho y, después, Criminología. Tu objetivo siempre fue formar parte del cuerpo policial... desde el principio lo tuviste muy claro.

—Exacto. Ya que no podía hacer nada contra lo que les ocurrió a mis compañeros, y puesto que Subirach ya estaba juzgado, por lo que nunca nadie le haría pagar por ese mismo delito, lo único que me permitía sobrellevarlo era meter en la trena a un montón de gentuza de su misma calaña.

—Lo entiendo, Alex. Tengo muy claro que tienes que hacer esto, que no te queda otra opción, así que no te preocupes por mí. Además, en realidad no sé de qué manera puede influirme que procesen al juez Morales.

—Seguro que al final lo hace de alguna forma. De momento solo vamos a investigarlo, por lo que todavía no nos hemos puesto en contacto con la Fiscalía Anticorrupción ni hemos dado parte al Tribunal Superior de Justicia, pero dado que hay varios jueces implicados en el caso y tienen que autorizar su investigación, sabes que antes o después tendremos que pedir su intervención si queremos pillarlos con las manos en la masa y que las pruebas sean concluyentes e irrefutables en un juicio.

—Lo tengo claro. Y también sé que, cuando eso ocurra, será casi inevitable que antes o después se filtre información y se enteren, con lo que Morales empezará a revolverse como gato panza arriba.

—Por eso quiero avisarte, porque todo esto implica, además, un delito de prevaricación de los tres magistrados que juzgaron a Subirach. Y, como es lógico, a la más mínima prueba van a inhabilitarlo, ya que, cuando todo esto salga a la luz, y saldrá porque va a ser imposible acallarlo, se originará un escándalo mediático.

—¡Desde luego!

—Pues prepárate, porque su inhabilitación sí que puede afectar al caso de la adopción de Niki. Tal vez os asignen un nuevo juez enseguida, lo cual dudo conociendo el funcionamiento de la justicia española, pero tú y yo somos conscientes de que, en el mejor de los casos, significará tiempo y retraso.

—No te preocupes, Alex. Peor magistrado que el que nos asignaron en su momento no puede tocarnos. Tú haz lo que tengas que hacer. Yo también quiero que ese cabrón pague; por Niki y, sobre todo, por ti. Quizá esa sea la única fórmula para que tú puedas vengar las barbaridades de Subirach. Tú demuestra que es un pederasta y un prevaricador, haz que se declare nulo el juicio contra el CEAMA y entonces yo podré apelar la sentencia que dictó en su día, aunque ya esté vencido el plazo.

—Gracias por tu apoyo, amigo —exclamó, estrechándolo en un emotivo abrazo—. Para mí es muy importante. No quiero que pienses que actúo a tus espaldas sirviéndome de una información que me pasaste para que te ayudara y ha terminado obrando en tu contra...

—Nunca pensaría eso. Lo sabes. Y será mejor que nos vayamos a la cama, si no quieres perder también el primer AVE de la mañana.

Dicho lo cual, ambos terminaron su copa en silencio y abandonaron el sillón.

## 24

Rafa escudriñaba la calle entre las láminas horizontales de color burdeos de la persiana veneciana que cubría la ventana de su despacho, sonriendo con condescendencia. No se sentía enfadado, pero la frustración se abría paso en su férreo autocontrol.

Tenía que poner a Cris en antecedentes del posible retraso en el desarrollo de sus intereses de adopción y no tenía muy claro cómo enfocarlo sin que ello supusiera un escollo en la ya de por sí, complicada relación entre ellos.

Empezaba a cansarse de que Cris se hiciera la ignorante, sin dar mayor importancia a la complicidad que tenían, disfrazándola de simple amistad. No era que ella se comportara como si no hubiese pasado nada, no, pero actuaba como si lo ocurrido en su apartamento no supusiera un antes y un después. Lo cual no era cierto. Ni para ella ni, por supuesto, para él.

Como era lógico, después de aquella primera noche, y puesto que ambos eran adultos y no necesitaban ponerse una venda en los ojos, la relación entre ellos dio un drástico giro y se convirtió en algo mucho más estrecho y profundo. Hablaban a diario, a veces en más de una ocasión; compartían sus fines de semana con los niños, e incluso acudieron juntos a una reunión escolar, tras la que tomaron decisiones conjuntas.

Se convirtieron, casi sin darse cuenta, en una familia feliz, aunque no gozaran de los beneficios que esta pudiera reportarles en el aspecto bíblico.

Y eso era lo que le tenía tan frustrado. Porque se moría por besarla; por acariciar sus cálidas curvas y sentirla palpitar contra él, piel con piel; por abandonarse en el tacto de su cobriza melena y dejarse abrasar por el fuego que emitía; por perderse en sus ojos de mar en calma repleto de secretos ocultos... Quería poseerla y que ella le devolviera los esfuerzos en la misma medida.

Pero el caso era que daba igual que él no se reprimiera a la hora de demostrar su verdadero objetivo, que no escatimara piropos para decirle lo preciosa que la encontraba o cómo le excitaban algunos de sus peculiares modelos; que dejara claro que sus roces no eran inocentes o que aprovechara cualquier oportunidad para hacerle saber que sus intenciones distaban mucho de ser nobles y que pretendía la «oferta 2 × 1»... Cris no se daba por aludida.

Jamás se enfadaba ni se alejaba de su contacto, pero tampoco alentaba sus avances.

¿Por qué?

¿Por qué ella no se permitía lo que su cuerpo pedía a gritos?

Si su experiencia no le engañaba, reconocía las señales. Podía leerlas en sus pupilas, en sus manos temblorosas cuando le rozaba por descuido, en sus gestos, en las miradas que ella le dedicaba cuando pensaba que no la veía... Estaba seguro de que a Cris le encantaría abandonarse en sus brazos y aceptar lo que él estaba dispuesto a entregarle sin pedir nada a cambio...

Pero era incapaz de adivinar qué era lo que se lo impedía.

Intentó preguntárselo en varias ocasiones, pero era como si se diera contra un muro de hormigón. Ella se limitaba a señalar a los niños con un gesto, indicándole que no era el momento de hablar de ese asunto. Y tenía razón, claro, no era algo a aclarar en presencia de los críos, pero tampoco podía mantener esa conversación por teléfono y ella se encargaba de que siempre estuvieran acompañados...

Empezaba a ser imprescindible hacerla reaccionar o ambos se encontrarían frente a un abismo insalvable. Además, todo aquel asunto le tenía sumido en una permanente tensión física que, estaba seguro, iba a reventarle la piel en cierta parte de su anatomía, lo que le impedía centrarse en casi ningún otro asunto.

¿Cuánto podía aguantar un hombre en ese estado? Desde luego, él no mucho más, sobre todo porque no tenía muchas posibilidades de apartarla de sus pensamientos.

Hacía veinticinco días que había tomado una decisión a la que no pensaba dar marcha atrás. Porque, de la forma más inesperada y con claridad meridiana, después de su segundo encuentro sexual en poco más de una hora, hubo un instante en que fue consciente de lo que esperaba de su vida a partir de ese momento.

Tal vez debería haberse sentido atemorizado ante las implicaciones, pero etiquetar el desasosiego que le embargaba desde hacía demasiados meses solo le provocó tranquilidad y calma. Al menos ya tenía claro cómo actuar, por mucho que los pasos a seguir fueran complicados.

Y, aunque al salir de su casa para ir a cenar con los amigos aquella noche no tenía ni idea de lo que iba a ocurrir, cuando oyó la cadenciosa respiración de Cristina cobijada en la seguridad de su abrazo, lo vio tan claro como si le hubieran puesto un anuncio de neón ante los ojos; no podía resistirse a la atracción que sentía por ella.

Por supuesto que aquello no era nuevo. No era algo repentino ni que hubiera ocurrido en contra de su voluntad, sino un sentimiento que ya estaba allí mucho antes de aquel tórrido baile, e incluso antes de que decidieran enterrar el hacha de guerra para comportarse como buenos amigos en beneficio de Niki. Estaba ahí desde el principio, casi desde que la vio por primera vez en el umbral de esa misma puerta.

Que en esos momentos se hubiera negado a poner nombre a aquel sentimiento también era normal. Su experiencia anterior con la sensación no era demasiado buena y tenía miedo. Era humano cerrar los ojos ante lo inevitable y refugiarse en la negación de los hechos. Mejor eso que sucumbir a la vulnerabilidad.

No obstante, su cambio de actitud no se debía a que aquel

«simple polvo», como ella lo denominó, le hubiera hecho dar vueltas de campana o sentir reacciones físicas jamás experimentadas. Pero resultó revelador. No por maravilloso, que lo fue, sino porque se dio cuenta de que, durante todo el tiempo que duró, tuvo que hacer ímprobos esfuerzos para que esas temidas palabras, que hasta entonces nunca tuvo necesidad de pronunciar, no escaparan de sus labios.

No fue vergüenza ni miedo lo que le retuvo, solo sentido común. De haberlo hecho ella habría salido huyendo como si estuviese acostándose con la reencarnación de Satanás y, después de verlo tan claro, no era eso lo que quería que ocurriera.

Pero sabía, con la misma seguridad que conocía sus propios sentimientos, que su dicharachera y aguerrida ingeniera temía al amor más que a la misma muerte. Lógico, él también lo sintió de ese modo durante mucho tiempo, así que no le extrañaba demasiado.

Y por ese motivo le dejaba espacio; si pretendía conseguir sus propósitos tenía que andarse con mucho cuidado. Y si Cris quería creer que sus intenciones eran inocuas —o interesadas, según se mirara— y convencerse de que lo único que le movía era la lujuria, no sería él quien la desengañara... de momento.

Sin embargo, por buenas que hubieran sido sus intenciones en un principio, y por grande que fuera su paciencia —que no lo era—, estaba en un punto en el que ya no podía seguir con ese juego. Y aunque sabía que precipitarse no le llevaría a ninguna parte, era el momento de mover ficha. Lo haría él, puesto que empezaba a estar harto de esperar que fuera Cristina quien lo hiciera.

Casi un mes para hacerse a la idea era, a su entender, más que suficiente cuartelillo.

Sin molestarse en apagar el ordenador, se apartó de la ventana, cogió su chaqueta del perchero y salió del despacho dispuesto a aclarar la situación.

«Cambio de estrategia; ha llegado el momento del acoso y derribo.»

La quería en su vida, en su piel, en su cama... A partir de ese instante se acabaron los paños calientes, puesto que, al parecer, la informática no entendía otro lenguaje.

—¡Se terminó, ingeniera! Te he dejado tiempo y espacio para que seas tú la que marques el ritmo... pero ya no estoy dispuesto a ceder ni un centímetro más —dijo en voz alta, abriendo la puerta de su despacho.

Cristina levantó la vista de la pantalla del ordenador al sentir que alguien la observaba. Estaba tan concentrada en la aplicación que tenía entre manos, al tiempo que cantaba a coro con Celine Dion *I'm alive*, que no oyó la puerta del despacho al abrirse.

Sonrió al ver de quién se trataba. No sabía cuánto tiempo llevaba Rafa allí parado y, como siempre que se encontraba en su presencia, sintió un fuego en las entrañas que la calentaba por dentro. Aquel hombre era una tentación a la que cada vez le costaba más trabajo resistirse. Estaba guapísimo, con su traje marengo y una camisa de cuadros grises oscuros y negros. Para variar, aquel día no llevaba corbata y la oscuridad del atuendo resaltaba el color de sus ojos, haciéndole parecer más joven y dándole aspecto de «chico malo».

La canción que sonaba de fondo parecía una provocación, tentándola a vivir y empujándola a volar, aceptando lo bueno y lo malo que estaba por llegar. Lo que aún estaba por ver era si se atrevería.

Marcó el atajo de teclado para hacer una copia rápida de los datos que acababa de incluir en el documento con el que estaba trabajando, y se puso en pie para ir a su encuentro.

—No te cortes, ingeniera, sigue con lo que estabas haciendo. Me gusta verte cantar... Te encanta tu trabajo, ¿verdad?

Ella afirmó con la cabeza, alegre y sorprendida a partes iguales por su visita.

—¿Qué haces tú aquí? Deberías de haberme avisado de que vendrías. Podría haber salido a entrevistarme con algún cliente...

Cuando ella se acercó para darle dos besos de bienvenida, él la tomó por la cintura con la mano abierta, envolviéndola y atrayéndola hacia su cuerpo. Y lo que en un principio creyó que solo sería un cortés saludo entre amigos, se convirtió de pronto en algo mucho más íntimo.

Cerró los ojos disfrutando del abrasador roce, que se extendió por su cuerpo como si sus venas fueran la mecha que llevaría la chispa al detonante, tras lo cual todo su ser saltaría en pedazos. Se obligó a apartarse, dejando un ancho espacio entre ellos.

Él no soltó su amarre por completo y mantuvo el contacto, permitiendo que el aire circulara entre ambos, solo separados por la longitud de su musculoso brazo. Sintió sus dedos, que la quemaban a través del vestido.

Cada vez le resultaba más difícil alejarse de aquellos gestos cariñosos y posesivos de Rafa, pero no podía permitirse ninguna debilidad. Sabía que él la aprovecharía y rompería el encanto de la relación que tanto trabajo les estaba costando establecer.

Aun así, daría un par de dedos de su mano derecha con tal de poder aprovecharse de aquello, de ser capaz de hacerlo, pero cualquier signo de debilidad sería malinterpretado y él intentaría regresar al punto donde lo dejaron tres fines de semana atrás.

Por mucho que, desde entonces, sus días hubieran sido insufribles y se muriera por un interludio similar, sabía por experiencia que aquello nunca era compatible con la relación que mantenían. Y para ella era mucho más importante esa amistad y compañerismo.

Si Niki, Paula y la felicidad de los niños no estuvieran por medio, no tendría ningún reparo en abandonarse a las peticiones de su cuerpo, pero en el momento en que entre Rafa y ella hubiera algo más profundo a nivel físico, los cimientos de aquella idílica familia inventada se resquebrajarían.

¡No podía permitírselo!

—¿Qué pasa, ingeniera, pincho? —preguntó él, con la mirada repleta de sarcasmo—. Mira que me he afeitado esta mañana... ¿O es que tienes miedo de que te ataque?

Debería haberse mosqueado. Cuando Rafa la llamaba «ingeniera» planeaba alguna maldad o iba a acicatearla con el filo de su ágil verbo.

—Rafa, por favor, puede entrar cualquiera e imaginarse lo que no es...

—¿Y qué es «lo que no es»? —preguntó él, enfadado de repente—. ¿Crees que alguien podría malinterpretar que dos amigos se den un par de besos de saludo? ¿O eres tú la que estás sacando el tema de quicio?

—¡No digas chorradas, abogado!

—¿Chorradas? A mí no me parecen chorradas. —Él dio un paso hacia a ella y dobló el codo, reduciendo la distancia a la mitad—. En realidad, creo que lo que pasa es que te pongo nerviosa porque no soportas que me acerque y después me aparte dejándote ansiosa e insatisfecha.

Aquellas palabras, que para su desgracia eran más ciertas de lo que quería reconocer, le hicieron hervir la sangre; pero no de deseo, sino de rabia.

—¿Te has vuelto loco? —chilló, dejándose llevar por el pánico que sentía—. ¡Y apártate de una vez, que alguien va a entrar en cualquier momento!

—Lo dudo... —replicó él, ignorando su orden y acercándose incluso más—. ¿Tú has visto la hora que es? Ya no queda nadie en esta maldita oficina. Tu hermano me ha abierto la puerta justo cuando se iba y me ha pedido que te diga que te encargues tú de cerrar, que ya no queda nadie y él tiene que acompañar a Sonia a hacerse una ecografía y llega tarde.

Ella abrió la boca para protestar, pero su cerebro fue incapaz de proporcionarle nada coherente que decir.

—De todas formas, aléjate —insistió.

—¿Y si no lo hago? —amenazó Rafa, con una mirada ladina, disminuyendo la escasa distancia que los separaba.

Ella retrocedió al tiempo que retenía el aire en los pulmones. Al aspirar, aquel aroma que él emanaba se coló en su interior con la fuerza de un ciclón, arrasando toda la oposición que pudiera encontrar en el camino.

Intentó combatir el deseo que llevaba tantos días controlando con mano férrea y dio un segundo paso hacia atrás. El movimiento no le sirvió de mucho, Rafa acortaba la distancia en cada ocasión, igual que si estuvieran ejecutando un paso de baile al son de alguna melodía que ella no era capaz de escuchar.

Mala idea pensar en bailes... Su memoria le jugó una mala pasada y su mente se inundó de imágenes calientes que intentaba enterrar bajo el yugo del olvido.

¡No podía dejar que él continuara haciéndole eso! Tenía que apartarse. Sin embargo, seguía retrocediendo sin hacer ningún movimiento brusco y Rafa continuaba borrando sus pasos con aquella malvada sonrisa que se reflejaba en sus ojos y le decía a todas luces cuál sería su próximo movimiento.

—Creo, ingeniera, que lo cierto es que tienes miedo de que si me abalanzo sobre ti no seas capaz de apartarme...

—¡Qué bobada! ¿Y por qué no voy a ser capaz de apartarte?

—Porque te mueres porque te bese.

—¡Eres idiota!

—Puedes negarlo todo lo que quieras, pero tu cuerpo me está enviando señales muy diferentes de tus palabras.

—¡Ni se te ocurra besarme! Si lo haces no pienso corresponderte y quedarás como un imbécil.

—Oh, sí, claro... Faltaba más... ¿Cómo va a permitirse la cerebral señorita Losada sucumbir al deseo? Eso solo les ocurre a las mujeres normales, no a las *superwomen* como ella...

El tono de sarcasmo de la voz de Rafa no dejaba lugar a dudas. Ella buscaba en su cabeza una respuesta ingeniosa que se negaba a aparecer. Estaba noqueada.

—Dios no permita que la gurú del control se descontrole —continuó hablando Rafa, implacable—. Porque, si lo hace, ¿qué va a pensar el incauto abogado? —Cada vez estaba más cerca.

Ella ya no tenía más espacio para retroceder. Su trasero acababa de chocar contra el respaldo de uno de los asientos que bordeaban la mesa de reuniones. Sus ojos se abrieron como platos cuando vio que él, sin apartar la mano con que la sujetaba por la parte de atrás de la cintura, cogía en vilo con la izquierda el intrépido sillón que se atrevió a ponerse en su camino y lo colocaba en mitad del despacho, a su espalda.

Tenía medio metro más para retroceder, pero ¿qué ocurriría cuando su culo topara contra el tablero?

Él seguía hablando y no era capaz de saber cuáles eran sus últimas palabras.

—... puede pensar que incluso te importa un poquito y, eso es malo, muy malo. Si él descubre que tienes necesidades y sentimientos, podría utilizarlos en tu contra, ¿verdad?

Por Dios, ¿qué estaba diciendo ese hombre? Antes solo hablaba de deseo, pero entrar en el terreno de los sentimientos era...

—Podrías incluso quedarte destrozada si admitieses sus avances. Cuando todo acabara y él hubiese calmado su lujuria, volvería a apartarse de tu cama dejándote más sola que antes...

—¡Serás idiota! —exclamó indignada, más consigo misma que con él, ya que sabía que en el fondo tenía más razón de la que estaba dispuesta a reconocerle—. ¿De verdad crees que me importa que no hayas vuelto a mi cama? Jamás quise que lo hicieras. Lo de aquella vez fue solo sexo. Sexo que no va a volver a repetirse...

Rafa ignoró sus palabras. Era como si jamás las hubiera dicho, lo que por otra parte le encantaría; debería morderse la lengua más a menudo. Él no insinuaba que se hubiera tratado de nada más y, sin embargo, con esa frase le demostraba que, para ella, sí hubo algo más que sexo. Monclús las cazaba al vuelo.

Por suerte él no hizo ningún comentario al respecto y siguió con aquel doloroso monólogo al que, tenía que admitirlo, no le faltaba cierta parte de razón. Un discurso que estaba machacándole hasta el alma.

—¿Y si el tonto de Rafa descubre que incluso eres capaz de necesitarlo? No quiera el destino hacerte caer en semejante debilidad... Eso sería muy peligroso. ¡Menudo riesgo absurdo! ¡Con lo bien que vives tú en el interior del duro caparazón que salvaguarda tu corazón y la de espacio que tienes en tu solitaria cama!

—¡Cállate! —explotó, al mismo tiempo que chocaba contra la mesa—. ¡Deja de decir bobadas o...!

—¿O qué, Cristina? ¿Vas a salir corriendo?

—No me das miedo —replicó, aun a sabiendas de que su voz era mucho más temblorosa de lo que pretendía—. Así... Así que no tengo por qué...

—No pretendo dártelo, cariño. Si quisiera aterrorizarte no estaría diciéndote lo que tú piensas; eso ya lo sabes por mucho que te lo niegues a ti misma. Si de verdad quisiera darte miedo, te diría lo que pienso yo.

—Ah, pero ¿piensas, abogado?

—En los últimos días, poco. Al menos en algo diferente que no sea repetir la hazaña de hace tres semanas —admitió.

—Claro, qué ilusa... Me refería a que si pensabas con la cabeza, no con lo que tienes entre las piernas... —Intentó emitir una risa que en realidad no sentía.

Sonó falsa. Muy falsa, incluso a sus propios oídos.

—¿De verdad quieres saber lo que pienso con la cabeza, ingeniera? Por mí no hay problema, puedo contártelo, pero yo que tú, mejor daría una oportunidad a lo que tengo entre las piernas —recomendó, aproximándose a ella lo suficiente como para que lo notara contra su estómago—. Porque te advierto que si optas por la intelectualidad, me temo que entonces sí que vas a querer salir corriendo y, aunque intentes hacerlo, no podrás escapar y tendrás que escucharme hasta el final. Te tengo atrapada —dijo, separándose unos centímetros para dejar que comprobara que era cierto.

Ella miró a su alrededor. Estaba envuelta por sus brazos, que se apoyaban con fuerza sobre la superficie de madera, empujándola hacia atrás con el cuerpo. Lo único que evitaba que se tumbara sobre el tablero era la presión que ejercía contra los pectorales de Rafa.

—No, me parece que no quieres escucharlo, ¿verdad? —se respondió él a sí mismo—. Creo que prefieres seguir bregando con mi prepotencia y mi lujuria. ¿A que sí? Aunque... quizá quieras ambas pero no te atreves a reclamar ninguna, porque por mucho que te empeñes en negarlo, estás acojonada...

—¡No! —gritó alarmada.

—¿No? —Rafa hizo un mohín socarrón—. ¿Seguro?

Una rabia feroz se apoderó de todo su ser. Tenía que callar la boca a aquel memo. Hacerle que se tragara sus palabras, pero no sabía cómo. Una idea se filtró en su mente y, sin pensar en las consecuencias, o se arrepentiría, se dispuso a actuar. Iba a pagarle con su propia moneda.

# 25

Rafa hubiera sonreído al sentir sus labios, de no haber estado tan ocupado en controlar su necesidad y en evitar que Cris recuperara la cordura. Bastante tenía con luchar contra sus propios instintos y dejar que fuera ella quien llevara la iniciativa. Un mal paso por su parte y la cerebral señorita Losada se retiraría.

Y si se apartaba, le dejaría aún más frustrado e insatisfecho que cuando entró en ese despacho.

Además, aquella lengua voraz y exigente le devoraba la boca, impidiéndole pensar en cómo detener aquello. Aunque lo cierto era que no quería hacerlo. Ni tampoco podría, suponiendo que fuera esa su intención.

Cuando ella tiró de la camisa con toda la fuerza de su rabia para obligarle a acercar su cara a la de ella y regalarle el beso más posesivo y dominante que le hubieran dado jamás, sintió que le faltaba el aire.

Podía sentir sus manos por todas partes, el deseo crepitaba entre ellos salvaje y descontrolado. Cris le desabrochó el pantalón y creyó flotar al notar el roce de sus largas uñas al chocar contra la piel, dejándolo sin respiración. Ella, en su impaciencia, le arañaba de manera fugaz el extremo de su miembro mientras peleaba contra la cremallera, que se negaba a bajar. Aquel ligero contacto le nubló la razón.

Estaba volviéndole loco. Era como si hubieran vertido agua en una sartén de aceite hirviendo; ignoraba en qué parte de su cuerpo iba a sentir el siguiente picotazo de lujuria.

Fue en el labio. Notó los dientes de Cris apresándolo y un regusto metálico en la lengua. Actuaba como poseída por la desesperación.

Casi no podía creer lo que estaba ocurriendo. No es que lo lamentara, desde luego, ya que por fin ella parecía haber reaccionado, pero no pretendía que lo hiciera de ese modo, poseída por la rabia. Por mucho que aquellas fueran sus verdaderas intenciones, jamás se le hubiera ocurrido llegar a esos extremos allí, en su oficina.

Él solo pretendía invitarla a tomar algo para hablarle sobre la investigación de Alex, ya que esta podría afectarla de algún modo y consideraba que era de ley ponerla en antecedentes y, aprovechando que estaban a solas, afrontar de una vez por todas su relación personal. Convencerla de que ambos se merecían una oportunidad... Sin embargo, cuando, por una nadería, ella reaccionó como una adolescente despechada, le resultó imposible parar.

Por supuesto, su fin último era llevarla a su casa y que las acciones se desmadraran, tal y como estaba ocurriendo en ese mismo instante, pero nunca sin haber hablado antes sobre lo que ambos esperaban del futuro.

Una serie de clics rebotando sobre la tarima le impidió seguir razonando. Sorprendido, se dio cuenta de que eran los botones de su camisa al chocar contra el suelo. La ingeniera acababa de hacerlos saltar por los aires.

Aquel arrebato le hizo perder la poca contención que le quedaba. Empezaba a importarle muy poco si se encontraban en su despacho o en las nubes. Estaba claro que Cristina no pensaba en arrumacos y contemplaciones y él cada vez los sentía más lejos de sus propósitos.

Dejándose llevar, interrumpió el beso y la apartó. Pero solo un poco, lo suficiente para cogerla de la cintura y sentarla sobre la mesa después de haberle subido la falda del estrecho vestido hasta la cintura. Unas ridículas braguitas de encaje verde pistacho le dieron la bienvenida. Las medias negras, cogidas con liga de blonda al muslo, dejaban al aire una pálida franja de piel que a punto estuvo de acabar con su cordura.

«¡Esta no es la manera! —gritó su subconsciente. Si se precipitaba lo fastidiaría todo—. ¡Adiós al futuro!»

Cerró los ojos con fuerza y respiró hondo.

«Piensa en algo. Piensa... No sucumbas», se ordenó mientras soltaba el aire con lentitud. Tenía que serenarse aunque muriera en el intento.

«Quizá ya estoy muerto y en el mismo infierno...»

Ante su pasividad, ella intentó abalanzarse sobre su estómago, pero en el estado en que se encontraba, si dejaba que le tocara alcanzaría el orgasmo en cuestión de segundos, así que la obligó a echarse hacia atrás, empujándola en un hombro con la mano abierta, hasta que quedó tumbada.

La miró a la cara, la tenía contraída en un rictus de rabia y desesperación. Sacando fuerzas de donde no sabía que le quedaban, se dejó caer y colocó la frente contra la sudorosa de ella.

—Cris, cariño, vamos a tomarnos esto con calma... —imploró.

En aquella postura no podía verla bien, apenas los ojos de refilón, que ella abrió de golpe cuando terminó de hablar. El iris, siempre de un llamativo gris claro, le pareció tan oscuro como el futuro que auguraba si no conseguía que ambos recobrasen el dominio de sus actos.

Quería que ella tomara la iniciativa, sí, pero no de aquella forma. Solo pretendía que reconociera sus sentimientos, no que le hiciera sentir culpable de los propios.

—¿Estás loco? ¡Ni lo sueñes!

—Por favor, Cris, recap...

—¿No querías demostrarme lo que tienes entre las piernas? Pues adelante, ya ves que lo estoy deseando...

—Cris, así no.

—¿No? Me parece que eres tú quien tiene miedo de lo que puede ocurrir después, ¿verdad? ¿Quién es el cobarde, abogado?

—Seguro que no quieres hacer esto...

—Oh, sí, ¡claro que quiero! —insistió, mientras seguía peleando contra la maldita y desobediente cremallera, llevándole al límite de su resistencia—. Lo tuyo no es más que palabrería barata, leguleyo de pacotilla, pero a la hora de la verdad...

«¿Palabrería? ¡Hasta aquí hemos llegado!»

Iba a demostrarle lo «cobarde» que era. Y sin esperar a que volviera a increparle, antes de que pudiera arrepentirse, tomó sus piernas por debajo de las rodillas y tiró de ellas para arrastrar su trasero hasta el mismo borde de la mesa.

—De acuerdo, ingeniera, si me lo pides con tanto cariño... Pero me temo que esto va a durar muy poco, así que no te muevas —le exigió, terminando él mismo la tarea, tras retirarle las manos de su braguera y sacando su miembro del elástico de los bóxers.

Luego, sin poder esperar un solo segundo más ni molestarse en bajarle las bragas, se las apartó a un lado y se enterró en su interior de un solo envite.

Profundo, duro, hasta el fondo.

Cris gritó y él se quedó quieto, paralizado, aunque el sonido no parecía obedecer a una queja. ¿Qué estaba haciendo? ¡Esa mujer le hacía perder el control como nadie! Intentó apartarse, darle espacio para escapar en caso de que hubiera recobrado el sentido común, pero ella se lo impidió levantado las piernas.

Se aferró con ellas a su cintura y apretó los brazos en torno a su cuello, estrechando el abrazo.

—¡Muévete, abogado! ¡Ya!

—¿Qué dices?

—Digo... —Tomó una profunda bocanada de aire antes de continuar hablando—. Que si no te mueves ya, te juro que te clavo el abrecartas en cuanto me baje de esta mesa.

Ella intentó elevar las caderas, pero el precario equilibrio en el que se encontraba le impidió hacerlo. Se hubiera caído si no llega a ser porque él lo evitó en el último instante.

—¿Estás segura? —preguntó, separándose unos centímetros para mirarla a la cara.

—¡Muévete! —exigió una vez más. Y un sollozo rompió el fino hilo de raciocinio que aún le quedaba—. Por favor, Rafa, hazme caso. Necesito que... hagas algo...

Se dio por vencido.

Además, su desobediente pene, enterrado hasta el fondo en su interior, llevaba un buen rato haciendo caso omiso de las órdenes que él le daba. El muy insensato se negaba a acatar los consejos de su cerebro y parecía tener vida propia, actuando a su antojo.

—Rafa... —le reclamó ella de nuevo—. Voy a matarte si no...

«Que sea lo que Dios quiera», aceptó.

Y allí terminó su dosis de autodominio. Se dejó llevar. Una bruma de excitación le inundó por completo y solo fue capaz de seguir sus instintos.

Escuchaba las súplicas de Cristina como atenuadas tras un muro invisible. Aunque quisiera, que ya no quería, no podría detenerse. Era incapaz de dejar de internarse en ella con ese ritmo feroz con el que, sabía, estaba machacándola. Marcándola. Una vez que todo terminara, sus esperanzas de conquistarla se perderían en el limbo, pero al menos dejaría su huella en ella para siempre. Porque aquello no era un acto de amor, estaba reclamándola de la manera más primitiva.

Sintió los músculos internos de Cris apresándole y convulsionando a su alrededor. Ella gritó, rompiendo el silencio del entorno y se dejó ir en un orgasmo salvaje que a punto estuvo de arrastrarle a él al abismo.

Por suerte, en el último segundo fue consciente de que no llevaba preservativo y, con un esfuerzo supremo, salió de ella y se derramó sobre su vientre al tiempo que la abrazaba con fuerza.

Los ojos le picaban. Estaba furioso, aquel era el mayor descontrol de su vida de adulto, pero nadie como Cristina para sacarlo de sus casillas y hacerle cambiar sus más férreas convicciones con un par de sarcasmos. No debería haberse dejado llevar, era consciente de ello, y desde luego no se sentía nada orgulloso de sí mismo. Máxime después de haber actuado justo al revés de como lo tenía planeado.

Pero, por mucho que le costara, tenía que hacer frente a lo sucedido y poner la nota de cordura a todo aquello, aunque prefería poder salir corriendo. Aguantó el tirón como pudo y esperó a que ella dejara de temblar. Tan pronto supo que estaba repuesta, la incorporó hasta sentarla encima de la mesa.

Ella le miró a la cara y compuso un mohín de... ¿pena? Luego estiró los brazos y los enroscó en torno a su cuello para acercarle a su cuerpo, tras lo que apoyó la mejilla sobre su camisa y susurró algo que no fue capaz de entender.

—¿Qué? —preguntó, aun a pesar de no estar muy seguro de querer saber lo que decía.

—Que lo siento —repitió ella, casi en un murmullo—. Perdóname. Yo... Perdí los papeles.

«¿Que te perdone? —se preguntó para sus adentros, separándose para mirarla a los ojos y comprobar si estaba hablando en serio—. ¡Por Dios, ni que me hubieras violado!»

Allí no existían culpables ni nada de que arrepentirse. Ambos eran adultos y eso, justo, era lo que estaban deseando desde hacía muchos días, para qué engañarse.

—Rafa, lo siento —volvió a decir, más alto entonces, ante su silencio—. No tenías que haberme atacado como lo hiciste. Yo solo quería que te callaras. Hacerte tragar tus palabras y...

Él puso los dedos sobre sus labios para detener aquel torrente de disculpas innecesarias. No lograba entender por qué se sentía tan avergonzada; estaba claro que, de haber querido hacerlo, él hubiera podido detener sus avances en cualquier momento. Sin embargo, por algún motivo que desconocía, ella parecía sentirse mortificada por no haberse dominado y se creía la única responsable.

«¡Como si yo no hubiera puesto mi granito de arena para que esto acabara así!»

Se sentía impotente ante aquella reacción tan desmedida. Pero cuando fue a hablar para explicarle que todo lo ocurrido era justo lo que los dos querían, ella lo interrumpió llena de furia, dándole un manotazo en los dedos para obligarle a separarlos de sus labios.

—Rafa, ya sé que lo he jorobado todo. ¿Lo ves? ¿Ves por qué no quería que esto volviera a suceder? Acabo de tirar todos mis sueños por la borda a cambio de un polvo desenfrenado.

Consternada, estiró la mano y le acarició con suavidad el rostro, antes de pasarle las yemas por los párpados, que él cerraba con fuerza. ¿Cómo convencerla...?

—Me estabas haciendo tanto daño con tus palabras... —continuó—. Tenías tanta razón en lo que decías, que no pude evitar devolverte el golpe. Solo que... se me fue un poco de las manos.

Él abrió los ojos y se la quedó mirando con una sonrisa no exenta de cierta sorpresa ante la confesión.

—Quería darte a probar tu propia medicina y me descontrolé —siguió ella excusándose—. Llevo casi un mes deseándote día y noche. Anhelando tus caricias y soñando a todas horas con tu cuerpo. Pero sabía que no debía sucumbir a la pasión. Hacerlo significaba que todo se iría al traste. Adiós a la maravillosa familia que hemos formado, a la increíble relación que por fin hemos establecido... A todo.

—Eso es imposible —dijo él por fin.

—Te juro que solo iba a besarte —confesó—, pero la lujuria me jugó una mala pasada. Me perdí. Aun así, tengo que decirte que ha sido maravilloso. ¡Gracias!

—Por Dios, Cristina...

—Calla —lo detuvo—. Déjame que termine antes de que pierda el valor. No digas nada, solo escúchame y luego haz lo que creas más oportuno. Si no quieres volver a verme, lo entenderé.

—Pero... ¿por qué no voy a querer volver a verte? —Por mucho que se esforzaba no lograba comprender qué era lo que ella intentaba transmitirle.

—Solo algo más... Quiero que sepas que, por fantástico que haya sido, no merece la pena haber perdido aquello por lo que tanto he luchado a cambio de unos minutos de pasión. Niki vale mucho más que todo eso. Infinitas veces más. Y Paula. Y tú...

No pudo terminar su alegato. Las lágrimas empezaron a rodar por sus mejillas.

Abochornada, bajó de un salto de la mesa, se colocó la falda y se dejó caer sobre la silla más próxima, hundiendo la cara entre los brazos, que apoyó sobre la mesa.

Él no daba crédito. Le parecía imposible estar escuchando lo que decía esa mujer. Aquello no era para rasgarse las vestiduras, solo era una pérdida de control total y absoluta por parte de ambos, pero ¿y qué?

Cierto era que, cuando empezó a acicatearla, no esperaba esa reacción, pero tampoco era tan idiota como para desaprovecharla, puesto que era lo que más deseaba. La ingeniera era toda una fierecilla en las distancias cortas, así que... ¡maravilloso! Le encantaba que fuera así.

A pesar de todo, Cris era tan majadera como para no mirar más allá de sus narices y pensar que un sencillo arrebato lo estropeaba todo. Tenía que sacarla de su error ya. Antes de que fuera demasiado tarde.

Con los pantalones aún desabrochados, entró en el cuarto de baño privado del despacho. Se lavó lo más deprisa que pudo y empapó el pico de una toalla con agua caliente.

Cuando regresó, ella seguía llorando en la misma postura; le desgarraba el alma. Y aunque en un principio pensó que debía aclarar todo el asunto de inmediato, aquel no era el momento de las disculpas ni las explicaciones, pero sí el del consuelo y la atención.

Y puesto que ella parecía no ser capaz de asumir sus actos como la adulta que era, tendría que ser él quien se comportara como un hombre, no como un descerebrado. Ya habría tiempo después para resolver aquella situación tan rocambolesca.

—Vamos, cariño. —La hizo levantarse, apretando con delicadeza de sus hombros—. Déjame que te limpie —le pidió.

Ella hipó por toda respuesta.

—Dices... —continuó él, volviéndole a levantar la falda para lavar los restos de aquel desaguisado— que este interludio ha sido maravilloso... Pues no seré yo quien lo desmienta. El único «pero» que puedo poner al asunto es que este despacho no es el lugar más apropiado para demostrarte que todavía puede ser mucho mejor, así que vamos a abandonarlo en este mismo instante y a continuar con esto en otro lugar.

—¿Cómo? —preguntó ella, sorprendida—. ¿Me estás diciendo que no has tenido suficiente de mí después de cómo me he comportado?

—Pues no, no he tenido suficiente de ti. Me pones a cien cuando te vuelves una fiera y sacas a la superficie a la salvaje que llevas dentro. De modo que no pretenderás dejarme a medias, ¿verdad? Dudo que me conforme hasta después de unos cuantos asaltos más. Elige, ¿tu casa o la mía?

—Los niños...

—A los niños se los llevó tu madre a su casa este mediodía. El padre de Alina ha tenido un grave accidente con el tractor y me pidió permiso para ir a Ucrania, así que llamé a tu madre por teléfono y ella enseguida se ha encargado de recogerlos.

—¿Por qué no me llamaste a mí? Hubiera ido a buscarlos.

—Porque tenía otros planes en mente y que los niños estuvieran en casa de tus padres me venía muy bien. ¿Comprendes?

Hizo un gesto elocuente. Ella lo entendió sin necesidad de más explicaciones y, por fin, sonrió por vez primera desde que todo aquello empezó.

—En ese caso, donde tú elijas.

# 26

Cristina suspiró, no sin cierto alivio, cuando el sonido del teléfono rompió la tranquilidad que imperaba en la estancia desde hacía cinco minutos. Por Dios, ¡estaba agotada!

Hacía ya tres horas que llegaron a casa de Rafa, sudorosos y desarreglados, con la desesperación en el rostro y el anhelo hormigueándoles en la punta de los dedos como si fueran dos adolescentes en celo.

Desde entonces apenas si se tomaron ningún descanso y la última vez fue dulce, muy dulce. Pero cuando el timbre los interrumpió, solo se sintió capaz de elevar un agradecimiento mental a los hados por su intervención. Aquella llamada, fuera de quien fuera, suponía todo un alivio. Ya no podía más, apenas resistía el peso de los párpados y estaba muy cansada.

El abogado era un duro contrincante. Siempre estaba dispuesto a darle la réplica. De acuerdo que un mes de tensión sexual insoportable era una larga espera para ambos, pero tres horas de desquite y un episodio descontrolado sobre la mesa de juntas le parecía suficiente desahogo. ¿Con qué cara iba a mirar a partir de ese momento hacia aquel rincón de su despacho?

Aquel hombre era pernicioso pero, sobre todo, muy perjudicial para su salud mental.

No podía seguir alargando el momento. Estaba claro que Rafa estaba decidido a hablar sobre lo ocurrido en su oficina, por mucho que ella no quisiera escuchar ninguna de sus peroratas poscoitales. Porque, aun después de que él le demostrara, con hechos y palabras, que aquel episodio le tenía subyugado y emocionado, ella seguía muriéndose de vergüenza. No se sentía con fuerzas para afrontarlo, prefería olvidarlo.

Pero de sobra sabía que los vapores del sexo no eran eternos y que el maldito abogado no la dejaría escapar sin que escuchara lo que fuera que quisiera decirle. Sin embargo, ¿por qué no lo dejaba para más tarde? ¿O para otro día? ¿O para otro momento en el que se sintiera menos vulnerable?

No conseguía entender por qué los hombres pensaban que a las mujeres les gustaba hablar después de acostarse con ellos? Ella se conformaba con tranquilas caricias, silenciosas y cómplices.

Resignada, se levantó de la cama y se dirigió a la ducha, aprovechando que él tuvo que salir de la habitación para buscar el teléfono, que lanzaba su lamento desde el bolsillo de la americana, olvidada en el salón.

Acababa de envolverse en una esponjosa toalla de rizo marrón mientras se secaba la melena con brío, cuando oyó que se abría la puerta del cuarto de baño.

—Cris, es tu madre —dijo Rafa, tendiéndole el teléfono en toda su espléndida desnudez—. Está preocupadísima por ti. Dice que lleva horas llamándote al móvil y no respondes. Ya le he dicho que la culpa ha sido mía por entretenerte.

—¡Mierda! Lo dejé en el despacho... —se lamentó, cogiéndolo—. Hola, mamá. Lo siento. Cuando Rafa llegó y me dijo que los niños estaban contigo...

—Tranquila, hija, no pasa nada. No necesito explicaciones, solo quería saber que estabas bien.

—Me he dejado el teléfono en la oficina y no me he dado cuenta de lo tarde que se ha hecho... Pensaba haber pasado por tu casa para recoger a Niki y Paula en cuanto termináramos de cenar, pero se me ha echado el tiempo encima. ¿Te importaría que se quedaran a dormir con vosotros?

—No, hija. No vengas, que tu padre y yo ya tenemos planes

con ellos para mañana. Rafa les ha preparado una bolsa con ropa y las medicinas de Niki, así que pueden quedarse aquí. Tú disfruta mientras puedas, antes de convertirte en abnegada madre a tiempo completo.

—Ah, no es necesario. Mañana...

—No —la interrumpió—. Mira, tómate el fin de semana para ti, que también lo necesitas. Además, supongo que tendrás que ordenar tus ideas porque... ¡menos mal que el «abogado soplagaitas» que te regaló las rosas no te afectaba lo más mínimo! —Una carcajada estuvo a punto de dejarla sorda a través del auricular—. Que yo sepa, es la primera vez en la vida de mi calculadora y metódica hija que se deja el móvil en algún sitio. Diviértete, cariño.

El mutismo absoluto a través de la línea le indicó que no era que su madre hubiese dejado de reírse de golpe, sino que colgó sin darle oportunidad de réplica. Mejor, porque Rafa no le quitaba el ojo de encima y lo más posible era que cualquier respuesta la hubiera hecho quedar mal y en ridículo. No soportaba aquella sonrisa prepotente y segura que el abogado lucía en su rostro.

—Pero ¿qué le has dicho a mi madre, descerebrado? —le increpó, con la sana intención de desahogarse y hacerle pagar los platos rotos.

Rafa sintió una oleada de fuego en el pecho que le calentó por dentro y no pudo evitar dejarse llevar por el demonio que guardaba en su interior. Cris estaba preciosa, y aquella escena tan hogareña, con ella recién salida de la ducha, le hacía ser consciente de lo feliz que le haría que aquello fuera lo que se encontrara cada mañana al levantarse de la cama.

—Nada... —contestó con una falsa cara de niño bueno—. Que fui a tu despacho y que... bueno... un beso de bienvenida llevó a otro y...

—¡No será verdad! —le cortó Cris, roja como un tomate.

—Mujer... No le he dicho que te tumbé sobre la mesa y... Solo que...

—¡Dios! —farfulló—. Mira, picapleitos liante, voy a matarte. —Lo dijo abalanzándose hacia él, echando chispas por los ojos, con los puños cerrados por delante.

Él la sujetó contra su pecho desnudo, deteniendo el avance de sus manos por las muñecas, y explotó en una ruidosa carcajada.

—Serás tontita... Solo le he dicho que, como ninguno de los dos teníamos niños, me pasé a buscarte por la oficina y te invité a cenar, ya que tenía que hablar contigo sobre algunos detalles de la futura adopción de Niki. Que lo más probable es que te hubieras dejado allí el teléfono, pero que estabas bien.

Ella pareció relajarse en sus brazos y él se puso serio mientras la sentía serenarse poco a poco, pensando en que era el momento de tomar al toro por los cuernos. No tenía ninguna intención de que ella volviera a distraerle con sus caricias, por mucho que las deseara.

Lo mejor era no darle ninguna oportunidad. Su ingeniera se estaba convirtiendo en una experta en dejarle sin palabras. De repente, la notó tensarse de nuevo.

—¿Y por qué narices mi madre te llama a ti para localizarme a mí? —cuestionó como si de pronto cayera en la cuenta de que algo no cuadrara en todo aquello.

—No me ha llamado tu madre, Cris. Han sido los niños, para desearme buenas noches, como hacen siempre que no están conmigo. Ellos han sido los que me han preguntado por ti; estaban preocupados porque no cogías el móvil ni el fijo de casa y la abuela no daba contigo. Así que he sido yo quien les he pedido que me pusieran con Ana, para tranquilizarla.

—Ah, vale —aceptó por fin—. ¡Joder, Rafa, me desestabilizas! —gritó de pronto—. He colgado sin decirle que me pasara con los críos...

—No te preocupes. Ya les he advertido yo que estabas conmigo y que te daría un beso de buenas noches de su parte. ¿Lo quieres? —le ofreció con un guiño.

—¡Eres imbécil!

—No, no lo soy. Y venga, ve a vestirte mientras me ducho. La explicación que he dado tu madre era lo que en realidad pretendía cuando he llegado a tu oficina. Iba a invitarte a cenar porque tengo que comentarte algo.

—¿De Niki?

Por algún motivo que él no comprendía, aquello parecía aliviarla.

—Bueno, no de manera directa, pero a Niki también le incumbe esta conversación... Sin embargo, puesto que no me siento muy seguro de poder centrarme demasiado en el tema si te tengo al alcance de mi mano, y además necesito un respiro, vamos a salir a cenar.

—¡Ah, no! Si tienes algo que decirme sobre la adopción, dímelo ya —exigió ella, con la ansiedad y el miedo reflejados en la mirada—. Quiero acostarme pronto ¡y sola! Mañana tengo que madrugar para ir a la oficina. Voy a aprovechar...

—Relájate. No vas a dormir sola ni vas a ir mañana a la oficina, salvo para recoger el teléfono. Y para asegurarme de que no te quedas a trabajar, tengo previsto acompañarte. Si de mí depende, tú este fin de semana vas a disfrutarlo, al igual que hace todo el mundo en tu empresa.

—Oye, no seas mandón. ¡Tú no diriges mi vida!

—Ni quiero, cariño. No tengo ninguna intención de hacerlo, te lo prometo, pero se te ve agotada. Necesitas un descanso y vas a tomártelo.

—Pero tengo mucho trabajo pendiente y...

Él abrió el grifo de la ducha e, ignorando sus palabras, se metió en el cubículo y cerró la mampara.

—Vístete —ordenó, sacando la cabeza empapada por la rendija que abrió cuando notó que no le hacía caso—. Lo discutiremos en el restaurante.

Cristina ya no podía más con la incertidumbre. Sentía como si una mano invisible le oprimiera el corazón impidiéndole palpitar. La tensión de los músculos de Rafa le demostraba que lo que estaba por venir no presagiaba nada bueno.

Tal vez por ese mismo motivo estaban en aquel japonés tan

minimalista y funcional, de ambiente tranquilo y aspecto de costar un riñón. Desde luego el señor abogado no parecía llevarse nada bien con los ataques melodramáticos y las lágrimas femeninas, pero allí no se oía una voz más alta que otra; una forma muy efectiva de asegurarse de que ella no iba a dar un espectáculo cuando la pusiera al corriente de sus intenciones.

Eso sí, paciente era mucho. Como si no tuviera ninguna prisa por soltar la bomba que escondía en su mochila, esperó a que el camarero asiático que los atendía tomara nota de la cena. Lo que él no sabía era que ella odiaba la comida japonesa... No le gustaba el *sushi* ni el pescado a medio cocinar, pero cualquiera le decía nada.

De todas formas, estaba tan nerviosa que le daba igual lo que le pusieran en el plato; así le sirvieran piedras del río las engulliría, segura como estaba de que no iba a disfrutar de su primera «cita romántica». Una pena, porque resultaba agradable cambiar el panorama de *burgers* y Vip's en compañía de los niños, por aquel tan chic y moderno.

Además, si a eso sumaba que el abogado, terco hasta el aburrimiento, no se dejó convencer en ningún momento para abordar el tema y puso todos los impedimentos a su alcance para hacerlo donde y cuando él quería...

Buena prueba de ello era que, a pesar de que aquel local apenas distaba unas manzanas de su casa, se empeñó en ir en coche. Alegó que estaba cayendo «una manta de agua que congelaba el aliento y no hacía noche para paseítos», pero estaba segura de que lo único que pretendía era no darle explicaciones mientras ella dispusiera de alguna vía de escape al alcance...

Empezaba a conocerlo bien.

Tanto que, sospechaba, nada tenía que ver la adopción de Niki con lo que pretendía decirle. Lo más seguro era que quisiera hablar de ellos dos y de lo que acababa de pasar entre las sábanas de su cama.

Por un lado estaban sus palabras, que resultaban más claras de lo que pretendía: «Bueno, no de manera directa, pero a Niki también le incumbe esta conversación», lo que implicaba que el niño no era el centro de la misma, y, por otro, el hecho de que, para darle «noticias oficiales», siempre la convocaba en la sede de Ángeles Olvidados, ejerciendo como abogado y representante legal del niño.

Unos cuantos polvos desenfrenados no iban a cambiar esa actitud; era demasiado puntilloso con su trabajo.

—¿Por qué no te tranquilizas? —interrumpió él sus pensamientos, colocando su mano sobre la que ella apoyaba en la mesa—. La conversación no es tan mala como supones.

—Lo que quiere decir que tampoco es buena...

—No lo sé, depende de cómo te la tomes... En cualquier caso, relájate. En principio no es nada que afecte a los trámites de adopción de Niki.

—¿Entonces? —preguntó, dando cuerpo a sus temores.

—Pues...

—Pues ¿qué? —lo atosigó.

Parecía nervioso y fuera de lugar, como si le costara abordar un tema espinoso y no quisiera, con ello, provocar un daño irreparable. Sin embargo, dado que la suerte era su fiel aliada, el camarero llegó en ese momento con la cena, dándole tiempo a recomponerse.

Ella puso su mente a funcionar a toda velocidad. Sabía por Tess que Rafa no era un hombre de compromisos de pareja, para él sexo y amistad eran un binomio en perfecta armonía; una forma de profundizar una relación que circulaba por caminos paralelos a los sentimientos, sin juntarse en ningún punto. Un desahogo. Una necesidad. Complicidad en estado puro... Quizá en aquella cita él pretendiera establecer los términos en los que se moverían a partir de ese momento. Dejarle claras sus expectativas

Pero, por mucho que ella llevara un tiempo barajando la posibilidad, no se sentía capaz de convertirse en su nueva «follamiga» especial. Odiaba ese término y todo lo que implicaba. No era que fuera contraria al sexo casual y esporádico, pero nunca mezclado con el cariño y, mucho menos, con la amistad. Ya lo intentó una vez y salió mal. Muy mal. No iba a jugar esa baza de nuevo.

Le ahorraría el mal trago de planteárselo y al mismo tiempo tener que reconocer su vulnerabilidad. No estaba dispuesta a mantener sexo estable sin compromiso; jamás admitiría que Rafa mantuviera relaciones paralelas y se guardara en la manga secretos que afectaran a los dos.

Tenía que reparar aquel error antes de que fuera demasiado tarde. Le haría creer que lo ocurrido no tenía mayor importancia, aunque en su caso no fuera del todo cierto, y que no volvería a repetirse.

—Mira, Rafa —lo abordó, según se apartó el amable japonés, lento y ceremonioso como un funeral—, supongo que quieres hablarme de lo que acaba de pasar, ¿no es cierto?

Él la miró, un tanto desconcertado. Aquella apocada y desconocida actitud suya le resultaba tan agradable que no pudo evitar la puñalada de dolor que sintió en el pecho. Sería tan fácil acostumbrarse... Pero no podía permitirse el lujo de dejar que la sensación creciera o sería ella la que sufriera. No era lo mismo desear al representante legal de su hijo que enamorarse de él. Y sería tan fácil que eso ocurriera...

Fue una chiquillada pensar que acostarse juntos no tendría repercusiones. La primera vez fue inevitable, pero jamás debería haber vuelto a meterse en la cama con Monclús.

—Rafa —continuó, armándose de valor y disponiéndose a poner todas las cartas boca arriba—. Eres un hombre maravilloso. El amante con el que todas las mujeres soñamos: generoso, comprensivo, divertido, inmejorable en la cama...

Él la miró, con una sonrisa en los labios.

—¿Pero...? —la incitó.

—Pero no podemos seguir así. Este es un juego demasiado peligroso.

—¿Y qué? A mí me gusta vivir peligrosamente, Cris. La vida sin riesgos es muy aburrida.

—Mira, me encanta despertar a tu lado, el sexo contigo es fantástico y, no lo voy a negar, incluso me hace soñar con prolongarlo en el tiempo...

—Pues hazlo, ingeniera. No te prives.

—Tal vez lo hiciera si solo fuéramos tú y yo los implicados. Pero en este caso podríamos provocar daños colaterales. Paula y Niki están por medio, además de que mantenemos una fantástica relación de amistad y compañerismo que no tenemos necesidad de tirar por la borda a cambio de un poco de desahogo.

—¿De verdad crees que entre nosotros solo hay «desahogo»?

—No sé lo que hay por tu parte, Rafa, solo sé lo que hay por la mía y, desde luego...

—¿Quieres saberlo? —la interrumpió.

—No. Lo mejor es dejar todo como estaba.

—Como estaba ¿cuándo? ¿Hace un mes? ¿Ayer? ¿Esta noche?

—Escúchame, Rafa. Yo ya he pasado por esto. Sé lo que pasa cuando dos amigos acaban en la cama.

—¿Hablas por experiencia? ¿Tu ex fue antes amigo que amante y ya no sois nada?

—Exacto. Por eso sé lo que ocurre con este tipo de relaciones. Al principio solo es sexo, pero con el tiempo, si el corazón no está implicado en el proyecto, la pasión muere y destruye la amistad que dio origen a todo.

—¡Cómo si no ser amigos supusiera alguna garantía de éxito, Cris! No arriesgarse es de cobardes y no creo que tú lo seas. Arriésgate, cariño. Además, la historia no tiene por qué repetirse.

—Rafa, no podemos iniciar una relación como si fuera un experimento, esperando a ver qué nos depara el futuro. Los niños van a hacerse ilusiones... ¿De verdad crees que podríamos ocultar esto mucho tiempo?

—Pues, la verdad, no tengo ninguna intención de ocultar nada. No somos dos delincuentes.

—Y si en un par de meses nos damos cuenta de que «se nos acabó el amor de tanto usarlo», como dice la copla, ¿cómo se lo explicamos a Niki y a Paula?

—Mira, Cris, deja de dar tantas vueltas a todo. El cálculo de posibilidades es infinito. Tú y yo podemos terminar en un mes o en un lustro. Y, tampoco, nada nos garantiza que, aunque no volvamos a hacer el amor, nuestra amistad sea eterna. Limítate a vivir la vida como viene, ¿vale? Si yo pensara que voy a cometer los mismos errores una y otra vez, jamás me hubiera vuelto a meter en la cama de una ejecutiva cerebral y marimandona.

—Lo has hecho porque te ha podido la lujuria. A los dos —aclaró, para que no cupiera duda de que no le consideraba el único culpable—. Tenemos que aprender a controlarla y todo será...

—No pienso controlar nada. —De pronto, Rafa se puso serio—. Yo tengo muy claro por qué lo he hecho y siento que tú todavía tengas que averiguarlo. Pero no puedo obligarte a que tomes una decisión; tus sentimientos, tu valentía y tu vida te pertenecen solo a ti. Nadie es dueño del corazón ni las decisiones de otra persona.

—No te enfades. Yo...

—No me enfado, cariño. Déjame terminar —le pidió—. Dame una oportunidad. Dásela a esta relación que, aunque no lo creas, puede funcionar. Concédeme unos días, ¿vale? De momento pasemos este fin de semana juntos y, luego, ya veremos cómo van desarrollándose los acontecimientos. Si una vez que lo intentemos vemos que no avanza como debiera, te prometo que regresaremos a nuestras vidas en el punto que estaban ayer; tú en tu casa y yo en la mía con los niños, hasta que puedas llevarte a Niki. Es la única manera que se me ocurre para poder hacer un balance justo.

—Dime algo, Rafa. Y por favor, sé sincero... —Él frunció el ceño, molesto con su falta de confianza—. ¿Lo que me estás proponiendo es que sea tu «follamiga»?

—¡No! —exclamó, ofendido—. No es ese el tipo de compromiso que pretendo que mantengamos...

—Menos mal, porque tengo que confesarte que me siento incapaz de un acuerdo de ese estilo. No soportaría ser una de tantas en tu cama, ni siquiera una especial... Necesito ser la única mientras dure. Exijo lo mismo que ofrezco.

—¿Crees que no lo sé? —Ella levantó los hombros, impotente y confusa—. Mira, Cris, aunque ese concepto me parezca muy válido en según qué relación, creo que jamás te he dado a entender que este sea el caso. De ser esa mi intención, te lo hubiera hecho saber desde el principio. Pensé que te quedaba claro después de la primera noche.

—Pero tú no eres un hombre de relaciones estables...

—¿Y eso quién lo dice? ¿Tú? —Arqueó las cejas en una muda pregunta—. Me temo que quienquiera que te haya dicho eso, no me conoce tanto como piensa.

—Entonces, ¿me estás pidiendo que oficialicemos esto y lo convirtamos en una relación al uso?

—Cris, solo te pido que no hagas un mundo de algo normal. Déjate llevar y no pienses. Y, sobre todo, no pienses por mí. Ya veremos en qué acaba todo.

—Yo no...

—A ver, Cris —la interrumpió, colocando dos dedos sobre sus labios—, ¿te acuerdas de cuando ibas a la universidad y un chico te pedía salir con él?

—Sí, claro. Tampoco ha pasado tanto tiempo de eso... —protestó, indignada como si la hubiera llamado anciana.

—¿Y cómo reaccionabas?

—Pues, si me gustaba, aceptaba encantada y, si no, declinaba su oferta con delicadeza y sin ofenderlo. ¿Cómo querías que reaccionara? —repuso con una lógica irrefutable, reflejada en el tono de voz

—Exacto, lo hacías con normalidad. Y luego ¿qué pasaba si decías «sí»?

—Nada... empezábamos a salir y, poco a poco, si nuestra relación perduraba en el tiempo, íbamos haciendo partícipes de ella a la gente de nuestro alrededor. Por último se lo contábamos a nuestras familias.

—¿Y llegaste a mantener un noviazgo formal con alguno de ellos?

—Sí, estuve saliendo con un chico más de dos años. ¿A qué vienen tantas preguntas sobre mi vida amorosa durante la época universitaria?

—A que así, justo, es como quiero que te tomes lo nuestro.

Hazte a la idea de que te he pedido «salir juntos», con todos los compromisos que ello implica.

—Entonces, ¿pretendes que mantengamos una relación de adolescentes, viéndonos a escondidas y metiéndonos mano por las esquinas, como cuando teníamos diecinueve años?

—No, joder, que ya estamos muy creciditos para eso... Vamos a comportarnos como adultos, viéndonos cuando nos dé la gana y delante de todo el que quiera mirar. Solo vamos a dar una oportunidad al futuro, sin poner nombre a nada, y esperaremos a ver cómo lo vamos interiorizando en nuestras vidas.

—Bueno, creo que eso puedo aceptarlo, pero no quiero que los niños sepan nada...

—De momento los niños están con tus padres hasta el domingo, así que estamos solos. Luego ya veremos qué hacemos. Lo mejor es que vayamos improvisando y dejando que Paula y Niki se acostumbren a vernos juntos. Si nosotros actuamos con naturalidad, los críos lo verán de la misma forma.

## 27

Cristina despertó sola y desnuda sobre la cama de Rafa. Enseguida supo que hacía un buen rato que él estaba levantado, a su alrededor las sábanas ya no guardaban el calor de su cuerpo.

No tenía ni idea de qué hora era, pero la mañana parecía estar bien avanzada; una potente luz se filtraba a través de las rendijas de la persiana. Sonrió al darse cuenta de que el abogado, ignorando sus deseos de madrugar para ir a trabajar, la dejaba dormir y evitaba hacer ningún ruido que pudiera molestarla.

Por mucho que fuera a regañarlo en cuanto lo tuviera enfrente, y le acusara de ser un metomentodo, lo cierto era que, en el fondo, se lo agradecía; necesitaba aquel sueño reparador más que respirar. Jamás lo reconocería en voz alta, pero se sentía agotada y el entretenimiento de la noche anterior no era el único culpable; llevaba meses con insomnio, madrugando mucho y sometiéndose a un horario de trabajo infernal. Las oscuras ojeras que exhibía bajo los ojos lo confirmaban.

Y su actitud no se debía a que la empresa hubiera tenido una afluencia extra de clientes, sino a que era el único método a su alcance para dejar de pensar en otros asuntos mucho más desestabilizadores. En cuanto llegaba a casa y dejaba de poner su mente en programas informáticos y páginas web, su fantasía tomaba las riendas llevándola por unos derroteros a los que no se veía con fuerzas para hacer frente.

Menos mal que Rafa tenía las ideas mucho más claras y la insistencia de una avispa. Ella jamás hubiera dado un paso adelante para poner fin a sus angustias, pero él no dudó ni un instante en hacerlo y presionarla para que reaccionara, colocando todas las cartas boca arriba y dando nombre a cada aspecto de la situación. Le gustaba que fuera así de decidido y, sobre todo, le gustaba el planteamiento que le hizo.

Por una vez en su vida iba a ser menos cerebral y más atrevida. Estaba dispuesta a dar una oportunidad a su corazón. Tal vez se arrepintiera más tarde por dejarse llevar, pero nunca tendría que preguntarse qué hubiera ocurrido si...

Dispuesta a disfrutar de aquella agradable y desconocida sensación, dio la espalda a la ventana, huyendo de la claridad entrante, y se dejó envolver por los vapores del sueño. Sin embargo, por mucho que lo intentó, fue incapaz de quedarse dormida de nuevo. Un exquisito olor a café recién hecho se colaba bajo la puerta, haciéndole la boca agua y provocando que su estómago rugiera de hambre; la noche anterior apenas comió, limitándose a marear el pescado crudo en el plato.

Dándose por vencida, se levantó y entró a toda prisa en la ducha, si bien diez minutos más tarde despotricaba como una energúmena al recordar lo incómodo que era despertar en una casa ajena sin ropa de recambio.

El vestido del día anterior estaba arrugado. No le apetecía nada volver a enfundarse en esas prendas usadas, pero no tenía mucho donde elegir. Menos mal que, cuando de madrugada se levantó para ir al servicio, un pie se le enredó en las bragas y tuvo la precaución de lavarlas y dejarlas secando sobre el radiador del cuarto de baño.

Abrió un cajón de la cómoda de Rafa y sacó una camiseta limpia y planchada, con un anagrama publicitario en el pecho. Era tan grande que le servía de improvisado vestido; le llegaba casi a medio muslo. Desde luego así no podía ir a ningún lugar público, pero la cubriría mientras desayunaba.

Descalza, salió de la habitación con intención de buscar en el aseo de los niños un secador de pelo, pero no llegó a ninguna parte. La voz de Monclús, hablando despacio y en tono cariñoso en catalán, la detuvo en el pasillo.

Él la miraba desde el otro extremo del corredor. Sujetaba con el hombro el teléfono contra su oreja y llevaba en las manos una bandeja llena de comida. Un ramalazo de deseo recorrió su espina dorsal cuando le vio. Vestido con una especie de karategui negro, de esos que se usan para practicar algún tipo de arte marcial, tenía un aspecto atractivo y peligroso al mismo tiempo.

Eso, junto con lo extraño que era escucharle hablar en otro idioma, con un marcado acento que desaparecía por completo cuando lo hacía en castellano, le resultó muy íntimo y desestabilizador. Aquel era un aspecto de la vida de ese hombre que desconocía por completo.

Le sonrió y Rafa le correspondió lanzándole un silencioso beso de buenos días. Se sintió complacida y extraña. Quería mostrarse enfadada con él por no haberla despertado, pero le resultaba imposible. Era encantador todo el trabajo que se tomaba por agradarla; que un hombre se molestara en llevarle el desayuno a la cama era algo insólito hasta la fecha.

Se acercó para quitarle la bandeja de las manos y él, en cuanto se vio libre, sujetó el aparato y se inclinó sobre ella para darle un beso, golpeándose acto seguido el dedo índice contra los labios para que no protestara ni comentara nada.

«Mi madre», vocalizó, formando las palabras sin permitir que el sonido abandonara su garganta. Ella fingió un gesto de pudor, como si la mujer fuera capaz de verla a través del teléfono, y se dirigió con su carga a la cocina. Una situación tan hogareña que no pudo evitar un cosquilleo en el estómago.

Treinta segundos después le escuchó despedirse y dejar el inalámbrico sobre la encimera, antes de acercarse a ella por detrás, que se encontraba sirviendo dos tazas de café. Recordaba que a él le gustaba fuerte, con un poco de leche y sin azúcar.

—Buenos días —saludó él, apartándole la melena húmeda para darle un tierno beso sobre la yugular, que sintió palpitar con fuerza bajo sus labios—. Me has pillado cuando iba a despertarte con un suculento desayuno.

—Hola, Rafa —respondió con una alegría inusual—. ¿Por qué no me has llamado y me has dejado dormir hasta tan tarde? Debería enfadarme contigo, lo sabes, ¿verdad?

—Sí, pero no vas a hacerlo... Al menos no por eso...

—Yo que tú no apostaría.

—Puedo hacerlo sin problema, estoy seguro de ganar.

—¿Y eso? Mira que no soy nada fácil...

—Lo sé, cariño, pero en cuanto terminemos de desayunar voy a darte motivos suficientes para que te enfades con razón —replicó con sorna, llenando sus palabras de doble sentido.

Ella lo miró con recelo. No sabía si se refería a una conversación envenenada o a una disputada contienda sexual. Y tampoco tenía nada claro si hablaba en broma o en serio. Prefirió ser positiva, dejarse llevar por el buen humor y disfrutar del generoso desayuno.

En aquella bandeja no faltaba de nada: zumo de naranja natural, *pa amb tomàquet* al más puro estilo del Ampurdán, butifarra casera, huevos fritos, café... Un lujo para el paladar que no quería empañar con malas noticias.

Pero una vez terminado el suculento tentempié, y con un segundo café, viendo que no le preguntaba nada al respecto, por fin Rafa se decidió a abordar aquello que tuviera que contarle. Enseguida descubrió que, por desgracia, su frase no tenía ninguna connotación sexual.

—Cris, hace unos días recibí una noticia de la que pensaba hablarte anoche en el japonés. Sin embargo, como nuestra conversación derivó por otros derroteros mucho más interesantes, no quise estropear el momento. No obstante, creo que no debo posponerla mucho más...

—Me estás asustando, Rafa. ¿Qué ocurre? —le interrumpió—. ¿No será verdad que tienes algo que contarme sobre la adopción de Niki?

—Tranquila —dijo él, colocando su mano sobre la que ella apoyaba en la mesa y con la que, en esos momentos, hacía un molesto ruidito al repicar sobre el tablero—. No es nada grave... No son tan malas noticias.

—Lo que quiere decir que tampoco son buenas...

—En realidad no tengo claro si son buenas o malas, no voy a engañarte. Lo que sí sé, seguro, es que no es algo que vaya a afectar de manera definitiva al proceso de adopción de Niki.

Ella le miró, escéptica.

—O sea, que sí va a afectarle... Al menos en parte —replicó, demostrando que no se dejaba engañar con su palabrería de abogado.

—No lo sé. Verás... —Se lanzó de lleno al tema—. Creo que ya te he comentado que, hace unos meses, antes de que tú tomaras la decisión de convertirte en su madre de acogida, desde la Fundación presentamos un recurso de apelación a la resolución que en su día dictó el juez Morales. ¿Recuerdas?

—¿Contra la sentencia que blindaba los derechos de la madre biológica de Niki durante cinco años?

—Exacto. Lo hicimos con la intención de agilizar los trámites, por si algún día aparecían unos futuros padres adoptivos para el pequeño.

—En otras palabras —volvió a cortarle, sabiendo que si permitía que él se fuera por las ramas terminaría liándola con su discurso jurídico—, el cabrito del juez no ha admitido tu recurso...

—Sí, sí lo hizo. No solo lo admitió, sino que además se pronunció reafirmándose en su veredicto.

—¿Y en qué se basa?

—En nada. El tío ha pasado de nosotros. Ha hecho oídos sordos al hecho de que la madre no ha demostrado interés por el pequeño en todos estos años, y tampoco ha propiciado ningún acercamiento a él ni ha movido un solo dedo para cambiar de profesión y forma de vida, que eran los fundamentos de la apelación.

—¿Y no podéis recurrir ante un estamento superior? —replicó, sorprendida.

—Sí, claro que podemos, pero no vamos a hacer nada porque, de momento, lo que menos me preocupa es eso. —Él apretó la mano que refugiaba bajo su palma—. Como representante legal de la Fundación, he decidido que voy a dejar que pase el tiempo.

—Pero supongo que tienes un plazo para apelar, ¿no?

—En efecto, pero considero que es mejor dejarlo vencer. Elevar un recurso a la Audiencia Provincial supone un montón de esfuerzo y, a la larga, nos va a ser mucho más beneficioso, y rápido, no sacar el expediente de esa sala.

—¿Y eso?

Rafa se la quedó mirando, sin responder de inmediato, como si dudara cuánta información facilitarle. Empezaba a preocuparse de verdad.

—Escucha, Cris, esto que voy a contarte no puede salir de aquí. No puedes repetirlo delante de nadie, ni siquiera de tus padres o hermanos.

—¿No confías en nosotros? —replicó, ofendida.

—¡Claro que sí! Pero es tan serio y tan confidencial que, si la persona que me ha informado se entera de que me he ido de la lengua, me mata.

—Pero... —Los ojos estuvieron a punto de saltar de sus órbitas por el miedo que sintió de repente. ¿Con qué gente trataba Rafa?

Él dejó escapar una estruendosa carcajada.

—¡Tranquila, mujer! —Siguió riéndose—. Lo digo de forma figurada... No va a liquidarme, no es ningún matón de siete suelas. —Ella soltó un sonoro suspiro de alivio—. Al contrario, es un agente de la ley; mi mejor amigo. Pero si lo que me ha contado extraoficialmente transciende, se puede meter en un buen lío y dar al traste con una importante operación policial.

—Ah, ¡qué susto! —se quejó—. Y bueno, ¿vas a contármelo o no?

—Sí, pero empezaré por el principio.

Ella se relajó, apoyando un codo en la mesa y colocando la cara en el hueco de su mano, en una actitud de «soy toda oídos».

—Mi mejor amigo, Alex Martín, es uno de los inspectores jefes de la Comisaría General de Investigación Criminal de los Mossos d'Esquadra. Nos conocemos desde que empezamos la universidad y nunca hemos perdido el contacto. Así que, como siempre he estado muy mosqueado con la actitud del juez en este caso, le pedí hace ya tiempo que investigara a Melchor Morales, por si resultara tener algo que esconder. —Pero al ver su gesto de incomprensión, aclaró—. Hay informaciones y expedientes a los que solo tiene acceso la policía, ya sabes...

—No, Rafa, no sé —replicó ella con dulzura, dando voz a sus dudas—. Me he perdido hace un rato. No sé qué tiene que ver un policía de Barcelona con un juicio en Madrid. No sé en qué te basas para creer corrupto a un miembro de la Judicatura española. No sé qué pretendes hacer si, por casualidad, descubres que hay algo turbio en ese tipo. Pero, sobre todo, no sé por qué buscas tres pies al gato cuando podrías arreglarlo recurriendo la sentencia. Supongo que tienes tus motivos, pero ¿podrías ser un poquito más explícito?

Él confirmó con un movimiento de cabeza.

—Verás, la sentencia original no la puedo recurrir, porque ha vencido el plazo. En su día estábamos seguros de que Niki no sobreviviría ni cinco años, ni uno —esclareció la primera de sus dudas—. Pero —continuó—, por lo que busqué la implicación personal de Morales es porque, al margen del caso que nos ocupa, mi ética me impedía dejar pasar los tejemanejes de un juez corrupto. Y, como al final se ha demostrado, tenía fundadas sospechas de que él lo era. En cuanto a por qué recurrí a mi amigo para que me ayudara, un poli de Barcelona, fue porque llegó un punto en el que yo no podía seguir investigando, había tocado techo. Por último, te diré que yo no voy a tener que hacer nada, ya que Alex se va a encargar de todo por mí.

—Espera, espera —lo detuvo, levantándose del taburete como si le hubiera estallado un petardo en el culo—. ¿Me estás diciendo que tu amigo ha encontrado indicios de prevaricación en ese sujeto?

—Siéntate y escucha.

Obediente, y alarmada hasta unos límites que parecía que su corazón iba a saltar de la caja torácica, se dejó caer de nuevo sobre el asiento y se mantuvo en silencio.

Lo que a partir de ese momento Rafa empezó a relatarle hizo que su estado de ánimo pasara por diferentes fases. Apesadumbrado, por la vida que le tocó vivir a su amigo; indignado con las autoridades, por el abandono a unos niños indefensos; rabioso, ante la permisividad de un estado jurídico imperfecto, y sobre todo, perplejo, al descubrir las implicaciones de ese ser que se hacía llamar «defensor de la ley».

La situación era tan grave que ni siquiera podía sentirse furiosa. Pensaba que, si estuviera en su mano, sería capaz de ir a buscarlo y arrancarle los ojos... como mínimo, porque lo que de verdad le gustaría poder arrancarle sería otra parte de su anatomía; para que no le quedaran ganas de abusar nunca más de nadie y, menos aún, de un niño.

—Entonces —interrumpió a Rafa, por primera vez durante su largo monólogo, en el que con palabras precisas y sin florituras la puso al corriente de todo el tema—, ¿crees que una vez que avance la investigación que tu amigo está llevando a cabo, van a inhabilitar a Morales como juez?

—Estoy seguro. No les quedará otra, esto va a ser un escándalo de narices —se lamentó.

—Pues sí —corroboró ella, cavilando en todas las repercusiones que ello conllevaba—. ¿De verdad estás seguro de que no hay ningún error? ¿Tu amigo no puede equivocarse? Mira que es muy grave lo que dices... —propuso, no queriendo aceptar todavía lo inevitable.

—Cris, por favor... ¿Piensas que un hombre, y más un policía de ecuanimidad probada, puede equivocarse sobre algo así, que además le afecta de manera personal?

—No, pero da mucho miedo solo con pensarlo... —admitió por fin—. ¿Y cuando todo eso salga a la luz...?

—Cuando eso ocurra, pediremos la revisión de la sentencia de Niki ante el nuevo juez al que asignen sus casos, alegando la falta de valores morales del anterior magistrado frente a la prostitución y a los derechos del menor.

—¿Prostitución? —replicó, confusa. Pero al momento, asustada, cayó en que el concepto abría una nueva puerta—.

¿No me estarás diciendo que la madre de Niki se dedica a la profesión más antigua del mundo?

—Sí, ingeniera, es prostituta. O como mínimo, madama; regenta un afamado club de *strippers,* en el que de forma extraoficial también se pueden contratar «otros servicios». Creía que lo sabías...

—No tenía ni idea. Jamás me dijiste nada.

—¿No? —cuestionó extrañado—. ¿No te lo expliqué cuando hablamos de lo que Niki me contó este verano?

—Pues no, Rafa. No entraste en detalles y yo interpreté que la mujer era un poco ligerita de cascos, o despreocupada, o yo qué sé... Lo cierto es que nunca me he planteado nada. Prefiero no pensar en ella porque, cada vez que lo hago, se me llevan los diablos.

—Bueno, da igual. Porque en realidad lo malo no es que sea un zorrón verbenero o se gane la vida con un *putiferio,* hay mujeres a las que no les queda más remedio que vender su cuerpo para poder sobrevivir, lo peor es que ella gana tanto dinero con su selecto club que podría haber dado a su hijo la vida de un rey, proporcionarle los mejores cuidadores o incluso haberle pagado un tratamiento exclusivo y un trasplante en Houston. Sin embargo, no hizo nada y prefirió dejarlo abandonado a la mano de Dios.

—Ay, ¡madre mía!

Casi no podía dar crédito al cariz que estaba tomando el asunto. Pero, sobre todo, temía lo que podría depararles el futuro y, en especial, que los resultados se complicaran de tal forma que algo impidiera que pudiera adoptar al niño.

—¿Y si el nuevo juez tampoco quiere modificar la sentencia? —planteó.

Rafa levantó los hombros con un incierto gesto de impotencia.

—Pues no sé, Cris. Si se da ese caso, intentaremos otras mañas...

—¿Como cuáles?

—Podemos ponernos en contacto con la madre y tratar de convencerla para que sea ella la que renuncie de forma voluntaria y definitiva al pequeño.

—¡No! A la madre mejor la dejamos al margen de todo.

—¿Por qué?

—Porque si se rebota y le da por reclamar a Niki... ¿No lo entiendes?

—Tranquilízate, cariño —la consoló él, levantándose de su silla para ir a abrazarla—. ¿Para qué narices va a querer ella recuperar a un hijo enfermo? —repuso, apretándola contra su pecho.

—Pero ya no está enfermo. ¡Está curado, Rafa! —replicó ella, con un hilillo de voz, apartándose de la apretada caricia.

—Ya, pero eso no lo sabe y yo no voy a ser tan tonto de decírselo, ¿verdad? Además, ¡como que yo iba a permitir que el niño cayera en manos de una desaprensiva! Venga ya...

—No me convence nada... —susurró, ante las dificultades que presentaba ponerse en contacto con ella.

—Vale, pues olvidémonos de la madre de momento.

Pero, como en esos instantes estaba mirándolo con atención a la cara, descubrió un gesto que la alertó. Fue solo un instante, él lo borró de inmediato y continuó hablando.

—Cris, esto es un asco —se lamentó—. Lo único positivo es que la Administración pudiera hacerse cargo de la labor que la muy bruja no quiso asumir. La triste verdad es que el niño está mejor en un centro residencial que con ella; al menos ahora tiene una oportunidad... siempre y cuando los representantes de la justicia dejen de ponerle zancadillas —se quejó él, saliéndole el deje catalán a causa del enfado.

—Te noto muy angustiado, Rafa —susurró, abrazándolo de nuevo para recuperar las fuerzas que necesitaba y hacer frente a sus propios temores—. ¿Me ocultas algo más?

Él se lo pensó un instante.

—Bueno... —dijo por fin—. He pensado no seguir hablándote de esto, al ver tus temores ante la posible reacción de la madre, pero es mejor que te enteres de todo de una vez.

—¿De qué? —cuestionó mientras su corazón pareció detenerse durante un par de latidos.

—Digamos que, aunque no tengo pruebas fehacientes que lo

demuestren, presiento que la relación de la madre con el juez es, digamos... En fin, «inusual» no es la palabra, pero no se me ocurre ninguna otra.

—Pues mira que es raro que tú te quedes sin palabras —intentó bromear, quitando hierro al asunto, aunque en su interior temblaba de miedo por lo que fuera que estuviera a punto de revelarle—. ¿En qué te basas para hacer una acusación tan seria?

—En realidad en nada concreto. Es solo uno de mis pálpitos, pero desde que el otro día que hablé con Alex, no puedo quitarme de la cabeza que hay algo que debería recordar, pero no logro saber qué es.

—¿El qué?

—No lo sé. De cualquier forma, no quiero influenciarte con mis paranoias y mucho menos contagiártelas. Y aun así, me parece que es mejor que sepas que he enviado a Alex toda la información que tengo sobre la madre de Niki, para que la investigue a ella también. Creo que, de alguna forma, esos dos se traen algo entre manos; algo muy siniestro, que puede que tenga algo que ver con esa maldita sentencia tan «generosa».

Al escuchar aquello fue ella la que se quedó sin saber qué decir.

—Te has quedado muda —musitó Rafa, dándole un pequeño beso en la frente—. No quiero perjudicarte. Lo sabes, ¿verdad?

Ella se limitó a asentir con la cabeza. Seguía sin encontrar algo coherente que contestar.

—Ya te dije en su día que lucharía a tu lado y te apoyaría en todo momento, Cris, así que tus objetivos son también los míos, pero no puedo dejar pasar esto por alto. Se lo debo a Alex y me lo debo a mí mismo y a mi tranquilidad de espíritu. ¡Entiéndelo!

Haciendo un esfuerzo supremo, se recuperó de la impresión y contestó tal y como pensaba que él quería que lo hiciera. Lo último que pretendía era que se cerrara en banda y dejara de tenerla al corriente de todo lo que iba descubriendo y de cómo procedería en adelante.

—Lo entiendo —masculló—. Sé que tu deseo es ver a Niki

en el seno de una familia que lo haga feliz, pero también sé que no puedes cerrar los ojos ante una injusticia. Por eso estoy convencida de que harás lo que sea mejor para todos, sin hacer daño a ninguna de las personas que quieres. Haz lo que consideres oportuno, yo estaré a tu lado.

—Gracias por tu apoyo, para mí significa mucho —reconoció Rafa, con el alivio reflejado en la voz—. No sabía cómo ibas a tomártelo, pero necesitaba que lo supieras.

—Por supuesto. No sabes cómo valoro que me lo hayas contado.

—No me ha sido fácil, créeme. Y menos después de que lo nuestro empieza a ir por buen camino... Pero ¿sabes?, no quiero hacer esto solo. Somos un equipo y necesito que me acompañes, también, en esta batalla.

—Puedes estar seguro de que lo haré.

Él hizo una sonora inspiración y luego soltó el aire despacio, con alivio.

—¡Menos mal! —exclamó, triunfante—. Y una vez que estamos de acuerdo y en el mismo barco, te informo que, como todavía tengo unos días de vacaciones, que me obligan a tomar antes de finales de año, mi siguiente movimiento será ir dentro de unas semanas a Calella para visitar a mi madre y, de paso, quedar con Alex y ver qué es lo que ha descubierto en estos días del caso.

—¿Te vas a Calella? ¿De eso estabas hablando antes con tu madre?

—Sí. Mi madre echa mucho de menos a su nieta y ha insistido en que también quiere ver a Niki, así que le he dicho que iremos todos unos días en noviembre. Y le he advertido que es muy posible que tú también vengas con nosotros.

—¿Yo? —cuestionó—. ¡No puedo! Ya he disfrutado de todos mis días libres.

—Pide permiso a tu padre, seguro que no te lo niega.

—No, de verdad que no puedo... Tengo mucho trabajo.

—¿A ti de qué te sirve ser la hija del dueño, Cris? ¿Solo para trabajar más horas que nadie? Dile que necesitas un descanso; te va a creer, porque se nota a la legua que estás agotada. O explota el tema que esas serían tus primeras vacaciones con Niki...

—Pero...

—Bueno, cariño —cortó su protesta—, tú verás lo que haces. Esto no es una imposición. Puedes elegir. Si no quieres venir, no voy a obligarte. Te comentaré lo que descubramos por teléfono e, incluso para que no tengas que volver a separarte de Niki, me iré sin él. Ya contaré alguna milonga a la jefa.

—¿Y en concepto de qué le has dicho a tu madre que iría? —preguntó al cabo de unos segundos de cavilación.

—Esa también es tu decisión. Serás tú quien le diga qué somos: amigos, amantes, novios...

—Joder, Rafa, dejas toda tu vida en mis manos. ¡No es justo!

—Lo siento, pero es que la tienes en tus manos.

## 28

Manoli Varela se asomó a la ventana de la cocina. Su hijo Rafa estaba aparcando en esos momentos junto a la acera de enfrente. ¡Por fin estaban allí!

Y ella se moría de ganas de conocer a esa mujer que iba a adoptar a Niki; esa tal Cristina de la que el niño hablaba como si fuera la quintaesencia de la perfección y a su hijo le ponía un brillo en los ojos y una sonrisa en la voz que hacía años que no estaban allí.

Los vio descender del todoterreno, uno por cada lado, y abrir las puertas traseras para que bajaran los niños, que saltaron al suelo ágiles y pletóricos de energía en cuanto les soltaron los arneses de sus sillitas de seguridad.

Crecían día a día. Solo llevaba tres meses sin verlos, pero los encontró muy cambiados. Sin embargo, quien acaparó toda su atención fue la mujer. Era alta y espigada, con una larga melena cobriza y una amplia sonrisa que le iluminó el rostro cuando su nieta le dijo algo, la tomó de la mano y tiró de ella para arrastrarla hacia la puerta de la casa. No podía verle los ojos, los llevaba cubiertos por unas gafas de sol y, a simple vista, le pareció guapa; «demasiado», a su entender. Su hijo ya debería saber que la belleza no hace la felicidad.

Rafa las siguió, con Niki a su lado. Aún iban detrás de las chicas cuando la puerta de la calle se abrió con un fuerte empujón y su nieta lanzó un alarido, llamándola, que hubiera despertado a la Bella Durmiente sin necesidad de que interviniera el príncipe.

—¡Yaya! —exclamó, alargando la «a» hasta el infinito—. ¡Ya estamos aquí!

Ella salió de la cocina y se asomó al recibidor, al tiempo que una tromba la envolvía en un batiburrillo de piernas largas y pelo moreno revuelto.

—¿Me has echado mucho de menos, yaya? —preguntó la niña, dándole besos por toda la cara—. Yo a ti sí.

—¡Claro que sí, mi amor! ¿Cómo no voy a echar de menos tanta zalamería? —repuso, riéndose y respondiendo a los besos de la pequeña.

Aún seguía sonriendo por la explosión de amor de su nieta, cuando Niki se acercó corriendo hacia ella, pugnando por su atención, aunque tuvo que conformarse con abrazarse a su cadera, ya que Paula seguía colgada de su cuello como un cachorro de chimpancé.

Se agachó y depositó a su nieta al lado del pequeño, al que dedicó toda su atención. Estaba guapísimo y se lo veía muy saludable, con una abundante mata de pelo rubio claro que hacía olvidar todas las sesiones de quimioterapia a las que durante años le expusieron.

Incluso estaba ya un poco más alto que Paula, a pesar de que su nieta rozaba los valores más altos del percentil de su edad. Daba gusto verlo.

En realidad daba gusto verlos a los dos; eran como una versión mixta de Zipi y Zape y estaba deseando poder compartir con ellos sus inocentes trastadas. Le encantaría poder disfrutarlas más a menudo.

—¿Has visto a mi mamá, yaya? —preguntó el niño, en cuanto se vio libre de sus besos y achuchones—. ¿A que es muy guapa?

—Sí, mi amor, es muy guapa —confirmó, levantando la mirada y dirigiéndola hacia el umbral de la puerta, bajo la que contemplaban la escena, embelesados, los dos adultos recién llegados.

—Hola, mamá, ¿cómo estás? —le dijo su hijo, acercándose para darle un beso en la mejilla, al tiempo que tiraba de la mano de Cristina para acercarla—. Esta es Cristina —las presentó—. Cristina, mi madre; Manoli.

—Encantada, señora Monclús —la saludó la muchacha, a quien se veía cohibida—. Perdone que me haya presentado así en su casa, sin invitación... Espero no ser ningún trastorno.

—Tranquila... No necesitas invitación, esta casa también es la de mis hijos, que son libres de traer aquí a sus amigos cuando quieran —repuso, aceptando la mano que la chica le tendió, al tiempo que se dirigía a su hijo—. Rafa, os he preparado la planta de arriba. Tenéis todas las habitaciones a vuestra disposición, ya sabes que yo ya solo uso la planta baja... Total, para mí sola... Así ahorro calefacción y no tengo que estar todo el día subiendo y bajando escaleras. ¿Por qué no enseñas a Cristina dónde puede instalarse?

—Claro, mamá... Pero no te preocupes, los niños dormirán en el cuarto de las dos camitas y nosotros en el grande.

Rafa miró a Cristina mientras contestaba, retándola a quejarse. La muchacha no dijo nada, pero parecía que iba a sufrir una apoplejía, a tenor de lo colorada que se puso.

Los vio desaparecer en las escaleras arrastrando las maletas y ella regresó a los fogones, moviendo la cabeza con desaprobación. Esperaba que esta vez su hijo hubiera elegido mejor a la mujer con la que parecía dispuesto a compartir su cama y su vida. Al menos a esta parecían gustarle los niños, o no estaría intentando adoptar uno. Tenía que reconocerle ese punto.

Minutos después ya estaban sentados los cuatro a la enorme mesa blanca de la cocina, mientras servía la comida que ya tenía preparada antes de que llegaran.

Los críos les enloquecían con su cháchara infantil, pero a ella lo que le interesaba era saber de Cristina. Rafa y Niki ya llevaban tiempo hablándole de ella, pero quería comprobarlo con sus propios ojos. No se fiaba de las percepciones ajenas, necesitaba mantener con la chica una conversación «de mujeres» para conocer sus verdaderas intenciones.

Lo que no ocurrió hasta bien entrada la tarde, cuando su Rafa se marchó a dar un paseo por los alrededores con los niños y la muchacha se brindó a ayudarle a recoger la mesa y fregar los platos.

—Entonces, Cristina, ¿Rafa y tú sois novios? —preguntó con tono inocente después de dar unos cuantos rodeos a la charla, tras preguntarle sobre su familia y su trabajo.

—Pues... —titubeó la chica—. Si le soy sincera, no sabría decirle qué es lo que somos. Si me lo hubiera preguntado hace un mes, le habría contestado que «buenos amigos», pero hoy... La verdad es que a estas alturas no sé qué responderle. Quizá lo más acertado sea decirle que «un proyecto de relación».

Parecía sincera y se lo agradecía, pero no se sentía nada satisfecha con su respuesta.

—O sea —insistió—, que sois lo que los jóvenes llamáis «amigos con derecho a roce»...

Vio que Cristina entornaba con recelo esos claros ojos grises que por fin pudo ver y pensaba la respuesta.

—No. No, señora —dijo al cabo de unos instantes—. En realidad no sé lo que usted considera «amigos con derecho a roce», pero si lo interpreta como nos conocemos, mantenemos sexo cuando nos apetece y cada uno tiene derecho a tener su vida privada... le anticipo que está en un error porque...

—Mujer, no te pongas a la defensiva —la interrumpió con una voz tan suave que parecía, incluso, inocente.

—Déjeme terminar, por favor, señora Monclús —siguió diciendo ella, haciendo caso omiso de sus palabras—. No me pongo a la defensiva, solo intento explicarle que para mí amistad y sexo no son compatibles y que, puestos a elegir, yo siempre optaría por lo primero, porque para lo segundo sirve cualquier amante. De ser ese el caso de Rafa y mío, me hubiera limitado a responderle que éramos «amantes».

—Entonces... si no sois novios, ni amantes...

—¿Por qué vamos a compartir habitación?

—Sí —corroboró ella. Ante la cruda sinceridad de Cristina se sintió libre de responder en los mismos términos.

—Pues le sugiero que eso se lo pregunte a su hijo. Yo no sabría qué responder porque, le garantizo, en ningún momento era mi intención meterme en la cama de Rafa en casa de su madre. Primero por respeto a usted, que sé que es una mujer tradicional y religiosa; segundo, porque no me siento cómoda, de la misma manera que tampoco lo estaría haciéndolo delante de mis padres, a los que se podría tachar de «modernos», y tercero, y principal, por deferencia a Paula y Niki.

—¿Y entonces?

—Entonces, ya se lo he dicho... Somos un proyecto. Algo que hoy por hoy ni su hijo ni yo sabemos cómo va a terminar, pero que abordamos con la esperanza de que tenga algún futuro. O al menos uno en el que ninguno salgamos lastimados. Y cuando digo «ninguno» —volvió a interrumpirla, levantando una mano para acallar su protesta— me refiero a los adultos y, por supuesto, a los menores.

—Ya —repuso ella, pillada fuera de juego ante las duras respuestas.

—No me diga «ya», sé que no lo entiende... y lo comprendo. Le aseguro que yo también estoy un poco confundida, pero Rafa me ha pedido que le dé una oportunidad, a él y a esta relación, y de lo único que estoy segura es de que se merece que yo lo intente.

—O sea, que lo haces por Rafa pero tú no estás nada convencida...

—Sí, señora, estoy convencidísima. Si no lo estuviera no pondría en peligro tanto como me juego. Pero, por si tiene alguna duda, necesito que sepa que yo quiero a su hijo.

—Pues perdóname, chica, pero entonces no sé por qué te niegas a poner nombre a esa relación.

—Quizá porque aunque estoy convencida de que los nombres no cambian nada, sí que lo hacen las etiquetas. Y yo no puedo poner una a algo que, hasta hace muy poco, ni siquiera me reconocía a mí misma y de lo que he estado huyendo durante mucho tiempo.

Ella miró a Cristina un tanto sorprendida, perdida en la palabrería y sin saber muy bien cómo encajar tanta «sinceridad», suponiendo que lo fuese.

No hacía muchos días su hijo le contó, por teléfono, que estaba enamorado de la futura mamá de Niki y que iba a intentar establecer una relación estable con Cristina. Pero ella no podía evitar tener sus dudas... Después de la experiencia anterior, ya no confiaba en ninguna mujer que pusiera los ojos sobre Rafa, y menos si lo primero que hacía era meterse en su cama, como estaba claro que sucedía.

Aunque tenía que reconocer que la chica no se estaba enfrentando a ella con verdades a medias. Sin embargo, no quería volver a ver sufrir a Rafa y mucho menos a su nieta. A sus nietos, porque no podía dejar de considerar a Niki como parte de su familia.

Pensándolo bien, le vendría bien aquella semana que tenía por delante. Podría ver cómo respondía Cristina y observarla de cerca. Si todo aquello era una pose, se daría cuenta enseguida. Con Amalia le bastó un par de visitas para calarla, a pesar de que era una actriz consumada, por lo que siete días conviviendo con la nueva optante al cargo de señora de Monclús le permitiría hacerse una idea bastante aproximada de lo que podría ocurrir entre ella y Rafa en los próximos meses. Estaría alerta.

—Mire —interrumpió Cristina sus pensamientos—, no le estoy pidiendo que me acepte, no se me ocurriría, solo le voy a rogar lo mismo que su hijo me reclama: deme una oportunidad. Si yo soy capaz de hacerlo, no dudo que una madre estará dispuesta a hacer de tripas corazón por la felicidad de su retoño.

Y después de soltar aquella ponzoñosa frase, dobló muy despacio el paño con el que estaba secando el último plato de la vajilla, lo dejó con suavidad sobre la encimera y se dirigió hacia la puerta sin despedirse.

Cristina subió a la polémica habitación que iba a compartir con Rafa y se asomó al amplio balcón desde el que se veía el mar. Ya no tenía aquel luminoso color turquesa del mediodía, a esas alturas de la tarde no quedaba nada de su brillo y las blancas cintas de espuma que coronaban la superficie ondulada solo destellaban de vez en cuando, sin brío. En esos momentos era de un azul tan plomizo y apagado como su humor.

Aun así, la llamaba como si las sirenas estuvieran entonando su melodía desde las profundidades. Apenas quedaban un par de horas de luz, pero la temperatura era muy agradable y la brisa, quizá un poco fresca, no resultaba desapacible. Necesitaba despejarse.

Decidida, sacó un forro polar con capucha de la maleta, que todavía seguía sin deshacer sobre la cama, y se encaminó a la calle por la puerta trasera, que daba al *carrer* de Pirroig. Dobló la esquina hacia la izquierda y se dirigió hacia la playa desierta por un pasaje peatonal que desembocaba en el paseo marítimo.

Suponía que en verano estaría lleno de turistas y sobre la arena a esas horas reposarían ya las barquitas de madera de los pescadores, recién pintadas de alegres colores. En cambio, en aquella época del año era como si hubiera pasado un tornado, no se veía ni un alma. Solo un hombre lanzaba un palo a su perro cerca de la orilla.

El entorno era idílico, podía reconocerlo incluso a pesar de su aciago humor.

Bajó las escaleras y pisó la gruesa arena. La marea alta apenas dejaba una estrecha franja por la que pasear, pero caminó hasta el farallón de la izquierda esquivando las tranquilas olas que morían a menos de un metro de sus pies, con las manos enterradas en los bolsillos del forro mientras se dejaba sosegar por el rumor del agua. Luego dio la vuelta y regresó por sus pasos hasta que divisó la casa de color terracota que un día fue el hogar infantil de Rafa.

No era muy grande, la mayoría de las de su alrededor eran mucho más impresionantes y señoriales, ni siquiera gozaba de los amplios espacios ajardinados frente a la puerta principal que sus vecinas; esta solo contaba con un pequeño acceso en la que crecían dos arbolitos que no sabría identificar, ya que estaban podados y solo mostraban sus descarnados muñones. Aun así tenía un buen tamaño y se la veía cuidada.

Una valla de ladrillo tostado, sin barrotes, le impedía ver si en el reducido jardincillo florecía algún tipo de planta de temporada. En cualquier caso, si la hubiera, estaría tan muerta como las que colgaban de las jardineras que rodeaban el balcón de barrotes negros de la habitación principal, que se abría al paseo marítimo y, más allá, al mar.

Era maciza, robusta, capaz de luchar contra la tramontana que a menudo azotaba aquella costa... fiel reflejo del carácter de su propietaria. Solo tenía dos alturas, con una cubierta a cuatro aguas de tejas color claro y amplias ventanas de PVC blanco que resaltaban contra la pintura rojiza. Sin duda era un lugar maravilloso para vivir.

Todavía melancólica, no sabía si por la discusión con la madre de Rafa o porque auguraba que aquellas no iban a ser las vacaciones imaginadas, se alzó hasta un poyete de piedra que rodeaba el talud que sujetaba el paseo marítimo, al abrigo del clausurado puesto de la Cruz Roja que la resguardaba del viento. Ella era de tierra adentro, pero el mar la atraía como un imán. Junto a él conseguía aplacar todas sus penas e inquietudes.

No supo cuánto tiempo permaneció allí, con las piernas encogidas y los talones sobre el asiento para dar apoyo a sus brazos, contra los que dejó caer la barbilla para mirar el vaivén de las olas.

No tenía ganas de regresar a la casa y mucho menos de discutir con Rafa. Sabía que en aquel estado anímico se dejaría llevar por su impulsivo malhumor y él no tendría otra salida que la de defender a su progenitora.

Porque estaba enfadada. Mucho. De hecho iba a matar a Rafa por llevarla allí. Se merecía una muerte lenta y cruel, en la que sufriera hasta su último aliento. ¿Cómo podía haberla puesto en esa tesitura? ¿Cómo se le ocurrió pedirle que le acompañara en esas vacaciones, teniendo al mismísimo can Cerbero como guardián de lo que aquella mujer consideraba la honra de su único hijo varón?

Sin duda él sabía que su madre se pondría de uñas, porque incluso ella, que no la conocía de nada, se dio cuenta nada más entrar en la casa. Jamás en toda su vida se sintió más observada y analizada... Esa mujer ni siquiera se molestó en disimular que buscaba una conversación... *suegril*. Sí, esa era la palabra; la típica charla de mamá leona protegiendo a su cachorro, dispuesta a devorar a la incauta que pusiera los ojos, y menos aún las zarpas, sobre su descendencia.

Pero la idiota era ella; primero por haber aceptado la invitación de Rafa y después por entrar al trapo del duelo verbal de su madre. Sin embargo, aun sabiendo que eso era lo que pretendía la seria y adusta señora de Monclús, lo mejor era poner las cartas boca arriba cuanto antes. Por eso no quiso ir a conocer la cala preferida de Niki con Rafa y los niños y se quedó allí «ayudando» a Manoli. Los malos tragos era mejor pasarlos cuanto antes.

Puede que Rafa no tuviera la culpa de tener al can de Hades por madre, pero sabiendo cómo era, no entendía qué sucedió en su cabeza para que se le ocurriera decirle, a bocajarro, que compartirían habitación. Desde luego esa no fue, en ningún momento, la intención de ella; le daba demasiado pudor.

Pero observar el reto de Monclús le dio alas, si bien lo que le hizo tomar la determinación y no negarse de inmediato fue darse cuenta del rictus de malas pulgas que puso mamá gallina...

Y puestos a aceptar retos, tal y como decidió el día de la conversación que mantuvo con Rafa en el japonés, no estaba mal ponerse a ello con la verdad por delante. Si a su madre le molestaba, a ella le daba igual; al fin y al cabo con quien iba a mantener una relación era con él y esa mujer vivía a más de setecientos kilómetros de su hijo.

Adoptar un nuevo estatus de vida tampoco era nada fácil para ella; llevaba años huyendo de un compromiso estable y le daba pavor que este pudiera fallar, pero en cuanto reconoció que estaba enamorada de Rafa, comprendió que ya no por él, sino por ella misma, tenía la obligación de intentarlo.

Que la experiencia con su ex acabara en fracaso no significaba que tuviera que meterse en una ostra o enterrar la cabeza en la arena ante cualquier oportunidad que le diera la vida. Si tenía la más mínima posibilidad de formar una familia con Rafa y los niños, estaba dispuesta a sepultar todos sus miedos y hacer la apuesta más arriesgada de sus treinta años. ¡Se lo merecía! Los cuatro se lo merecían.

## 29

Ya anochecía cuando Cristina oyó el roce de unos pasos al pisotear la arena, seguidos de la aparición de la imponente figura del hombre del que estaba enamorada, pese a todos sus esfuerzos por evitarlo.

No sonreía. Y, sin emitir ni una sola palabra, se sentó a su lado impulsándose con facilidad con un solo brazo hasta el poyete, situado a algo más de un metro altura, para abrazarla con el otro por el hombro y acercarla a él. Ella se dejó hacer sin mirarlo.

Se quedaron allí, callados, acunados por la cadencia de la marea, durante mucho rato. Ya era noche cerrada cuando Rafa rompió el acogedor silencio.

—Lo siento —dijo, contrito—. No imaginaba que mi madre iba a ponerse en ese plan en cuanto yo me diera la vuelta...

Ella se apartó para mirarle a la cara, sorprendida.

—De verdad que pensé que iba a darte la bienvenida encantada —insistió ante su gesto de incredulidad—, o nunca te hubiera invitado a venir. Sé que puede ser muy borde cuando se lo propone, así que si quieres nos trasladamos a un hotel, hay un montón en el pueblo...

—No hará falta, seguro que puedo soportarlo —le interrumpió—. ¿Qué te ha dicho? ¿Me ha puesto a escurrir? —masculló, armándose de valor para defenderse ante lo que suponía una retahíla de argumentos por parte de Manoli, por supuesto, todos en su contra.

—No, pero la conozco muy bien. Cuando los niños y yo hemos ido a buscarte para ir a merendar a nuestro regreso del Golfet y he visto que no estabas en casa, ya me he mosqueado al escuchar de boca de mi madre que hacía rato que estabas fuera, aunque ella no sabía dónde. Pero, cuando hemos vuelto y seguías sin aparecer, ha sido cuando de verdad me he alarmado y no me ha quedado más remedio que someterla al «tercer grado» —bromeó.

—¿Y cómo has sabido que estaba aquí?

—Mi madre ha «confesado»... —Rio, y le levantó la cabeza, empujándola con un dedo bajo la barbilla, para darle un suave e inocente beso en los labios—. Ha reconocido que ha estado espiándote desde la ventana de la habitación de los niños. Con la playa desierta le habrá resultado muy fácil seguir tus pasos.

—Rafa, yo no quiero crear problemas entre tu madre y tú, de verdad.

—Lo sé, cielo.

—No quiero que tomes partido. Esta es una cuestión entre ella y yo que, de momento, no es irreversible, así que prefiero que no te mojes...

—Cariño, te recuerdo que soy abogado. Es inherente a mi personalidad tomar partido, pero no te asustes, mi madre solo está confusa y tiene miedo de que otra mujer me haga daño. Sin embargo, no es una mala persona.

—No me cabe ninguna duda. Estoy segura de que al final firmaremos algún tipo de armisticio pero, si no, encajaré sus ataques y pullas como mejor pueda. Si fui capaz de soportarte a ti durante casi un año, una semana con ella será un paseo por el campo, créeme. —Lo miró a los ojos y vio que una chispa de diversión brillaba en ellos—. El que a los suyos parece, honra merece, ¿verdad? —recitó el refrán con sorna, para provocarle.

—Cris, cuéntame tu versión, ¿vale? —le pidió, ignorando su ataque.

—Claro, pero antes dime cómo descubriste que pasaba algo entre nosotras.

—Fue muy fácil. Cuando pregunté por ti, ella contestó con tonito de suegra.

—¿Tonito de suegra? —repitió ella.

—Sí, el mismo que utilizaba con Amalia. Se llevaban a matar.

—Ah, pero yo no he discutido con ella ni le he faltado al respeto... Solo he contestado sus preguntas con la verdad por delante. Que no le gusten las respuestas es otro tema...

—Eso ya lo sé. Ni siquiera en su enfado te ha acusado de maleducada, y créeme que lo hubiera hecho al más mínimo motivo. Y también sé que la que tiene un problema es ella, no tú, así que relájate y cuéntame qué es lo que ha pasado.

—¿Estás tomando partido por mí, abogado?

—Siempre, ingeniera. Tú eres la mujer que yo he elegido para compartir mi vida y, a ese respecto, mi madre, por mucho que sea la que me ha parido, no tiene ni voz ni voto.

Ella sonrió. Era muy agradable contar con el apoyo incondicional de Rafa, incluso ante su madre.

Y después de repetir, palabra por palabra, cómo se desarrolló aquella conversación, ambos saltaron a la arena, dejándose caer de su improvisada atalaya, y se encaminaron hacia la casa.

—Cris, antes he hablado por teléfono con Martín y he quedado mañana por la tarde con él en Barcelona. ¿Vas a acompañarme?

—¿Martín? ¿Quién es Martín? —preguntó ella, confundida ante el radical cambio de tema.

—Alex. Alex Martín, mi amigo; el inspector de la Comisaría General de Investigación Criminal de los Mossos...

—Sí, sí. Es que como siempre lo llamas Alex... No me quedé con el apellido. ¡Claro que te acompañaré! —Cualquier excusa era buena para apartarse de las zarpas de Manoli.

Cristina sintió unas manitas que la zarandeaban y dos voces infantiles que le pedían que abriera los ojos, arrancándola del sueño.

Obedeció despacio, temblando por dentro ante el panorama que iba a encontrarse. Que los niños la hubieran descubierto durmiendo en la misma cama que su padre era el mayor de sus temores desde que comenzó a salir con él. Ignoraba cómo reaccionarían y ese era el motivo por el que, si algún día se quedaba a dormir en casa de Rafa estando ellos allí, se levantaba prontísimo para ir a su casa antes de dirigirse a la oficina.

Sin embargo, ¿quién iba a despertarse antes de las siete y media durante las vacaciones?

En ese momento no le quedaba más remedio que someterse al interrogatorio de los críos, que deseosos de que los ayudara a montar las piezas de la enorme caja de Exin Castillos que Rafa bajó la noche anterior del desván, madrugaban como si no hubiera un mañana y tuvieran que aprovechar cada minuto de esa jornada.

Resignada, se apartó hacia la orilla de la cama y dejó espacio entre ella y Rafa, que hizo lo propio, tal y como los dos mocosos reclamaban. Y antes de que pudiera darse cuenta, ambos se acostaban en medio y se tapaban con el edredón hasta las orejas, con una velocidad y maestría que gritaba su experiencia en esas lides.

Menos mal que a media noche ella se levantó para ir al cuarto de baño, que estaba en el pasillo, y muerta de frío por la humedad del ambiente, que le calaba hasta los huesos, decidió ponerse el pijama. Si no la hubieran encontrado como vino al mundo, lo que le hubiera resultado mucho más difícil de explicar aún.

—¿Qué hacéis vosotros aquí tan temprano, chicos? —rompió Rafa el momento de estupor—. Todavía es muy pronto para levantarse, deberíais dormir un par de horas más como mínimo.

Pero la voz que utilizó para increparles no era, ni mucho menos, de regañina, sino más bien ocultaba una perversa diversión. La misma que brillaba en sus ojos cuando la miró a ella por encima de las cabecitas de los pequeños.

—Papá, tenemos que levantarnos pronto porque Cris tiene que montarnos el castillo de la princesa antes de que os vayáis de excursión... Nos lo prometió anoche cuando nos acostamos.

Y la abuela dijo que nos quedaríamos con ella todo el día y no podríamos ir con vosotros... Si no tenemos castillo, nos aburriremos. —A la última frase siguió un puchero elocuente.

—Paula, cariño —intervino ella—, no nos vamos de excursión. Papá tiene que ir a una reunión de trabajo en Barcelona.

—¿Y por qué tú puedes acompañarle y nosotros no? —atacó Niki, en apoyo de la niña.

—Porque a lo mejor necesita mi ayuda —se defendió, lanzando a Rafa una mirada asesina, que la observaba interesado, esperando que saliera de la trampa que ella sola se tendió—. Es una reunión muy aburrida, chicos —insistió ella—, llena de adultos muy serios que van a hablar durante un montón de horas de problemas de mayores...

—¡Qué rollo! —soltó Paula.

—Sí, un rollo enorme —corroboró Rafa, sonriendo—. Además, es un sitio donde hay que estar sentados, muy quietos, sin decir palabra hasta que no te pregunten. Tampoco se puede reír ni cuchichear con el de al lado... —machacó, a sabiendas de que aquel panorama no atraería nada a los niños, sobre todo a su hija, que era incapaz de estar parada cinco minutos seguidos.

—¿Y tú vas a ir a eso, Cris? —insistió la pequeña, componiendo una cara de asco que les hizo reír a los dos—. Puedes quedarte aquí con nosotros, jugando... ¡El trabajo de papi es un tostón!

—No puedo, cielo, pero me gustaría... —improvisó, con gesto de pena, como si aquella propuesta fuera el plan del siglo—. Le he prometido a papá que iría con él para que no se sienta solito en ese lugar tan aburrido.

—Pues podemos ir todos y dejar que papá vaya a ese sitio tan feo mientras nosotros paseamos por ahí y esperamos a que termine —propuso el niño, que siempre estaba al quite y era experto en buscar salidas que le beneficiaran.

—¡Pero qué decís! —intervino Rafa—. ¿Sabéis la de kilómetros que hay hasta Barcelona? Son horas de viaje... —El muy astuto dejó caer la información, como si no tuviera mayor importancia.

Ambos niños arrugaron la nariz. Volver a montarse en el coche durante horas no parecía atraerlos en absoluto.

—Ah... Bueno, vale —aceptó, a medio convencer Paula—. Entonces mejor nos quedamos con la abuela, pero antes de iros tenéis que ayudarnos a montar el castillo, para que Niki y yo podamos jugar con él.

—De acuerdo —accedió ella de inmediato, viendo una salida a la situación—. Pero antes tenemos que bajar a desayunar, y hacerlo en silencio para no despertar a la yaya...

—¡Vale, mami! —admitió Niki saltando de la cama.

Ella miró a Rafa y resopló, sonriendo, mientras veía a los críos correr hacia la puerta.

—Chicos... —les retuvo él, con voz admonitoria—, ¡las zapatillas!

Los niños se miraron los piececitos desnudos y, riendo, volaron hacia su habitación.

—Deberías enseñarles a llamar a la puerta antes de que abordaran nuestra cama —regañó a Rafa en voz baja.

Él, que ya estaba de pie para ir tras ellos, se limitó a subir los hombros.

—Están acostumbrados a venir a mi cuarto cuando no hay colegio —se excusó mientras se ponía la camiseta por la cabeza—. Me gusta que lo hagan, me siento bien despertando con ellos cuando no tengo que salir corriendo a la oficina, pero si a ti te molesta, les pediré que cambien de costumbre. Prefiero hacerlo a tu lado que al suyo —dijo, besándola en los labios.

—No, no, déjalo. De momento ya es suficiente con que no hayan preguntado qué hacía yo en tu cama.

—Cris, que tienen cinco años, mujer... Para ellos no existe ninguna maldad en que tú duermas conmigo. Todavía no tienen una mente tan sucia como la tuya —la instigó, riendo—. En serio —insistió ante su cara de malas pulgas, abrochándose el vaquero—, si nosotros actuamos con naturalidad, ellos no van a ver nada extraño. Somos los adultos los que ponemos la malicia en sus cabecitas inocentes, relájate.

Tenía razón, así que asintió con la cabeza y se puso la bata para dirigirse a la ducha, dejando que fuera él quien bajara a preparar los desayunos.

Dos horas después, estaba sentada en la alfombra del cuarto de estar, rodeada de ladrillitos de plástico y un montón de muñecos de la factoría Disney que en su día pertenecieron a los sobrinos de Rafa, mientras los niños jugaban un metro más allá, intentando llegar a un acuerdo sobre quién iba a ser el propietario del fastuoso castillo que ya empezaba a tomar forma.

Rafa los observaba sentado en el sillón orejero sobre el que su madre se tragaba todos los culebrones de la televisión, con el ordenador sobre las rodillas leyendo el correo electrónico. Manoli, sin embargo, no estaba por ningún lado; prefirió quedarse en la cocina fregando los platos del desayuno y cocinando. Era una escena de lo más hogareña.

—Hola, princesa Paula —dijo ella, en cuanto terminó su construcción, cogiendo del montón de muñecos al hada madrina de Cenicienta y dirigiéndose a la niña, que jugaba con la figurita del personaje vestido de fiesta, con sus zapatos de cristal incluidos—. ¿Queréis venir a conocer vuestro castillo?

—Oh, sí —contestó la cría, alargando el sí y corriendo a su lado—. ¿Y tú quién eres? —preguntó, imitando la voz de la harapienta muchacha en la película.

—Soy vuestra hada madrina, princesa —respondió solícita.

En esos momentos, Niki se acercó a ellas, arrastrando las rodillas y haciendo galopar con la mano al majestuoso caballero medieval de reluciente armadura que hasta ese instante mantenía una encarnizada lucha contra un terrorífico tiranosaurio en la otra esquina de la habitación.

—Hola, hada madrina, yo soy sir Nicolas —se presentó, muy ufano—. Vengo a salvar a la princesa Paula del fantasma que está en la torre —dijo, moviendo el muñequito de plástico, que ella alojó sobre una de las almenas—. Uuuuhhhh —imitó el ulular del espectro.

—No os preocupéis, mi príncipe, esos fantasmas son inofensivos —replicó ella—. No hacen ningún daño a vuestra princesa. De quien tenéis que salvarla es de sir Kay —susurró, como si fuera un secreto, metiendo al hermanastro de Arturo en el centro del patio del castillo, con su pinta de tonto bravucón.

—Ah, entonces llamaré a Merlín —contestó de inmediato Niki, cogiendo al mago del montón y poniéndolo frente al bobalicón hijo de sir Héctor—. «Joquiti poquiti moquiti bra, abracadabra pata de cabra...» —empezó a cantar, con intención de formular algún hechizo que dejara seco al malvado aspirante a caballero.

—¡Sir Nicolas, sir Nicolas...! —gritó en esos momentos Paula, colocando su muñeca en lo alto de la torre del homenaje—. ¡Salvadme, que la bruja malvada me ha tomado prisionera y no quiere darme chocolate! —reclamó, situando a la madrastra de Blancanieves detrás de ella, en pose amenazadora.

Rafa levantó la cabeza del ordenador y soltó una carcajada.

—Pero ¿qué batiburrillo de historia es esa? Sir Nicolas, te has dejado a medio matar al tiranosaurio...

—Déjalo, papá, que ya se muere solo —desestimó, olvidando ya su anterior juego y haciendo que su caballero medieval golpeara con la lanza contra la puerta del castillo, que se precipitó al suelo colgando de dos cadenas a modo de puente levadizo.

Rafa permitió que los niños jugaran un poco más a mezclar personajes y crear una historia imposible, dejándose llevar por la risa ante cualquier salida de guion que se le ocurría a Cristina, con la elegante residencia convertida en una mezcolanza de muñecos que ocupaban cualquier espacio libre, dado que la escala estaba bastante desproporcionada.

Le daba pena interrumpirles, se les veía felices y Cris estaba disfrutando tanto como los niños, tirada en el suelo y haciendo mil tonterías, voces y gestos que provocaba que Niki y Paula se desternillaran.

Pero sabía que deberían haberse puesto en marcha hacía ya un rato si querían llegar a tiempo a su cita con Alex. Sin embargo, prefirió posponerlo un rato más por una razón que consideraba muy válida; hacía ya un buen rato que su madre los observaba desde la puerta, sin atreverse a entrar, atraída por el escándalo que estaban montando.

Ninguno de los tres reparó en su presencia y él se alegraba de ello; quería que viera a Cristina en su salsa y comprobara por sí misma que no se trataba de ninguna impostora, como se atrevió a insinuar la tarde anterior.

Por supuesto no comentó nada sobre las sospechas de su madre a Cris, no quería predisponerla contra ella, pero en realidad esa fue la razón principal por la que decidió tomar partido por ella antes de ir a buscarla a la playa, aun sin conocer todavía la versión de ella.

Cris no tenía ningún doblez y su madre la estaba juzgando de manera muy injusta. Ella no era Amalia, nunca lo sería, pero a veces las palabras no eran suficientes para hacer cambiar a alguien de opinión. Mejor que se convenciera sola. Desde luego, incluso su severa progenitora, con toda su cabezonería y suspicacia, reconocería que su ex jamás se habría puesto a jugar con los niños como estaba haciendo Cristina. De entrada, no sabría ni cómo hacerlo aunque quisiera.

Cerró el portátil y lo guardó en la bolsa, mientras taladraba a su madre con la mirada, diciéndole con ella más que si estuviera verbalizando el alegato de su vida. Por suerte ella tuvo la decencia de ponerse colorada y regresar a la cocina.

—Cris, tenemos que irnos ya si queremos ser puntuales a nuestra cita —rompió el hechizo—. He reservado mesa en un restaurante para las dos y tenemos ciento veinticinco kilómetros por autopista de peaje. Si no nos apresuramos, vamos a pillar la hora punta a la entrada a Barcelona...

—Jo —protestaron los niños al unísono, alargando la «o»—. ¡Con lo bien que nos lo estábamos pasando!

—Bueno, seguid jugando vosotros solitos —dijo ella, poniéndose en pie y sacudiéndose las perneras de los pantalones, llenas de pelotillas de lana de la alfombra—. Yo voy a cambiarme, recojo el bolso y bajo en dos minutos —se dirigió a él, que aceptó con la cabeza.

# 30

Rafa miró una vez más el reloj del salpicadero. El inspector ya debería estar esperándoles en el restaurante. Cris, a su derecha, no dejaba de tabletear con las uñas contra el cristal de la ventanilla, aumentando su malestar; odiaba llegar tarde a cualquier cita.

No dijo nada, sabía que ella estaba muy nerviosa ante aquella reunión, amedrentada por el cargo de Alex y, sobre todo, por lo que él pudiera decirles esa tarde. Resignado, suspiró y telefoneó a Martín desde el manos libres.

—Hola, Alex —saludó en cuanto este descolgó—. Estamos allí en cinco minutos. Lo siento —se disculpó, sincero—, nos ha pillado un atasco enorme en Santa Coloma...

—No te preocupes, Rafa, yo también voy con retraso. Estoy aparcando en estos momentos... Me tomaré una Cap d'Ona a tu salud mientras llegáis.

—¡Mejor tómate una Mahou, que pago yo!

—Por eso... —Alex se rio y colgó.

Tenían reserva en uno de los restaurantes de moda de la Ciudad Condal, situado frentes a los jardines del Camp de Sarrià. Aquel lugar les venía bien a todos y la comida era muy buena, que no barata. Un local moderno y agradable en el que podrían hablar con tranquilidad y al que a menudo asistían artistas y famosos.

Su amigo le pidió que se vieran fuera de su despacho y él pensó que era mejor que el punto de encuentro no estuviera demasiado cerca del Complejo Egara, el cuartel general de los Mossos, situado en Sabadell. Si le descubrían dando información sobre una operación en curso, tendría un grave problema; no obstante, sabía que su amigo no dudaría en ayudarle.

Perdió cinco minutos más en estacionar en el aparcamiento público subterráneo, situado justo enfrente. Procuraba no dejar su coche al *aparca*, no se fiaba ni gota de ellos.

En cuanto entraron en el restaurante, Alex los vio y se puso en pie para saludarlos.

—Hola, Rafa —exclamó su amigo, estrechándolo en un entrañable abrazo—. Vaya pibón la futura mamá de tu chico, ¿no? —susurró en su oreja, al son de las palmadas que le propinaba en la espalda.

Él se rio en alto, pero no hizo ningún comentario.

A juicio de Alex no era que la chica fuera una belleza en el amplio sentido del término, pero sí podía decirse que era de las que hacen volverse a los hombres por la calle. Muy alta y delgada, con las curvas justas en los lugares apropiados y una despampanante melena cobriza que resaltaba aún más sus ojos grises, podría noquear a cualquier varón heterosexual que se cruzara en su camino. Solo faltaba saber lo que tenía en la cabeza.

Se puso en guardia de inmediato. Le daba mala espina que una mujer como aquella quisiera adoptar a un niño, cuando en teoría tenía el equipo necesario y estaba en edad de tener uno propio. No dudaba de la objetividad de Rafa, él no se dejaba embaucar por un bonito chasis y era muy honesto con su trabajo, pero quería estar seguro de que aquella no fuera a ser la excepción que confirmaba la regla.

—Te presento a Cristina Losada —dijo Rafa, sonriendo ante su descarado examen—, la mujer de la que te he hablado. Cristina —continuó, dirigiéndose a esta—, él es Alex Martín, el impresentable de mi amigo del alma y compañero de correrías.

—Encantada —saludó ella, ofreciéndole la mano, dudando si debía de acercarse para darle dos besos o mantener las formas.

Él se la estrechó y esclareció sus dudas tirando de ella y borrando la distancia.

Quería dejarle claro desde el primer momento que ese encuentro no era con uno de los inspectores jefes de la Comisaría General de Investigación Criminal, sino con alguien muy querido por el hombre que la acompañaba, que no iba a permitir que ninguna mujer, guapa o fea, volviera a aprovecharse de su amigo y menos de la relación que existía entre ellos dos.

—Bien —rompió él el silencio en cuanto tomaron asiento en torno a la mesa que les fue asignada por el *maître*, discreta y alejada de la entrada—, así que quieres adoptar a uno de los chicos de Rafa y el juez no te lo pone fácil... —la abordó, sin rodeos.

—Bueno, tengo intención de hacerlo, pero todavía no sé siquiera si me lo permitirá el Instituto Madrileño de la Familia, así que aún me queda mucho camino que recorrer —contestó con voz firme.

—¿Y por qué una mujer como tú quiere adoptar a un niño? ¿No puedes tener uno propio?

—Mira, inspector, desde aquí puedo oír los engranajes de tu cabeza —respondió, sorprendiéndole—. Vamos a dejar todo esto claro desde el principio. Sé que te criaste en un centro de acogida y que pasaste por más entrevistas de adopción de las que quieres recordar, Rafa me lo ha contado, así que veo lógico que te muestres suspicaz y hagas ese tipo de preguntas...

«Bueno, su cabeza parece estar muy bien amueblada también», pensó, admirando su fortaleza.

—Pero «una mujer como yo» —continuó diciendo— no quiere adoptar a «un niño», quiere adoptar a Nicolás Ramírez. En cuanto a si puedo tener hijos propios, según mi ginecólogo soy la candidata perfecta para ello, siempre y cuando encuentre al donante de semen adecuado.

—Rafa, ¿estás seguro de que quieres que ella adopte a Niki? —preguntó a su amigo de nuevo, como ya hubiera hecho antes por teléfono.

Este respondió con un firme movimiento afirmativo de cabeza y volvió a sonreír.

No entendía nada... Conocía al niño desde el verano anterior y hubiera jurado que sería Rafa quien iniciara los trámites de adopción en cuanto regresaran a Madrid. ¡Si incluso dejaba que le llamara «papá», por Dios! ¿Por qué estaba dispuesto a permitir que lo adoptara esa mujer?

—Pensaba que serías tú quien lo adoptaría —expresó en voz alta su dilema, dirigiéndose a Rafa.

—Y lo hubiera hecho si Cris no se hubiera empeñado en hacerlo ella —repuso él, encogiéndose de hombros.

—¿Por qué quieres convertirte en la madre de un niño enfermo, Cristina? —la abordó sin tapujos.

—¡Sano, Alex! Niki es un niño sano.

—Padece leucemia linfocítica...

—Padecía... —volvió a corregirle en voz baja.

—Pero puede recaer, aún es muy pronto para saber si su curación es completa —insistió él.

—¡Claro que puede recaer! Pero no lo hará. Todas las pruebas demuestran que el trasplante ha sido un éxito.

—¿Y si lo hace?

—Cruzaremos ese puente cuando lleguemos a él... si es que llegamos algún día. ¿Quién te dice a ti que cualquiera de nosotros estemos exentos de padecer una enfermedad terminal de un día para otro? ¿O que incluso nos caiga una cornisa o nos atropelle un autobús al salir a la calle? ¡No podemos vivir con ese miedo! Si recae en esa enfermedad o contrae cualquier otra, volveremos a luchar para que la venza. Punto —respondió taxativa, sin dejar opción a que continuara por esa vía.

—¿Y qué piensa tu marido de esto?

—Nada. Estoy soltera. —Él ya sabía ese dato. Como era lógico, se tomó su tiempo para hacer una exhaustiva investigación.

—¿Tienes pareja estable?

—Todas mis parejas son, y han sido, estables, inspector. Todavía no sé si la actual será la definitiva, pero desde luego mi intención no es otra que la perpetuidad en el tiempo.

Desde luego, Cristina contestaba a sus preguntas con tal seguridad y rapidez que hubiera pasado la prueba del mejor de los polígrafos. Sin duda las respuestas eran las correctas, pero para él todavía no era suficiente.

Rafa los miraba callado y sonriente, como si se tratara de un disputado partido de tenis, siguiendo el ritmo de la conversación sin intervenir en ningún momento. De sobra sabía que él iba a someterla a un exhaustivo interrogatorio, pero por su gesto parecía muy seguro de que Cristina iba a superarlo con nota.

—¿Y qué crees que opinará tu pareja definitiva si descubre que tienes un hijo adoptado? —continuó, incidiendo en su empeño.

—Estoy segura de que estará encantado, o nuestra relación será tan efímera como todas las demás. Mi hijo y yo somos un lote indivisible; el que me acepte tendrá que hacerlo también a él... si es que algún día Niki llega a formar parte de mi familia.

—¿Y si él quiere tener otro hijo propio, en el futuro?

—Pues si nuestra relación es lo que tiene que ser y yo también lo quiero, daremos un hermanito o hermanita a Niki, por supuesto.

—¿Y si luego queréis más a vuestro hijo biológico?

—¡Eso no va a ocurrir! —exclamó, molesta—. Por mi parte no tengo ninguna duda y jamás estaría con un hombre capaz de cuantificar su amor por uno de sus hijos. ¿Por quién me has tomado?

—¡Tú no sabes lo que puede llegar a tirar la sangre!

—Escucha, inspector —explotó por fin, sacando el genio—, por las venas de Niki ya corre mi sangre desde hace meses, pero no lo quiero más que antes de que lo hiciera. Así que sí lo sé. Sin embargo, para su madre biológica, la que lo parió, ese detalle no tiene, ni ha tenido nunca, ninguna importancia, por lo que no vengas a hablarme de sangres e historias truculentas...

Intentaba hacer que se rompiera, encontrar el punto en el que ella explotara, y acababa de conseguirlo. Por suerte para él, y para Rafa, la respuesta era la adecuada.

—¿Fuiste tú su donante de médula? —preguntó, entendiendo de pronto su empeño—. ¿Por eso quieres que sea tu hijo de forma legal?

—Sí, fui yo. Y no, no es por eso por lo que pretendo convertirlo en mi hijo legal. Por eso solo merezco esa maternidad que tanto anhelo, si se tiene en cuenta mi derecho de haberle dado la vida, pero por lo que deseo que sea mi hijo es porque lo quiero más que a nada en el mundo, eso es todo. Y por si tienes dudas, ya lo quería así antes de la intervención.

No, no lo dudaba. De pronto lo entendía todo y comprendía por qué Rafa daba el visto bueno a aquella futura adopción, incluso en detrimento de sus propias intenciones.

Lo que no terminaba de encajar era por qué no le advirtió antes que esa mujer fue quien le donó la médula. El descubrimiento le tenía tan descolocado que, si no hubiera sido por la tremenda experiencia que acumulaba en interrogatorios, se habría caído redondo. ¿Por qué se lo ocultó cuando le habló de ella?

—¿Y qué opina de tus intenciones el actual hombre de tu vida? —cuestionó, de pronto—. ¿Está al corriente de lo que pretendes hacer?

—¡Por supuesto! Me apoya y está conmigo en cada paso.

—¿Y no habéis pensado en hacer la demanda de adopción los dos juntos? Ya sabes que es más fácil conseguir una adopción en pareja que de forma monoparental... Si de verdad él te apoya tanto como dices... —Dejó caer la frase, como si su significado no tuviera mayor importancia.

—Pues no, no lo hemos pensado porque tenemos otra estrategia. De momento llevamos muy poco juntos, pero si esto prospera y el día de mañana tenemos afianzada nuestra relación, él siempre podrá adoptar al niño después y darle su apellido. No hay problema por mi parte en ese sentido...

—Ya, pero...

—Oye —le interrumpió—, ¿tú eres amigo de Rafa y has venido para ayudarnos o estás aquí como infiltrado de la Junta de Evaluación de Ángeles Olvidados? Creo que ya está bien de tercer grado, ¿no?

Rafa soltó una carcajada que hizo girarse a los comensales de las mesas de alrededor y él se dejó llevar también por la broma. La chica era muy directa. Incluso divertida.

—Bueno, yo solo quería asegurarme de tus intenciones, Cristina. Como tú muy bien has dicho, dada mi historia, soy muy suspicaz con estos temas. Pero, además, quería que Rafa también lo tuviera claro...

—Él ya conoce todas esas respuestas, Alex, e incluso algunas más.

—Todas no, Cris —intervino el aludido por primera vez desde que aquello empezó, con una sonrisa de oreja a oreja—. No sabía que estabas dispuesta a darme un hijo el día de mañana ni que aceptarías que Niki llevara mi apellido en un futuro...

El tono del rostro de Cristina se encendió poniéndose a juego con el de su cabello de un plumazo.

—¿Cómo? —detuvo él aquel intercambio de miradas y frases veladas—. ¿Estáis saliendo juntos?

—Pues sí —confirmó Rafa, tomando la mano que Cris tenía apoyada sobre la mesa y apretándosela en callado apoyo—. Soy su actual pareja. Estable, por supuesto. —Se rio de la broma.

—¿Y por qué no me lo has contado desde el principio?

Por supuesto, Rafa no tenía ninguna obligación de hacerlo, pero entre ellos no existían los secretos y, puesto que le estaba implicando en su investigación, hubiera sido de agradecer.

—No he tenido tiempo, Alex. De forma oficial apenas llevamos un mes juntos, en el cual, las veces que hemos hablado, no han sido de chascarrillos ni de cómo nos va la vida, sino de otro asunto mucho más importante. Además, aunque no tengo nada que ocultar, tampoco quería que empezaras a tratarme con ese aire superprotector que utilizas cada vez que salgo con una mujer.

—¿Qué yo te sobreprotejo? —le interrumpió, indignado.

—Sí, todos los que me queréis lo hacéis. Pensáis que soy idiota y me enamoro de todo lo que lleva faldas, momento en el que no veo más allá de mis narices. Incluso estáis convencidos de que fue el amor quien me puso una venda en los ojos con Amalia.

—¿Y no fue así? —cuestionó, riéndose.

—No, Alex, no lo fue. Al menos no el amor por ella. Si acaso, el que siento por Paula, pero a Amalia la calé yo antes que ninguno de vosotros... Si no se hubiera quedado embarazada, lo más seguro es que lo nuestro hubiera durado un Telediario.

—No sé si creerte, la verdad —reconoció.

Aunque en su fuero interno sabía que tenía razón. Y también era cierto que siempre tuvo dudas de si alguna vez Rafa estuvo enamorado de su ex mujer, pero, desde luego, en lo que respectaba al resto de mujeres que pasaron por su vida, estaba claro que con ellas solo buscaba sexo. Contaban juntos demasiadas juergas a sus espaldas. Quizá con Amalia también fuera así y ella supo cazarlo de la manera más antigua del mundo...

La cuestión era, ¿qué sentía por Cristina?

—Te agradecería que lo hicieras, Alex —pidió él, sacándole del bucle de sus pensamientos—. Al menos así conseguirías que no tuviera que plantearme ocultarte ciertos detalles de mi vida por miedo a que veas a las mujeres con las que me relaciono con malas intenciones hacia mí.

—Yo no hago eso —se defendió.

—Sí lo haces —insistió Rafa con brío—. Por eso quería que cuando conocieras a Cristina no estuvieras mediatizado ni obsesionado con vaya a saber Dios qué. No dudaba que lo primero que harías sería un interrogatorio en toda regla, así que decidí ponértelo a huevo. Por cierto, me ha encantado y me he divertido muchísimo...

—Bueno, Rafa, comprenderás que necesite saber quién es y cuáles son sus intenciones si voy a ayudarla... A ayudaros, por lo que veo...

—Sí, a ayudarnos —corroboró el aludido—. Y sí, lo entiendo. Pero entiende tú que ella no es Amalia, ¿vale?

—De acuerdo —aceptó—. De todas formas, de eso ya me he dado cuenta.

# 31

Rafa estaba harto de que lo cuestionaran, por eso tenía que hacer que las personas que le importaban conocieran a Cristina sin que su juicio estuviera empañado por el miedo a que le hicieran sufrir. Ella se merecía mucho más que todo eso pero, sobre todo, se lo merecía su incipiente relación.

Él fue el primero en dudar de ella, pero a esas alturas lo tenía tan claro como el agua que llenaba la copa que tenía enfrente. Y puesto que él ya fue bastante cruel en su momento, Cris no necesitaba pagar de nuevo un peaje que nada tenía que ver con su camino.

Dispuesto a conseguir sus objetivos, dejó que su hermano del alma y la mujer que amaba acercaran posturas y se conocieran un poco mientras daban cuenta de la fabulosa comida que acababan de servirles, esperando con paciencia que Martín sacara la conversación que les llevó hasta allí.

Tenía la completa seguridad de que en el supuesto de haber encontrado algo, no les dejaría marchar sin contárselo antes, pero conociéndolo, prefería esperar a que fuera él quien tomara la iniciativa.

—Bueno, tortolitos —bromeó Martín antes de llegar a los postres, dispuesto a hablar por fin—. ¿No queréis saber qué he encontrado sobre el tema que os ocupa? ¿O solo me has citado aquí para presentarme a tu novia, Rafa?

—¿Tu qué crees? —respondió con otra pregunta. Su amigo rio con ganas.

—Pues bien, tenías razón, chico, en este asunto hay gato encerrado. En realidad la mamaíta de Niki no se llama Elisa Ramírez, como todos creíamos.

—¿Cómo? —le interrumpió Cris, con los ojos como platos.

—Bueno, sí se llama así, por supuesto, pero a lo que me refiero es que antes tenía otro nombre. ¿Preparados? —preguntó, sacando una carpeta de la cartera que tenía a los pies y entregándosela.

Ellos dos se abalanzaron sobre la cartulina como dos aves de rapiña y, apartando los platos que tenían frente a ellos, juntaron las cabezas para devorar la información que contenía en su interior. Alex siguió comiendo su *tataki* de atún rojo con *gnocchi* de *wasaby* y sésamo sin inmutarse.

Minutos más tarde, con la cara descompuesta, él leyó por cuarta vez la ficha, en esa ocasión en voz alta, ya que las anteriores prefirió hacerlo para sus adentros.

—«Elisa Ramírez Hortelano, antes llamada Elisa Repuig Ferreiro, nació en el seno de una familia disfuncional. Su padre, alcohólico, violaba y maltrataba físicamente a la menor desde los cinco años. Abel Repuig llegó un día en estado etílico a su domicilio y asestó cinco cuchilladas mortales a su esposa, Nicolasa Ferreiro, mientras la hija de ambos estaba en el colegio. Los vecinos, alertados por los gritos de la víctima, llamaron a la policía que, tras una cruenta resistencia por parte del asesino, lo abatió a tiros. A la edad de ocho años, Elisa Repuig fue internada en el Centro-Escuela de Acogida de Menores del Ampurdán (CEAMA), a raíz de la muerte de sus progenitores. Dos años más tarde sería adoptada por un matrimonio de clase media-alta, quienes le concedieron sus apellidos: Ramírez Hortelano.»

—Exacto —corroboró Martín, como si aquello que acababa de leer no tuviera la menor importancia—. Por eso no me sonó de nada cuando me diste su nombre y, como por aquel entonces todavía era una cría, era imposible que la identificara por la foto actual.

—*Mare de Déu!* —blasfemó él en catalán—. Lo que viene a decir que mi sexto sentido ha vuelto a funcionar... La madre de Niki y el juez Morales tienen un punto común antes de la vista por abandono...

—Pues supongamos que sí, Rafa —admitió el inspector—, pero todavía no está tan claro. Desde luego, ahora sí que me acuerdo de esa niña. Entró en el CEAMA un año antes de que yo saliera pero, tal y como se reseña en el expediente que acabáis de leer, solo permaneció allí veinticuatro meses y fue adoptada con anterioridad a que se celebrara el juicio contra Gerardo Subirach, así que no hay evidencias definitivas de la relación entre ambos casos.

—Pero seguro que el juez tomó declaración a los niños en los meses anteriores a que se celebrara el juicio —intervino Cris, demostrando que, al menos en esa parte, estaba al tanto de aquella historia—. Quizá ella estuviera entre los menores que acudieron al juzgado...

—No —repuso Alex, muy seguro que lo que decía—. Elisa nunca prestó declaración, lo he comprobado. Pero aunque lo hubiera hecho, esas diligencias las llevó a cabo un Juzgado de Primera Instancia de La Bisbal d'Empordà, que nada tenía que ver con el juez Morales.

—Entonces ¿no se conocían antes del día del juicio? —preguntó ella, descorazonada.

—Yo no he dicho tanto... —Luego, moviendo la cabeza con resignación, lo miró a él con descaro—. Antes de seguir con esto, necesito saber cuánto le has contado a Cristina —le preguntó a bocajarro.

Por un momento pensó en mentirle, hacerle creer que no era conocedora de sus secretos y rezar para que ella le siguiera el juego, pero no tuvo tiempo. Cris intervino antes de tener la oportunidad de abrir la boca.

—Alex... —Él retuvo la respiración, rogando al cielo para que aquello no fuera el final de su amistad con el inspector—. Soy consciente de lo incómodo que tiene que resultarte hablar de tu infancia delante de una desconocida, así que creo que lo mejor es que me vaya a dar una vuelta mientras habláis y me llaméis después al móvil, cuando hayáis terminado. Luego Rafa me contará lo que entre los dos acordéis que debo saber.

Por fin fue capaz de respirar de nuevo. Cris, con su habilidad innata, evitaba que tuviera que reconocer su indiscreción.

—No, preciosa —la retuvo Alex cuando ella se levantó para cumplir su oferta—. Si Rafa confía en ti lo suficiente como para traerte a este encuentro, a mí no me queda más remedio que aceptar su juicio.

—No me importa, de verdad —insistió ella. Él pensó que iba a comérsela a besos en cuanto se quedaran a solas.

—Mira, Cris —se confesó el inspector—, antes de saber que erais pareja, pensaba mantener esta conversación con Rafa a solas, una vez que nos deshiciéramos de ti. Pero puesto que los términos han cambiado, no me importa que sepas lo triste que ha sido mi vida. Así me entenderás mejor cuando me dé el bajón y llame a tu chico a cualquier hora del día o la noche para pedirle árnica —bromeó.

Ella lo miró con una sonrisa en los labios. Luego volvió a levantarse de la silla y se acercó para darle un fraternal beso en la mejilla.

—Gracias por la confianza, Alex. Sin embargo, no quiero ponerte en un aprieto. Dale a Rafa permiso para contarme tu vida y que sea él quien me ponga al corriente más tarde.

Dicho lo cual, recogió el bolso que colgaba sobre el respaldo de la silla y salió del comedor, muy regia, moviendo las caderas.

—Tío —exclamó Alex, viéndola marchar, embobado—, ¡eres un jodido suertudo! Estoy seguro de que no te la mereces...

Él confirmó con la cabeza.

—Y yo, Alex. Y yo.

No podía creerse que Cris se hubiera marchado, dejando a medias aquella conversación que tanto le interesaba, convencida de que después le contaría todo sin guardarse ningún detalle. Aquel signo de confianza era tan importante para él que, si no estuviera enamorado ya de ella, habría sucumbido en ese mismo instante.

Seguro que lo hacía porque intuía que era la única manera de no menoscabar la amistad que mantenía con Alex, pero de lo que no era consciente era de que con aquel gesto acababa de ganarse la lealtad del inspector de por vida.

—Ve a por ella, Rafa. Dile que vuelva, quiero que esté presente en esta conversación. Pero adviértele que no haga preguntas, asegúrale que luego le contarás todo —claudicó Alex en cuanto ella desapareció de su ángulo de visión—. No me importa que lo hagas, seguro que sabrá manejar la información con prudencia.

—No lo dudes.

—Además, tarde o temprano saldrá todo a la luz y ella merece conocerlo de primera mano. Al fin y al cabo le afecta de manera directa...

—No te preocupes, solo le diré lo que necesite saber. —Dicho lo cual, se levantó escopetado y salió tras ella.

Cuando ambos regresaron, al cabo de unos minutos, Alex abordó el asunto sin dar oportunidad a que ella retomara el tema.

—Bueno, chicos, os aviso que esto va a ser una movida. Pero necesito que tengáis muy claro que voy a intentar perjudicaros lo menos posible.

—Eso ya lo sé —aceptó él.

—Sí, pero quiero que también lo sepa ella. Desde esta mañana hay una investigación abierta a Elisa Ramírez.

Vio que Cristina retenía la respiración, consciente de lo que todo aquello podía interferir en sus intereses de adopción.

—Lo suponía —rompió el silencio—. Mejor dicho, lo he sabido en cuanto he leído el expediente —confirmó.

—No puedo evitarlo... —se disculpó Alex, con la culpabilidad escrita en sus pupilas—. Aquella chiquilla era una de las elegidas habituales para las ceremonias de Subirach. Pero, habida cuenta de su vida anterior, aceptaba los avances de cualquiera que quisiera meterse entre sus piernas sin ninguna queja.

Alex se giró hacia Cris, transmitiéndole con la mirada que no preguntara sobre las malditas ceremonias. Pero ella no lo hizo, acató la petición de silencio con el rostro demudado. Él sabía que era porque entendía a la perfección a lo que se refería, puesto que él mismo le puso al corriente de en qué consistían, pero su amigo podía interpretar, y sin duda así lo hizo, que su trastorno se debía al desconcierto de saber que era una de las abusadas que no declararon en el juicio contra el director del centro.

—Vamos —siguió diciendo el policía—, que no me extraña nada que a estas alturas se dedique a lo que se dedica. Ya de pequeña sabía que esa era la fórmula para conseguir todo lo que se propusiera obtener de un hombre. Durante los dos años que permaneció en el CEAMA, siempre estaba metida en todos los líos que se producían en el centro. Y por eso enseguida caí en que... Rafa, ¿te acuerdas de la cinta de vídeo perdida?

—Claro, como no. ¿Crees que podría haber sido ella la que la robó?

—Exacto. —Y dirigiéndose a ella, acalló cualquier comentario que se le hubiera ocurrido hacer—. Cris, luego Rafa te cuenta lo de la cinta, ¿vale?

Ella afirmó con la cabeza, sin emitir ni un solo sonido.

—Alex —intercedió él—, Cris sabe lo de la cinta. Le conté que estabas investigándolo porque existía un vídeo, perdido, que demostraba que el juez iba por el centro de acogida mucho antes de que juzgara a Subirach y que, por lo tanto, se le podía acusar de prevaricación.

—Mejor. Me alegra, así lo entenderá mejor. —Y sonrió—. El caso —continuó— es que Elisa acostumbraba a venir al módulo de los mayores. Intentaba intercambiar favores a cambio de protección. Por supuesto nosotros se la dábamos sin necesidad de ningún pago, la teníamos «medio adoptada». Conocíamos su vida y nos daba penita.

—De hecho, no solo crees que tiene la cinta —corroboró, haciendo su papel de abogado—. Estás convencido de ello. Piensas que, con la cinta en su poder, extorsionó de alguna manera a Morales y por eso él fue tan condescendiente con ella durante el juicio de Niki, ¿no es eso? —La pregunta era retórica;

conocía demasiado bien a Martín para que ello supusiera alguna duda.

—En efecto. Y si ella tiene esa cinta, la quiero. Es nuestra prueba.

Él se quedó en silencio, barajando las repercusiones que todo ello suponía en la adopción de Niki. Cris tampoco dijo nada, lo más posible que elucubrando en su misma sintonía.

—Por eso nos avisas de que no pretendes perjudicarnos, pero en realidad no tienes otra salida. Eres consciente de que vas a hacerlo, ¿verdad?

—No tiene por qué —protestó Alex—. Cuando todo esto explote, ningún juez del mundo mantendría a una madre la custodia de un hijo al que ha renunciado por propia voluntad.

—Pero...

—Déjame terminar, Rafa —lo cortó—. Estoy casi convencido de que nunca llegaremos a comprobarlo porque, antes, para agilizar el proceso y por lo que pudiera pasar, estoy dispuesto a negociar con ella.

—¿A negociar con ella? —repitieron ellos a la vez, incrédulos.

—Exacto. Si Elisa me entrega esa cinta y firma una renuncia formal ante notario de sus derechos biológicos a vuestro favor, me comprometeré a no involucrarla de ninguna forma en esta investigación y a protegerla contra la extorsión del juez si se da el caso.

Él abrió los ojos, asombrado.

—No lo hago solo por vosotros, Rafa. Ese acuerdo nos vendría bien a todos, pero a quien más favorecería sería a Niki. Por supuesto, tú tienes que garantizarme que, como abogado defensor del niño, no vas a reclamar la revisión del juicio una vez que Morales sea inhabilitado y sus expedientes sean transferidos a otro juzgado.

—Pero ¿crees que estoy loco? —cuestionó Rafa—. A mí me la refanfinfla lo que hagas con ella, siempre y cuando firme su renuncia.

—¿Y tú qué opinas, Cris? —se dirigió a ella.

Cristina sabía que Alex Martín haría todo lo que estuviera en su mano para conseguir aquel trato. No solo porque Rafa era alguien muy importante para él, sino porque tener esa cinta en su poder resolvería todos sus problemas, pero no podía evitar que el miedo arraigara en su pecho como una enfermedad perniciosa.

Si al final Elisa Ramírez prefería contraatacar en lugar de colaborar con la justicia, su situación empezaría a ser preocupante. La lógica le decía que esa mujer no quería a Niki en su vida, le resultaba molesto, pero podía utilizarlo como moneda de cambio.

«¿Y qué va a conseguir con ello?», pensó en un instante de lucidez. No necesitaba canjear nada para lograr su exculpación y conseguir que nadie se metiera con su negocio si Alex le aseguraba que la dejaría fuera de todo aquello.

—Que yo no entiendo nada de leyes ni de justicia —repuso al cabo de esos segundos de duda—, y que estoy de acuerdo con lo que diga mi abogado —bromeó, con una sonrisa de oreja a oreja.

—Bien, entonces no hay nada más que pensar. Sin embargo...

—Es posible que se niegue a colaborar —terminó ella la frase—. En cuyo caso los problemas pueden ser más grandes.

—Dudo que lo haga —declinó Martín la posibilidad—, pero es algo a tener muy en cuenta. Por eso, si queréis, podéis acompañarme. Seréis testigos de las negociaciones y, de paso, os aseguraréis de su colaboración una vez que todo esté acordado. Pero antes quiero saber que cuento con vuestro apoyo.

—Por mi parte lo tienes y dudo que Rafa te ponga ninguna pega. No obstante, tengo una condición —sentenció ella después de pensarlo un instante.

—Tú dirás... —aceptó el inspector.

—Yo no voy a acompañaros a hablar con ella. Rafa puede hacer lo que crea más oportuno, pero, en lo que a mí respecta, prefiero que mi nombre no aparezca en ningún momento. Es mejor que ella no sepa quién es la persona interesada en adoptar a su hijo para que, en un futuro, no sepa dónde localizarlo ni a quién dirigirse si algún día descubre que tiene una conciencia.

—Me parece una buena idea —aceptó Martín.

—Me gustaría —continuó hablando— que renunciara a todos sus derechos a favor de la Fundación Ángeles Olvidados, de forma que una vez que esté todo legalizado yo pueda optar a la adopción directa por los cauces oficiales establecidos, sin tener que recurrir al juzgado que lleva el caso.

—¡Eres muy hábil, ingeniera! —aprobó Rafa, atrayéndola hacia su cuerpo por los hombros para darle un cariñoso beso en los labios—. Sin duda esa es la mejor opción.

—Sí que lo es —confirmó Alex—. Lo cierto es que fue lo primero que pensé, pero no quería que sintieras que te estaba desplazando, Cris. Me alegra que lo veas con tanta claridad. —Él también se levantó para abrazarla—. Entonces, Rafa, ¿vas a querer estar presente?

—¡No me lo perdería ni por todo el oro del mundo!

# 32

Rafa dejó la pala de pádel sobre la moqueta de la pista y cogió la toalla que tenía guardada en la bolsa de deportes para secarse el sudor. Santiago Castro acababa de proporcionarle la derrota más apabullante de toda su vida.

Era lógico, puesto que llevaba un mes en el que el único deporte practicado tenía lugar en la cama o cerca de ella, lo que al parecer no era suficiente para mantenerse en forma, y en esos momentos daba su reino por una ducha y un sillón sobre el que reposar sus cansados músculos y, ya puestos, su agotada cabeza.

Porque las secuelas de las vacaciones que acababa de disfrutar, permitiéndose todo tipo de caprichos, incluidos los gastronómicos, no eran lo que en realidad le tenía tan despistado esa tarde. Su cabeza bullía como consecuencia de los muchos problemas que preveía en el horizonte.

—Santi, tío —dijo mirando a su amigo, agachado a su lado, que resoplaba tanto como él—, ¡vaya paliza me has dado! Podías haber tenido un poquito de piedad...

—Sí, hombre, con lo raro que es pillarte con la guardia baja... Eso te pasa por ponerte guarro a butifarra y a alioli de mamá. Las vacaciones han debido de ser épicas, chico.

—Bueno, no me he privado —reconoció—. Pero no es eso lo que me tiene despistado...

—Pues ¿qué es entonces?

—Niki.

—¿Qué dices? A Niki no le pasa nada... Esta mañana lo ha traído Cristina a la revisión y está como un roble... ¡Va fenomenal, de verdad! No tienes que preocuparte por él.

—Eso ya lo sé. Me llamó Cris en cuanto salió del hospital para contármelo, pero no es su salud lo que me inquieta, sino el proceso de adopción.

—¿Problemas?

—Unos cuantos... Tengo la sensación de haber levantado la tapa de la caja de los truenos y presiento que todo esto no va a favorecer nada al niño ni a los intereses de Cris.

—¿Qué has hecho? ¿Vas a impedir a la informática que siga adelante con la acogida?

—¡No! No es eso. Aunque si te soy sincero, eso también me tiene un poco descolocado, porque soy como el perro del hortelano... por un lado quiero que se la den de una vez por todas y por otro me gustaría poder aplazarlo un tiempo; me da muchísima pena tener que apartar al niño de mi día a día...

—Eso será si tú quieres, Rafa.

—¿Si yo quiero? ¡No digas sandeces! ¿Tan poco me conoces que me crees capaz de poner trabas en el proceso de acogida?

—No me refiero a eso. Mira, tienes a Cris loquita por tus huesos, tenías que haberla escuchado esta mañana hablar de ti y de vuestras maravillosas vacaciones... ¿Por qué no te das por vencido de una vez por todas y le propones que se vaya a vivir con vosotros? Eso solucionaría todos tus problemas.

—¡Que gracioso, Castro! —replicó él, cogiendo la bolsa y la pala para dirigirse a los vestuarios.

—No, no. De gracioso, nada —refutó, dando una carrerita para ponerse a su lado—. Tío, ¡acéptalo y tíratela de una puta vez! De verdad, no pasa nada porque vulneres por una vez tus propias normas. Al menos, así te centrarás un poquito.

—¡Pero mira que eres imbécil! Pareces un adolescente... ¿Cuándo vas a dejar de pensar en las mujeres como objeto de uso y disfrute? «Tíratela de una puta vez...» —lo imitó con retintín—. ¿Igual que si fuera un clínex? Hoy me la tiro, mañana la invito a vivir conmigo y con mis hijos y pasado le doy boleto, ¿no?

—No, joder, no es eso. Me has malinterpretado... A lo que me refiero es que aceptes que te has enamorado de ella hasta las trancas...

No pensaba entrar a ese trapo. No tenía ningún inconveniente en reconocer que estaba saliendo con Cris; no era ninguna vergüenza, sino más bien todo lo contrario, pero le daba rabia que el médico no fuera capaz de tomarse en serio a una mujer si no era para meterla entre sus sábanas.

—¡Déjame en paz, Castro! Me conoces muy poco si crees que voy a comentar contigo mi vida sexual.

—¡Será la falta de ella! Solo me llamas por el apellido cuando te dan ganas de mandarme a la mierda, pero sabes que tengo razón. ¿Por qué no te dejas llevar por una vez en la vida, chico?

—¿Qué te hace pensar que no lo hago? —preguntó él, cansado de que Santi le mirara como si fuera alguien al que tuvieran que tratar en el departamento de psiquiatría del hospital donde trabajaba.

—Que te conozco, Rafa. Llevas un tiempo que no hay quien te aguante, y cuando tienes contento a tu amiguito —dijo señalando con la funda de la pala hacia su entrepierna— tienes mucho mejor carácter. Incluso no te cabreas cuando te gano...

Él no contestó. No merecía la pena.

—Tío, reconócelo... —insistió el médico—. Estás colgadísimo.

—Mejor no, Castro, porque si reconozco lo que me pides, voy a tener que darte un puñetazo en el hocico.

—¿Y eso por qué? —preguntó impertérrito.

—Entre otros motivos, por considerarme capaz de «tirarme» a la mujer de la que me he enamorado. A las chicas que me importan les hago el amor o permito que me lo hagan ellas a mí. Con el resto practico sexo. ¡Odio esa expresión tan machista!, así que toma buena nota para el futuro.

—¡Anda que no estás susceptible hoy, chaval! Mira, llámalo como quieras, pero decídete de una vez, que esa manía tuya de no querer mantener un romance con Cris, solo porque es la madre de uno de tus niños, va a provocarte un cáncer de testículos.

—A mis testículos no les ocurre nada. Pero, en todo caso, qué bien que tengo un amigo oncólogo, ¿no crees? —respondió, enfadadísimo.

Por supuesto, su cabreo no tenía nada que ver con la falta de actividad sexual. En ese aspecto acababa de disfrutar de las vacaciones más maravillosas que recordaba en mucho tiempo, Cristina le daba la réplica en todos los aspectos.

—Sí, es una suerte. Te practicaré una orquiectomía de urgencia y te libraré de todas tus dolencias, incluidas las que tienes en el coco.

Él se encogió solo de pensarlo. No tenía ni idea de lo que significaba la palabreja, pero imaginaba que era el término científico para denominar una capadura agresiva.

Frenó en seco antes de entrar en los vestuarios, con la mano sobre el picaporte de la puerta. Estaba cansado de la letanía de su amigo y, desde luego, ese día no estaba de humor.

—Contéstame, Santi... ¿Si te digo que sí, que estoy enamorado hasta la médula de Cristina, dejas mis testículos donde están y no vuelves a darme el coñazo?

Y sin esperar a ver la cara que ponía, abrió la puerta y se dirigió a su taquilla para sacar el gel de baño.

—¿Eso es una admisión, abogado? Entonces, ¿has claudicado? —insistió, pisándole los talones hacia las duchas—. ¿No me digas que estáis manteniendo un romance secreto desde la nochecita del bailongo y no me lo has contado? De verdad, chaval, me decepciona la poca confianza que me otorgas.

—Pero ¿por qué te lo tenía que contar, Santi, si cada vez que intento hablar contigo en serio te comportas como un adolescente?

—¿Sabes qué te digo, Rafa? —replicó Castro, ofendido por fin, entrando en uno de los habitáculos y abriendo el grifo del agua sin molestarse en cerrar la puerta. Él ocupó el que estaba libre, al lado—. ¡Que te den! Intentaba hacerte un favor.

—¿Un favor? —gritó por encima del ruido de ambas duchas, para que el insulto que recogía la duda le llegara con nitidez a través del hueco que quedaba entre el tabique de separación y el techo—. Mejor dejamos esta conversación...

Tenía demasiados problemas como para enzarzarse en una discusión absurda que, presentía, acababa de llegar demasiado lejos. Su malhumor no se debía a la reacción de Santi, ni a que lo considerara un crío inmaduro, que no lo era, sino a que acababa de recibir una llamada de Alex Martín y nada de lo que le escuchó decir auguraba buenos tiempos para él ni para Niki, lo que de rebote influiría en Cristina.

Por supuesto que Castro tenía razón en que convencer a la informática para irse a vivir con él de forma definitiva solucionaría parte de su inquietud, porque eso también le tenía de un genio de perros. El regreso a la rutina, con ella en su casa sola y él en la suya con los niños, le sentaba fatal.

La tarde anterior, como el caballero que presumía ser, la dejó en su apartamento. No quiso forzar las tuercas y proponerle que se quedara a dormir en su casa, ya que ella en ningún momento insinuó que fuera eso lo que deseaba. ¡Pero cuánto la echaba de menos!

Incapaz de pegar ojo, tuvo la sensación de que le faltaba algo. Si la semana anterior fue como vivir en una burbuja, desde que esta explotó dándole de morros contra el suelo, tenía la impresión de haber sacado pasaje de primera al infierno.

Pero no quería que Cris se sintiera presionada. Dar el paso de vivir juntos era una decisión demasiado importante para ambos y su futuro. Sabía que tenía que tener paciencia, pero eso no implicaba que, además, tuviera que estar alegre por ser un capullo honorable.

Salió de la ducha con la toalla envuelta en las caderas y se dirigió a la taquilla. Santi ya estaba vestido y se abrochaba las zapatillas de deporte. Sabía que tenía que disculparse, la dureza utilizada con él no estaba justificada.

—Santi, lo siento. Yo...

—¡Déjalo, Rafa! —le interrumpió el médico, enfadado como jamás antes—. Solo te voy a decir algo, y quiero que tú también te lo aprendas para el futuro... No te consiento, ni a ti ni a nadie, que me trates como a un inconsciente inmaduro.

Él no contestó. Se limitó a empezar a vestirse. Sabía que lo más probable era que se hubiera extralimitado, llevado por la frustración y el malhumor.

—Es posible —siguió diciendo Castro— que mi discurso y mi forma de ver la vida te parezcan banales y egoístas, pero solo es una manera de sobrevivir, Monclús. Cada día me enfrento a treinta y ocho niños con cáncer que no saben si van a ver amanecer al día siguiente... Por desgracia, lo consiguen menos de los que yo quisiera.

—Santi, tío, perdona...

—¡No! Déjame terminar... —volvió a cortarlo, en seco—. Veo la cara más horrible de esta puta mierda de vida cada día, cobrándose su cuota de ultraje e infortunio en los más inocentes, los niños, así que comprenderás que me parece increíble que gilipollas como tú desperdiciéis la felicidad en tonterías y normas autoimpuestas, tan absurdas como desfasadas.

Él lo miró a la cara, reconociendo con un asentimiento de cabeza que tenía razón y dejó que siguiera hablando. Estaba más serio que nunca.

—No soy ningún adolescente, Monclús, mi profesión me hizo crecer hace muchos años, por mucho que tú no lo creas. Tal vez para ti, que vives de las palabras, mi forma de decir lo que pienso no sea correcta, lo reconozco, pero te recomendaría que utilizaras esa inteligencia que pareces tener para leer entre líneas. ¡Solo es una manera de hablar! Solo eso. No quiere decir que sea tan vacuo y descerebrado como tú me crees. Intento no volverme loco, ¿sabes? Si las palabras me ayudan, benditas sean.

Y, acto seguido, cogió la bolsa de deportes y se dispuso a salir del vestuario.

Él terminó de abrocharse la chaquetilla del chándal, cerro la taquilla a toda prisa, cogió su bolsa y salió corriendo detrás del médico.

—Santi, ¡espera un momento, joder!

Castro se detuvo y se giró para mirarlo. No dijo nada, estaba junto a la recepción y él supuso que evitaba dar algún tipo de espectáculo, así que esperó a que le diera alcance.

—Te invito a un whisky, tengo mucho que contarte —propuso, conciliador.

Santi lo observó por encima del hombro.

—¿Estás seguro de que quieres confesarte con este quinceañero hormonado? —preguntó, muy digno y muy serio.

—Vamos, tío, no seas rencoroso... —le pidió, echándole el brazo por el hombro y empujándole para que siguiera caminando. Santiago se dejó arrastrar—. Me he pasado, lo reconozco. Solo quiero contarte por qué estoy tan fuera de mis casillas.

El médico lo miró al rostro.

—No tienes que explicarme nada, ni siquiera disculparte, Monclús. Va a ser que tienes razón y me estoy metiendo en lo que nadie me llama.

—No. Los amigos están para eso, así que acepta mis excusas y gracias por preocuparte por mí. Y sí, salgo con Cris desde hace algo más de un mes —confirmó antes de que Castro volviera a detener su perorata—. La «noche del bailongo», como tú la llamas, acabamos muy mal... Bueno, no —se rectificó—, muy bien... Desde entonces estamos intentando colocar los cimientos de algo que pretendemos que se alargue en el tiempo.

—¡Bueno, ya era hora! —exclamó, sonriendo y dándole una palmada en la espalda que demostraba lo poco rencoroso que era—. Me alegro por los dos, de verdad —le felicitó, sincero—. Vamos a tomar ese whisky. Pagas tú.

Caminaron por la acera unos cincuenta metros y entraron en el pub en el que quedaban en ocasiones, pero esa tarde él no se acodó al final de la barra, en el rincón, sino que se dirigió hacia una de las mesas.

—¿Qué ocurre con Niki, Rafa? Me estás asustando... No es normal que tú pierdas los nervios como lo has hecho —abordó Castro la conversación, sentándose en el taburete.

Él suspiró, procurando organizar sus ideas, y se dispuso a contarle paso a paso todo lo que acababan de descubrir sobre el juez y la sentencia dictada contra, o mejor dicho, a favor de la madre biológica de Niki, así como los antecedentes comunes de esta con Morales. Sobre lo que no le habló fue de la relación personal de su amigo con el caso.

—Puf, tío, ¡qué mal aspecto tiene el color de la orina del enfermo! —exclamó Castro, con el típico chascarrillo de médicos, haciéndole ver que no le gustaba nada lo que le estaba contando.

—Y lo peor, Santi, es que esta mañana me ha llamado Alex para avisarme de que, desde el Grupo de Delitos Sexuales de la Policía Nacional, ya han dado parte del caso a la Fiscalía Anticorrupción y al Tribunal Superior de Justicia de la posible implicación y prevaricación de los magistrados en el juicio del CEAMA. No creo que tarde mucho en filtrarse la noticia y llegar a oídos de los sospechosos.

—¿Y esto no se puede hacer de tapadillo sin que los compañeros de los jueces corruptos se enteren?

—¡«Presuntos» jueces corruptos! —lo rectificó él, haciendo hincapié en la presunción—. No, no se puede. Para investigar de verdad a alguien, sea juez o no, pinchar sus teléfonos, hacer seguimientos y demás, necesitas autorización de un tribunal. Pero si además esos sospechosos pertenecen a la Judicatura, ese tribunal tiene que ser el Superior de Justicia.

—¿Por qué? En la tele vemos que la policía investiga todo lo que quiere por su cuenta, sin contar con nadie.

—Tú lo has dicho, Santi; en la tele... Y podrían hacerlo, ¿sabes? Pero incluso el peor abogado del mundo echaría atrás esas pruebas en un juicio. Tienen que cubrirse las espaldas si quieren imputarlos de verdad. La policía busca indicios pero, una vez que está segura, tiene que oficializar los procedimientos. ¿Entiendes?

—¡Pues vaya marrón! —farfulló el médico.

—¿Marrón, dices? ¡La reina de todas las boñigas!

—¿Y esto en qué puede repercutiros a Cris y a ti con la adopción de Niki?

—Pues, para empezar y hasta que todo se aclare, el proceso se paralizará y... ¡ya sabes cómo va de veloz en este país la justicia!

—Temes que pasen los tres años que faltan para que venza el plazo que le otorgaron a la madre y aún no se haya solucionado nada, ¿no?

—No, no es eso lo que temo. Ese es el menor de nuestros problemas. Lo que me preocupa es que la madre se vea acosada y se le ocurra tomar venganza y pedir que le devuelvan al niño. La gente hace muchas tonterías cuando se ve presionada, idioteces que no haría de otro modo.

—¿Cris sabe todo esto?

Él resopló.

—Sí, está al corriente y lo asume, pero no lo lleva nada bien. Nada de esto hubiera ocurrido si yo, en mi celo por investigar una mala praxis del juez, no hubiera hecho partícipe de mis sospechas a mi amigo el inspector para que me ayudara a investigarlo.

—¿Y qué vas a hacer?

—Enfangarme todavía más, e involucrarme hasta las cejas, yendo a hablar con la madre biológica de Niki para presionarla a que renuncie de forma legal y definitiva al niño.

—¿Y si no acepta?

—Pues no lo sé, Santi. No lo sé... —repitió, apesadumbrado—. Como no se muestre receptiva me va a dar un ataque. ¡Cris me va a matar!

—No te preocupes, Rafa, si la madre de Niki intenta ejercer sus derechos, ingreso al niño de nuevo con cualquier excusa.

—¿Harías eso por mí? —Lo vio arquear las cejas en un claro gesto de «¿lo dudas?»—. ¿De verdad estarías dispuesto a jugártela de esa forma? Mira que puede salpicarte...

—No lo haría por ti, chico, lo haría por Niki. Lo último que necesita el crío es volver a caer en las zarpas de esa bruja y esa es la mejor solución; si ya una vez lo abandonó porque la hospitalización le quitaba tiempo, dudo mucho que, después de dos años sin tener que ocuparse del niño, se arriesgue a recuperarlo...

—¡Gracias, Santi! Tienes razón. No sabes lo que te lo agradezco. Espero que no tengas que verte en ese aprieto, pero para mí es muy importante saber que cuento con esta baza.

Castro sonrió, infundiéndole tranquilidad y diciéndole sin palabras que, aunque fuera un borde y un vehemente, jamás lo dejaría en la estacada.

—¡Puf! —exclamó por toda respuesta—. Vamos, que no es de extrañar que hoy te haya dado la del pulpo en la pista...

—Deberías de haberme colado tres a cero en cada partido, señor doctor.

## 33

Los siguientes días no fueron fáciles para Rafa y estaba seguro de que Cristina no lo llevaba mucho mejor. Mirarla era suficiente confirmación; cada vez que sonaba el teléfono saltaba como si acabara de pisar un hormiguero gigante. Y, aunque él intentaba tranquilizarla, todos sus esfuerzos caían en saco roto. Al final, por mucho que quisiera evitarlo, sus conversaciones terminaban siempre en una discusión.

Lo más triste era que, aunque le fuera la vida en ello, en el noventa por ciento de las ocasiones no era capaz de determinar qué era lo que provocaba la bronca definitiva.

Cualquier espera resulta siempre angustiosa, pero aquella en particular alcanzaba la categoría de insufrible. Ambos sabían que Alex solo les avisaría para comunicarles que el polvorín sobre el que se encontraban sentados estaba a punto de saltar en pedazos. Y eso era lo más parecido a la agonía de un ser querido; por un lado se desea que la situación termine, para poder relajarse y empeñar los esfuerzos en superar la pérdida, pero por otro se quiere alargar el momento y se sueña con que nada de aquello está ocurriendo.

Él y Cris fantaseaban con que el juez Morales no iba a enterarse de que estaba siendo investigado por la policía y con que algún día metería la pata, con lo que iría, rápida e irrevocablemente, al calabozo y así evitarían tener que pedir las pruebas a la madre de Niki. Pero, por supuesto, aquello solo era un sueño.

Al menos él lo tenía muy claro. Conocía lo suficiente a su amigo como para saber que, con desliz de Morales o sin él, Alex no dejaría títere con cabeza hasta que todos los implicados en los abusos del CEAMA acabaran en la cárcel y se quedaran allí hasta que las trompetas del Apocalipsis tocaran a rebato.

Pero eso era algo que no pensaba decirle a Cristina. Bastante mal estaba ya la relación entre ellos como para encima confirmárselo. Porque aunque se suponía que ambos eran adultos responsables que sabían bregar con las dificultades que les planteaba la vida, aquella situación se les empezaba a escapar de las manos. Tanto, que su bienestar se resentía día a día y el distanciamiento era tan obvio que incluso un desconocido se daría cuenta de ello solo con mirarlos.

Por supuesto, ninguno de los dos estaba ciego. Ambos lo sabían, así que para evitar caer en un círculo vicioso de enfrentamientos y reconciliaciones forzadas, pasaron de aprovechar cada momento libre del día para estar juntos a limitar sus encuentros a los fines de semana, siempre rodeados de los niños.

Ni siquiera fue necesario que mediara ninguna conversación o acuerdo, bastó con que ambos pusieran a trabajar su sentido común. Pero él llevaba todo aquello fatal. Le estaba matando...

No podría decir en qué momento Cris se convirtió en alguien imprescindible a su lado; en qué instante dejó de respirar con normalidad cuando llegaba a casa y ella no estaba allí esperándole; qué noche descubrió que su cama era demasiado grande si ella no dormía a su lado; desde cuándo las maratonianas jornadas laborales de tropecientas horas le cundían menos que nunca. Refugiarse en la compañía de Paula y Niki ya no era suficiente, pero volver a compartir cada hora libre del día con ella era inviable.

Total, estaba ya en ese punto en que deseaba que la bomba explotase de una vez y se llevase por delante todo lo que tuviera que llevarse.

Y, de pronto, como si ese sinfín de pensamientos inconexos hubiera confabulado para mover alguna fuerza telúrica que provocara el desenlace, en mitad de una de sus absurdas elucubraciones, el móvil vibró en el bolsillo trasero del desgastado vaquero que se ponía para estar en casa.

Un WhatsApp.

De Alex.

«Si sigues interesado en estar presente cuando vaya a hablar con la madre de Niki, te espero esta noche en la cafetería de enfrente de su local, a las doce. Sé puntual o entraré solo.»

Tecleó un rápido «allí estaré» y marcó el teléfono de Cristina para que fuera cuanto antes a su casa y se quedara allí cuidando a los niños mientras él estaba fuera. Por supuesto, aquel argumento era una burda excusa, en realidad no necesitaba ninguna niñera. Alina llevaba años vigilándolos cuando él salía; sin embargo, esa noche lo que en realidad necesitaba era encontrarla allí a su regreso; estaba seguro de que la noche no iba a ser muy divertida.

Cuando Rafa llegó a la cafetería, casi en el límite de la hora marcada, Alex ya llevaba un buen rato esperándole. Todavía faltaban un par de minutos para la medianoche, pero aparcar le costó mucho más trabajo del que pensó mientras se entretenía hablando con Cris de sus temores sobre lo que ocurriría a continuación. Cualquiera hubiera dicho que un martes por la noche Madrid y los locales de copas estarían vacíos, pero al menos en aquella zona la gente era tan numerosa como cualquier día del fin de semana.

Por supuesto, podría haber dejado las llaves al aparcacoches y ahorrarse un montón de vueltas, pero estaba convencido de que estos usaban los vehículos de los clientes como conejillos de Indias para sus ambiciones, por emular a Fernando Alonso, y lo evitaba siempre que podía.

—Pensé que al final te arrepentías y no vendrías... —Fue la primera fase que Alex emitió a modo de saludo, al tiempo que lo estrechaba en un cálido y fraternal abrazo.

—Sabes que no me lo perdería por nada del mundo.

—Rafa, tienes que prometerme que vas a estar muy calladito

y no te vas a dejar llevar por la rabia, oigas lo que oigas. —Él se limitó a cabecear con firmeza en señal de asentimiento—. ¿Crees que ella podría reconocerte como abogado acusador del juicio?

—La verdad, lo dudo. ¿Por qué me preguntas eso?

—Porque en la mayoría de las ocasiones, el éxito de mi trabajo radica en sorprender a la gente que interrogo o con la que hago tratos. No me gusta darles ventaja y, en este caso, que ella se diera cuenta de que conocemos la existencia de Niki, y, por lo tanto, pudiera suponer que sabemos que utilizó las cintas para extorsionar al juez, podría perjudicarnos. Prefiero soltárselo yo cuando me interese y mientras ver cómo responde a la presión.

—Ah, vale. En ese caso, será mejor que entremos por separado y yo me quede en un segundo término... por si las moscas. Intentaré sentarme cerca de vosotros, para escuchar todo lo que habléis, y cuando creas que ya puedo aproximarme, me haces una señal.

Vio que Alex se detenía unos segundos a reflexionar sobre el tema, entornando los ojos. Podría apostar a que no era esa la estrategia que tenía pensada, pero después de unos instantes pareció encontrar más interesante esa opción que el plan original.

—¿Sabes? —rompió el silencio por fin—. Creo que tienes razón. Entra tú primero y quédate en la barra, como si estuvieras pidiendo una bebida. En cuanto yo aborde a la chica, te colocas lo más cerca posible de nosotros y escuchas hasta que yo te indique que puedes sentarte a nuestra mesa. Cuando lo hagas no digas ni palabra, ni siquiera saludes, mientras yo no te involucre en la conversación. Deja que yo me encargue de todo, ¿de acuerdo?

—Vale —aceptó, resignado y harto de que lo tratara como un perfecto metepatas—. Venga, entremos de una vez.

Dicho lo cual, se bebió de un trago el café solo que pidió al entrar y salió del local con paso decidido para atravesar la calle.

El portero de la sala de fiestas lo miró con aire cansado, sin reparar demasiado en su aspecto, y le tendió la entrada, que no por sencilla resultó barata y le daba derecho a una única consumición. La oscura puerta de vaivén le engulló y una señorita se aproximó a él para reclamarle la cazadora de estilo motero que eligió esa noche para protegerse del frío.

—No, gracias —desestimó las atenciones—. Prefiero quedármela —continuó, sin mirar a la empleada a la cara, intentando acomodar su visión a las luces estroboscópicas de la pista.

Esa noche, mientras se vestía para acudir a aquella cita, intentó adivinar cuál sería el atuendo que llamara menos la atención; si el de ejecutivo dispuesto a poner los cuernos a su mujercita o el de «malote» de la noche, porque no podía olvidar que estaba, por primera vez en su vida, en el interior de un club de alterne.

Al final optó por unos vaqueros desgastados y un jersey de lana sencillo, que completó con la susodicha chupa de cuero, ya que le pareció muy recurrida para una ocasión semejante y le dejaba mayor margen de maniobra.

Cuando vio que Alex iba vestido de una manera muy similar pensó que era una suerte haber acertado; sin embargo, al mirar a su alrededor comprobó que la moda infernal no era la que más abundaba en aquella «discoteca erótica», como se anunciaba en la entrada, aunque tampoco faltaban jóvenes que parecían no haber usado una corbata en su vida ni para asistir a una boda.

La clientela era de lo más variado y, para su sorpresa, buena parte era de género femenino; algo que nunca hubiera supuesto. Se sentía inseguro, un pazguato desubicado. Pero no porque le pareciera mal que existiera ese tipo de sala de fiestas ni que la gente acudiera a ellas, sino porque no sabía cómo actuar. Siempre imaginó que era mucho menos complicado y más satisfactorio ir a ligar a una discoteca al uso donde, al mismo tiempo, los precios de las copas eran bastante más asequibles.

No obstante, aquel no era el momento de demostrar a todo el mundo que era un pez fuera del agua. Lo más inteligente era no llamar la atención y pasar desapercibido, así que a pesar de su inexperiencia, echó un rápido vistazo al interior desde lo alto de los tres escalones que daban acceso al local y, evitando mirar con cara de asombro a su alrededor ni fijarse en la gente que ocupaba las numerosas mesitas desperdigadas por toda la estancia, se dirigió con seguridad hacia la enorme barra de bar situada en el centro.

Era muy grande, un anillo irregular y sinuoso con forma de atolón marino, que señoreaba en el centro de la discoteca como amo del lugar, y en cuyo interior más de una veintena de pechugonas señoritas, que siendo muy condescendiente iban «ligeritas de ropa», se empleaban en atender a los clientes. Un enorme centro neurálgico cuyo protagonismo solo era arrebatado por el pequeño escenario situado junto a una de las paredes laterales, en el que una rubia de larguísima melena, ataviada con un escueto tanga y un minúsculo sujetador de lentejuelas a juego, serpenteaba alrededor de una barra de baile con unos brillantes zapatos plateados de tacón de infarto.

Apartando la mirada de aquella valkiria, se sentó en uno de los taburetes que rodeaban el mostrador, uno desde el que pudiera divisar la entrada, y colocó el tíquet que le daba derecho a una consumición sobre la superficie de PVC retroiluminado mientras esperaba que una de las camareras viniera a atenderle.

Como era lógico, ningún cliente reparó en él y en su desconcierto. No le extrañaba, la chica de la barra era guapísima y sus movimientos eran de verdad insinuantes, pero él no estaba allí para regalarse la vista —lo que por otro lado hubiera sido muy agradable—, sino para convencer a la madre de Niki de que lo mejor para todos era que renunciara a su desaprovechada maternidad. Solo pensar en ello hizo que su libido bajara a niveles casi subterráneos.

Una escultural morena de piel dorada, con el pelo recogido en una tirante cola de caballo en lo alto de la cabeza, estuvo a punto de meterle en un ojo el pezón que pugnaba por escapar de la restricción del ajustadísimo y casi inexistente top rojo brillante, cuando se inclinó hacia él para preguntarle qué quería beber.

—Un gin-tonic de London N.º 1 con Nordic Mist Blue —respondió, echándose hacia atrás, a tiempo de ver con el rabillo del ojo que Alex entraba en la sala y se acercaba a la barra para preguntar por Elisa.

—¿Con canela y cardamomo, guapo? —dijo ella, depositando cuatro perfectas piedras de hielo en la copa de balón y echando la dosis perfecta de ginebra, antes de dejar resbalar la tónica a lo largo de la varilla de mezcla hasta el fondo.

—Vale —aceptó sin darse cuenta de lo que decía, más pendiente de no perderse ni una sola frase o gesto de Alex que de lo que la chica acababa de preguntarle—. ¡No, no! —rectificó, justo cuando ella iba a depositar el grano de especia—. Perdona, solo cáscara de limón —pidió esbozando una sonrisa de disculpa.

—¿No sabes lo que te gusta? —insistió ella, colocando una rizada viruta amarilla sobre el borde, con un gesto de picardía incuestionable.

—Por supuesto que sí. No tengo ninguna duda —atajó sus avances, antes de que iniciara un diálogo que a él no le interesaba lo más mínimo mantener en esos momentos—. Me gustan pelirrojas, de piel clara y ojos grises —sentenció serio, casi rozando la grosería, dejándole claro que ella no se encontraba entre las preferencias de su menú.

La chica captó la «directa» y se retiró para atender a otro cliente, no sin antes hacerse con la entrada que él colocó sobre el mostrador, cortarla por la línea de puntos y guardarse el resguardo en el bolsillo del minúsculo delantal que cubría su brillante pantaloncito corto del tamaño de una braga.

Acto seguido se olvidó de inmediato de la chica, tomó su copa, dio un trago y se dispuso a observar, con fingida atención, a la *stripper* que se contoneaba en la barra. Pero lo cierto era que, salvo la vista, tenía el resto de los sentidos puestos en escuchar la conversación que Alex mantenía con otra de las atractivas camareras. Aunque la música estaba alta podía oír cada palabra a la perfección, ya que casi tenían pegadas las espaldas.

—Hola —saludó Alex a la chica—. ¿Podrías decirme dónde encontrar a Elisa?

—¿Qué Elisa? —preguntó ella, suspicaz.

—Elisa Ramírez, tu jefa...

—¿Quién eres tú y para qué la buscas? Ella no suele venir por aquí...

—Estoy seguro de que no anda muy lejos —interrumpió

Alex los intentos de la camarera por despistarlo—. Haz el favor de decirle que Melchor Morales, el juez Morales —aclaró—, quiere verla.

La joven se puso pálida y aceptó con un rotundo cabeceo sin responder palabra.

Y... por favor —la detuvo—, antes de irte di a tu compañera que me ponga una copa como esa —pidió señalando la de Rafa, que a causa de luz brillaba con un resplandor helado sobre la barra.

Ella no se hizo de rogar. Se giró, dijo algo a su compañera al oído y salió del recinto a toda velocidad. Al parecer, el título que Alex acababa de arrogarse la confundía y amedrentaba. Si hubiera mencionado el que de verdad ostentaba, habría salido corriendo hacia los servicios para no hacerse sus necesidades encima. No hacía falta ser ningún lince para adivinar que no todas las empleadas del local tenían sus papeles en regla.

Alex recogió la copa que la morena le puso delante y se dirigió hasta una mesa cercana que estaba libre, a la que se sentó dando la espalda a la barra. Él ocupó la de al lado, de cara al escenario. Y aunque podrían haber mantenido una partida de mus de compañeros y ninguno se hubiera perdido ni una sola seña del otro, no cruzaron sus miradas ni una sola vez. Ambos se conocían demasiado bien como para saber lo que esperaban del otro.

Antes de que transcurrieran siquiera cinco minutos, una guapísima mujer, alta, delgada, rubia y de ojos claros, se acercó a la espalda de Alex con un sinuoso contoneo. Vestía un carísimo conjunto de blusa y falda de firma, que cubría sus curvas con mucha, muchísima más generosidad que los uniformes de sus empleadas. Aun así era casi igual de irresistible a la vista.

—Juez Morales... —lo llamó.

Alex se volvió despacio, sin decir ni una palabra.

—¡Usted no es el juez Morales! —exclamó ella, resaltando lo obvio.

El inspector levantó ambas cejas al mismo tiempo y sonrió con un gesto de «¿no me digas?». Aquel movimiento era una jugada maestra. En menos de un segundo, y sin abrir la boca siquiera, acababa de asegurarse de que ella no pudiera esgrimir que no conocía al maldito juez Morales.

—¿Quién narices es usted? —dijo, elevando la voz y perdiendo un poco la compostura—. No lo conozco de nada.

Dicho lo cual, giró sobre sus interminables tacones de aguja dispuesta a batirse en retirada. Alex se levantó y la retuvo por el brazo, obligándola a darse la vuelta hacia él.

—Siéntese, señorita Ramírez —le ordenó antes de que ella pudiera tomar la iniciativa.

—Llamaré a seguridad si no me suelta —le increpó.

—No. Estoy seguro de que no quiere hacer eso —replicó él, muy seguro de sí mismo, al tiempo que tiraba de ella hacia abajo para que se dejara caer sobre la butaca más próxima.

—¿Quién coño es usted? —siseó ella, remarcando cada palabra y mirándolo a los ojos mientras él tomaba asiento enfrente.

—Tranquila, Elisa, no tienes nada que temer. En efecto, no soy el juez Morales ni vengo de su parte. Ni tampoco soy tu enemigo... —se echó hacia delante sobre la mesa y apoyando los brazos en sus rodillas, acercándose mucho a su cara— de momento.

—¡Déjeme en paz! —chilló ella, perdiendo los nervios—. ¡Seguri...!

Pero el grito quedó detenido en su garganta a mitad de palabra cuando Alex colocó su placa sobre el pequeño tablero redondo que los separaba.

—¿Qué quiere de mí? Yo no he hecho nada... —se defendió ante una acusación inexistente.

—¿Estás segura, Elisa? ¿De verdad si me identifico como policía de la Comisaría General de Extranjería y Fronteras podrías facilitarme los papeles de todos tus empleados? —Ella fue a responder, pero Alex la detuvo—. No me mientas. Hazme ese favor y hazte un favor a ti misma. Pero no estoy aquí para comprobar la documentación de tus camareras... de momento —amenazó, de nuevo, echándose una vez más hacia delante por encima de la mesa.

En su retirada, aprovechó para recoger la placa y guardársela en el bolsillo de la chaqueta de cuero.

—No he venido a acusarte de nada. Y también te equivocas por completo en algo más —siguió diciendo el inspector, seguro de contar ya con toda la atención de la joven—, sí que me conoces. Me llamo Alex Martín, ¿te suena de algo?

Ella puso cara de desconcierto. Estaba claro que no lo recordaba.

—Y si te digo CEAMA, ¿empiezas a acordarte de algo?

Elisa nunca hubiera sido una buena jugadora de póquer profesional, ni siquiera una actriz mediocre.

—Perdone, agente, pero no sé de qué me habla ni qué es el CEAMA —dijo unos cuantos segundos más tarde de la cuenta.

—Inspector —la corrigió él—. Y claro que sabes muy bien qué lugar es ese. Ni siquiera necesito que me lo confirmes. —Ella intentó desmentirle, pero él no le dio oportunidad—. Lo sé porque yo también estaba allí. Al principio me costó saber que eras tú, ya que a la única Elisa que conocía de aquella época era a una que se apellidaba Repuig Ferreiro; sin embargo, tú deberías tener mejor memoria y recordar al chico que tantas veces te salvó el culo... Y tú sabes que esto no es una metáfora...

El rostro de Elisa iba cambiando por momentos y él fue capaz de saber el momento exacto en que la información caló en su cerebro. También cuándo la rabia y la impotencia se apoderaron de su sentido común. Alex estaba jugando fuerte, pero ella no parecía dispuesta a darse por vencida a la primera de cambio.

—Ah, ya, ese Alex... —repuso con una nota de asco y desinterés en la voz—. Has cambiado mucho, ¿sabes? Te has convertido en un tío muy atractivo y apetecible... No te hubiera reconocido jamás.

—Yo tampoco a ti. —Evitó hacerle ningún cumplido.

—¿Y qué es lo que quieres de mí al cabo de tantos años? —explotó por fin—. El CEAMA es un episodio de mi vida muerto y enterrado. ¿Vienes a cobrarte los servicios, ahora que ya soy mayor de edad? Siempre fuiste un jodido puritano, no me extraña que hayas acabado en la pasma...

—Sin embargo, tú no has cambiado nada, salvo en lo que al físico se refiere —escupió, como si aquello fuera un insulto que solo ellos dos entendían—. Y mejor en la pasma que en la cárcel, que es donde vas a acabar tú si no dejas de insultarme y me escuchas con mucha atención.

—¿Me estás amenazando?

—No es una amenaza, es una promesa. Yo mismo me encargaré de cerrar la celda y tirar la llave al mar.

—Yo no he hecho nada. Mi negocio es legal...

—Pero tus empleados no, lo he comprobarlo —mintió, aunque nadie tendría la necesidad de hacerlo después de ver la reacción de las camareras—. Tú eres la dueña del local, por lo que se te puede acusar de un montón de delitos: tráfico de personas, inmigración ilegal, falsedad documental... Y eso sin saber todavía si tus chicas se acuestan con los clientes y cobran por ello, porque de ser así también te podría acusar de trata de blancas, prostitución, proselitismo... Uf, creo que me sobran cargos...

—¿Quieres dejar de decir tonterías? —lo interrumpió.

—Pero tranquila, creo que no te acusaría de nada de eso, puesto que tengo pruebas de unos delitos mucho más interesantes —siguió diciendo Alex, sin hacerle caso—, que además son el motivo de mi visita. —E hizo una dramática pausa—. Robo, extorsión, chantaje a un juez...

Ella se lo quedó mirando, exudando chulería por cada uno de los poros de su piel y, con una sonrisa arrogante en los labios, se levantó de su asiento.

—No tienes ninguna prueba de lo que dices, bocazas —lo acusó—. Si las tuvieras no me estarías advirtiendo, sino poniéndome unas esposas en las muñecas.

Y acto seguido pasó junto a él sin mirarlo y se dirigió a la barra, dejándolo solo.

## 34

Rafa observó a Alex, que no se inmutó. No se movió de donde estaba ni fue tras ella, dándole la oportunidad de que recapacitara sobre su actitud y regresara por voluntad propia. Cualquier persona con dos dedos de frente, y ella sin duda los tenía, se daría cuenta de que estaba en una situación, como mínimo, peliaguda.

Por supuesto, no podía estar segura de que Alex no tuviera pruebas y, en el peor de los casos, tardaría solo unos días en conseguirlas. De sobra sabía ella que las acusaciones eran ciertas. Lo demostraba el hecho de que ni siquiera se molestaba en negarlo.

En cuanto se percatara de que lo que más le convenía era escucharlo, volvería. Alex también lo sabía y por eso no se dignó mirar lo que hacía, sino que se giró hasta quedar de frente al escenario para observar la actuación de una chica que, con un minúsculo trikini rojo, que revelaba más piel de la que cubría, se insinuaba a uno de los hombres de las mesas cercanas, incitándolo a que le metiera un billete en el sujetador.

Al cabo de unos minutos, Elisa se sentó de nuevo en la misma butaca que ocupara antes, con un gin-tonic de color rosa en la mano. Sin embargo, ni su actitud ni su lenguaje corporal eran ya los mismos. Martín se dio cuenta tan pronto la vio acercarse a él por encima de la mesa.

—Mi querido inspector —le susurró, insinuante—. Supongo que tienes algo que proponerme, o no estarías aquí. Soy toda oídos.

Alex soltó una carcajada.

—Esta es la Elisa que yo conozco —repuso—. La negociadora, la atrevida, la inescrupulosa, la niña dispuesta a apostar más de lo que poseía.

—Ve al grano, Alex. Tengo un local que dirigir y no dispongo de tiempo para escuchar tus bravatas...

—Muy bien, Eli, no me andaré por las ramas. En efecto, estoy dispuesto a negociar contigo si colaboras en un importante caso que tengo entre manos, que de momento no tiene nada que ver contigo ni con tu local.

—¿Y qué gano yo a cambio de mi colaboración?

—Pues, para empezar, te daré dos meses para que regularices la situación laboral y documental de todas tus empleadas antes de enviarte a mis compañeros de Extranjería.

Ella se limitó a levantar las cejas, dando a entender que no le parecía un acuerdo lo suficiente importante como para perder cinco minutos en pensárselo.

—También puedo garantizarte que, en lugar de involucrarte en el caso, te dejaremos al margen de todo, eliminaremos tu nombre de las declaraciones, buscaremos a alguien que esté dispuesto a presentar las pruebas que tú nos facilites y te protegeremos contra posibles extorsiones, si las hubiera, metiéndote en un programa de protección de testigos.

Ella se rio, abriendo con descaro su voluptuosa boquita de labios rojos y lo miró de soslayo.

—¿Te has vuelto loco, Alex? De la única persona que necesito protegerme es de ti. Yo no estoy involucrada en ningún caso y no entiendo qué es lo que podría interesarte a ti de mi persona, pero estoy deseando escucharlo para mandarte a la mierda de una vez por todas.

—No corras tanto, pequeña —la previno—. Quiero una copia de la cinta que entregaste al juez Morales. Si me la das, ¿qué te parece si te protejo contra el corrupto magistrado?

Su respuesta pareció provocar en ella una fisura, demasiado

pequeña, sin embargo, para lo que implicaba. Pero lo que en cualquier otro mortal hubiera supuesto una brecha del tamaño de la falla del Rift, en ella solo significó un ligero temblor de sus manos y un rictus de sorpresa.

Superada ya la primera impresión, hizo ademán de contestar, pero él la interrumpió antes de que pronunciara un solo vocablo.

—Ni se te ocurra intentar hacerme creer que desconoces quién es esa persona. Si sabes que no soy yo, sin duda puedes reconocerlo y describir su aspecto en cualquier momento.

—¡Claro que sé quién es el juez Morales! —repuso al cabo de unos instantes—. Fue el juez que presidió la vista por la...
—Enmudeció.

—Custodia de tu hijo —terminó él la frase que ella dejó inconclusa, al darse cuenta de que si la acababa le daba una información que prefería ocultar—. Estoy al corriente de la existencia de Niki y también del «magnífico» papel de madre que has representado en todo momento —dijo rezumando sarcasmo en cada palabra.

—¿Me vas a detener por no ser una buena madre? —repuso con tanto retintín como el que él usaba.

—No, Eli, te voy a detener por extorsionar a un juez para que fallase a tu favor en un juicio, cuando existían cargos suficientes contra ti como para haberte enviado a la cárcel durante un par de años y, por supuesto, retirarte de inmediato toda posibilidad de tutela, guarda y custodia de tu hijo para el resto de tu vida, en lugar de garantizártela.

Ella se quedó pálida. La copa tembló cuando se la llevó a los labios para dar un trago, pero se recuperó del impacto en un breve lapso de tiempo. La mujer era incombustible.

—¿De dónde sacas que yo extorsioné al juez para que fallara a mi favor? De verdad que me concedes un poder que desconocía que tenía...

—¿Ah, no? Entonces, explícame, ¿desde cuándo un acusado se encuentra a solas con su juez en los bares? Porque te recuerdo que hoy has perdido el culo para acudir a mi cita cuando me he hecho pasar por Melchor Morales...

Rafa no escuchó nada más. De pronto, como si de una película se tratara, revivió una escena ocurrida dos años antes; el día que defendió los derechos de Niki ante el juez Morales, con tan poco éxito.

Al oír las últimas palabras de Alex, sin previo aviso se levantó el velo que empañaba su discernimiento. Desde el primer momento supo que algo no cuadraba en todo aquello, que existían motivos reales para recelar de aquel juez y que él los conocía, pero no encontraba la manivela que levantara la cortina de la duda, así que se limitó a hacer caso, como siempre, a su sexto sentido. De no haberlo hecho jamás hubiera descubierto la posible relación entre Elisa Ramírez y Melchor Morales desde los tiempos del CEAMA. Jamás hubiera profundizado en sus investigaciones ni hubiera hecho partícipe de sus dudas a Alex.

Sin embargo, lo que él llamaba «sexto sentido» no era más que una subconsciencia más desarrollada que sus propios ojos y oídos, que captaba detalles y situaciones que su consciencia a menudo pasaba por alto. Con el tiempo terminó aprendiendo a hacerle caso, casi nunca se equivocaba y jamás le defraudaba. Esa noche, una vez más, se reafirmó en el hecho de que su sexto sentido no era una paranoia, sino un valor al alza.

La cuestión por la que su memoria se permitió el lujo de borrar los recuerdos de aquel día era un misterio. Sin embargo, en esos instantes podía rememorarlos con total nitidez.

Acababa de terminar el juicio de Niki, al que acudió acompañado por el psicólogo de la Fundación, y como ya era tarde decidieron ir a comer al bar de enfrente de los juzgados, ya que tenían una reunión con unos futuros adoptantes a primera hora de la tarde.

Hasta ahí todo normal, solían hacerlo a menudo.

Lo irregular fue ver entrar allí al juez Morales. Aquel no dejaba de ser un *bareto* de mala muerte, le chocó porque jamás se lo hubiera imaginado tomando café acodado en esa barra. A otros jueces sí, incluso coincidía con alguno en ocasiones, pero a Morales no. Era tan estirado...

Y el colmo de la sorpresa llegó cuando vio a la madre de Niki acercándose al magistrado. Pero no tuvo tiempo de reaccionar, porque la conversación que ambos mantuvieron fue tan corta y tensa que podría tacharse de inexistente. Él no la escuchó, el ruido del bar se lo impidió.

El resto ocurrió tan deprisa...

Con las prisas de salir corriendo de allí, ella se dejó un sobre encima de la barra y Morales salió a devolvérselo. Pero llovía y Elisa ya estaba montada en un taxi cuando él descubrió el olvido, así que abortada su buena acción del día, el juez se lo guardó en el bolsillo para que no se mojara y regresó al bar, donde se lo entregó al camarero.

Ocurrió así, él lo vio con sus propios ojos, sí, pero ¿Morales entregó el mismo sobre que Elisa dejó sobre el mostrador, o era otro diferente?

Quizá todo aquello no fuera tan casual como parecía y se tratara de una coreografía perfectamente ensayada para que hubiera unas cuantas decenas de testigos capaces de declarar lo mismo si fuera necesario... Con lo que nunca contaron, ya que no lo vieron, fue con que el abogado de la defensa estaba siendo testigo de aquella farsa.

Apostaría su propia vida, sin miedo a perderla, que Morales no recogió el mismo sobre que devolvió. Su habilidoso sexto sentido se lo gritaba y la lógica se lo confirmaba.

Sin embargo, con aquel descubrimiento, acababa de perderse los últimos minutos de conversación entre Alex y Elisa. Necesitaba hablar con su amigo con urgencia para ponerle al corriente de lo que acababa de averiguar.

Le hizo una seña nada sutil y sacó el móvil del bolsillo de su chaqueta para enviarle un WhatsApp.

«Vamos al váter. Acabo de descubrir cómo y cuándo Elisa entregó la cinta del CEAMA a Morales. Fui testigo de ello.»

Alex abrió los ojos como platos cuando leyó el mensaje.

—Elisa —le escuchó reclamar la atención de la chica, al tiempo que se guardaba el teléfono en el bolsillo trasero del pantalón vaquero—, perdóname, pero tengo que hablar con la brigada urgentemente. Mientras, piensa en lo que te he propuesto, pero sea cual sea tu respuesta, procura no tomarme por tonto.

Luego se puso en pie y se dirigió a los servicios. Él lo siguió a escasa distancia intentando no levantar sospechas.

Una vez que lo puso al corriente, Alex ya tenía muy clara su estrategia, así que permitió que se sentara con ellos en la misma mesa, siempre y cuando se limitara a escuchar, sin intervenir en ningún momento.

—Un compañero —lo presentó cuando se sentó a su lado. Ella no lo reconoció en ningún momento, aunque se lo quedó mirando con mucho interés—. Y bien, Elisa, ¿has decidido ya si vas a colaborar con nosotros, o prefieres quedarte al margen?

—Alex, de verdad te digo que no sé de qué cinta me hablas —repuso llorosa—. El juez Morales es un cliente habitual. Yo no lo extorsioné en ningún momento ni le pedí favor alguno. Siempre he pensado que fue benévolo conmigo por simpatía, ya que me conocía de venir por aquí...

—¡Por favor, Elisa! —gritó Alex. Su alarido rebotó en la sala por encima de la música. Bajó el tono cuando continuó hablando—. ¿Quieres dejar de tomarme por idiota? Mira, te voy a hablar muy clarito...

Ella se estremeció y se encogió en su asiento al verlo tan iracundo.

—Te voy a dar unos días para que recapacites y te avengas a colaborar con la justicia. De lo contrario, aparecerás como imputada en el caso contra Morales. Puede que tú no quieras hablar y pienses que estás más segura cubriéndole el culo, pero él va a ir a por ti en cuanto yo le diga que me has dado una cinta con sus excursiones nocturnas al centro de acogida, aunque sea mentira.

—¿Cómo? —cuestionó ella, pálida como la cera—. Si de verdad hubiera una cinta, él nunca te creería. Sabría que yo nunca sería tan tonta como para no entregarle la original; eso es algo que puede comprobarse con facilidad.

—Te garantizo que sí lo va a hacer. No va a dudar de mí ni un minuto en cuanto le explique que nos has confesado la pantomima de aquel día, en el bar de la plaza de Castilla, después del juicio de Niki, en la que le entregaste el vídeo original, por supuesto, pero después de haber hecho varias copias que escondes a buen recaudo. Y, ni que decir tiene, que una de ellas está en mi poder...

—¿Qui... quién? —balbuceó.

—¿Que quién me ha contado cómo le entregaste la cinta? —Una cruel risotada surgió de su garganta—. Alguien que lo vio y está dispuesto a declarar. Pero no te preocupes —siguió presionándola Alex, ajeno a sus temblores—, en el juicio podrás defenderte y decir que nunca hablaste conmigo y yo me lo he inventado todo...

—Si haces eso me matarán... —susurró.

—Es muy probable... Y llegados a ese extremo lo sentiré mucho por ti, Eli. Sentiré no haber podido salvaguardarte de las mañas de Morales y las de sus amigotes, solo porque no quisiste colaborar con la ley y me fue imposible meterte en el programa de testigos protegidos...

Alex se calló y dejó que Elisa pensara en lo que acaba de decirle. Su rostro mostraba tal indiferencia y crueldad que cualquiera que no le conociera picaría el anzuelo y le creería capaz de hacer todo aquello que prometía. Aunque... cualquiera que le conociera bien sabría que sería capaz de incluso una barbaridad si con ello vengaba los abusos que él y sus compañeros sufrieron durante su estancia en el CEAMA.

—¿Sabes algo, Alex? —rompió ella por fin el silencio, sonriendo con malicia—. Esto tuyo no es más que un farol. Morales es un reputado representante de la Judicatura que tiene un montón de amigos. Jamás te atreverías a acusarle de nada y a contarle todo eso, salvo que lo tuvieras en la cárcel o en el banquillo de los acusados en un juicio, lo que es casi imposible. Yo no soy tan idiota como para caer en tu trampa...

—Está bien, Eli, como tú quieras —aceptó Martín—. Piensa lo que te parezca... Volveré antes de que acabe la semana. Si para entonces has cambiado de idea, quieres protección y prefieres quedarte al margen de todo, ya sabes lo que tienes que hacer: Basta con que me entregues una copia de la cinta, que yo y los demás grabamos en el CEAMA, y el acta notarial de la renuncia oficial a los derechos presentes y futuros de la maternidad de Niki, cediéndoselos a la Fundación Ángeles Olvidados.

—¿Por qué eso último?

—Porque si no hay renuncia a favor de esa Fundación, no hay trato.

—Pero ¿qué tiene que ver mi hijo en todo esto?

—¿Y todavía lo preguntas, Eli? —repuso Alex, furioso—. No puedo creer que un día fueras una niña maltratada, abandonada y criada en un centro de acogida del Estado... ¿Ya no te acuerdas de todo lo que sufriste?

Dejó que la pregunta calara en su conciencia, pero a juzgar por el gesto que ella compuso, no existía lugar alguno en el que alojar nada.

—Pues lo siento, Elisa, yo no me puedo olvidar —continuó con tono triste, levantándose del asiento y apoyándose con las manos abiertas sobre la mesa para acercarse a su cara—. No puedo aceptar que ningún niño pase por lo mismo que yo. Así que recuerda, ¡si no hay renuncia, no hay trato! —Pronunció su ultimátum acercándose mucho a su cara. Luego se incorporó despacio—. Da a tu hijo la oportunidad de tener una infancia feliz y encontrar una familia que lo quiera, tú no lo haces...

No se quedó a escuchar su respuesta. Tan pronto terminó de hablar, se giró y se dirigió hacia la salida a grandes zancadas. Pero de pronto regresó sobre sus pasos.

—¡Ah!, se me olvidaba, mañana compra el periódico... y léelo. Te dejo esto por si cambias de opinión —dijo, depositando su tarjeta boca abajo sobre el tablero.

Ella no se inmutó ni se levantó del asiento.

Rafa siguió a Alex hasta la calle y, aunque tenía unas piernas casi tan largas como las de su amigo, tuvo que dar una pequeña carrerita para ponerse a su altura.

—¿De qué iba todo esto, Alex? —Lo detuvo de un brazo, con fuerza.

—¡Déjame! —se zafó con rabia, dando un tirón.

Él se adelantó y, poniéndose frente a él, paró su avance y evitó que escapara poniendo las manos sobre sus pectorales.

—Más vale que me cuentes, ya mismo, de qué va todo esto, amigo. Casi no podía reconocerte en esa discoteca... ¿Por qué tiene que comprar esa mujer mañana el periódico?

Alex lo miró con sorpresa y aceptó con un firme asentimiento.

—De acuerdo, vamos a mi hotel, que está aquí al lado. Allí hablaremos más tranquilos y... Necesito unos minutos para tranquilizarme.

Él lo soltó y se puso a su lado, dispuesto a dar un corto paseo, con las manos metidas en los bolsillos. Durante el trayecto ninguno de los dos dijo ni palabra.

Al llegar al vestíbulo del hotel, Alex se dirigió a la recepción y pidió que les subieran una botella de whisky, un cubo de hielo y dos vasos de boca ancha, tras lo que se dispuso a esperar el ascensor sin mirar si él lo seguía.

—Bien, Alex —rompió él el silencio tan pronto entraron en la habitación—, si ya estás más tranquilo, puedes empezar a hablar. —Lanzó la cazadora sobre la enorme cama y se dejó caer en uno de los butacones que flanqueaban una mesita redonda—. ¿Qué es lo que ha pasado esta noche? ¿Qué es lo que te ha hecho estar así de agresivo?

El inspector no contestó de inmediato; en cambio, fue a abrir la puerta al camarero, que acudía con la bebida. Sin prisa, se entretuvo en darle una propina, luego cerró el pestillo y depositó con estudiada parsimonia la bandeja sobre la mesa.

A punto estuvo de levantarse para apresarle por la pechera, zarandearle un poco y exigirle las respuestas que eludía. Pero conocía a su amigo, sabía que no se llevaba demasiado bien con las prisas y los agobios, sobre todo cuando se sentía frustrado. Así que contó hasta diez en silencio para infundirse paciencia y le dejó a su aire. Después de observarle dar unas cuantas vueltas más alrededor de la habitación, por fin Alex se sentó frente a él para deshacerse despacio de los zapatos, que lanzó al centro de la habitación con dos patadas.

—Anoche detuvimos a Morales —soltó de pronto, como si la bomba que acababa de lanzar no significara nada y fuera un chascarrillo dicho en mitad de una conversación intranscendente.

—¿Qué?

—Ponte cómodo —le invitó, estirándose en su asiento—. Enseguida entro en detalles. Necesito emborracharme.

Y acto seguido abrió la botella de Johnnie Walker y sirvió una generosa cantidad en cada uno de los vasos.

—¿Quieres hielo? —ofreció, sujetando una piedra que recogió de la cubitera con las pinzas.

—Sí —aceptó él, levantando dos dedos—. ¿Cómo que detuvisteis a Morales? ¿Que lo tenéis en el calabozo? —preguntó, incrédulo. Martín afirmó sin palabras—. ¿Haciendo qué?

—¿Tú qué crees? —respondió con otra pregunta—. Llevábamos varias semanas persiguiéndolo e investigándolo y, por fin, nos enteramos de que ayer iba a ir a una «reunión».

—¿Y por eso estás tan cabreado? ¿No era eso lo que querías?

—¡Claro que sí, Rafa! Pero todo esto me ha revuelto demasiadas historias. Han sido horas de interrogatorio, controlándome para no ponerle los dientes en la nuca y facilitarle una nueva fisonomía. Te juro que el esfuerzo no ha sido chico, porque el muy cabrón me lo ha puesto dificilísimo, así que no tengo cuerpo para gilipolleces.

—Necesitas descansar. ¿Cuánto tiempo llevas sin dormir?

—Casi dos días, pero lo que quiero es un trago, no una cama. Morales está de mierda hasta las cejas. Ni el mejor abogado del mundo podría librarle de esta, le pillamos en flagrante delito; sin pantalones y con la túnica levantada. Está toda la operación grabada en vídeo. Pero lo que necesito es que confiese que en el CEAMA ocurrió lo mismo y que él estaba involucrado.

—Por eso has sido tan duro con Elisa... —No era una pregunta.

—Si ella no me entrega la cinta, como mucho podré acusarlo

de prevaricación en ese caso. Incluso podemos conseguir que se repita el juicio, pero no lograremos implicarlo, por muchos testigos con los que contemos. Comprenderás que no podía consentir que una niñata malcriada me chulease...

—Lo entiendo, Alex. Entiendo tu cabreo y tu impotencia, pero como veo que estás pluralizando y metiéndome en este ajo, interpreto que me has nombrado tu abogado, ya que tienes intención de presentarte como acusación particular, ¿no es así?

Él confirmó con un solo movimiento.

—En ese caso, más vale que empieces por el principio. Si no dejas de farfullar y me explicas todo con detalle, no voy a poder hilar la situación... ¿Le habéis pillado en mitad de una ceremonia como las que tenía en el CEAMA?

—¡Pues claro! —exclamó—. ¿No pensarías que se habría redimido? Ese tipo de tíos son unos enfermos, nunca cambian. Por mucho que se les vaya al garete un chollo, solo es cuestión de tiempo que encuentren otro para continuar con sus prácticas...

—¿Y cómo lo descubristeis?

—Interviniendo el correo electrónico de Morales. Uno de los mensajes era tan escueto y poco esclarecedor que despertó todas nuestras alarmas. No tenía asunto y en el cuerpo solo ponía: «Lunes próximo, a las 20 horas», pero no indicaba lugar ni motivo de esa reunión.

—¿Rastreasteis la IP para saber quién lo enviaba y tirasteis del hilo? —cuestionó.

—Imagino que sí. Exactamente no sé cómo actúan los de Delitos Informáticos, porque yo estoy muy perdido con todo eso, pero el caso es que enseguida descubrimos dónde tendría lugar la maldita «reunión». Se trataba de una casa situada en una finca a las afueras de Madrid, así que montamos un dispositivo y esperamos...

—¡Y lo pillasteis con las manos en la masa!

—Sí. Eso también ha influido para que tenga esta necesidad de emborracharme —dijo apurando de un trago el vaso y llenándoselo de nuevo—. Ha sido muy duro esperar para actuar después de que viéramos llegar el autocar con las doce niñas. Sin embargo, si queríamos pillarles in fraganti, y era imprescindible hacerlo porque los personajes tienen un peso importante, teníamos que esperar a hubiera empezado la ceremonia y la droga hubiera hecho efecto en las menores.

—¿Cómo están las niñas? —cuestionó, preocupado por los más indefensos.

—Bien. No saben muy bien qué es lo que les ha pasado. Las llevamos al hospital, aunque sabemos que la droga no deja secuelas, solo las inhibe y empaña su memoria, y actuamos antes de que diera comienzo la segunda parte. Por supuesto, las identidades de las crías no trascenderán a la luz pública, pero una de ellas es la hija de un embajador español en el extranjero, así que se va a armar un carajal de la hostia.

Alex se rio sin humor, con un ruido seco.

Las influencias de nuestro juez —continuó el policía— van a quedarse en agua de borrajas cuando empiecen a competir contra las del diplomático... Esta noche, cuando ha salido de la comisaría, estaban esperando que llegaran los padres. ¡No me gustaría nada estar en el pellejo de mi jefe, la verdad!

No quería que Alex se regocijara demasiado, aunque él mismo estaba encantado de que Morales fuera a pasarlo casi tan mal como se merecía. Aun así, prefirió cambiar el tono de la conversación y que continuara dándole detalles que después necesitaría y a los cuales le sería más difícil regresar cuando se le pasara el calentón.

—¿Y los pederastas de mierda? ¿Cuántos eran? —preguntó, haciendo que volviera al momento de la detención.

—Diez, incluido el director y el jefe de estudios de primaria del internado en el que las niñas estaban estudiando. Uno muy pijo para señoritas de élite... ¡Pobres niñas! —se lamentó al cabo de unos segundos.

Él no quiso entrar a ese trapo, necesitaba otros datos más importantes. Ya incidiría en ese asunto más tarde.

—¿Y estaban los otros dos magistrados que intervinieron con Morales en el juicio del CEAMA?

—Uno sí, el otro al parecer está en el hospital. Tiene cáncer terminal —celebró levantando su copa—. ¡No te digo dónde espero que lo padezca...!
—¿Y Morales qué dice de todo esto?
—Nada, no ha abierto la boca...

## 35

Cristina interrumpió la conversación que acababa de mantener. ¡Menuda lata! Jamás se olvidaba de mirar las llamadas perdidas y los mensajes tan pronto terminaba una reunión, pero siempre existía una primera vez para todo y ese día era el que el azar eligió para complicarle más la vida. Justo tres días después de haber mantenido con Rafa la bronca del siglo. La que supuso que cada uno tirara por su lado y su futuro conjunto quedara pendiendo de un hilo.

Todo ocurrió a la mañana siguiente de que Monclús y Alex salieran en busca de la madre biológica de Niki para convencerla de que debía colaborar con ambos.

Claro que entendía que todo lo que pasó fue involuntario y consecuencia de una situación incontrolable, pero no pudo evitar que se le calentara la boca y cabrearse como una mona cuando, tras una interminable noche de insomnio —que pasó debatiéndose entre dar espacio a los chicos para que hicieran las gestiones como mejor pudieran o telefonear a Rafa por si acaso le hubiera ocurrido algo malo—, descubrió, a las siete de la mañana y después del quinto intento, que este tenía una resaca épica y casi no se acordaba de cómo terminó durmiendo en la misma cama que su mejor amigo.

Y la borrachera era lo de menos, lo que de verdad la enfadó fue que él se pusiera a beber hasta perder el norte y se olvidara de llamarla antes para contarle en qué situación quedaba la conversación con Elisa Ramírez y si esta se avenía o no a cederles los derechos sobre Niki.

¿Acaso no sabía Rafa lo preocupada que estaba con ese asunto? ¿No era consciente de que su peor pesadilla era que la mujer se rebotara y reclamaba la custodia del niño para vengarse? ¿Tan poco le importaba que estuviera hecha un manojo de nervios y un mar de dudas? Además, pasó una de las noches más angustiosas de su vida, pensando si su silencio se debía a que la mujer les hubiera enviado a un par de matones para que la dejaran en paz.

Por lo tanto, y como era de imaginar, esa mañana no fue nada amable con Rafa. Tampoco él encajó bien los reproches, lo más seguro que como consecuencia de su espectacular resaca, así que ambos se dijeron palabras que no sentían. Por su parte, lo peor de todo, y de lo que a esas alturas ya estaba arrepentida, fue asegurarle que tenía serias dudas sobre si quería seguir con aquella relación, que necesitaba aire y espacio para aclarar sus ideas.

Estaba tan rabiosa... No pensaba lo que decía y, en cuanto se le enfrió el calentón, se dio cuenta de que lo echaba muchísimo de menos. Pero él se mostró tan conforme con su decisión, como si fuera lo que estaba deseando, que su orgullo le impedía ser la que diera el primer paso hacia la reconciliación, por mucho que lo estuviera deseando.

«Al fin y al cabo, el que actuó mal fue él...»

Y desde ese instante, durante tres días consecutivos, Rafa le dio el espacio que pidió. Ni siquiera se dignó ponerse en contacto con ella a través de WhatsApp.

O eso pensaba, hasta que recibió la llamada que acababa de interrumpir. La de Raquel, la secretaria de Rafa, con la que se enteró de que su jefe llevaba intentando localizarla durante toda la mañana, sin éxito. Normal, tenía el terminal en silencio y no lo oyó.

Conociendo la suspicacia del abogado, iba a ser difícil convencerle de que su intención no era ignorarlo, sino que llevaba desde las ocho en una reunión con un nuevo cliente. Tenía tres llamadas perdidas de Rafa, realizadas a diferentes horas, y un mensaje de texto. ¡Iba a tener que escuchar su sarcasmo e incredulidad!

Abrió de inmediato el mensaje, aunque Raquel ya le hubiera adelantado lo que decía, y leyó con los nervios a flor de piel.

«Llevo todo el día intentando localizarte. Quizá no me respondas porque pienses que no tengo nada interesante que decirte, pero sería conveniente que te pasaras por mi despacho a las cuatro, necesito hablar contigo sobre los trámites de acogida de Niki. Es urgente.»

¡Dios! Una cita oficial en su despacho que incluía la frase «trámites de acogida» le ponía los pelos de punta. ¿Se trataría de que la Junta de Evaluación tenía tomada una decisión?

Apenas era la una y media, pero fue incapaz de comer ni de matar el rato trabajando. No podía concentrarse en nada y su desazón aumentaba por minutos, así que llegó a la sede de Ángeles Olvidados con más de media hora de adelanto. Por suerte aquella agonía iba a acabar muy pronto. En breve saldría de la ignorancia; acababa de estacionar en el aparcamiento de la Fundación.

Como siempre, en un acto mecánico, se cepilló la melena y se aplicó el brillo en los labios antes de bajar del coche. «Cuidado, Cris. Esta no es una cita para reconquistarle. No le mandes señales equivocadas», se recriminó aquella coquetería, mientras se dirigía al ascensor a toda velocidad.

Pero al entrar en él se le cayó el mundo a los pies. No se le ocurrió ir a su casa a cambiarse de ropa y todavía llevaba la del trabajo; un vestido de punto de ochos color marfil, que se pegaba a su cuerpo como una combinación de licra, y una chaqueta corta y entallada de cheviot, marrón chocolate y beige. Sabiendo los gustos y fetichismos de Rafa, el atuendo le haría interpretar que aprovechaba aquella reunión para llevar a cabo un desesperado intento de aproximación.

Y aunque en su fuero interno eso era lo que más deseaba, tenía muy claro que ese no era el momento.

Un problema más que añadir al tema de las llamadas.

Entró en el departamento jurídico de la Fundación con decisión y Raquel le dedicó una radiante sonrisa.

—¡Señorita Losada!

—Raquel, te he dicho mil veces que me tutees, mujer. No me trates con tanto protocolo. ¿Está el ogro?

La muchacha soltó una risita ladina que convulsionó su enorme barriga. Le quedaban apenas un par de semanas para que saliera de cuentas.

—¿Cómo está hoy Sarita? —se interesó ella por la criatura.

—Inquieta, pero bien. El lunes estuve en el médico y me dijo que ya estaba encajada y podía nacer...

—Cuando las señoras terminen de cotorrear, recuerden que «el ogro» está esperando... —interrumpió la ronca voz de Monclús, sumiéndolas de inmediato en el silencio.

Ella se giró despacio hasta enfrentar aquella verde mirada. Rafa apoyaba la espalda contra el quicio de la puerta de su despacho, en mangas de camisa y la corbata floja, con los brazos enlazados sobre el pecho y las piernas cruzadas a la altura de los tobillos. Era una postura tan indolente que, durante un momento, dudó entre salir corriendo de allí o lanzarse a su cuello y comérselo a besos.

Pero se repuso como pudo. Sonrió a Raquel y, con un tranquilo «luego hablamos», se dirigió con paso seguro hacia él, haciendo repiquetear los tacones de sus zapatos contra la tarima.

Rafa se apartó unos centímetros, dejando apenas espacio suficiente para que ella pudiera entrar en el despacho.

—Ingeniera... —saludó con tono jocoso.

—Abogado...

No esperó a que la invitara a pasar. Entró hasta el fondo y tomó asiento en uno de los sillones de confidente, mientras él se demoraba unos segundos en cerrar la puerta.

—Dime, Cristina... —Rafa se sentó en el sillón que estaba a su lado en lugar de detrás de la mesa, lo que le produjo una ligera sensación de alarma—. ¿Tenías intención de responder en algún momento a mis llamadas? ¿O vamos a tener que comunicarnos a través de mi secretaria? —preguntó, acortando el espacio que los separaba al echarse hacia delante.

Ella se obligó a permanecer en la misma postura, sin apartarse, aunque el corazón le empezó a palpitar más deprisa.

—¿Qué dices? No las oí... Estaba reunida y tenía el móvil en silencio.

—Ya, seguro —replicó, escéptico.

—Puedes creer lo que te parezca, Monclús. Si no quisiera atender tus llamadas, las hubiera desestimado en vez de dejar que sonaran hasta el final.

—Anda... ¿Vuelvo a ser Monclús? Creo recordar que la última vez que nos vimos me llamabas Rafa.

—Además —continuó hablando, ignorando el punzante comentario—, jamás desestimaría una de tus llamadas a propósito. Podrías estar intentando ponerte en contacto conmigo para decirme que Niki está malito y, en ese caso, jamás me perdonaría no haber cogido el teléfono.

—Claro, Niki... ¿Es ese un mensaje cifrado, Cris? ¿Me estás diciendo que solo te llame para hablar de Niki?

—No. Estoy haciéndote entender por qué siempre voy a cogerte el teléfono. Si no lo he hecho hoy es porque no he visto tus llamadas.

—Pues a Raquel le has respondido a la primera, apenas unos minutos después de que a mí no me hicieras ni puñetero caso.

—Acababa de salir de la reunión e iba a ver si tenía llamadas perdidas, cuando se iluminó.

—Claro, por supuesto. Muy lógico.

—Lógico o no, es lo que ha ocurrido. —Sin darse cuenta, su voz alcanzó un par de notas más altas—. Bien, ¿qué querías de mí con tanta insistencia? —Volvió a recuperar su tono habitual.

—Verte y hablar contigo. ¿Tiene que haber algún otro motivo?

—Sí, Monclús, tiene que haber otro motivo. Se supone...

—Rafa.

—¿Qué?

—Que me llamo Rafa. No sé si lo recuerdas... —La doble

intención en su mirada era tan explícita como si lo estuviera gritando con un megáfono—. ¿Y qué es lo que se supone?

—Se supone que a estas horas tú y yo tenemos que estar trabajado.

—¿Acaso piensas que te he hecho venir por alguna otra razón que el trabajo? ¿O eso son solo tus deseos?

—¡No empieces, abogado! He leído tu mensaje. Sé que me has citado para darme alguna «buena noticia» —dijo haciendo la señal de las comillas con los dedos— en nombre de la Junta de Evaluación de Adopciones. Así que desembucha, que tengo prisa. Y, por cierto, te agradezco que en esta ocasión tengas la dignidad de decírmelo a la cara, y no como la última vez, que te limitaste a ponerme al corriente por teléfono.

—¿Y qué vas a hacer si no te gusta la noticia? ¿Me vas a pegar?

—No. Aguantaré con estoicismo y me iré a mi casa a lamerme las heridas.

—¿Con quién?

—Con quién ¿qué?

—¿Con quién vas a lamerte las heridas? La última vez encontraste con quién hacerlo. Lo sé de buena tinta porque yo estaba allí, ¿sabes?

—¡Basta ya, Rafa! —explotó, perdiendo la paciencia y poniéndose en pie.

—Bueno, al menos vuelvo a ser Rafa. Algo es algo... —replicó él con una tranquilidad pasmosa y esa eterna sonrisa en los labios que hacía que perdiera los papeles.

Ella se dejó llevar por la ira.

—Pero ¿tú de qué vas, abogaducho de mierda? ¿Quieres dejar de ser un imbécil prepotente y decirme de una vez lo que ha acordado la puñetera junta? ¿Quién te has creído que eres? ¿Follarín de los Bosques?

Él soltó una carcajada al tiempo que se ponía en pie y caminaba hacia su sillón, detrás de la mesa.

—Tranquila, ingeniera. Te he llamado para que firmes la recepción de unos documentos —claudicó por fin, sin inmutarse ante sus insultos—. Por cierto, ¿te he dicho ya lo bien que te sienta ese vestido? Me encanta el contraste del beige y el marrón con el color de tu melena.

Ella flexionó los dedos de los pies dentro de los zapatos, en el fondo le encantaba que él se excitara con su sola presencia, pero ¿por qué tenía que ser tan descarado y ponérselo tan difícil? Sin duda disfrutaba poniéndola en aquel aprieto. Hacer referencia a su vestimenta era casi como hacerle una demostración física, sabía que ella cogería la indirecta al vuelo.

Eso, y la ristra de insinuaciones veladas, dichas desde el mismo instante en que entró por la puerta, la sacaban de quicio. Sentía que el corazón retumbaba en su pecho a toda velocidad y los nervios estaban a punto de hacerle perder los papeles.

Pero tenía que controlarse. Juntos o separados, tenían que mantener una relación que se alargaría en el tiempo. Era necesario por el bien de Niki y ella estaba dispuesta a hacer incluso lo impensable para que aquello no acabara en una guerra como la de cualquier matrimonio mal avenido, que dirimen sus diferencias a *niñazos*.

Estaba segura de que Rafa tampoco tenía intención de nada similar. Se lo dejó muy claro la noche que hablaron sobre comenzar un noviazgo. Pero si quería que su relación se desarrollara con normalidad, debía dejar de comportarse como un adolescente con exceso de testosterona y olvidarse de sus diferencias. Aquel hatajo de indirectas no iba a llevarles a ninguna parte.

Inspiró hondo y se puso en pie, dispuesta a aclarar todo aquello. Pero en ese momento vio que él le tendía una carpeta. Sus piernas se volvieron de gelatina, por lo que necesitó sentarse de nuevo en el sillón que acababa de abandonar. Estiró el brazo y la cogió.

Le temblaba el pulso, pero no se molestó en disimularlo, ¿para qué? Estaba harta de hacerse la fuerte y la valiente. Permitirse alguna debilidad de vez en cuando era muy sano.

La colocó sobre la mesa y cruzó las manos sobre la superficie. No la abrió, le daba pavor su contenido. Necesitaba serenarse y buscar en su interior la fortaleza suficiente para asumir los peores resultados. Aquello tenía pinta de ser definitivo.

Cerró los ojos, pidiendo con todas sus fuerzas a los espíritus, benignos y malignos, que contuviera buenas noticias.

A Rafa se le partió el alma al verla de aquella manera. Para Cris, las decisiones que encerraban aquel pedazo de cartón eran más importantes que cualquier otro juego o circunstancia que existiera entre ellos. Supo en ese instante que no tenía derecho a alargar más aquello y mucho menos a hacerla sufrir.

Se levantó de su asiento y volvió a rodear la mesa para colocarse a su lado en silencio. Luego puso una mano sobre las de ella y con la otra le hizo girar la cabeza, presionando con delicadeza bajo la barbilla y alzándole la cara, para obligarla a abrir los ojos y prender su mirada en la de él.

—Ábrela, cariño, no tengas miedo. Son buenas noticias.

# 36

—¿Cómo de buenas? —preguntó ella, reteniendo las lágrimas a duras penas.

—Muy buenas.

Cristina se soltó de su contacto para precipitarse sobre la carpeta.

«Por Dios, por Dios, que sea un sí. Que me dejen llevarme a Niki a mi casa», rezó para sus adentros.

Tomó una profunda bocanada de aire antes de levantar la cubierta burdeos, el color corporativo de la Fundación, tan despacio y con tanto cuidado que parecía que estuviera destapando alguna pieza de porcelana de valor incalculable.

Respiró hondo. Tenía la sensación de que el aire no le llegaba a los pulmones por mucho que lo intentara. A pesar de lo que Rafa acababa de decirle, no terminaba de fiarse y una garra helada le estrujaba el estómago.

«Buenas noticias.» ¿Para quién? ¿Para ella? ¿Para Rafa? ¿Para Niki? ¿Para la Fundación...? ¡Se estaba volviendo loca!

Cerró los ojos. No se atrevía a mirar. Si la respuesta a todos sus anhelos era negativa, iba a necesitar algo más que consuelo.

Lo que más deseaba en esos momentos era poder salir corriendo de allí, pero huir no solucionaría nada y ella no era de las que escondían la cabeza en la arena.

Se infundió valor y levantó poco a poco los párpados. Su

vista tropezó contra el oficio del Servicio Regional de Bienestar Social de la Comunidad de Madrid. Mientras leía a vuelapluma, observó de soslayo que Monclús volvía a sentarse en el sillón a su lado. Lo ignoró y se centró en la escritura.

Su nombre, sus datos personales, sus intereses... La filiación de Niki, la de Monclús en nombre y representación de la Fundación... Antecedentes familiares del pequeño, una transcripción de la sentencia judicial en la que capacitaban a la madre biológica a ejercer sus derechos durante cinco años...

Necesitaba ver el fallo con urgencia; le daban igual todas aquellas alegaciones, representaciones y solicitudes.

Tomó aire y leyó en voz alta.

—«Por todo lo antes expuesto, se acuerda que la guarda y custodia de Nicolás Ramírez Horcajo pase a estar en posesión de... —otra jaculatoria en voz baja— doña Cristina Losada Granda... —Su voz perdió parte de fuelle y a duras penas consiguió que las palabras continuaran abandonando sus labios. Siguió leyendo tan despacio y tan bajo que apenas se la oía—. Si bien cabe reseñar que el menor continuará tutelado por la Administración y, en su nombre, la Fundación Ángeles Olvidados, que ha otorgado a favor de la solicitante la antes mencionada guarda y custodia, representada por don Rafael Monclús Varela.»

Un nudo imposible de desatar le atenazaba la garganta mientras las letras de aquel oficio se iban difuminando sobre la página, convirtiéndose en un borrón. No podía seguir.

Sabía que estaba llorando, pero no pudo —y tampoco quiso— disimularlo. Eran lágrimas de felicidad de las que no tenía por qué avergonzarse. Llevaba tanto tiempo soñando con ese momento...

Rafa se levantó del asiento y se acercó a ella para acuclillarse entre sus piernas sin hacer el más mínimo comentario. Ella cerró los ojos cuando sintió que le albergaba la cara con ambas manos y retiraba aquellos dos salados regatos con los pulgares. Una caricia suave que le pareció mucho más maravillosa que cien explosiones de júbilo.

—Enhorabuena, mamá —pronunció él en voz baja, con los labios rozando los suyos—. Pero sigue leyendo, aún hay más.

Un aire frío ocupó el espacio que Rafa dejó al apartarse, poniéndose en pie y retirando los cálidos dedos de su piel. No sabía qué le ocurría, debería estar pletórica, pero en lo único que podía pensar era que necesitaba consuelo.

El pequeño tirón que él dio al papel que sus dedos sujetaban como garfios hizo que soltara su presa y le mirara, por fin, a la cara. Rafa estaba buscando el párrafo que ella dejó inconcluso.

—«Por este motivo, se autoriza a doña Cristina Losada Granda para que, a partir del día de la fecha, pueda iniciar los trámites de adopción en el juzgado pertinente, ocupando la figura de madre de acogida en régimen de preadopción» —leyó él con voz firme.

—Oh, Rafa... —Sin darse cuenta muy bien de lo que hacía, se puso en pie y le abrazó, aferrándose con fuerza a su cuello—. ¡Lo he conseguido! —explotó entre la euforia y el llanto.

Él soltó el documento sobre la mesa y la abrazó por la cintura, levantándola del suelo y girando con ella, exultante de felicidad.

—Sí, cariño, lo has conseguido. Aunque no sé si darte la enhorabuena o el pésame... ¡No sabes la que se te viene encima! Vas a ver lo que es darse de bruces contra la maternidad y todos los problemas que conlleva. —Se rio, complacido, al tiempo que la volvía a depositar sobre la tarima con cuidado y se separaba unos centímetros.

Rafa se moría por mantener aquel abrazo. Quería devorarla a besos, comérsela viva y fundirse con ella, pero se retuvo y se separó. Un solo movimiento en falso y ella le apartaría de su lado. Quizá no en esos instantes, que estaba como en una nube, pero sí más tarde; cuando regresara de su viaje a las estrellas.

—Vamos, siéntate —la conminó—, tienes un montón de papeles que rellenar y firmar —dijo abriendo la carpeta y enseñándole dónde tenía que estampar su rúbrica—. A ver si terminamos pronto para ir a reunirnos con los niños, darles la noticia y celebrarlo con una cena estupenda.

La vio sonreír, con nerviosismo, quitándose las lágrimas de felicidad a manotazos para tomar el bolígrafo que le tendía. Tenía el rímel corrido y le temblaban los labios. Estaba preciosa.

—¿Sabe ya algo Niki? —preguntó, mirándolo desde abajo.

—No, por Dios. Te dejo todos los honores.

—¿Cómo va a encajarlo Paula? —Su voz sonaba preocupada.

—Pues mal, pero lo superará —la tranquilizó, poniéndole la mano en el hombro.

—¿Y tú, Rafa?

—Pues también mal, cielo. Pero, como ella, lo superaré. —Le dio un suave apretón que confirmaba sus palabras—. Me alegro mucho por ti. Yo ya sabía que esto iba a ocurrir tarde o temprano, así que ya estaba hecho a la idea desde el principio.

En realidad, lo que pensaba era que no tenía intención de permitir que ella y el niño se apartaran de su lado y el de su hija, pero no dijo nada. Antes tenía que solventar la situación provocada tres días atrás y demostrarle que la batalla que se les venía encima tenían que librarla juntos, como todas las lidiadas hasta ese instante.

No iba a ser fácil convencerla de que seguían enamorados el uno del otro, aunque ella nunca lo hubiera reconocido en voz alta. Ni siquiera sabía si en algún momento llegó a sincerarse consigo misma, pero en cualquier caso no estaba dispuesto a que una simple discusión rompiera aquel sentimiento que, él sabía a ciencia cierta, existía.

Cristina estaba muy nerviosa. Ignoraba cómo dar aquella noticia que tan feliz la hacía pero que, sabía, iba a levantar algunas ampollas.

Tardaron algunas horas en poder reunirse con los niños, perdiendo un tiempo muy valioso en tramitar toda la documentación de acogimiento y preparar la que a partir del lunes siguiente presentaría Rafa en el juzgado, de cara a una futura adopción definitiva y total. Ambos querían convencerse de que

Elisa Ramírez al final claudicaría y no les pondría impedimentos ni se le ocurriría utilizar sus derechos legales para comercializar con la custodia de Niki.

Por suerte el «abogado prepotente» estaba en todo y a ella le faltaban las palabras para agradecérselo. No hacía ni unas horas que conocía las disposiciones oficiales y ya tenía preparados los recursos pertinentes. Incluso contaba con un poder para pleitos a su favor, con el que podría representarla a nivel legal.

Solo faltaba la firma del notario, pero también eso estaba previsto y este ya les esperaba cuando llegaron a su oficina. Formalizar todo aquello y nombrar a los procuradores que necesitarían en el proceso solo fue cuestión de minutos. Luego, por fin, fueron al encuentro de los niños.

Monclús no dejaba nada al azar, conocía las leyes y sabía cómo manejarlas en su beneficio.

Su casa, que ella ya conocía de sobra, era muy acogedora y estaba amueblada con mucho gusto, pero hasta ese momento nunca se paró a pensar en que la huella de Niki estaba por todos los lados. El niño tenía una habitación individual y un montón de juguetes dispersos por cualquier rincón de la vivienda. Era obvio que su presencia allí era aceptada de pleno derecho por Rafa y que este no hacía ningún tipo de distinción entre él y su hija biológica.

Sintió una ligera aprensión y cierto sentimiento de culpabilidad por separar al niño de su lado de forma tan abrupta, lo que le impulsó a tomar una decisión sobre la marcha; por mucho que deseara llevarse a Niki a su casa esa misma noche, dejaría que fuera Rafa quien eligiera el momento y le daría tiempo y espacio para preparar la marcha del niño.

Para Paula también sería menos traumático de aquel modo.

—Niki, en cuanto a papá le venga bien y tenga todo listo, ya puedes vivir conmigo —soltó a bocajarro, no sabiendo bien cómo dar la noticia, cuando el niño se acercó a ella para enseñarle un muñequito de Playmobil.

—¿Contigo, mami? ¿Ya eres mi mami de verdad? —preguntó con una sonrisa que le iluminaba el rostro.

—Sí, cariño, ya soy tu mami de verdad.

Niki echó a correr y se subió a ella de un salto, rodeándole la cintura con las piernas, para darle un sonoro beso que le supo a gloria. Explicarle que aún no lo era a todos los efectos y que dependía de lo que dijera un juez no tenía ningún fundamento. ¿Para qué preocupar al crío? Tarde o temprano, con la ayuda de Rafa, iba a conseguirlo.

Miró a Paula, que, al escucharla, buscó refugio en su padre y se encaramó en sus brazos. La niña estaba tan silenciosa como él. Contenía el llanto, pero era incapaz de disimular los pucheros que fruncían su boquita.

—¿Por qué? —Fue la única pregunta que dirigió a su progenitor.

—Cariño —respondió Rafa—, ya lo sabías, ¿verdad? Papá os lo explicó a los dos; sabías que Niki solo viviría con nosotros una temporada y luego se iría con Cris, una vez que se convirtiera en su mamá.

La niña se abrazó al fuerte cuello de su padre y comenzó a llorar, cobijando la cara en el hueco de su ancho hombro. Él no se apartó, le importaba poco que le manchara la americana del traje, y, en cambio, la besó en la sien antes de acariciar su espaldita con una enorme mano tranquilizadora. Aquel no era un berrinche infantil ni una pataleta, sino un llanto silencioso que a ella le partió el alma.

—Paula, no te preocupes, Niki vendrá los fines de semana y estaréis juntos todo el día —la animó ella de la única manera que se le ocurrió.

La cría la miró de refilón, desconsolada, con la mejilla apretada contra el pecho de Rafa y una nota de resignación en los ojos. Tuvo la sensación de que aquel era el gesto de alguien acostumbrado a perder y a aceptar esas pérdidas aunque no las comprendiera.

—¿Vas a llevarlo a otro cole? —expuso sus miedos con total sinceridad, en su infantil inocencia.

—¡No! Seguirá yendo al mismo colegio, cielo, así que no vas a echarlo nada de menos.

—Sí, sí lo echaré de menos.

—Pero poquito, reina. Y tú podrás venir a casa a verle siempre que quieras.

—¿Sí? —Sonrió entre lágrimas—. ¿Puedo ir a tu casa cuando me sienta sola?

—Por supuesto que sí. Puedes venir a casa en cualquier momento... siempre y cuando papá esté de acuerdo y lo consienta, ¿vale?

Sabía que estaba caminando en la cuerda floja. La niña estaba grabando a fuego en su memoria esas palabras que, no dudaba, pondrían a Rafa en una difícil situación en la ocasión más inoportuna. Estaba convencida de que él la regañaría por ellas más tarde, pero aun así siguió cavando aquella tumba en la que el abogado iba a enterrarla en cuanto se quedaran a solas.

—Y también Niki podrá venir aquí a jugar contigo cualquier día —añadió—, cuando ni a papá ni a Alina les suponga un trastorno.

—Pero ya no será lo mismo... Ya no es mi hermanito. —Volvió a llorar y un hipo de angustia se clavó como una daga en la herida que la criatura acababa de abrir en su maltrecho corazón.

Rafa permanecía callado, abrazando a su hija muy serio. Sin duda no le hacía ninguna gracia que la niña tuviera que pasar por aquel trago que, ya de por sí, tampoco era nada agradable para él. Ella sabía que en aquellos cuatro meses que Niki llevaba viviendo con ellos, la huella de su presencia era ya demasiado profunda.

—¡Claro que sigue siendo tu hermanito! —exclamó ella, triste como nunca pensó que estaría ese día. El niño, en cambio, no decía nada. Solo la miraba confundido—. Tu papá es también el suyo... —esgrimió, sin saber qué decir al respecto. Comprendió que se estaba metiendo en un lío—. Al menos hasta que él diga lo contrario, claro —rectificó, brindándole una válvula de escape.

—Paula —rompió Rafa su silencio—, es cierto lo que dice Cris. Yo no voy a dejar de ser el papá de Niki porque ya no viva con nosotros, así que todavía es tu hermano, ¿vale? —confirmó.

—¿Y por qué él tiene un papá y una mamá y yo no? —explotó Paula, llena de rabia, sin dejar de llorar, sacando por fin aquello que llevaba tanto tiempo reteniendo—. Si ya no vivimos juntos, ¿por qué él puede seguir llamándote papá y yo no puedo llamar mamá a Cris? Tú me dijiste que no podía hacerlo porque Cris no vivía con nosotros...

—Cariño... —Aquella palabra sonó a lamento y a pérdida en labios de Rafa.

Ella dejó a Niki en el suelo y se aproximó para tender los brazos a la niña, que los aceptó, abandonando sin dudar el seguro cobijo de los de su padre.

—¿Tú quieres llamarme mamá, cielo? —preguntó, sin saber muy bien qué hacer, convencida de que estaba complicando todavía más la situación.

La niña afirmó con la cabeza, refugiándose en su hombro y manchando de lágrimas y mocos su impoluta chaqueta de cheviot.

—Yo también quiero que lo hagas, cariño. Si a papá no le importa, a mí me encantará que me llames mamá. —Miró a Rafa, suplicándole en silencio que le diera aquel permiso.

No tenía ningún derecho a ponerle en esa tesitura, pero no podía evitarlo. Ofenderle o enfadarle no suponía nada si era el precio por dar consuelo a la pequeña.

Rafa sonrió y aceptó con un movimiento silencioso, levantando los hombros y diciéndole que toda la responsabilidad sería suya.

—¿Puedo, papi?

—Si Cris quiere, yo no tengo ningún inconveniente.

La niña le envolvió el cuello con los bracitos para darle un húmedo beso que dejó su cara pringosa. Aquella muestra de gratitud le provocó una de las sensaciones más maravillosas de toda su vida.

Mantuvo la mirada de Rafa, agradeciéndole con los ojos el gesto y la confianza que le otorgaba.

Sabía que era algo que la cría deseaba desde hacía tiempo, su padre le previno contra ello el día que la conoció. Pero nunca se atrevió a darle su permiso por temor a que él la tomara por una arribista, así que contar con su beneplácito era muy importante para ella.

—Bueno, chicos... —Rafa tomó el dominio de la situación con una seguridad aplastante, recuperando a su hija de sus brazos y poniéndola en el suelo—. Una vez que ya estamos todos de acuerdo, se terminó esta escena tan lacrimógena. Id a lavaros la cara y las manos, porque nos vamos a cenar a un restaurante para celebrarlo. ¿Qué os parece?

—¡Bien! —festejaron los niños al unísono—. Papá, ¿qué es lácrina? —preguntó Paula desde el pasillo.

—Lacrimógena —corrigió, sonriendo—. Que hay muchas lágrimas por medio. Algo que no nos gusta, ¿verdad?

La niña hizo un puchero y levantó los hombros con impotencia.

—No, Paula, se acabó —la atajó Rafa, serio y contundente—. Ni se te ocurra volver a llorar. Se supone que estás muy contenta... Te recuerdo que tú también has salido ganando; acabas de conseguir lo que más querías. Llevas años pidiendo una mamá, así que quiero verte reír o me enfadaré mucho.

La suave regañina causó efecto y los niños corrieron hacia el cuarto de baño que compartían, chillando y riendo, dejándolos solos en el salón.

—Oh, Rafa —rompió ella el silencio, preocupada por la reacción de él—, lo siento. No quería tomarme ninguna atribución que no me correspondiera, pero Paula estaba tan triste... De verdad, no ha sido mi intención complicarlo todo...

—Vamos, ingeniera, no te vengas abajo. Has capeado esta tormenta de maravilla y, encima, acabas de convertirte en madre por partida doble.

—Ya, pero a ti te he colocado en una situación complicada —volvió a disculparse, dejándose caer en el sillón de la sala—. Debería haberte preguntado antes si te importaba que la niña me llamara mamá. Ha sido una imprudencia por mi parte.

Rafa sonrió. Si Cris supiera lo poco que a él le importaba que se postulara como madre de su hija... En realidad su intención era que, cuanto antes, lo fuera a todos los efectos y desempeñara el papel que le correspondía.

—Tranquila, ¿vale? —Se acercó y le dio un casto y alentador beso en la frente—. Todo está bien, no me preocupa en absoluto cómo te llame Paula. Solo espero que no me pidas pensión alimenticia por ella, porque te aseguro que mi sueldo ya no da para más —bromeó con la esperanza de forzar una sonrisa que iluminara sus labios.

—¡No digas chorradas, Rafa! —exclamó ella, apartándose—. De sobra sabes que mis intenciones no son ejercer de madre de tu hija. Ella misma dejará de llamarme así con el tiempo...

—¿Y qué tiene de malo ese rol? —preguntó calmado, como si en realidad no le preocupara la respuesta.

Por un momento ella pareció perdida y sin saber qué decir, a sabiendas de que cualquier contestación sería la incorrecta. Aunque, dijera lo que dijera, él no iba a dejarse llevar por la suspicacia y la ira. No en esa ocasión, en la que su única finalidad era salvar la brecha abierta entre ellos.

—Rafa, tu hija ya tiene una madre y yo no soy quién para ocupar su lugar.

—Te equivocas, Cris, Paula no tiene madre. Da igual que la mujer que la parió esté viva o muerta, la realidad es que no existe y ella añora una, sobre todo desde que empezó a ir al colegio.

—Bueno, vale, pero no debería de haberme apoderado de ese puesto sin contar antes contigo —insistió.

—Sabes de sobra que yo soy el primero que deseo que ese papel sea tuyo. Cris, mis sentimientos no han cambiado desde el martes, sigo queriendo que esto nuestro sea lo más parecido a una familia real y espero que tú también continúes dispuesta a intentarlo.

Un año antes él ni se hubiera planteado semejante situación, pero en cuanto asumió que quería a Cristina en su vida, nada iba a impedir que lo consiguiera. Estaba dispuesto a utilizar cualquier arma a su alcance para que los cuatro formaran una familia sólida y feliz, en la que cada uno desempeñara el cometido que les proporcionaba el destino, incluso en contra de los designios de la naturaleza.

Pero antes tenía que convencerla para que regresara a su lado e hicieran equipo a la hora de enfrentarse a lo que estaba por llegar, fueran cuales fueran los resultados, ya que de lo contrario su relación terminaría haciendo aguas. De acuerdo que él tenía la culpa, que debería haberla llamado antes de emborracharse para consolar a un amigo, pero no lo hizo y ya no les quedaba más remedio que asumirlo.

—Rafa...

—No, no digas nada que provoque algo de lo que luego tengamos que arrepentirnos. Todavía sigues enfadada por mi metedura de pata, pero... ¿tú nunca te has equivocado?

Cris no tuvo tiempo de responder, los niños acababan de regresar de su excursión al cuarto de baño, dispuestos a exigir la celebración que les prometían.

# 37

Un par de horas más tarde, a su regreso del restaurante, Rafa observó a Cristina que, inquieta, se derrumbaba en el sofá del salón tan pronto terminaron de acostar a los niños en sus respectivas habitaciones.

—Rafa, tenemos que hablar de lo que pasó la otra noche —inició ella la conversación dejada en suspenso—. Quiero que entiendas que mi cabreo no es un rebote infantil, sigo pensando que actuaste muy mal. Estaba muy nerviosa por lo que podía hacer esa mujer y cómo repercutiría todo ello en Niki y en nosotros mismos. ¿Cómo es posible que pretendas mantener una relación conmigo si te preocupan tan poco mis sentimientos?

—No digas chorradas, cielo, ¡claro que me preocupan tus sentimientos! Reconozco que fue una cagada por mi parte no llamarte, pero ya te expliqué todo lo que ocurrió y cómo estaba Alex de hecho polvo. Luego nos pusimos a beber y...

—Vale —interrumpió ella su diatriba—. No es necesario que me repitas lo que ocurrió —aceptó, conciliadora—. Quizá los dos hemos sacado la situación de quicio. Creo que ya no merece la pena buscar quién de los dos tiene razón, seguro que al final cada cual tiene la suya.

—Entonces —exclamó pletórico, con una sonrisa que ocupaba toda su cara—, ¿ya no necesitas más espacio y tiempo para pensar qué hacer con nuestro noviazgo?

—No, ya no necesito más espacio ni tiempo —claudicó, poniéndose en pie y echándose en sus brazos—. Te he echado muchísimo de menos...

—Y yo, cariño, y yo —reconoció.

—Además, necesito que me des consuelo —pidió sin pudor, apartándose—. Estoy atacadísima con qué hará esta mujer. ¿Crees que el domingo tendrá preparada la cinta y el acta notarial?

—Si sabe lo que le interesa, lo hará. Tendrías que haber escuchado las amenazas de Alex... ¡Yo en su lugar me hubiera meado encima! Pero la tía es dura como el pedernal. Sin embargo, en cuanto haya visto en las noticias que Morales ha sido pillado con las manos en la po..., masa, estoy seguro de que se ha venido abajo.

—¿Y para qué necesita Alex la cinta de la tal Elisa, si el tipo ya está en la cárcel?

—Porque si no la tiene, solo podrá hacer que investiguen a sus torturadores por prevaricación en el juicio del CEAMA. Pero él lo que quiere es que aquella sentencia quede anulada y paguen por lo que hicieron, no solo Morales; el primero Subirach, y luego todos los demás. Tiene intención de presentarse, junto con otros compañeros del centro de acogida, como acusación particular en ese caso.

—Y si tiene la cinta ¿será más fácil? ¿Admitirá el juez una grabación como prueba?

—Bueno, ya veremos. Lo más probable es que sí. Ten en cuenta que Morales es una lacra para la Judicatura y ningún compañero querrá darle la más mínima ventaja; necesitan restituir el buen nombre de la institución. Además, cabe la posibilidad de que el tipo se derrumbe en los interrogatorios policiales y confiese incluso antes de llegar a juicio.

—De ser así, ¿ya no sería necesario todo aquello que me contabas de que el expediente tendría que tramitarse a través del Ministerio Fiscal, que a su vez nombraría a un juzgado para que investigara los cargos, ya que a un juez solo puede reputarlo el Tribunal Superior de Justicia?

—Sí, sí, eso sigue igual, salvo que esperen para denunciarlo a que haya sido inhabilitado de por vida en su cargo. Y esa es una solución a tener muy en cuenta, ya que, después de lo del lunes, es mucho más fácil. Como sabes, el juez ha decretado para él prisión cautelar...

—Ya. ¿Y qué pasa con todos sus casos, incluido el de Niki? ¿Se quedarán paralizados hasta que se aclare su situación legal?

—No. Nombrarán un sustituto para que se haga cargo de ellos.

—¿Y eso nos perjudica o nos beneficia?

—Bueno, si tenemos en cuenta que es difícil que nos toque un juez peor que Morales...

Ambos se rieron y volvieron a enlazarse en un estrecho abrazo.

—¿De verdad estás convencido de que Elisa nos va a dar la renuncia? —susurró junto a su oreja, exponiendo sin recato todos sus miedos.

—De verdad... —la tranquilizó.

Permanecieron unidos y en silencio durante un largo rato, en el que él no se atrevió a moverse por miedo a romper el encanto del momento, salvo para masajearle la espalda y atraerla hacia él con fuerza.

—Te quiero, Cris —musitó de pronto, sin poder reprimirse durante más tiempo, verbalizando por fin sus sentimientos.

Ella no contestó. Al parecer le faltaba valor para expresar en voz alta las palabras que él quería oír: la respuesta natural a aquella declaración. Enseguida sintió que se tensaba como si lo que acababa de escuchar fuera una sorpresa, replegándose de nuevo sobre sí misma.

Le dolió. No era que tuviera prisa por escucharlo, pero ya iba siendo hora de que la cerebral ingeniera empezara a poner nombre a sus sentimientos y afrontara sus miedos. Necesitaba asumir esa responsabilidad para que ambos pudieran seguir adelante. Era tan absurdo que se reprimiera como lo hacía...

—Os quiero a los dos, a Niki y a ti —continuó, a fin de relajar un poco el ambiente—. Nunca haría nada a propósito que pudiera perjudicaros. Lo sabes, ¿verdad?

Ella confirmó con la cabeza.

De pronto comprendió que aquella situación lo que pedía a gritos era una actuación drástica. No podían seguir así. Cris cada vez estaba más tensa y la armadura con la que se protegía se cerraba ante sus ojos sin dejarle apenas capacidad de reacción.

Decidido, la apartó de su cuerpo lo justo para poder mirarla a los ojos.

—Cris, creo que empieza a ser vital que hablemos con sinceridad de lo que sentimos el uno por el otro. —Se calló un instante para dejar que ella comprendiera lo que quería decir—. No necesito que me hagas una declaración de amor, ni nada por el estilo —aclaró—, pero para mí es importante poder expresar mis sentimientos sin miedo a que te erices como una gata cada vez que te diga «te quiero».

—Rafa... —murmuró, intentando romper el contacto.

—No, no digas nada. Antes escúchame —exigió, cerrando de nuevo la distancia que ella intentaba crear—. Estos tres días he vivido un infierno y no estoy dispuesto a que tus temores te alejen de mí. Desacuerdos tendremos muchos en el futuro, pero eso no va a impedir que yo siga queriendo compartir mi vida con la mujer de la que me he enamorado.

—Pero...

—Déjame terminar, por favor. —Ella aceptó con un movimiento de cabeza que él sintió sobre su torso—. La cuestión es que no quiero que te apartes de mi lado al más mínimo contratiempo, sino que lo discutamos y lo superemos juntos.

—Yo nunca me he negado a discutir nuestras diferencias, Rafa.

—No, cariño, pero necesito que dejes de encerrarte en ti misma y en tu individualidad. Que por una vez asumas riesgos en lo que a nuestra relación se refiere y empieces a tomar decisiones de adultos.

—¡Mis decisiones siempre son de adultos! —exclamó, molesta con la implicación de sus palabras.

—No cuando se trata de admitir lo que hay entre nosotros, Cris.

—Pero es que los niños...

—¡Por Dios, deja ya esa cantinela! Olvídate de ellos por un momento. Esto no tiene nada que ver con Niki y Paula, sino contigo y conmigo.

—Pero es que ellos existen...

—¡Claro que existen! Nadie los va a obviar, pero se trata de ti y de mí. Yo te quiero a mi lado, ¿me quieres tú a mí al tuyo, aunque a veces me equivoque, como el martes pasado?

—Sí, pero...

—No hay peros, Cris. Es hora de que ambos, sobre todo tú, asumamos lo que nos une y tomemos por los cuernos el toro de nuestra relación. Es una locura que sigamos viviendo cada uno en nuestra casa como un matrimonio mal avenido.

Cristina consiguió por fin deshacerse de su abrazo y empezó a pasear por la sala. Sabía lo que Rafa le pedía, pero no se sentía capaz de dar aquel paso. Para ella también fue duro regresar a su solitario apartamento después de las maravillosas vacaciones compartidas, sobre todo cuando a los pocos días planeó sobre ellos la sombra de la ruptura, pero aceptar una convivencia era demasiado precipitado; no llevaban juntos tanto tiempo como para lanzarse al precipicio sin saber si les esperaba una red al final de la caída.

Y aun así era consciente de que él no era persona de medias tintas; cuando se implicaba en algo lo hacía hasta el fondo y en ese asunto estaba muy implicado. Le estaba pidiendo una respuesta y ella tenía que dársela. Equivocarse podría ser el error de su vida.

Lo peor era que no solo quería que se fuera a vivir con él y los niños, sino que en el fondo lo que le preguntaba era si estaba lo suficiente enamorada como para asumir ese riesgo o prefería que todo se fuera al garete.

Y ella no estaba preparada para aquel ejercicio de sinceridad. Porque aunque no tenía ninguna duda de que estaba enamorada de él hasta límites insospechados, ¿tendría el valor de aceptarlo en voz alta? Reconocerlo para sí misma ya le costó un triunfo... Y aunque sabía que él no la presionaría y aceptaría su decisión, fuera cual fuese, por algún motivo la respuesta no llegaba a sus labios.

Rafa no le concedió más tiempo para pensar. Decidido, se acercó a la ventana a través de la que ella escudriñaba la negrura de la noche como si esta pudiera darle la solución a sus problemas y la abrazó desde atrás, envolviéndola con su corpulencia como una capa protectora.

Se quemaba en aquel contacto, pero se obligó a no dejarse llevar por el deseo. En esa ocasión, como nunca antes, tenía que controlar la situación por mucho que Cris le hiciera sentirse hambriento por ella. Cuando la tenía tan cerca todo él se sentía en tensión y solo tenía cabeza para pensar en cómo llevársela a la cama, acariciarla hasta dejarla sin aliento y sumergirse en las cálidas profundidades de su cuerpo hasta que ambos quedaran extenuados. Era una necesidad que le consumía por dentro.

Esta vez no era diferente pero, por suerte, sus deseos encajaban a la perfección con sus intenciones. Si la derrota verbal de Cris pasaba por una sumisión física, se sentía en condiciones de hacerla suplicar. No podía permitirse que ella siguiera pensando en la manera de no comprometerse, en la mejor fórmula para escabullirse de las responsabilidades que implicaba una vida en común.

—Bésame —exigió él, dándole la vuelta, presionándole los hombros.

Ella bajó la cabeza y se parapetó contra el duro muro de músculos pectorales.

—Rafa, no podemos solucionar esto con sexo —se quejó.

—¿Ah, no? —susurró, obligándola a levantar la cara y robándole un posesivo beso que le hizo arder al notar que ella respondía a sus demandas y se ponía de puntillas para acercarse todavía más.

—Tenemos que hablar... —musitó ella sobre sus labios, resistiéndose aún al influjo de sus caricias.

—Créeme, la conversación está sobrevalorada.

—Rafa...

Él silenció su protesta introduciendo la lengua de nuevo en la adictiva humedad de su boca al tiempo que le clavaba los dedos en la parte posterior de la cabeza, sintiendo cómo su melena se derramaba entre ellos en un glorioso desorden.

No podía evitarlo, la deseaba demasiado. Tres días pensando que podría perderla y echando de menos su cuerpo y sus caricias eran demasiados para la escasa paciencia de la que hacía gala. Necesitaba sentirla suya, pero no de esa manera efímera en la que ella se entregaba por completo a sus demandas cuando hacían el amor, sino suya para siempre, en un reconocimiento verbal que se volvía escurridizo.

Le deslizó las manos a lo largo de los brazos y siguió bajando hasta apresarle las caderas, haciendo que fuera consciente de su necesidad mientras le mordisqueaba los labios. Ella retuvo el aliento y aquello fue suficiente para convencerlo.

La ingeniera solo se permitía bajar la guardia en la cama, entonces sí se entregaba por completo sin guardarse nada para sí misma y ni siquiera era consciente de que lo hacía. En esa ocasión él se encargaría de hacerle ver lo que su cuerpo revelaba aunque su raciocinio le impidiera asumirlo.

—Rafa, para, no podemos...

—Oh, sí, ya lo creo que podemos. Tú también quieres esto. —Y sin esperar su conformidad, le lamió los labios y le rozó la lengua contra la suya, excitándola, al tiempo que dejaba deslizar las manos hasta el culo, recorriéndolo y haciendo que ella volviera a arquearse contra su erección.

Permitió que un dedo, solo uno, alcanzara el bajo del vestido y lo subió despacio por la cara interna de un muslo hasta alcanzar su sexo, que sintió palpitar bajo su yema aun por encima de la seda de su ropa interior.

Ella exhaló un suspiro de placer y él aprovechó para alzarla ligeramente, rodeándole la cintura con el otro brazo, para empujarla contra la pared y pegarse a su cuerpo por completo sin aflojar la presión que ejercía sobre su clítoris.

—¿Todavía quieres que pare? —le preguntó, apartando a un lado el triángulo del tanga y frotándole los hinchados pliegues, sensibles y escurridizos por la humedad que abandonaba su cuerpo a causa de la excitación.

—Rafa... —gimió sin control.

—Contéstame, Cris. —Su voz sonó más ronca de lo que pretendía—. ¿Quieres que pare o continúo? —preguntó mientras acariciaba la palpitante entrada de su cuerpo, estremeciéndola.

—Por favor, sigue —consiguió susurrar.

Complaciente, presionó en la apertura y deslizó dentro dos dedos, que dejó quietos durante unos interminables segundos antes de hundirlos, despacio, en busca de aquel punto concreto en su interior que le arrancó un jadeo agónico. Implacable, comenzó a moverlos, dentro y fuera, acariciándolo en cada ocasión, hasta que sintió que los músculos internos le apresaban como una garra de fuego.

Ella levantó la mirada, suplicante, con el gris de sus pupilas opaco por el placer y él no pudo resistirse a la llamada de su deseo. Volvió a besarla, voraz, convirtiendo el instante en una vorágine de sensaciones.

Necesitaba tocarla, sentir su piel, saborear el salobre sudor que se escurría hacia el valle de sus pechos... Pero allí no, los niños podían levantarse en cualquier momento y sorprenderlos.

La hubiera tomado en sus brazos para llevarla a la habitación, protagonizando una de esas escenas románticas tan sobrevaloradas, pero Cris era demasiado grande y se temía que no sería capaz de alcanzar su objetivo. Sin embargo, tampoco quería que ella bajara de la nube de lujuria en la que en esos momentos estaba montada.

Se separó unos centímetros de la pared y, abandonando la resbaladiza humedad entre sus piernas sin romper el beso, la atrajo hacia su cuerpo y la levantó, obligándola a ajustar las piernas en torno a su cintura para atravesar el salón, de camino al dormitorio. Así era mucho más fácil.

Una vez alcanzado su objetivo, la dejó en el centro del colchón y le sostuvo la mirada mientras empezaba a desnudarse.

Ella lo observó con los ojos entornados por la pasión y,

cuando estaba a punto de despojarse de los calcetines, por fin reaccionó y se deshizo con rapidez de la chaqueta y el ceñido vestido de punto.

Ahogó el impulso de tomarla sin más preámbulos y se arrodilló sobre el colchón, a los pies de la cama, cerrando los dedos en torno a su erección.

Cris se sentó para desabrocharse el sujetador, apoyando la espalda contra el cabecero de la cama, y lo retiró despacio de su piel para dejarlo caer al suelo bajo el análisis de su ardiente mirada. Luego la vio doblar las piernas para deslizar sobre ellas, con lentitud, las medias de seda que llevaba sujetas a los muslos con ligas de encaje. Del último retazo de tela que quedaba sobre su cuerpo se encargó acto seguido, arqueándose y elevando el culo de las sábanas.

Fue un movimiento sinuoso que él observó con los ojos entornados. Apenas eran dos rendijas de las que salían chispas que deberían prevenirla de que provocarle no era buena idea. Ella no parecía darse cuenta de que estaba jugando con fuego y él ya no podía, ni quería, resistirse a lo que su cuerpo reclamaba.

Apretó la mandíbula y, antes de que ella volviera a tumbarse, se acercó para detener su movimiento sujetándole la cabeza con una mano y entrelazando los dedos en sus largos cabellos cobrizos.

—Necesito tu boca —gruñó, sorprendiéndose a sí mismo por el áspero sonido de su demanda.

Ella no respondió, se limitó a separar los labios y humedecérselos mientras bajaba la cabeza hacia su hinchada erección. La rosada lengua de Cris siguió acto seguido su recorrido por el grueso glande, que lamió con un voraz anhelo antes de apresarlo entre los labios.

Rafa tuvo que hacer acopio de todas sus fuerzas para no dejarse ir. En su lugar exhaló el gemido que retumbaba en su pecho, que silbó al atravesar los dientes que apretaba con fuerza. Estaba a punto de correrse y no podía permitírselo.

Le tiró del pelo con suficiente fuerza como para que ella abriera la boca y se sujetó el pene por la base para frotarse contra sus labios y su lengua. Cris respondió a sus demandas y fue suficiente para que él se abandonara, empujando en la húmeda cavidad mientras una oleada de calor se propagaba a lo largo de todo su cuerpo.

«Si esto no es la Gloria, debe de ser muy parecida», pensó, envuelto en una neblina de placer que amenazaba con dar al traste con sus intenciones, mientras marcaba el ritmo de sus acometidas con la mano con que le apretaba el pelo.

—¡Despacio! —siseó al notar que ella le presionaba el glande contra el paladar. Dudaba que pudiera resistir durante mucho más tiempo esa caricia tan decadente y sensual.

Miró hacia abajo y se perdió en la sensación de ver aquellos labios voluptuosos en torno a su erección. Cris mantenía los ojos cerrados y tenía una expresión de intenso placer. Con su mano derecha le apretaba los testículos con suavidad.

—¡Dios! —masculló, desesperado. No podía dejar de mirarla, era tan erótico verla mover los labios exprimiéndole... No tenía fuerzas para detenerla, aun a sabiendas de que estaba llegando al límite. Cada lametazo, cada caricia estaban a punto de hacerle explotar.

—Cris —gruñó—, si no te apartas voy a correrme.

Ella jadeó y notó la succión en sus entrañas, pero no se apartó. Sintió que las rodillas dejaban de sujetarlo y apretó los dedos como garfios en su pelo con la intención de obligarla a separarse, intentando controlar la liberación, pero en su lugar aceleró el ritmo de sus envites. No podía contenerse. Era incapaz de retirarse.

Cris le apretó contra el paladar y aquello fue más de lo que podía soportar. Un torrente de sensaciones le recorrió, haciéndole eyacular con violencia. Debería haber sido ella quien le entregara el alma en aquel acto, pero lo cierto era que las tornas se volvían de la manera más insospechada.

No importaba, el placer era tan brutal que merecía la pena. Todavía podía hacer que ella suplicara.

Haciendo acopio de toda su fortaleza, encontró la manera de apartar la cabeza de Cris con suavidad para que su miembro abandonara con delicadeza los labios hinchados. La expresión de ella era de absoluto éxtasis.

—Túmbate —le ordenó.

Cris obedeció sin poner ningún impedimento, con la respiración entrecortada. Sus pechos subían y bajaban y una fina lámina de sudor le humedecía la piel.

—¡Eres preciosa! —susurró, abalanzándose sobre los duros pezones que se elevaban con cada fatigosa aspiración, reclamando su atención.

Con labios firmes, presionó uno de los doloridos y duros montículos y succionó con fuerza.

—¡Oh, Rafa! —gimió ella, atormentada, curvándose contra su boca en muda petición.

Él deslizó los dedos por su vientre en busca de la humedad que sabía encontraría entre sus piernas mientras lamía, mordisqueaba y soplaba el oscuro brote sin darle ninguna tregua.

Cristina estaba muy excitada y necesitaba aquel orgasmo que llamaba a su puerta y la eludía al mismo tiempo.

—Por favor, Rafa... —exigió, al notar que él se apartaba de su pecho, reclamando el favor para el otro, que permanecía huérfano.

Sintió la curva de su sonrisa mientras él dejaba un reguero de besos entre sus senos y seguía el recorrido, implacable, por el estómago.

Presa del anhelo, ante el abandono del pezón que Rafa se negaba a atender con su boca, lo cubrió con sus dedos para pellizcarlo, pero él fue más rápido y le retiró la mano.

—¡No! —barbotó, apresándosela contra las sábanas a la altura de la cadera, al tiempo que retiraba los dedos de la apretada funda en los que acababa de sumergirlos instantes antes.

Aquello la dejó paralizada por un momento, la fuerza imparable del orgasmo que estaba a punto de arrollarla se desvaneció en el aire. Iba a gritar. Gritaría hasta que él le diera lo que necesitaba, pero no fue necesario.

Rafa le sujetó los muslos y se los separó todavía más para aplicar los labios a los hinchados y resbaladizos pliegues, empleando la presión justa; la que la haría saltar en pedazos. Ella empezó a temblar sin control, aquel éxtasis esquivo era una agonía. El fuego crepitaba en sus entrañas, haciéndola vibrar y la respiración le resultaba cada vez más difícil.

Un sibilante quejido abandonó sus labios cuando él le rozó el clítoris con los dientes, antes de calmarlo con la punta de la lengua y apartarse unos milímetros para soplarlo, dejándola de nuevo vacía y expuesta.

Se incorporó sobre los codos para observarlo. Iba a exigirle que dejara de torturarla y terminara lo empezado, pero él la obligó a detener aquella demanda con una mirada turbia y felina, al tiempo que deslizaba los labios hasta la palpitante entrada de su cuerpo y se internaba en ella a un ritmo tan pausado que estuvo a punto de destruirla.

—¿Quieres más, Cris? —preguntó, apartándose y lamiéndose los mojados labios.

Ella afirmó con un rotundo movimiento de la cabeza, no tenía fuerza para nada más, pero él no estaba por la labor de facilitarle la respuesta. Al contrario, le sujetó con fuerza las caderas cuando intentó arquearse, frenética, en busca de la liberación.

—Dímelo —exigió—. Dime qué quieres y te lo daré.

—Por favor... —siseó, intentando encontrar la voz dondequiera que esta se hubiera ido y llevando la mano que él no tenía presa hacia la cumbre de su cabeza, para que él volviera a la tarea que no terminaba de rematar—. Necesito... Te necesito...

—¿Necesitas mi boca? —sugirió él, al ver que ella no encontraba las palabras, aplicando un erótico lametón a la entrada de su cuerpo—. ¿Aquí?

Ella negó, impelida a exigir algo más que no sabía qué era. Aquellas caricias ya no eran suficientes.

—¿Me necesitas a mí?

—Sí. —Dejó escapar el sonido como un silbido quejumbroso.

—¿Me necesitas ahora? —insistió él, sin piedad. Ella afirmó con la cabeza, desesperada—. ¿Ahora o siempre? —presionó, dispuesto a hacerle padecer aquella agonía hasta el fin de los tiempos, tras lo que dio otra larga pasada de su lengua sobre el clítoris, haciendo que las sílabas que acababa de emitir retumbaran contra su sexo con un hormigueo que le alcanzó la base de la cabeza.

Ella sabía lo que él se proponía. Quería que le dijera lo importante que era para ella, que reconociera lo mucho que lo necesitaba en su vida, dentro y fuera de la cama.

—Rafa... —musitó, a punto de desmoronarse.

—Dímelo, Cris —reclamó, implacable—. Necesito escuchártelo —rogó, bajando la dureza de su voz y volviendo a pasear la lengua entre sus pliegues.

—Siempre —musitó, bajito, con un susurro que le salía del alma.

—¿Qué has dicho? —preguntó él, dispuesto a hacerle suplicar—. No te oigo...

Estuvo a punto de mandarle a paseo, sabía que él tenía un oído muy fino y estaba demasiado pendiente de sus palabras como para no escucharla, pero se detuvo. Una vez que la temida aceptación abandonó sus labios, necesitaba ratificarse en sus sentimientos y hacerlo en voz alta.

—Siempre —repitió, en un tono perfectamente audible—. Te quiero, Rafa. Te necesito en...

Él no esperó más. Dejó de sujetarla y, alzándose sobre las manos, se incorporó hasta situarse en la entrada de su cuerpo para introducirse en ella de un solo envite.

—¡Te quiero! —volvió a decir ella, tan alto que temió haber despertado a los vecinos, al sentirse llena por completo de su hinchada erección—. Te quiero. Te quiero. Te quiero. —Sus palabras murieron, bajando de intensidad con cada empujón de Rafa.

—Chsss, tranquila, cariño. Yo también te quiero.

Y el mundo dejó de dar vueltas mientras un orgasmo feroz arrasaba todas sus contenciones.

No supo cuánto tiempo estuvo barbotando palabras de amor, de necesidad, de deseo, de anhelo. No podía recordar qué ni cuánto prometió mientras la vorágine de sensaciones la vapuleaban en un torbellino de placer. Solo podía escuchar el ruido del choque de la carne al pausado ritmo que él imprimía. Una melodía antigua que parecía no tener fin.

Creyó que aquel aniquilador placer le haría perder el sentido, pero poco a poco empezó a bajar de aquel tiovivo. Sus jadeos empezaron a remitir, convirtiéndose en trémulos suspiros, hasta que Rafa, incapaz de aguantar durante más tiempo la presión, incrementó el ritmo, machacándola de manera feroz.

Sintió que él la llenaba una última vez para arrastrarla a otra tormenta de indescriptible placer, menos brutal que la anterior pero igual de demoledora. Dejándose llevar por la pasión, arqueó la espalda y se estremeció al sentir que todos los músculos del duro cuerpo de su amante se tensaban y convulsionaba, vaciándose en lo más profundo de su cuerpo.

—¡Rafa! —exclamó su nombre, no sabía por cuántas veces ya, ciñendo su erección mientras todo lo que la rodeaba se desvanecía en la nada.

Estaba enamorada de Rafael Monclús, el insufrible abogado. Siempre lo estuvo, suponía que casi desde que entró por primera vez en su despacho para hacer la página de Ángeles Olvidados.

# 38

Rafa salió de la bruma del gozo como si le hubieran dado con un mazo en la cabeza al ver con horror que no existía un preservativo del que deshacerse. Su miembro reposaba inerte sobre su vientre, mojado y escurridizo. Era la primera vez en su vida adulta que se olvidaba de tomar medidas anticonceptivas y, lo peor de todo, ni siquiera fue consciente de ello hasta que ya era demasiado tarde.

Cris dormitaba pegada a su costado, jugando con un dedo a rizar el escaso vello que nacía en su torso, todavía húmedo de sudor. No quería romper aquel hechizo, pero sabía que tenía que hacerlo porque, tarde o temprano, ella se daría cuenta y, si no era él quien abordaba la cuestión, pensaría que se trataba de una maniobra orquestada para «cazarla».

¡Y para nada fueron esas sus intenciones!

Se apartó con cuidado de su lado y se dirigió al cuarto de baño para intentar aclararse la cabeza bajo el chorro de la ducha. Cuando regresó, Cris dormía profundamente; su respiración era fuerte y cadenciosa.

—Despierta, perezosa —la despabiló, dándole un cariñoso beso en la frente a la vez que le retiraba unos desordenados mechones cobrizos de la cara. Ella lo miró con los ojos entornados, empañados de sueño, y sonrió.

—No quiero... —se quejó, como una niña malcriada.

—Sí, sí quieres, tenemos que hablar.

La sonrisa de su cara se trocó en un rictus de malhumor.

—Déjame en paz, abogado, no quiero hablar de nada —refunfuñó—. No me gustan las conversaciones poscoitales...Ya te he dicho todo lo que querías oír. Si además lo que te falta es escuchar que acepto venir a vivir con vosotros en esta casa, ¡lo acepto! —gritó—. Déjame dormir.

—Cris, ve a la ducha —insistió serio—. No se trata de nada de eso.

Alarmada, Cristina se levantó de la cama para cumplir con el ritual de limpieza. Total, una vez despabilada por completo, necesitaba esa ducha mucho más que dormir.

—No te vayas a ningún lado, abogado —bromeó—. Vuelvo en un par de minutos.

Por mucho que lo intentaba seguía sin entender esa necesidad de Rafa de hablar después del sexo. Estaba segura de que esa fama pertenecía a las mujeres, pero en su caso los papeles estaban cambiados.

Sin embargo, en esa ocasión no le molestaba tanto como las veces anteriores que él lo intentó. Ya tenía poco que guardarse para sí misma y tampoco era una cría inconstante y voluble. Lo dicho, dicho estaba y era tan cierto como el aire que respiraba. No tenía nada de lo que arrepentirse y no pensaba retractarse de nada. ¿De qué serviría?

Pero su mundo dio un vuelco cuando, al regresar a la cama y ovillarse de nuevo junto a Rafa con una amplia sonrisa en la cara, este abordó una conversación que no era para nada la que ella esperaba.

—Cariño, tenemos un problema en ciernes...

—Rafa, no seas aguafiestas, ¿quieres? Tenemos muchos problemas en ciernes, pero dame un respiro y déjame que disfrute del momento.

—Nada me gustaría más, cielo —repuso, dispuesto a afrontar la bronca que estaba seguro que explotaría en sus narices en breves instantes—, pero necesitas saber que no hemos tomado medidas para evitar un embarazo.

Ella lo miró como si estuviera gastándole una broma de mal gusto.

—¿Qué? —exclamó, sentándose de inmediato—. ¡Joder!

—Lo siento —se disculpó él—. Me dejé llevar y no he sido consciente de ello hasta hace un instante.

Noqueada por la noticia, se escurrió de nuevo entre las sábanas y apoyó la cabeza sobre la almohada, mirando al techo. Rafa tenía razón, el condón seguía sobre la mesilla, dentro de su envoltorio, y ella no tomaba ningún tipo de precaución anticonceptiva.

La ira burbujeaba en su estómago hasta el punto de provocarle una arcada, pero su mente racional no dejaba de funcionar a toda velocidad. Al fin y al cabo aquello era asunto de dos y tampoco era justo culparle a él en exclusiva. Ella también tenía potestad para exigir garantías y si era sincera consigo misma, tampoco reparó en la necesidad de hacerlo.

Estaba tan abrumada por las sensaciones como él mismo. De hecho, ni siquiera fue consciente de ello hasta que él no reconoció el fallo.

Hizo un rápido cálculo mental, hacía ya más de dos semanas de la última regla. Ella era muy regular, tenía un ciclo exacto de veintiocho días, así que su desliz no tenía por qué arrojar resultados indeseados.

«¿Indeseados?» No lo sabía, pero como mínimo, inesperados. Ya pensaría en ello si Murphy decidía acordarse de ella.

—Tranquilo, Rafa, no estoy en período fértil —lo consoló sin entrar en detalles. No quería que él estuviera pendiente de sus menstruaciones como un sabueso detrás de un hueso.

—¿Cuándo calculas que tiene que bajarte la regla? —insistió él, nada conforme con su explicación.

—No te preocupes por eso. Creo que puedes respirar tranquilo durante un par de semanas más. —Indicó una fecha amplia, a fin de que él no empezara a agobiarla con el tema si se retrasaba unos días.

—Cris, el método Ogino no es nada seguro... Quizá prefieras ir mañana al médico para que te receten...

—¡Ni lo sueñes! —le interrumpió, impidiendo que terminara su propuesta—. ¡No pienso tomarme la pastilla del día después ni de coña!

El alma de Rafa hizo una cabriola en su interior. Que ella no pensara en tomar medidas drásticas le llenaba de esperanza y una sonrisa que tuvo mucho cuidado de que no asomara a sus labios le alegró la vida.

—¿Y si estás embarazada? —la presionó—. Mira que tengo unos espermatozoides MacGyver... —bromeó, demostrando que no le preocupaba tanto como pudiera parecer—. Paula es buena prueba de ello.

—No estoy embarazada, Rafa, tranquilízate.

—Si yo estoy tranquilo, pero...

—Relájate, yo también lo estoy. Y si al final se demuestra que somos unos confiados y que lo improbable se convierte en inesperado, decidiremos juntos el siguiente paso, ¿de acuerdo? Al fin y al cabo ya vamos a vivir juntos y... donde comen cuatro, comen cinco, ¿no?

Por fin dejó que la sonrisa que subyugaba con mano de hierro aflorara a su rostro y le iluminara la mirada.

—¡Eres increíble, ingeniera! —exclamó, abrazándola—. Te cuesta implicarte, pero cuando lo haces...

Rafa procuró tener a Cris ocupada todo el fin de semana para reducir la angustia que la acosaba y le impedía respirar con normalidad, pero de nada sirvió. Estaba seguro que sus pulmones no recuperarían la cadencia normal hasta que el domingo por la noche supiera cuál era la decisión definitiva de Elisa Ramírez.

El sábado los llevó a todos a comer a casa de los padres de ella, a fin de que Cristina pudiera ponerles al corriente de que, por una parte, ya tenía la acogida oficial de Niki y, por otra, ellos dos estaban decididos a tomar las riendas de su vida en común viviendo bajo el mismo techo con sus hijos. Noticias ambas que fueron recibidas con alegría y el beneplácito de toda la familia Losada-Granda.

Luego, después de dejar a los niños con los abuelos, la estuvo ayudando a hacer una pequeña mudanza para que pudiera llevarse a su nuevo domicilio lo más necesario. Por la noche la invitó al restaurante donde cenaron con los chicos del hospital la primera noche que se acostaron juntos y luego la llevó al cine a ver una película de acción en la hora golfa. A su regreso a casa la atendió como ella se merecía y la dejó llevar las riendas en todo momento.

Pero ni por esas consiguió relajarla. ¡Estaba atacada de los nervios!

Y el domingo fue aún peor. Durante la mañana y buena parte de la tarde continuaron con la mudanza y luego recogieron a los niños de casa de los abuelos, pero en un par de ocasiones tuvo que forzar la situación para que dirimieran sus absurdas diferencias en la cama en vez de a grito pelado.

Intentaba entenderla, pero para él tampoco era fácil. ¿Acaso pensaba que él no estaba nervioso?

A tenor de aquello, sus primeros días de convivencia no auguraban un futuro muy esperanzador... Menos mal que sabía que todo se solucionaría en cuanto Alex y él estuvieran de regreso del local de Elisa Ramírez.

Pero lo peor llegó cuando, a la hora de la cena, el inspector seguía sin ponerse en contacto con él para quedar esa noche y tampoco contestaba a sus WhatsApp. Era consciente de que entraba dentro de la lógica que estuviera trabajando y no pudiera contestar a sus llamadas, pero ya no podía soportar la tensión ni cinco minutos más.

Harto de escuchar las continuas quejas de Cristina y soportar su mal genio, cogió un botellín de cerveza de la nevera y la dejó plantada en la cocina haciendo la cena, para ahogar su frustración en blanca espuma frente al televisor del salón.

Pero ni siquiera le dio tiempo de calentar el asiento y echar un trago. El timbre de la puerta vino a sacarle de aquella efímera paz. Mosqueado, dejó el botellín sobre la mesa de centro y fue a abrir. No tenía humor para visitas. Ni siquiera para aquella.

Estaba ya tan irascible que, aunque la lógica le decía que debía alegrarse al ver a la persona que se encontraba tras la mirilla, en esos momentos lo único que le apetecía era mandarla a paseo.

—Vaya, hombre, ¡pero si vives! —exclamó, abriendo de un tirón—. Llevo todo el día intentando hablar contigo. Qué pasa, ¿te da alergia el teléfono?

—Yo también me alegro de verte, Rafa —contestó Alex, riendo—. Si quieres puedo marcharme... Me parece que no llego en buen momento.

—No, joder. ¡Lo que me faltaba! —repuso, arrepentido por su explosión de malhumor, tras lo que se apartó para franquearle el paso—. Pero dime que vamos a salir zumbando, sin cenar ni nada.

Alex no contestó de inmediato y se limitó a seguirle al interior para dejarse caer sobre el sillón de la sala y arrebatarle el botellín intacto que solo segundos antes tenía intención de disfrutar.

—¿Estás solo? —quiso saber, tras dar un largo trago a la cerveza con el que apuró más de la mitad del contenido.

—No te cortes, amigo. Siéntate, ¿quieres tomar algo? —bromeó, sarcástico.

Pero no era la actitud de Martín lo de pronto empezó a preocuparle, esa no tenía nada de especial, siempre se comportaba igual. Lo que de verdad le puso en alerta fue ver su cara de absoluto cansancio y que hubiera ido de inmediato al meollo de la cuestión en vez de dar mil vueltas antes de entrar en materia.

Ignoraba si lo que su amigo deseaba era que no hubiera nadie en la casa o pretendía que Cristina estuviera presente para informarles de lo que fuera que lo llevaba hasta allí, pero sin duda no estaba de visita de cortesía. Suponía que era lo segundo, porque en caso contrario hubieran quedado en la cafetería de enfrente de la discoteca de Elisa, que estaba mucho más cerca de su hotel.

De cualquier forma, la cuestión se resolvió de inmediato, sin darle tiempo a contestar. En ese preciso instante Cris salió de la cocina con la cena de los niños en las manos.

—Alex, ¿cómo tú aquí? —preguntó, extrañada, al ver al recién llegado.

—Me encanta vuestro recibimiento —se quejó el inspector, exagerando la nota—. Estoy por irme...

—¡No! —contradijo ella—. ¡Ni se te ocurra! Dime que vienes a recoger al cenutrio de tu amigo para ir a convencer a Elisa de que su mejor jugada es entregarnos lo que nosotros queremos y lo que tú necesitas...

Alex se rio, complacido con la espontaneidad y frescura de Cris, antes de dedicarle una cálida mirada de ojos cansados y ojeras violáceas.

—Pues la verdad, cariño, es que no puedo decirte nada semejante —repuso—. Vengo a informarte de que esta noche no tendrás que preocuparte porque me lleve de borrachera a tu chico, porque no vamos a ir a ninguna parte.

La alarma y el miedo se reflejó de inmediato en la cara de Cristina.

—¿Cómo? ¿No vais a ir a hablar con esa tal Elisa? ¿Ya no quieres recuperar tu cinta incriminatoria?

Alex negó con la cabeza.

—¿Ni vas a pedirle que nos ceda los derechos de Niki?

El policía continuó moviendo la cara de un lado a otro sin despegar los labios. Cris se dejó caer sobre el sofá, derrotada.

—¿Por qué? —Rafa supo que ella iba a empezar a llorar de un momento a otro, así que decidió sentarse a su lado para intentar consolarla, pero continuó callado.

—Porque ayer Elisa se puso en contacto conmigo para negociar un trato. Tras darse cuenta de que Morales no iba a salir de la cárcel, empezó a ver fantasmas por todos los lados, ya que pensaba que yo le había contado al ex magistrado su supuesta «confesión», y no pudo aguantar más

—¿Y nuestra renuncia? —susurró desconcertada, convencida de que Alex, una vez conseguido lo que pretendía, no se acordó más de ellos.

—Aquí —le dijo, poniendo sobre la mesa un sobre con membrete de una notaría.

Ella se abalanzó sobre los documentos como un ave de rapiña. Rasgó con urgencia la solapa, cortándose por las prisas con el papel en el dedo gordo, y se echó hacia atrás para que ambos pudieran leer su contenido.

—Creías que me olvidé de ello, ¿verdad? —Sonrió Alex—. Pues te diré que conseguir esto ha sido más complicado que recuperar la cinta... Me ha costado un triunfo encontrar a un notario de guardia, dispuesto a cumplimentar este documento burocrático en fin de semana...

Ahí fue cuando ella empezó a llorar.

—¡Pero no pensaréis que esto va a saliros gratis! —exclamó—. La hija de su madre es dura de pelar... Me ha hecho comprometerme a la no reapertura del caso del abandono de su hijo, lo que he acatado sin problema, convencido de que tú no ibas a poner ninguna pega, ¿verdad? —dijo mirándolo a él.

—¡Por supuesto que no! ¿Para qué quiero yo remover esa porquería, si ya tengo lo que necesito...?

—Vale. Y su otra condición ha sido que, si durante el proceso contra Morales ella se veía implicada de alguna forma, yo me encargaría de buscarle un abogado defensor que la representara en cuantos juicios pudiera tener, al generoso precio de cero euros por toda minuta. Y comoquiera que yo solo conozco a un letrado tan altruista y voluntarioso... —Alex dejó inconclusa la frase, pero tampoco hizo falta que la terminara.

—*No fotis, nen!* —rugió él en catalán.

Maldita la gracia que le hacía tener que comprometerse con una tiparraca a la que deseaba apartar de su vida, y de la de Niki, cuanto antes. Esperaba que Alex cumpliera su promesa de mantenerla fuera de aquel embrollo y pudiera conseguir que un compañero del módulo del CEAMA fuera quien aportara la cinta como indicio, ya que él, como defensor de la ley, jamás podría haber tenido semejante prueba incriminatoria en su poder sin sacarla a la luz.

# 39

Rafa miró a Cris, que leía una novela, relajada en la butaca de la sala, mientras los niños pintaban monigotes en la mesa del fondo. El instante parecía haberse quedado congelado en el tiempo, era como si de pronto se vieran inmersos en una burbuja de placidez existencial. Mes y medio de locura daba mucho de sí.

La mudanza, cerrar el apartamento de ella y prepararlo para alquilarlo, presentar el documento de cesión de derechos de la madre biológica del niño, iniciar los trámites de acogida y preadopción de Niki...Y para remate, entre toda aquella catarata de cambios, Sonia, la cuñada de Cris, dio a luz, con la consiguiente convulsión emocional y sentimental para toda la familia.

Total, una vorágine en la que ellos dos dispusieron de muy poco tiempo para el relajo y en la que primaron las escasas horas de sueño satisfecho y muchísimo trabajo añadido al habitual. Apenas dispusieron de un rato para charlar o hacer cualquier tarea que no fuera preocuparse.

Y, de pronto, la calma absoluta. Daba la sensación de que todos sus problemas estaban resueltos.

Justo lo que necesitaba para empezar a preocuparse por otras cuestiones, menos urgentes pero igual de vitales. Puesto que la adopción de Niki estaba en vías de solución definitiva, tenía la necesidad de dejar de ser el abogado que la propiciara y empezar a formar parte completa y responsable de ella.

De repente, y sin previo aviso, acababa de darse cuenta de que quería convertirse en padre del crío de pleno derecho, pero planteárselo a Cris sin iniciar la Tercera Guerra Mundial era todo un reto.

Por suerte, en esos instantes Alina entró en el salón para llamar a los niños y sacarle a él del bucle de pensamientos; Niki y Paula debían ir a ducharse y prepararse para la cena que les esperaba en la cocina, lo que le daba la ocasión perfecta de abordar a la ingeniera a solas.

—Deja que se encargue Alina —la retuvo cuando esta dejó el libro sobre la mesa para ir a bañar a los niños—. Quiero hablar contigo.

Ella lo miró con la alarma reflejada en los ojos, por lo que no le quedó más remedio que dedicarle una cálida sonrisa que sofocara su angustia.

—Tranquila, no pasa nada —intentó sosegarla—. Ven, siéntate a mi lado.

Cris no contestó y satisfizo su deseo sin hacerse de rogar. Suponía que la tensión vivida los días anteriores todavía la mantenía alerta.

—¿Vienes, mami? —la reclamó Paula, desde la puerta.

—No, cariño. Id con Alina, que papá y yo estamos ocupados.

La cría pareció aceptar la negativa sin ningún problema y se marchó hacia el cuarto del baño tras su hermano, por lo que él elevó un silencioso agradecimiento a los hados, ya que aquella actitud tan sumisa no era nada habitual en su hija.

—¿Qué ocurre? —quiso saber Cris, con una nota de zozobra en la voz.

—En principio, nada, pero he estado pensando...

—¡Miedo me das, Rafa!

—Jo, ¡qué fama! Verás... —Hizo una pausa, sin saber muy bien cómo abordar la cuestión—. Es que, puesto que la Fundación tiene la patria potestad de Niki, solo es cuestión de tiempo que te concedan la adopción definitiva. Ya no hay nada que lo impida.

—¡Sí! Estoy encantada —celebró—. Pero ya me da igual lo que la justicia pueda demorarse. ¿Piensas iniciar el procedimiento ya?

—Cuanto antes. Ten en cuenta que en el expediente de acogimiento no ha tenido que intervenir un juez, por eso ha sido tan rápido, pero en la adopción la cuestión es muy diferente. Esto puede alargarse unos cuantos años...

—¡Y qué más da! Tarde o temprano llegará, ¿no? Ya tenemos a Niki con nosotros...

—Bueno...

—¿Qué pasa, Rafa? Me estás asustando. ¿Me van a poner pegas?

—No tiene por qué. Si demuestras que eres una madre idónea y no hay ninguna queja por parte de la Fundación, todo seguirá su curso lógico. Pero no se trata de eso.

—¿De qué, entonces?

—De que yo no quiero dejar de ser el tutor de Niki, lo que ocurrirá una vez que te concedan la adopción legal —reconoció por fin sus angustias.

Cris hizo una mueca de incomprensión. No entendía adónde quería ir a parar, así que antes de que empezara con un rosario de preguntas, interrumpió la que tenía en los labios con un gesto de la mano.

—Lo que estoy intentando decirte, cariño, es que quiero que iniciemos los trámites como pareja. Me gustaría ser el padre legal del niño.

—Rafa...

—No digas nada, solo piénsalo.

—No, escucha. Comprendo que quieras que la adopción sea conjunta desde el principio. De alguna manera es como si hubiera sido así siempre y tú en todo momento has ejercido de padre. De hecho vivimos juntos, pero...

Él se envaró; sabía lo que vendría a continuación.

—Pero no sabes cuánto puede durar esto, ¿no? —terminó él la frase.

—¡Eres un listo! —se quejó, enfadada—. Pues no, no iba a

decir eso. Solo estaba pensando que es un poco precipitado, y que hacerlo de manera monoparental no implica que tú no puedas adoptarlo después.

—¿Y para qué perder tanto tiempo y dinero, Cris?

—¡No estamos casados, Rafa! Ni siquiera somos pareja de hecho, no va a ser nada fácil conseguirlo de modo simultáneo cada uno por su lado.

—Pues solucionémoslo.

Cris se quedó paralizada. ¿Qué le estaba proponiendo Rafa? ¿Que se casaran o que fueran al registro a legalizar su unión?

Suponía que tenía que ser lo segundo, porque para lo primero quizá era demasiado pronto. Aunque...

—¿Quieres que vayamos a registrarnos como pareja de hecho? —preguntó antes de que las conjeturas le hicieran perder el hilo de la conversación.

—No, Cris, quiero que te cases conmigo.

Le entró la risa floja ante la sorpresa. Rafa no parecía estar bromeando, pero le molestó que, aunque la expresión de su rostro era toda dulzura, esperara una respuesta negativa.

¡No confiaba en los sentimientos de ella! No se lo reprochaba, llevaba tiempo dándole señales de que no tenía motivos para hacerlo... pero algo parecido al dolor ardió en su pecho.

Por algún motivo que no quiso ponerse a analizar, aquella imprevista propuesta le hacía ilusión. Sin embargo, prefería no construir castillos en el aire, no fuera a ser que todo obedeciera a una reacción impulsiva de la que pudiera arrepentirse después. Él ya estuvo casado en una ocasión y la experiencia no fue todo lo positiva que se esperaba. ¿Por qué repetir?

Algo en su interior le decía que se tomara aquello con tranquilidad y que lo gestionara de forma que echar marcha atrás no supusiera un descalabro en su estabilidad emocional, tan reciente aún y que tanto trabajo le costó conseguir.

—¡Por Dios, Rafa! Esta es la propuesta de matrimonio menos romántica de la historia... —bromeó.

Él la miró sorprendido.

—¿Eso es un sí? —preguntó cauteloso.

—No. —Rio, aunque tenía que dejar claro que tampoco era una negación—. Eso es una queja. Si quieres una respuesta afirmativa tendrás que currártela.

—Joder, Cris, me confundes... ¡Pues no va ser que quiere flores, un anillo y que me ponga de rodillas! —masculló en voz baja, como hablando consigo mismo—. ¿Pretendes que haga el alegato de mi vida sin haberlo preparado? —volvió a dirigirse a ella.

—¿Pretendes tú que acepte casarme contigo cuando me haces semejante pregunta sin haberla pensado siquiera? —respondió con el mismo tono interrogativo y una amplia sonrisa en los labios.

No sabía el motivo, pero aquella contienda verbal estaba divirtiéndola. Por una vez parecía haber pillado fuera de juego al bravucón abogado.

—Pues si te soy sincero, no es que no lo haya pensado, es que ni en mis más atrevidos sueños hubiera creído que podrías avenirte a ello. Pero lo cierto, Cris, es que lo que más deseo es que aceptes esta antirromántica propuesta y me digas que estás dispuesta a apostar a lo grande por la relación que mantenemos; que estás tan segura de ella que incluso quieres formalizarla con una boda —soltó del tirón, con el rostro desencajado ante la posibilidad de que de pronto se desdijera de sus palabras.

Y por algún motivo, ella sintió la necesidad de relajar la tensión que empezaba a flotar en el ambiente. Sin embargo, Rafa parecía haber tomado carrerilla y ni siquiera le dejó abrir la boca.

—Ya sé que piensas que llevamos juntos muy poco tiempo para dar un paso tan definitivo, y puede que por tu parte sea así, pero por la mía puedo garantizarte que me sobran ya un montón de días para cerciorarme de que tú eres la mujer con la que espero pasar el resto de mi vida. Después de la primera noche que pasamos juntos ya sabía que estaba enamorado de ti hasta los huesos y que lucharía por esto con mi último aliento.

—¡Pues sí que te llevó tiempo averiguarlo, abogado! —ironizó con ese sarcasmo del que hacía gala cada vez que se ponía nerviosa, y en esa ocasión empezaba a estar fuera de sí.

Rafa la miró descolocado, por supuesto no entendía a qué se refería.

—¿Tiempo?
—Sí, porque yo ya sabía que me tenías en el bote antes de esa noche —susurró, acercándose a su oreja para hacerle la confesión que marcaría un antes y un después y con la que esperaba que, por fin, todas las dudas que él tenía sobre sus sentimientos quedaran resueltas.

—Cris —la apartó de sí para poder mantenerle la mirada—, no sé si estás hablando en serio o en broma, pero, aunque no lo creas, esta propuesta tan «poco romántica» es la más sincera que he hecho en toda mi vida. Es cierto que no pensaba hacerla hoy, pero eso no significa que tuviera previsto aplazarla mucho más tiempo.

Una radiante sonrisa afloró en sus labios. Quería reprimirla, pero no podía evitarlo. Hacía días que la duda y la incertidumbre ya no planeaban sobre su cabeza y quería ser atrevida; vivir la aventura de esa relación con todos los sinsabores que esta traía consigo. Arriesgarse.

—Pero este momento —siguió diciendo él— es tan bueno como cualquier otro. Quizá mejor —rectificó—, porque me he limitado a poner en palabras mis deseos sin pensar y sin que intervengan valores preestablecidos. Y ya que estamos, me alegra que haya sido así, antes de saber si estamos esperando un hijo, porque lo último que deseo en mi futuro es que algún día pienses que me casé contigo porque no me quedaba más remedio.

—Rafa...
—Y espero que te quede claro —continuó hablando, ignorando su interrupción— que no lo hago porque de ese modo puedo adoptar a Niki sin problemas. Escúchame, Cristina Losada —exclamó, llevando las manos a sus mejillas para sujetarle la cabeza con delicadeza—, quiero casarme contigo porque te quiero. Todo lo demás son factores añadidos. Querría hacerlo

igual aunque Niki nunca hubiera aparecido en nuestras vidas —musitó sobre sus labios, aplicando un ligero beso en ellos al terminar la frase—. Aunque nunca pudieras darme hijos naturales o adoptados. —Volvió a besarla—. Aunque no supiera con certeza que eres la madre perfecta para Paula. —Otro beso.

—Yo también te quiero —reconoció en voz baja.

—Lo sé. Sé que me quieres y por qué lo haces, pero lo que necesito es que tú sepas que yo no te quiero por lo que puedes darme, sino por lo que eres. Porque eres la mujer que necesito en mi vida y la que de algún modo he buscado siempre.

La sujetó por la parte superior de los brazos, laxos a lo largo del cuerpo, y la miró a los ojos con tal fijeza que ella fue incapaz de moverse.

—Dime que vas a casarte conmigo, aunque no tenga un anillo que ponerte ni flores que ofrecerte...

—Sí.

—Sí ¿qué? ¿Que sí vas a casarte conmigo?

—Sí. Pero yo también quiero que sepas que voy a casarme contigo porque te quiero, no porque Niki necesite un padre, que ya lo tiene, ni porque Paula necesite una madre, a la que, por cierto, yo también quiero adoptar legalmente...

—¿De veras?

—Sí, aunque ellos dos también son razones muy válidas, ¿no crees? —Sonrió, sosteniéndole la mirada.

—Estoy seguro de ello —aceptó Rafa, abrazándola para arrebatarla un beso tan auténtico y dulce que le hizo cosquillas en las corvas de las piernas.

—¿Qué te parece si nos lo tomamos con tranquilidad —cuestionó él de nuevo cuando ambos recuperaron el aliento— y vamos cerrando etapas de una en una? Primero la boda y luego las adopciones... No hay prisa.

—Depende —repuso, riéndose—. Si como sospecho, aunque aún no lo sé seguro, vamos a convertirnos en familia numerosa en breve, considero que deberíamos darnos un poquito de prisa a la hora de pasar por el juzgado o la vicaría, lo que tú prefieras.

Rafa la miró a medio camino entre la sorpresa y la incredulidad.
—¿Estás embarazada? —preguntó cuando salió de su estupor.
—No lo sé, no me he hecho la prueba, pero es muy posible. ¿Quieres que salgamos de dudas? —dijo, y soltándose de su abrazo, fue a por su bolso, apoyado sobre la mesa del comedor, y sacó un test de embarazo del interior.

# Epílogo

*Tres años después*

Cristina dejó la novela que estaba leyendo para mirar a sus hijos, que jugaban en la orilla de la playa con Rafa.

«Sus hijos.» A pesar de que tanto Niki como Paula ya llevaban su apellido, aún le parecía mentira.

Sobre todo en el caso del niño, ya que la justicia procedió con una lentitud inusitada, aun habiendo tramitado la adopción a través de un juzgado de familia que no tenía nada que ver con el magistrado —o mejor dicho, ex magistrado— Morales y de tener ya concedida la acogida. En cambio, con Paula fue todo tan rápido y sencillo como era de esperar.

Quien no tuvo ningún problema para llevar los apellidos de sus progenitores desde el primer momento fue la pequeña Elena, que llegó al mundo solo ocho meses después de aceptar la propuesta de matrimonio del abogado, ni tampoco Miguel, que con solo seis meses disfrutaba de un tranquilo e inocente sueño a su lado, bajo la sombrilla, en su sillita de bebé.

Verles jugar y retozar la hacía feliz. Atrás quedaban los sinsabores, la incertidumbre, las horas de hospital con Niki —que hacía ya un año que estaba dado de alta de su enfermedad, curado por completo—. Era como si todo hubiera sido borrado de un plumazo y, a veces, se sentía tan afortunada que le daba miedo. Incluso en ocasiones tenía pesadillas con que nada de aquello era cierto.

Pero no era así, Rafa la mantenía cuerda y le recordaba cada día que su suerte era tan real como el cariño que ambos se profesaban.

Él se giró y miró hacia donde ella estaba como si sus pensamientos estuvieran conectados a un hilo invisible que tirara de sus entrañas. Sonrió y, con una mirada ladina que no auguraba nada bueno, se agachó hacia Elena, que jugaba con su cubito y le dijo algo. La pequeña pelirroja indomable, que ya apuntaba maneras, dio un gritito y, llenando el recipiente con el agua de la siguiente ola, salió corriendo hacia donde ella estaba.

—¡Ni se te ocurra, Elena! —gritó, adivinándole las intenciones e intentando ponerse en pie para salir corriendo.

Casi no le dio tiempo a escapar, la niña la persiguió por la arena hacia la orilla, vaciando, gracias a Dios, gran parte del contenido en la carrera.

Se detuvo en seco y la enfrentó. La pequeña intentó salpicarla con las escasas gotas que quedaban en el interior, pero ella fue más rápida y, aproximándose, le arrebató el cubo, se agachó para llenarlo de nuevo y lo volcó, íntegro, sobre la cabeza de su hija.

Los dos mayores salieron de inmediato en defensa de su hermana y empezaron a salpicarla con las manos. Las risas y los gritos volaban al ritmo de la espuma que levantaban junto a la arena.

Rafa por fin decidió cambiar su papel de instigador en la sombra al de defensor en activo y, tomando a su hija pequeña por la cintura y echándose al hombro como si fuera un saco de patatas, empezó a salpicar con los pies a Niki y a Paula, si bien en algún momento de la contienda cambió sus favores y, sin bajar a Elena de su atalaya, terminó derribándola a ella con una llave de judo, tras la que la dejó sentada con el agua hasta la cintura.

Todos la rodearon felices y dieron por terminada la batalla. Por suerte se conformaban con un buen remojón de mamá que, resignada, se quitaba de la cara los chorreantes mechones de pelo que lograron escapar de su restrictiva cola de caballo.

Bajo la sombrilla, al cuidado del benjamín de la familia, Manoli, su suegra, no les quitaba ojo, con una de aquellas escasas sonrisas suyas que parecía tener restringidas.

—No pensé que lo conseguirías —reconoció la mujer cuando regresó a la sombrilla para buscar la toalla—. Tengo que confesarte que me costó admitir que eras la chica que mi hijo necesitaba para ser feliz.

Ella se destapó la cara que estaba secándose, sorprendida. Que la madre de Rafa le dijera algo semejante era un halago que no esperaba escuchar nunca.

—¿Ya se ha convencido de que no quiero aprovecharme de su retoño y que de verdad lo quiero?

—Claro. Lo cierto es que lo sé hace tiempo, pero, ahora que eres madre, entenderás que a una mujer como yo, con una educación y clase de vida como la mía, le preocupaba que pudieras hacer daño a mi hijo y a mis nietos.

—Manoli, sus nietos son mis hijos —la interrumpió—, y jamás haría nada que pudiera perjudicarlos.

—Sí, de eso estoy segura. Lo supe enseguida, en cuanto vi cómo actuabas con ellos, pero reconocerás, hija, que el miedo es libre. —Asumió su culpa con una sinceridad y humildad inusitada en ella.

—Nunca le di motivos para desconfiar de mí, creo.

—No, pero no podía evitar compararte con Amalia —declaró, arrepentida—, aunque desde el principio vi que no teníais nada que ver una con otra. Aun así, no quería hacerme ilusiones y pagué contigo los errores de ella. Quizá algún día puedas perdonarme que haya sido tan dura.

—¡Claro que sí, mujer! Ya la he perdonado —exclamó, abrazándola.

Ella le devolvió el gesto y la apretó contra su pecho. Sin embargo, enseguida se dio cuenta de lo vulnerable que la convertía esa actitud.

—¡Aparta, chica, que estás helada y vas a mojarme toda! —gritó, empujándola hacia atrás.

Ella la miró y rio. Su suegra no se llevaba nada bien con las muestras de efusividad y lo sabía. Rafa se lo avisó desde el principio. Su respingo no la preocupaba.

El pequeño Miguel eligió ese momento para despertarse emitiendo un gorjeo y abriendo sus ojos verdes, iguales a los de su padre. Se acercó a él y lo sacó de la sillita para ponerlo en las piernas de su suegra.

—Tenga, abuela, mime un poco a su nieto mientras yo me seco.

Manoli, confusa y nerviosa, se llevó al chiquitín al pecho y lo besó en la cabecita.

—Eres precioso, mi niño —susurró—. ¿Lo sabías?

La criatura contestó con un risueño balbuceo.

—Vas a ser igual de descarado y charlatán que tu madre —masculló, acunándolo mientras sonreía.

Rafa llegó en esos instantes a la tumbona, llevando en brazos a Elena y precedido por Niki y Paula, que lo adelantaron corriendo y salpicando arena.

—Mamá, ¿has traído algo para comer? —preguntó el niño.

—Mamá, ¿me has traído otro bañador para cambiarme? —quiso saber Paula, sin esperar que contestara a su hermano.

—Mami —interrumpió Elena, intentando por todos los medios que su padre la bajara al suelo—, yo *tero mañame* más y papá no me deja. ¿*Mienes* conmigo a la *odilla*? —reclamó con su lengua de trapo.

Y Miguel emitió un pequeño chillido y estiró los bracitos exigiendo que le tomara en brazos.

—Ma-ma-ma-ma —balbuceó.

«¿En algún momento he pensado que esto era la felicidad?», se preguntó para sus adentros.

Pero enseguida obtuvo la respuesta cuando Rafa la tomó por la cintura para darle un cálido y amoroso beso en los labios.

# Nota de la autora

Los personajes, casos y situaciones de estas novela son pura ficción y han nacido de la imaginación de su autora, por lo que cualquier parecido con la realidad es pura coincidencia.

Y haciendo gala de esa imaginación que me caracteriza, es por lo que he querido imaginar que los trámites de adopción de una pareja pueden resumirse a un puñado de meses. Soy consciente que incluso los dos años que doy de media son pocos y que, por desgracia, tanto para los padres adoptantes como para el menor adoptado, la decisión definitiva tarda mucho más en llegar, las cortapisas se multiplican por cien con respecto a lo que yo cuento y los resultados no siempre son tan satisfactorios... Pero esto es una novela, y para más abundar, romántica, así que estoy segura de que me permitiréis esta licencia literaria.

Aun así, quiero pedir perdón por ella a todos los que en algún momento os habéis visto reflejados en el pellejo de Cristina y Rafa o habéis vivido —o quizá estáis viviendo— una situación similar. A todos vosotros quiero dedicaros estas páginas, con la seguridad de que algún día también veréis cumplidos vuestros sueños y con la esperanza de que esto ocurra muy pronto.

Una dedicatoria que también quiero hacer extensiva a los padres y familiares de los niños que padecen leucemia. Espero que esta novela sea un canto de esperanza para vuestros corazones, porque el ángel de la guarda de vuestro pequeño o pequeña puede estar escondido a la vuelta de la próxima esquina. ¡Id a buscarlo, que seguro que os está esperando!

¡Nunca abandonéis la estela de vuestro sueño!

LUCÍA DE VICENTE

# Agradecimientos

Como siempre, no puedo dejar de agradecer su ayuda y apoyo a los míos, mi familia, sin quienes esta historia nunca hubiera visto la luz.

A Juan Carlos, mi compañero de viaje, cuyo amor y confianza en mí hacen que mi vida sea mucho más fácil y completa, y a Javier, mi niño grande, porque sería imposible pedir un hijo mejor al destino. ¡Tu orgullo filial hace que me sienta muy grande incluso en los peores momentos, cariño!

También a Carmen, Charo y Mari Ángeles, por llenar los huecos que como madre y esposa dejo a mi paso para estar horas y horas frente a la pantalla del ordenador. ¡Sin vosotras no sé qué hubiera sido de todos nosotros! Tampoco tengo palabras para agradecer vuestra labor de «agentes literarios», no existe publicidad ni dedicación más valiosa que la vuestra.

Y, por supuesto, a los que ya no estáis; mamá, papá, hermano... Dos de vosotros me habéis abandonado para siempre en este plano físico, menos mal que sé que seguís dirigiendo mis pasos desde donde quiera que estéis; el otro aún sigue aquí, pero su cabeza ya está con los otros dos. De cualquier forma, los tres habéis hecho de mí y de mis historias lo que hoy somos. ¡Os querré siempre y os echo mucho de menos!

No puedo olvidar en este momento a Sofía, mi cruz y mi faro. ¡Esta novela no sería lo que es sin tu ayuda! Gracias por estar dispuesta a dar siempre otra lectura a sus páginas y por las horas de divagaciones, discusiones y risas mientras dábamos otra vuelta de tuerca a la trama. Tu labor es insustituible.

Gracias a Mayte Ayllón, licenciada en Derecho, que se encargó de que no metiera la pata en los temas jurídicos y que con paciencia infinita me corrigió dos veces este libro, y a Pilar Fernández, que desde la Consejería de Bienestar Social de la Comunidad de Madrid me guio por caminos y conceptos correctos en todo el tema de adopción y centros de acogida.

Ni que decir tiene que a Alex, amiga personal de la primera, y a Mary Carmen, compañera de fatigas escriturales y prima carnal de la segunda, les estaré agradecida de por vida por haber puesto a su gente en mi camino. ¿Acaso se puede pedir algo más de una amiga?

Tampoco puedo olvidar en este momento a mis compañeros y amigos de ASORBAEX: Lucy Carlosama, Mara Calderaro, Liliana Borzellino, Ángel Sánchez, Cristina Occhino y Abuela Ángeles. ¡Gracias por vuestro apoyo, empuje y entrega! No tengo nada claro que esta historia hoy estuviera terminada sin vuestro acicate.

Gracias también a mis «caminantas»: Mary Carmen, Concha, Pilar, la otra Pilar y Mercedes. ¡Chicas, disfrutad con su lectura y ya nos echaremos unas risas brindando con una copita de cava —o dos— por la buena salud de mis protagonistas, a lo largo y ancho de toda la geografía nacional!

Y, por último, no sería bien nacida si no agradeciera su ayuda a Cris y Mariajo. Ellas me ayudaron a crear el primer esquema de esta historia y la personalidad de sus personajes. Por eso la protagonista femenina lleva el nombre propio de una y el apellido de la otra. ¡Y no solo eso! También el lugar de origen del protagonista masculino, el nombre del médico..., en fin, un largo etcétera de casualidades que no lo son. Ellas saben cuáles, pero a vosotros, lectores, en el fondo os da un poco igual, ¿verdad?

Por supuesto, no puedo dejar de mencionaros en este punto a todos vosotros, los que dedicáis una parte de vuestros ahorrillos a comprar mi novela y vuestro tiempo a leerla. Es por ese motivo que esta historia ya no es mía, sino vuestra. Gracias por quererla y cuidarla tanto como yo. ¡Sois los mejores!

Y como no quiero hacer este momento más largo, aunque podría, ¡gracias a todos, los presentes y ausentes, los mencionados y los omitidos, por quererme, apoyarme y creer en mí! Sé que me olvido de muchos, no ha sido a propósito, lo siento mucho. Además, en algún momento hay que poner el punto y aparte, que no el final, porque espero estar a vuestro lado en breve viviendo otra aventura, ya sea creada o por crear.

Y mientras podéis escribirme a mi correo electrónico o visitar mi página web: *www.luciadevicente.com*. ¡Os quiero!

# megustaleer

# Descubre tu próxima lectura

Apúntate y recibirás recomendaciones de lecturas personalizadas.

www.megustaleer.club

megustaleerES  @megustaleer  @megustaleer